DE MATERIËLE TIJD

Giorgio Vasta

De materiële tijd

WERELDBIBLIOTHEEK · AMSTERDAM

Uit het Italiaans vertaald door Marieke van Laake

Omslagontwerp Bureau Beck
Omslagillustratie iStock

Oorspronkelijke titel *Il tempo materiale*

Spuistraat 283 · 1012 VR Amsterdam

www.wereldbibliotheek.nl

ISBN 978 90 284 2348 0

Er is de hemel. Het water. Er zijn de wortels. En verder de godsdienst, de materie, het huis. De bijen, de magnolia's, de dieren, het vuur. De stad, de temperatuur van de lucht die bij het ademen verandert. Het licht, de lichamen, de organen, het brood. De jaren, de moleculen, het bloed; en de honden, de sterren, de klimplanten.

En de honger. De namen.

Ja, de namen.

En ik.

NIMBUS

(8 januari 1978)

Ik ben elf, om me heen katten die vergaan van de rinotracheïtis en de schurft. Het zijn scheve skeletten met een beetje vel eroverheen; besmet, als je ze aanraakt kun je doodgaan. Elke middag brengt Touw ze te eten, achter in het park tegenover ons huis. Soms ga ik met haar mee. Langzaam komen ze ons tegemoet, overhellend naar links en naar rechts; ze kijken ons aan met ogen die druppels water en modder zijn. Ik heb me gehecht aan de kat die er van al die stervende katten het slechtst aan toe is, die achteraan op de paadjes ligt, op het asfalt, helemaal ondergedompeld in peilloze diepte; hij hoort mijn stappen en beweegt langzaam zijn kop, als een blinde die een liedje volgt. Zijn zwartachtige vacht verworden tot plukjes haar op afgekrabde huid, een onzeker rondtastende poot verloren tussen de andere; hij liep al mank toen hij nog klein was, nu is hij groot, een mankepoot van nature.

Touw zet de pan op het muurtje waarop zich een bleekgroen hek verheft. Terwijl ze met haar rug naar me toe staat, raak ik het hek met mijn tong aan, ik proef het chloor van de oude verf, het roest, ik draai me om en slik. Met een lepel pak ik een hoopje pasta met vlees, loop ermee weg, kniel naast de mankepoot neer en laat hem het voedsel ruiken. Hij brengt zijn gewonde snuit dichterbij, zijn neus verdwijnt in de damp; dan grijpt hij met twee tanden een brokje donker vlees en begint erop te kauwen. Touw beduidt me dat ik hem niet moet aanraken, zegt dat ik de hele lepel moet omkiepen en weg moet gaan. Dan maak ik een bergje van de pasta; de mankepoot beluistert het met zijn neus en gaat dan verder met het bijten op het brokje vlees, halsstarrig, waarbij hij elk hapje tussen zijn afgebrokkelde tanden zeeft en met zijn kop draait om het voedsel te vernietigen en door te slikken, om het in bloed te veranderen. Als hij klaar is, gaat hij languit liggen met zijn kop op de grond, voor het vochtige bergje, als in verering voor een idool. Hij heeft geen honger meer, ademt met gefluit in de waaier van zijn ribben. Met de punt van de lepel raak ik hem aan, hij beweegt zich niet, uit zijn keel komt een geluid als het koeren van duiven. Het lukt hem nog om te geeuwen, hij doet zijn bek open en eet de lucht. Dan valt hij definitief terug in zijn apathie, zijn kop midden in een vlek licht.

Achter mij een laatste geschraap van de scheplepel tegen de pan. Al jaren leegt Touw op dit uur van de dag achter in het park tegenover ons huis de pan met de scheplepel – de inspannende beweging van schouder, arm en hand –, ze vormt hoopjes pasta, roept met een klakkend geluid van haar lippen en kijkt rond om te zien of het zo goed is, of het genoeg is, terwijl de katten uit alle richtingen naar het voedsel komen gestrompeld. En dan loopt ze terug, de aangekoekte scheplepel in de ene hand, de pan in de andere: zwaard en schild.

Ze is klaar nu en is op een bankje gaan zitten; ze rust uit. Ik zorg dat ze niet kan zien wat ik doe en haal het stukje prikkeldraad uit de zak van mijn jack en met de stekels oefen ik druk uit op de rug van de mankepoot, op de kale plekken. Even stulpt de huid in en dan trekt hij langzaam weer glad; de kat beweegt zich niet, zijn kop gaat even op en neer en daar blijft het bij. Ik verhoog de druk en er gaan wat schokjes door de manke kat heen, een korte zenuwcrisis, een aanval van niet-begrijpende verontwaardiging die een paar seconden duurt en dan weer verdwijnt, de houding die weer verzonken wordt.

'Kom, we gaan,' zegt Touw.

Ik kom weer omhoog, stop het prikkeldraad in mijn zak, loop weg en van achter mij komt een primitieve kreet. Ik draai me om en daar staat de mankepoot op zijn vier poten, hij zet een stap, en nog een, en bij elke beweging valt zijn kop naar voren, schokt weer terug en trilt. Hij begint rondjes te lopen en miauwt weer, vol afkeer.

'Hij is gek geworden,' zegt Touw achter me. 'Katten die blind worden overkomt dat.'

Ik zeg niets en kijk naar de cirkels die zich steeds sneller vormen. Ik voel de zon op een van mijn wangen.

'Dat doet hij elke dag,' voegt ze eraan toe, 'als hij gegeten heeft.'

Blind en stijf blijft de mankepoot doorlopen, hij snuift zijn snot op. Fel miauwend loopt hij nog een rondje; dan blijft hij stilstaan, verslapt, gaat liggen en begint met zijn kop te slaan; hij zegt 'Ja, ja, zo moet het gaan.'

Touw loopt naar via Sciuti 130. Ik draai me om en volg haar, naar huis. Het door de lage zon verlichte asfalt is van metaal, bij elke stap is het of ik erin wegzak.

Later ga ik naar het balkon en zoek ik de mankepoot nog eens, achter in het park. Van hieruit is hij een donkere steen; de andere katten blijven bij hem uit de buurt, trekken parabolen om niet vlak langs hem te hoeven.

De zon aan de hemel is een droge long geworden, hij is daar samen met de maan en de duisternis, die dun begint te vallen, zich in de spleten van het wegdek dringt, in de vlekken van uit motoren gelekte olie, in de krabbels van remsporen, in de boompjes die met bezemstelen worden gestut.

Gisteren liep een jongetje hier beneden naar een auto die net geparkeerd was. In dialect vroeg hij de eigenaar om geld; de man zei dat hij moest opkrassen, dat hij hem niets gaf. Het jongetje wees op de auto, vroeg het nog eens, bleef staan wachten. Toen de man de sleutel in het slot stak om het portier te sluiten, rukte het jongetje zo'n bezemsteel los van een boompje daar vlakbij en sloeg ermee op koplampen en raampjes, hij gooide het ding weg, boog zich over een band en begon erin te bijten, waarbij hij met zijn tanden door de buitenband ging en een gat maakte in de binnenband. Daarna stortte hij zich met een vies, vettig gezicht op de man en beet hem in wangen en voorhoofd.

Zodra ik de harpmuziek uit de zitkamer hoor komen, ga ik weer naar binnen om naar *Intervallo* te kijken. Dat zou een pauze moeten zijn, een opvulling tussen de programma's. Maar voor mij is het hypnose.

De bolle brug van Apecchio, het dal van Visso, met zijn lichte huizen overal. San Ginesio, Gratteri, Pozza di Fassa. De gevels van Sutri, de witte fontein van Matelica. Een seconde of tien per ansichtkaart, dan een overvloeier naar een nieuwe kaart. Het eeuwige, rurale en pastorale Italië, opgetrokken uit grijze, handgebikte stenen, gemaakt van muren zonder cement, versierd door klimop en mos, alleen door Oskiërs en Etrusken bewoond, eenvoudig, boers, doden die op dorpskerkhoven rusten, grind op de grond tussen de graven, het knerpen en de geur van de gladiolen, bessen van de cipressen tussen de kiezeltjes, de heldere hemel, rozen. Fantasiebeelden van het landschap, misleidingen van de nationale waarneming. Het schilderachtige, het lokale, het premoderne, het authentieke. Het mooie, semianalfabetische Italië dat uit kiesheid niets van grammatica weet.

Tot een jaar geleden hadden we ook *Carosello*, radiografie van de vreugde. *Intervallo* is overgebleven, de trage draaimolen van de vergetelheid, een door de televisie gefabriceerde kerststal.

En dan begint het journaal. Ze hebben het over Rome. Over een hinderlaag, gisteren, in de via Acca Larentia. Schoten. Twee doden, een agent heeft iemand verwond. Er is een lichaam te zien, met een wit laken erover. De gezichten van de doden zijn jong en inbleek, hun trekken krabbels op licht.

Op de televisie is Rome een dier. Van bovenaf gefilmd is de vorm van huizen en straten die van een stenen rug. Het is een mineraal dier. Het bevat de doden. Het genereert ze, of misschien trekt het ze aan. Hoe dan ook, sterven doe je alleen in Rome. Dan pak ik de doden van Rome, ik haal ze er één voor één uit – uit de via Acca Larentia en alle andere straten – en leg ze in het Italië dat niet bestaat. Een dode neergevlijd op de zomerbedding onder de brug van Apecchio, een andere opgehangen aan de kantelen van het kasteel van Caccamo, eentje willoos drijvend in de wateren van Civitanova Marche en weer een andere, sacrosanct, ingeklemd tussen de rotsen van de necropolis van Pantalica. Ik geef de doden terug aan de rest van Italië.

Daar is Touw, ze zegt dat we zo gaan eten.

'Ben ik ooit in Rome geweest?' vraag ik haar.

'Toen je net geboren was,' antwoordt ze.

'En daarna?'

'Verder niet. Ik ben er ook nooit meer geweest.'

'Mag ik erheen?'

'Waarom?'

Ik heb geen duidelijk antwoord en dus zeg ik niets.

'Niet alleen,' zegt ze nog.

'Mogen wij erheen?' preciseer ik.

Ze staart naar het scherm van de televisie, brengt een vinger naar haar lippen, krabt aan de velletjes.

'Misschien,' zegt ze.

'Wanneer?'

'We kunnen het met Pasen proberen.'

Touw blijft naar het scherm staren, praat tegen me zonder zich ook maar even om te draaien.

'Ben ik ooit in Apecchio geweest?' vraag ik.

'Nee,' zegt ze. 'Dat ken ik niet. Waar ligt het?'

'Doet er niet toe,' zeg ik.

'Wil je erheen?'

'Nee.'

'Waarom wil je naar Rome?' vraagt ze opnieuw.

'Voor de doden,' zeg ik zonder verdere verklaring.

'Wat?' vraagt ze, terwijl ze zich omdraait om me aan te kijken, het topje van haar ringvinger tussen haar tanden.

'Omdat ik de stad niet ken,' zeg ik.

Als Steen thuiskomt zijn Katoen en ik al naar bed. Niet erin, we zitten erop: hij in pyjama, ik nog aangekleed. De bedden staan in elkaars verlengde tegen een wand van onze kamer. Ze passen er perfect. Ze zijn precies hetzelfde. Katoen en ik zijn niet hetzelfde: ik ben al ontwikkeld, hij is minuscuul en biologisch; ik eigenzinnig, hij democratisch en meegaand.

Terwijl Steen in de keuken zit te eten, luisteren Katoen en ik naar de radio en steken we spelend onze vingers door het stramien van de grofwollen deken en ballen we onze vuisten om het genot van de druk te voelen.

Steen komt onze kamer in met lippen die nog vochtig zijn van het eten. Hij zet de radio uit, pakt een boek van de plank en komt tussen ons in zitten. Het is een groot boek. De kaft is stijf en glad, lijkt wel email. Er staat een blonde, tengere jongen op, gehuld in dierenvellen, zijn borst is onbehaard, zijn blik hemels, bezield. Hij speelt op een vegetale harp, aan zijn voeten ligt een schaap met een gek oog. Op de achtergrond Jezus die Jeruzalem binnenkomt; om hem heen een witte menigte in aanbidding. Bovenaan, in drukletters, HET GROOTSTE VERHAAL OOIT VERTELD. De grafische synthese van de spiritualiteit vanuit het oogpunt van uitgeverij Edizioni Paoline. Vriendelijk waarschuwen. Gematigd strenge walgelijkheid. Meelijwekkende naïviteit. Godsdienst in pasteltinten.

De pijlers van mijn jonge, onverschrokken atheïsme.

Steen leest ons al uit de Bijbel voor van toen we nog niet zelf konden lezen. Dat doet hij niet uit geloofsovertuiging, en ook niet als aanvulling op de catechismus of uit een algemeen respect voor de Heilige Schrift. Hij doet het omdat hij het nu eenmaal gewend is. Om iets nuttigs te doen. Uit de serene kracht der gewoonte die ons gezinsleven regeert. Alleen leest hij slecht voor, met beperkte aandacht en onevenwichtige stem, die wijd opengaat bij de klinkers. En dan, terwijl Katoen languit op bed gaat liggen, met zijn voeten naar zijn kussen, neem ik mijn luisterhouding aan: rechte rug, nek tegen de muur, armen over elkaar, in kleermakerszit: ongemakkelijk geïnstalleerd maar coherent werk ik aan mijn atheïstische aureool.

Op een avond, tijdens het voorlezen, wees Katoen me op het stukje muur waartegen ik leunde. Ik draaide me om en precies op de hoogte van mijn nek zat een hemelsblauwe, ovale kring, die van een intenser midden naar buiten toe afzwakte naar een perzikkleurige nuance en ten slotte opging in het wit van de pleisterkalk. De vlek was daar gekomen door de druk van mijn achterhoofd, door de langzame corrosie van het luisteren. Zo broed ik, als ik 's avonds mijn nek tegen de muur leg, mijn aureool uit. Of liever gezegd: mijn nimbus. Want de woorden 'van een nimbus voorzien', zo zegt de Heilige Schrift, kenmerken de met heiligheid omgeven mens. En *nimbus* – 'nembo', 'kleine wolk', 'kring van wazig licht' – is het woord dat mijn natuurlijke bovennatuurlijke aureool aanduidt.

Gisteren hebben we gelezen over de profeet Jonas, die drie dagen in de buik van de walvis blijft en als hij eruit komt, vervuld is van het woord. Vandaag moeten we over Ezechiël lezen, de profeet van het grootse. Hij draagt een helblauwe, indrukwekkende tuniek. Zijn hoofd is bedekt met een gele sjaal, zijn baard en wenkbrauwen zijn wit. Ezechiël is de ziener, de schepper van beelden, een zuivere, waanzinnige oude man. Ook ik – een zuivere, waanzinnige jonge man – zou over de wereld willen trekken en preken, vervuld van het woord als Jonas, schepper van beelden als Ezechiël; mijn sterke wil tot taal, die koorts van de keel willen uitdrukken.

Maanden geleden, bij de laatste opdrachten van de basisschool, terwijl ik zat te vertellen en het verhaal mij voedde en zichzelf voedde en me drogeerde, en de vloer van de klas rondom overspoeld werd door zonlicht – Gugliotta, Chiri, D'Avenia en alle anderen zaten aan hun tafels stil naar me te luisteren, en in de achterzak van mijn broek zat het kostbare stapeltje plaatjes, het donkere gezicht van Beppe Furino platgedrukt tegen een bil –, had ik het gevoel gehad dat ik eindeloos zou kunnen doorgaan en dat de taal een epidemie was waaraan je niet moest proberen te ontkomen. En ik was zo door blijven praten, onbeweeglijk in de zon, en als een beeld in de waarneming van de anderen, en vertelde over natuurwetenschappen en aardrijkskunde, vrolijk grenzen overschrijdend, ontstijgend, tot de onderwijzeres met een glimlach haar hand ter hoogte van mijn hart had gelegd, de knop had omgedraaid en had gezegd: 'Je bent mythopoietisch.'

Met het heerlijke en onbehaaglijke gevoel van haar magere vingers op mijn ribben nog over me, was ik weer gaan zitten. Terwijl een klasgenoot mijn plaats aan de lessenaar innam en haspelend zijn verhaal begon, had ik zachtjes geïnformeerd – bij Chiri, bij D'Avenia. Niemand kon me wijzer maken. Later, thuis, had ik het opgezocht. Mythopoietisch. Woordenproduceerder. En ik was blij geweest. Dankbaar en ontroerd. Erkend.

Ook nu, terwijl Steen voorleest, ben ik mythopoietisch, want ik zet de verschijnselen om in woorden. Om erachter te komen welke de juiste zijn gebruik ik *Il Modulo*, de encyclopedie, of de afleveringen van *Ricerche*, van uitgeverij Edizioni Salvadeo: dun, gelig, en met kleurenfoto's. Achter op elke foto een beschrijvende tekst. Weetjes, exacte termen. Elk nummer is aan een onderwerp gewijd. Dieren. Geschiedenis. Hemel en atmosferische verschijnselen. Zee. Natuurwetenschappen en techniek. Tropische planten. Met een schaar knip je de plaatjes uit en je plakt ze aan een randje vast in een schrift, zó dat je de foto kunt optillen en de tekst achterop kunt lezen; daarna speel je tot 's avonds toe met plak aan je vingers.

Terwijl Katoen boven de bladzijden in slaap valt en de zinnen vervormd uit Steens mond blijven komen, intensifieer ik het uithollen van mijn nimbus door me te concentreren op de rieten mand met afgedankt speelgoed – de cilindrische vorm, de vezelfragmenten die uit het oppervlak steken – op de verschillende gradaties wit van de gelakte boekenkast, op de Oom Dagobert-pop met zijn gescheurde, rubberen huisjasje, op de tot een schandalig roze verbleekte Bambi, op het schilderijtje van het kind met krulhaar en een zoetelijke bloem in de hand, dat tegen me glimlacht.

Met mijn nek stevig tegen de wand wordt mijn hoofd omspoeld door woorden, hele zinnen die schitteringen afwerpen, en dan blijf ik koppig in mezelf de kapstok met de jacks en een groen vilten, verslagen cowboyhoed en een mijnwerkershelm met kapot lampje benoemen, en daarna de vlamvormige aderen en knoesten her en der in de deur, en de tien centimeter lange beschadiging die ik een paar dagen geleden met mijn prikkeldraad naast de deurklink heb gemaakt.

Op het hoogtepunt, bij de triomf van de taal, stroom ik over.

'Nee,' zeg ik, terwijl ik mijn nek met een ruk van de wand losmaak, en ik heb de indruk dat het geen woord is maar een introductie.

Katoen schrikt wakker en kijkt me aan: een zacht, vreedzaam ongenoegen. Steen houdt op.

'Wat is er?' vraagt hij.

'Niks,' zeg ik, 'ik had het niet begrepen.'

Hij kijkt me vorsend aan, gaat dan door met lezen: 'Om te laten zien dat God de macht heeft om aan wie dood is het leven terug te geven, vertelde de profeet: "De Heer zette mij op een veld vol beenderen en vroeg: 'Denk je dat deze beenderen weer tot leven kunnen komen...? Buig je er nu overheen en profeteer: Voorwaar, ik zal jullie adem geven en jullie zullen leven.' " De profeet gehoorzaamde in dat visioen, en ineens voegden beenderen zich bij beenderen, vormden zich zenuwen, groeide vlees; er legde zich huid overheen; de geest voer erin en zij werden mensen.'

Ik kom dichterbij, buig mijn hoofd over het boek dat daar openligt. Er is een tekening te zien van een vlakte, bezaaid met witte, verwrongen skeletten. In de verte, op een bloedkleurige rots, Ezechiël, heel klein. Ik leg ook de doden van Rome om hem heen, ik verspreid ze over de vlakte, bedek ze met witte lakens, maar Ezechiël profeteert en zij glippen eronderuit, staan weer op, slaan het stof van zich af en lopen weg.

Steen legt het boek opzij en staat op om zijn sigaretten te pakken, die hij op het bureau heeft laten liggen. Terwijl Katoen onder de dekens kruipt, het licht uitdoet en inslaapt, steekt Steen een MS op en blijft daar staan – bruine broek, bruine trui, een onderarm die diagonaal over zijn borst ligt, de elleboog in de palm van de andere hand, de sigaret, naar de mond gebracht en vervolgens weer ervan af, de vingers die zachtjes zijn wang aanraken, de grote bril met het zwarte montuur.

Als hij de kamer uit loopt, kleed ik me uit, ik trek mijn bleekblauwe pyjama van slobberig tricot aan, kruip onder de dekens en doe ook het licht op mijn nachtkastje uit.

Ik heb het warm, schuif het laken en de deken van me af, duw alles naar het voeteneind van mijn bed, trek pyjamabroek en onderbroek tot op mijn enkels naar beneden, rol het hemd op tot aan mijn hals, en laat de koele lucht over mijn huid komen.

In het donker, in de stilte die alleen door de nauwelijks hoorbare ademhaling van Katoen wordt verstoord, klem ik mijn kaken op elkaar, maak mijn keel stijf, trek borstkas en buik krampachtig samen, leg armen opzij en krom mijn polsen, ik draai mijn benen tot een hoek, mijn knieën naar buiten gericht, voel de honger naar lucht, ik ben mank en gebeten: zoals elke nacht de laatste tijd maak ik een toneelspel van de mythische infectie, ik probeer, simuleer, en stel me de tetanus voor die zich binnen in mij tot lichaam transformeert.

Dan val ook ik in slaap, aan het begin van alles en kapot.

DE GOD VAN DE INFECTIES

(7 februari 1978)

Twee maanden geleden, het was december, ben ik op het platteland geweest. In een gebied buiten Palermo, langs de weg naar Messina. Ik was met Touw, Steen en Katoen. We waren er met de witte 127 heen gegaan. Steen moest naar terreinen kijken voor zijn werk. Toen ik uit de auto was gestapt, duwde ik de punt van mijn gymschoenen in de zachte, bruine aarde, ik maakte een paar gaten en keek toen hogerop: dertig meter van me vandaan was prikkeldraad. Als afscheiding tussen het ene veld en het andere. Het werd, horizontaal gespannen op ongeveer een meter boven de grond, omhooggehouden door grijze, houten paaltjes. Zo, zwart en met de onderbrekingen van de knopen met de stekels, vormde het een donker, doorlopend cursief. Ik liep erheen en raakte het aan: het was hard, grimmig. Het schommelde in de wind. Onder aan een paaltje lagen tussen de aardkluiten kleine, door roest aangevreten stukjes; ik pakte er twee op: het ene was als een klont, het andere licht gebogen. Ik sloeg ze tegen elkaar om het zand ervanaf te laten vallen. Ze waren prachtig. Roodachtig, bloederig. Ik draaide me om en zag in de verte Steen die met Touw stond te praten en Katoen die tegen de auto geleund een stripverhaal stond te lezen. Allemaal tenger, knoestig. Ik verborg de twee stukjes in de zak van mijn jack en liep terug.

In de auto dacht ik aan tetanus, de god van de infecties, aan de angst voor tetanus, aan Touw die tegen me zegt dat ik niets moet aanraken, dat ik bij niemand te dicht in de buurt moet komen, dat ik hier moet blijven, achteraan, vooraan, die me streng aankijkt als ik een hond aai, want hij zal me in mijn hand bijten en in elke hond zit hondsdolheid, schuim en gekte, zoals in ijzer, brokstukjes tussen korreltjes roest, de psychopathische bacterie zit, het micro-organisme dat ons haat, het monster, het subversieve wezen, en ijzer is overal, roest verteert de dingen en de lichamen, roest zit op de bestekken en in het vlees dat we eten, het komt in onze mond en valt in ons uiteen, in ons speeksel en in onze maag, het vult ons, bevolkt ons, groeit onder onze huid uit tot een legioen.

Met mijn wang tegen het raampje en mijn hand in mijn zak drukte ik een stekel tegen mijn handpalm tot ik pijn voelde; ik verminderde de druk, trok de ritssluiting van de zak weer dicht en ving het avondlicht in mijn ogen op. Later zat ik met mijn hoofd in de nimbus naar het voorlezen van Steen te luisteren. Nadat hij was weggegaan, deed ik het licht uit op het nachtkastje waarin ik de twee stukjes prikkeldraad diep had weggeborgen, ik wachtte tot Katoen sliep, deed mijn broek naar beneden, trok mijn hemd op en zette voor het eerst, halfnaakt, in het donker de spasmen, het verlangen naar de infectie in scène.

Op 7 februari is er 's ochtends geen school, het is carnaval. Ik ben thuis, en onrustig. Want het is nog vroeg en ik wacht op de middag en het exploderen van de avond. Ik speel een tijdje met mijn voorgevoelens, en daarna ga ik naar buiten; ik loop door de via Sciuti, richting via Notarbartolo, maar ook lopen is niet genoeg voor me, vermindert het brandnetelgevoel in mijn maag niet.

Touw heeft regelmatig netelroos, vooral in de zomer. Ze *lijdt aan* netelroos, zoals dat heet. Maar bij dat lijden geniet ze. Ze geniet van netelroos. Ze komt vol grote, rode vlekken te zitten, op armen en benen, vooral op haar benen, aan de binnenkant, en ze draagt alleen maar lichte zonnejurkjes om haar huid te laten ademen en haar lijden te verzachten. Ze haalt al haar jurken uit de kast en spreidt ze beurtelings op haar bed uit, bekijkt ze, gaat er met haar vingers over, beoordeelt ze, selecteert ze. Ze onderzoekt de ijskast, schap voor schap, ordent de verschillende etenswaren, rustig maar streng, onverzettelijk, terwijl ze zich verbeeldt dat ze door dat ordenen de wereld weer een beetje zin geeft. Eén voor één haalt ze de doosjes uit het medicijnkastje, leest de bijsluiters, belt haar broer, die arts is, maakt aantekeningen in een agenda uit 1973. Daarna zit ze mistroostig te gloeien, half voor pampus in haar stoel, armen en benen ver van haar romp, en zegt ze iets over aarsmaden of endocriene stoornissen, in gezelschap van haar persoonlijke spasmen. Touw is allergisch voor zichzelf, voor haar eigen ademhaling. Voor het feit dat ze op de wereld is. Dat ze met mij, Steen en Katoen leeft. Een ziekte waartegen ze zo heeft gevochten dat ze hem op mij heeft overgebracht.

Ik sla linksaf, kom in de via Nunzio Morello. Bijna op de hoek, na de San Michele-kerk, is de kantoorboekhandel. Ook de eigenaar heeft spasmen. Maar bij hem gaat het niet om tetanus, en ook niet om netelroos, ik geloof dat het van een hersenletsel komt. Hij wringt zich in allerlei bochten als hij beweegt en als hij praat komen er rare geluiden uit hem: ik kijk naar zijn vlezige tong, naar zijn paarse tongriem. Door altijd maar naar de via Nunzio Morello te gaan, ben ik er in de loop van de tijd van overtuigd geraakt dat híj Nunzio Morello is. Dat hij zo heet.

Ik ga naar binnen en hij staat aan de andere kant van de toonbank. Meestal vraag ik hem overdrukplaatjes. Vandaag niet. Ik kijk hem in de ogen, wijs op een pot, hij kronkelt als een reptiel, pakt de pot, zet hem op de toonbank. Zwaar ademend draait hij de deksel ervan af, ik steek mijn hand erin, rommel wat en haal er een rubberen balletje uit. Het is blauw, gemarmerd, het lijkt op de hemel. Ik laat het geld op de toonbank achter en vertrek weer.

Ik loop snel, onrustig, de kiemen in mijn aderen. Achter de kiosk voor de kerk blijf ik staan en klem het balletje in mijn vuist. Het is hard, compact. Geluk voor de handpalm. Het volmaakte cadeau voor straks, als ik zal zweven tussen angst en verlangen. Om toenadering te zoeken, tegen haar te praten. Om de gedragsregel te doorbreken die ik mezelf heb opgelegd. Op een afstand aan haar blijven denken.

Ik loop verder naar huis, mijn huis voorbij, sla linksaf en kom in de via Cilea. Bij de dierenwinkel. Ik ga naar binnen en groet. Om me heen de raskatten, de zwarte poedels zonder ogen, de cockerpuppies die op elkaars oren trappen, een enkel kuikentje, de verschrikkelijke kanaries. Ik kom bij het aquarium. Ik kijk naar de in het onderwaterblauw bewegende vissen, ik kijk naar mijn eigen trekken die achter het glas oplossen in de warreling van de belletjes die zachtjes door het zuurstofapparaat worden afgeschoten, lichtende, microscopische meervallen gaan door mijn haren. Ze zijn dik, mijn haren, stevig, licht kastanjebruin en op gezette tijden ineens blonder, losse lokken plat op het voorhoofd, de door Steen opgelegde pogingen tot een scheiding, 's ochtends voor ik naar school ga, als ik aan zijn hand snuffel die mijn hoofd vasthoudt om me te kammen, de dikke huid, de lekkere geur van rode baksteen, waar ik misselijk van word.

De druk van het zuurstofapparaat wordt ineens groter en slingert mijn gezicht weg: ik word een vloeibare wolk. Ik groet weer, verlaat de winkel en herneem mijn wandeling door de straten in februarivorm, tussen de winterse afval van de dorre bougainvilles, de rossige bloemen die naast de trottoirs bij hopen in de regenplassen liggen te vergaan. En zo loop ik verder, de tijd met de ruimte metend, maar ik heb de indruk stil te staan. Dus zet ik er de pas in, en nog meer, richting school, en op een gegeven moment ben ik aan het rennen, het balletje stevig in de hand, mijn hart in mijn borstkas, mijn ellebogen die de lucht achter mij breken, mijn knieën die zich krachtig verheffen. Ik ren, bijt, slik de wind in en ben in dat rennen ongedeerd. Als ik halt houd, reorganiseer ik mijn ademhaling, bestudeer ik de ruimte: aan de ene kant van het piazza De Saliba ligt mijn school, aan de andere kant een enorme open vlakte. Gisteren heb ik hier een wedstrijd gehouden met Scarmiglia. Die Dario, Dario Scarmiglia heet, maar eigenlijk alleen maar Scarmiglia. Heel donkere haren, magere kop. Hij praat weinig, stelt nooit gerust. We zitten bij elkaar in de klas; hij werkt, is goed, maar is geen slaaf van het programma, en hij heeft een scherpe geest die in het heden wortelt. Ook hij is somber en ideologisch, net als ik.

We zouden bij het schoolhek starten en dan naar het eind van de vlakte rennen. Een manier om onze band duidelijk te maken, om er reliëf aan te geven. Wedstrijdsport, hiërarchieën, de manier waarop de wereld ook via ons de regels consolideert. Honderd meter verderop, aan het eind van het plein, klein in weerwil van zijn omvang, onze scheidsrechter, Massimo Bocca, voor mij alleen maar Bocca, de B-o met een hard ploffen van de lippen uitgesproken. Dik, een bol vlees. Bocca zit ook bij mij in de klas. Scarmiglia, Bocca en ik. Helder, verdeeld, vijandig. Elfjarige lezers van de krant, luisteraars naar het tv-journaal. Het politieke nieuws. Geconcentreerd en schurend. Kritisch, somber. Abnormale preadolescenten.

Vanuit de verte moest Bocca het startsein geven door met zijn armen te wapperen. Lichtjes naar voren hellend, één been gebogen, het andere klaar om af te zetten, stonden Scarmiglia en ik op het sein te wachten. Vanuit een ooghoek had ik hem zien staan, oplettend, zijn lippen een beetje van elkaar. Toen Bocca tot drie keer toe de lucht had doorkliefd, waren we weggevlogen, vlak naast elkaar, we hoorden elkaars ademhaling, onze lijven vrijwel identiek, een tweelingachtige structuur van botten en spieren. Ik had het bijna meteen in mijn keel voelen kriebelen en zin gekregen om te lachen, en Scarmiglia was twee meter op me uitgelopen. Toen had ik mezelf vermand en was ik weer serieus aan het rennen gegaan. Maar ik kon maar niet ophouden met naar hem te kijken, met zowel zijn wedstrijd te rennen als die van mij. Ik herinnerde me in een flits dat hij me kort daarvoor, toen we van school terugliepen naar huis, had verteld dat haaien in Afrika zijn wat bij ons honden zijn, huisdieren, en dat elk Afrikaans huis aan de kust een onderzeese afrastering heeft van superlange, houten palen om het haaienjong binnen te houden zodat het niet wegzwemt en verdwaald raakt in de oceaan. Hij vertelde het op zijn gebruikelijke dodernstige toon, en ik had niet de geringste twijfel gehad. De volgende dag had ik het verhaal op mijn beurt in de klas aan anderen verteld, en ik had geprobeerd dat op dezelfde toon te doen: ze hadden me uitgelachen. Toen ik midden in de race terugdacht aan die haaien en aan mijn schaamte, was ik in lachen uitgebarsten en had ik snelheid verloren, terwijl Scarmiglia Bocca bereikte, hem voorbij rende, zich omdraaide en hijgend naar mij keek. Toen ik wandelend, met natte ogen en een nog vertrokken gezicht van het lachen de eindstreep bereikte, was Scarmiglia voor me komen staan, had me strak aangekeken, 'zak' tegen me gezegd en was daarna zonder zich nog om te draaien weggelopen.

Het piazza De Saliba is nu leeg. Ik ga terug. Ik loop de via Cilea weer door en voor de dierenwinkel blijf ik staan. Ik kijk naar mezelf in de etalage. Mijn trui van stijve wol. De scherpe kraag van mijn bloes. De riem van ongebleekt katoen met de metalen, geëmailleerde gesp met een autootje erop geschilderd. De blauwe, ribfluwelen broek met stukken op de scheuren. Mijn schoenen: gympjes, groen met bruin.

Ik speel nog wat met het balletje, zomaar, laat het tegen het raam ketsen, bombardeer mijn gezicht, de dieren in hun hokjes die zich naar me toe draaien en me aanstaren – de cockers toonloos, de poedels verontwaardigd, de kanaries wild door elkaar vliegend in hun kooien – en me veroordelen, totdat de eigenares het hoofd buiten de deur steekt en zegt dat ik moet ophouden; dan loop ik weg, richting huis, onder een hemel vol zwarte wolken die van elke straat een tunnel maakt, en terwijl ik vernederd over het balletje wrijf, loop ik mijn huis opnieuw voorbij en ga ik terug naar de via Nunzio Morello. Als ik de kantoorboekhandel binnenkom, staat Nunzio Morello in een tijdschrift te bladeren dat op de toonbank ligt, zijn hand, breed als het blad van een roeispaan, die methodisch in de bladzijden duikt, de mond die vertrokken is en gekreun van concentratie voortbrengt. Zonder iets te zeggen leg ik het balletje naast het open tijdschrift; het ding rolt even over de barstjes in het hout, een stupide ronddraaien, en komt dan mijmerend tot rust. Ik maak een gebaar naar de plank met de overdrukplaatjes: het bekende ijdele streven in ruil voor lauwe goede bedoelingen. Mijn systematische lafheid.

Nunzio Morello krabbelt vreselijke bewegingen in de lucht, geeft me de kaartjes met de slagvelden, de doorzichtige vellen met de figuurtjes van de krijgers; hij pakt het balletje en stopt het terug in de pot; ik kijk even naar het blauw dat zich verstopt, het cadeau dat verdwijnt. Vernederd omdat ik van gedachten ben veranderd, ga ik naar huis.

'S Middags haal ik een paar foto's uit de la. Ze zijn bijna allemaal van de laatste twee jaar. Een paar ervan heb ik met de Polaroid 1000 gemaakt. Ik hou van het suizende geluid als het positief uit het toestel komt, van het wachten tot het droog is, van het eroverheen blazen om dat vlugger te laten gaan, van het beeld dat zich begint af te tekenen en nooit echt scherp wordt, altijd eerder stopt, als het nog bleek is – het geelzuchtachtige geel, het flessengroen; de altijd zieke, altijd beroerd uitziende gezichten.

Ik bekijk een foto die een paar jaar geleden op mijn verjaardag is gemaakt. Chiri, Gugliotta, D'Avenia in een bleek namiddaglicht. Zij eveneens bleek. Ik sta er ook op, met opgetrokken neus, en je ziet ook het hoofd van Touw. En de taart met aardbeien en room, de wit-lichtblauwe doos met Fabiawater, de rode plastic bekers, de schilderijtjes aan de muur. Onze bruine truien, onze sjofele sweaters, het hoorngebaar achter een hoofd, het Fonzie-gebaar met een duim, het overwinningsgebaar met gestrekte middel- en wijsvinger. Glimlachjes, het stuk op de elleboog van de trui van Gugliotta die zijn arm om D'Avenia's hals heeft geslagen; D'Avenia die zowat stikt en lacht – zijn ogen zijn rood, zijn pupillen gloeien.

We zijn allemaal ironisch op deze polaroid. En ironie maakt me ziek. Sterker nog, ik haat het. En ik niet alleen, ook Scarmiglia en Bocca. Want er is steeds meer ironie, te veel, die nieuwe Italiaanse ironie die op elk smoelwerk schittert, in elke zin, die elke dag tegen de ideologie vecht, haar kop verslindt; binnen een paar jaar zal er niets meer van de ideologie over zijn, zal de ironie onze enige hulpbron zijn en onze nederlaag, onze dwangbuis, en zullen we, teleurgesteld, allemaal op dezelfde ironisch-komische toon zijn afgestemd en precies weten hoe de aanzet van de grap moet zijn, wat de beste timing is, hoe we de allusie ineens kunnen neutraliseren en laten doodbloeden, altijd participerend en afwezig, spits en ontaard: gelaten.

Daarna vermink ik Chiri met een stekel van het prikkeldraad en ik vermink ook Gugliotta en D'Avenia en ik vermink mezelf en Touw, ik maak gaatjes in de ogen, maak de monden breder. Want ik ben een ideologisch jongetje, geconcentreerd en fel, een niet-ironisch, anti-ironisch, weerspannig jongetje. Een niet-jongetje.

Ik kijk hoe laat het is, stop de stukjes prikkeldraad in de zak van mijn jack, ga naar buiten, loop de via Sciuti door tot aan de kruising met de via Paternò, ga steeds rechtdoor en sla dan rechtsaf, de viale Piemonte in. Als ik bij de Villa Sperlinga kom, is het er druk. Het is nog vroeg, ik besluit om bij de zandpaadjes te blijven, bij de gele grasperken, de meertjes, de hoge palmen, de mastiekbomen. Er is ook een draaimolen zonder muziek. Toen ik klein was draaide ik in elkaar gedoken op een blauwgrijze Dumbo in het rond, en vervoering en angst, beklemming en opwinding werden daarbij tot één emulsie. In de totale stilte van de zondagmiddag, met Touw en Steen die naar me keken, hun maaltijd nog verterend.

Ook nu, terwijl de baas van de draaimolen in zijn hokje het geld aanneemt en in ruil daarvoor de plastic munten geeft, zitten er op de scheef en traag draaiende molen kinderen van een jaar of drie, dik ingepakt in hun jasjes, de rode bivakmutsjes op het hoofd; ze protesteren een beetje, hun armen tevergeefs geheven, maar gaan daarna gedwee aan het draaien.

In de Villa Sperlinga kun je voor vijfhonderd lire een ritje op een pony maken; het dier vertoont een tekening van grillige, gele lijnen, zijn lokken en manen zijn als franjes. Het loopt uitgeput door het stof, aan een touw geleid door twee jongetjes die dialect spreken. De pony schudt zijn kop en laat een gutturaal gehinnik horen. Het is een heroïneverslaafde pony, want de bomen van de Villa Sperlinga zitten vol holtes, zowel in hun stammen als tussen hun wortels, en in die holtes liggen zakjes heroïne verstopt. In de rustpauzes, als de jongetjes hem vrij laten grazen en zelf een sigaretje roken, brengt hij zijn kop naar een boom, schurkt met zijn rug tegen de stam, ruikt een zurige geur, zoekt en vindt de holte, snuffelt erin rond, trekt het zakje los, snuift de wonderbaarlijke heroïne op en strooit hem uit, waardoor hij de schors en de kriskras rondkruipende mieren drogeert, en bij het volgende tochtje, drie kinderen op zijn rug, draaft hij vrolijk, met vernauwde pupillen en schel gehinnik.

De jongens, die verderop in kringen op de grasvelden zitten te praten, zijn nieuwsgierig geworden en kijken hem na. Eentje staat op, met geflapper van de lichtblauwe stof van zijn broek waarvan de pijpen wijd uitlopen, en gaat naar de boom. Hij wordt gevolgd door een hond, zo'n hond die pijlsnel door het park schiet, zo'n hond met schandalige vacht, poten als stekels en een mager lijf dat als een zeil de wind opvangt, die van golvende vorm verandert als hij langsrent en een grasveld doorsnijdt, onvermoeibaar en zinloos kwikzilverig, zonder herkomst en zonder doel en dus, zoals elk dier dat geen doel heeft, razendsnel.

Intussen heeft de jongen niets gevonden, ook al heeft hij met ogen en vingers gezocht, en hij loopt terug, geïrriteerd, want hij had de hostie – die hij na tien jaar bereidwillige communies nog in de mond proeft – in heroïne willen veranderen en de heroïne vervolgens weer willen samenpersen tot hostie, in een miniem, Italiaans, alchemistisch proces dat in deze jaren voorziet in de transformatie van de katholieke wortels in pathologische sociale stuurloosheid, van witte tuniek in borstelige bakkebaard, bekering en herbekering en omgekeerd.

Als de jongen weer gaat zitten, dringt de hond de kring binnen. Hij kijkt om zich heen, hijgt, laat wat gejank horen. De jongen klakt met zijn tong en geeft hem een teken; de hond loopt naar hem toe, vlijt zich neer en blijft daar liggen, de kop plat tussen zijn poten, zijn snuit ruitvormig.

Ik ga weg, loop terug naar de via Principe di Paternò, dan verder tot aan de via Libertà. Ik verplaats me naar het andere trottoir, houd het standbeeld achter me, ik zoek een dwarsstraat links. Vind hem, via Ugdulena. Het huis van Scarmiglia. Zijn ouders hebben voor vanmiddag een carnavalsfeest georganiseerd, hij ondergaat het. Ook ik onderga het, maar bij dat ondergaan verlang ik ernaar.

Ik bel bij de intercom, ze doen open en achter het 'Wie is daar?' klinkt een stolp van lawaai, stemmen en wind. Ik neem de lift, bekijk mezelf in de spiegel. Ik trek de kraag van mijn bloes uit de halsopening van mijn trui. Het maakt me willekeuriger, werkelijker. Ik ga de lift uit, haal mijn neus op, bel aan; de deur gaat open, ik leg mijn jack zomaar ergens neer en begeef me tussen de lichamen, in de nevel van het feest, in de fantasmagorie waar alles damp en corrosie en tranen in de ogen is. De kleren, de gekunsteldheid, de spiegels, de brandende lampen. We zijn allemaal elf, niemand rookt, we roken allemaal. Ik groet niet, zij groeten me, ik zoek de sigaretten tussen de vingers, vind ze niet, ze zijn er niet, ik weet dat ze er zijn. Ik heb bloed aan mijn vingers, jeuk, de vingers vastgehecht aan mijn hand, mijn hand aan mijn pols. Ik loop en kijk en voel dat ik opgedeeld raak in segmenten, in ledematen. Ik recapituleer me om mezelf bijeen te houden.

Ik vang een glimp op van Scarmiglia, hij zit in zijn eentje in de woonkamer op de grond voor de televisie. Ik voeg me bij hem. Achter hem de tafel met de donkere fles sinas met zijn smal toelopende hals en het er niet af te krijgen etiket; het ovale blad met de gefrituurde *calzones*, klein, roestkleurig, lichaampjes geplet door de druk van vingertoppen; het andere blad, rond, met pizzaatjes die een piramide hadden moeten vormen; maar de piramide is uitgehold en verslonden: de metalen leegte in het midden van het blad wordt nu overspoeld door het geel dat van de lampjes van de kroonluchter aan het plafond stroomt. Er zijn ook chips, in een witte aardewerken kom, en een sneeuwachtige verkruimeling op het tafelkleed en het tapijt, en vervolgens in een spoor naar de zitkamer.

Ik ga naast Scarmiglia zitten. Ik observeer hem, heb de indruk dat hij niet meer boos op me is vanwege dat gedoe van die wedstrijd, hij zit geconcentreerd naar de tv te kijken. *Space 1999*. Maya praat met commander Koenig. Maya is mooi, haar wenkbrauwen bestaan uit bolletjes. Het is een vloeibare, van vorm veranderende vrouw, die uit noodzaak of zomaar voor de grap in een vogeltje, bever, alligator of poema verandert. Ze heeft een snelle, grijsgroene geur die over haar heen krioelt.

Scarmiglia biedt me zijn plastic beker met water aan – ik pak die, houd hem in mijn hand, kijk ernaar, zet hem naast me neer. Daarna vertelt hij me dat Bocca koorts heeft en niet komt. Hij zegt ook dat hierna iets nieuws komt. Zo zegt hij het, streng, als een formule, zonder er verder iets aan toe te voegen, om me nieuwsgierig te maken, maar ik kijk naar al die hoofden in de zitkamer met die overvloed aan stralende sterren eromheen en naar de handen, neuzen en wangen die elkaar aanraken, zonder dat ze het zich bewust zijn, zonder verleiding.

En dan zwicht ik.

'Wat?' vraag ik.

'Een tekenfilm,' antwoordt hij, terwijl hij strak naar het scherm blijft kijken. 'Een Japanse.'

'En dus?'

'In de krant staat dat het een belangrijke is.'

'Om te lachen?'

'Wil je weten of hij ironisch is?'

Scarmiglia deelt mijn obsessies.

'Is hij ironisch?' vraag ik.

Hij vertrekt zijn gezicht, bekijkt dan met kritische blik vijf cowboys, hun riemen naar een heup afgegleden, pistool met zilveren kolf, karmozijnrood vest en hoed vol pailletten.

Iets verderop, diep in gesprek: drie musketiers met mantels in groen en rood en een zilverkleurig kruis in het midden, zogenaamde laarzen, van stof, onder de schoenen met een elastiek vastgehouden, plastic zwaarden met minstens één deuk.

Scarmiglia bestudeert hen bitter. Hij en ik zijn de enigen die niet verkleed zijn.

'Nee, niet ironisch,' zegt hij, waarna hij zijn blik verplaatst naar vier rovers met zwart vilten hoeden die wel atoompaddenstoelen lijken; de rovers zijn druk bezig plaatjes te verhandelen.

'Om te huilen,' voegt hij eraan toe.

Ik keer me met een vragend gezicht naar hem toe.

'Het is het verhaal van een meisje,' zegt hij. 'Een weeskind. Ik heb een foto van haar gezien in de krant, met daarop zij en een berg en een grasveld.'

Een introverte Zorro is een stukje van ons vandaan op de vloer gaan zitten. Zijn bloes is eigenlijk donkerblauw, maar vertrouwend op het schemerige licht en het dunne, met zwartgeblakerde kurk getrokken lijntje van de snor, doet hij of er niets mis mee is. Alleen, onverschillig, helemaal los van de ruimte om hem heen, knabbelt hij op een licht verbrand pizzaatje en drinkt daarna het bodempje sinas in zijn beker op.

'Waarom zou je erom moeten huilen?' vraag ik.

'Zo gaat dat toch?'

'Hoezo?'

'Met meisjes,' zegt hij.

Ik wind me op: ik weet dat hij het expres zegt, maar ik wind me toch op.

‘Wat bedoel je?’

‘Dat meisjes je aan het huilen brengen.’

Terwijl hij dat zegt bestudeert hij drie negentiende-eeuwse dametjes in tule en met een parasolletje, die samen staan te praten, hun ectoplasmawangen met verf opgemaakt, thuis, door hun tantes.

Ik zeg tegen mezelf dat hij gelijk heeft, maar hij heeft geen gelijk. Scarmiglia weet; en wat hij niet weet leidt hij af: de rest raadt hij. En gebruikt hij.

Ik zie negen turkooizen feeën en bloc aankomen, met punthoeden waar witte, sluierachtige lappen van afhangen, hun jurken met klokrokken vol sterren: ze zijn allemaal hetzelfde, een enorme hemelsblauwe wolk waar de rest van het feest in opgaat. Achter mij, op een stoel tegen de muur, liggen hun toverstokjes; op de stoel ernaast liggen de jassen en jacks opgestapeld. Ik sta op, pak een jas, leg hem over de toverstokjes, kijk om me heen en ga er dan bovenop zitten. Ik hoor het gekrak van de sterren, een geluid als van een uitkomend ei. Ik voel minachting voor het woord ‘sterretjes’. Met mijn handen stevig om de rand van de zitting beweeg ik, oefen ik druk uit, en het is alsof de scherven uit mijn anus komen. Dan sta ik op, raak niets aan, en ga weer naast Scarmiglia zitten.

‘Ze is net gearriveerd,’ zegt hij zonder me aan te kijken. ‘Ze is met haar vriendinnen naar de keuken gegaan.’

Mijn ellebogen staan op mijn knieën, ik buig het hoofd. Ik voel dat mijn ademhaling, binnen in me, een puinhoop is geworden. Ik bijt even in de zijkant van mijn hand, sta op, baan me een weg tussen de krampachtige lichamen door. In alle gezichten is de huid onder de ogen eeltig als die onder de ogen van gorilla’s. Veertig gorillajongen in carnavalskledij. Via de ene bres na de andere bereik ik de keuken – God weet wat er met mijn leven gebeurt als ik zo doof word als nu en de wereld tot een spook, een skelet degradeert, en terwijl ik op de rand van de drempel sta, is daar, tussen de open kast en de witte bolheid van de ijskast, stil in het koor van al die feeën, alleen zij maar, zij die oeroud en toekomstig is, gewijde melancholie en innerlijke brand en involutie, rampzalige val van de taal, harmonie en barbaarsheid, helderheid en mysterie, en duisternis en warboel en versmelting, magma, voeding, as.

Het creoolse meisje heeft een rood en zwart lichaam, vol leeuwen en tijgers, nachtelijke oerwoudgeluiden, geritsel, gekraak, gedruppel (ik kijk naar haar vanaf de drempel en boven ons zijn lampjes; onder ons schaduwen; de vloer is groen). Diep in haar lichaam is ook een ordelijke, schone stilte, zonder aanslag, zonder kringen of vlekken; een aanwezige, beweeglijke stilte, teder en heel zacht (ze kijkt naar een fee met gezwollen gezicht die staat te praten en zij luistert; ze is gekleed, ik weet niet hoe ze gekleed is, niet in carnavalskledij: ze is rood en zwart). Soms komt er een lach uit die stilte, nooit woorden, met een heerlijke, vrolijke kracht (de gezwollen fee is uitgepraat en nu lacht ze, een lach van triomf zou ik het willen noemen. De vrouw des huizes, een verbitterde vrouw met een broche in de vorm van een klimopblad op haar jurk, ziet me in de deuropening staan en vraagt me iets, ik antwoord: 'Een beetje water.'). Haar haren leven. Het zijn demonen (de vrouw des huizes geeft me een glas, net zoals haar zoon eerder de plastic beker; het is van geslepen glas, nog warm van de afwasmachine, gezuiverd, ik kan eruit drinken). Het creoolse meisje praat nooit en luistert aandachtig, naar de opgeblazen fee of een andere die net komt aanlopen: ze kijkt hen steeds recht aan, luistert met haar ogen, haar hoofd een beetje opzij gebogen (de vrouw des huizes schenkt het water in, ik breng het glas naar mijn mond en drink langzaam, met mijn neus tegen de rand van het glas: het water is stekelig). Ze maakt een gebaar met haar rechterhand, die niet klein is; die donker is met bovenop een licht vlekje in de vorm van iets, en ik proef het gebaar, dat trots en zijdeachtig is, en het lichte vlekje, dat mooi is en me bang maakt.

Terwijl ik drink, observeer ik, van weerszijden van de halve cirkel van het glas, en ik denk aan een paar maanden geleden, in het begin van het schooljaar, toen we buiten op het plein stonden te wachten om weer naar huis te gaan en het licht van Palermo zo transparant was dat je kon zien hoe het zich gaandeweg structureerde, hoe de corpusculaire materie zich samenvoegde en door de gravitationele versnelling op ons viel, een sneeuwbui van deeltjes midden in september, en aan hoe ik tussen al die anderen naar het creoolse meisje keek dat alleen op een treetje zat, haar boeken naast zich en een schrift open op haar knieën, haar rechterhand die het vasthield, de wijsvinger van de linkerhand die het geschrevene naging en vervolgens, door een gedachte die ineens in haar opkwam, op de naad tussen de bladzijden bleef liggen.

Op dat moment was een mug, die eerst in het licht dreef, misschien uitgerekend door dat lichte vlekje aangetrokken, naar de stilliggende hand gezeild en zonder dat het creoolse meisje het merkte begonnen het lichte van die huid op te zuigen. Verbaasd en gealarmeerd was ik erheen gelopen, het creoolse meisje had naar me opgekeken, de mug had zich van haar hand losgemaakt en met een resoluut gebaar had ik haar in haar vlucht gevangen, in de vuist van mijn rechterhand, zonder te knijpen. Ik had niets gezegd; ik had het meisje aangekeken, ik had me omgedraaid en was teruggelopen, erop lettend dat ik de mug niet in mijn handpalm platdrukte.

De weg naar huis had ik afgelegd met mijn arm ver opzij en een beweging in de palm van mijn hand. In mijn kamer had ik mijn vuist een klein stukje geopend, mijn vingers strak tegen elkaar, en er met mijn andere hand op geklopt: er was nog beweging, de mug leefde. Toen had ik – nog steeds met mijn linkerhand – een doorzichtig plastic doosje gepakt, en haar erin gedaan, heel voorzichtig manoeuvrerend. Daarna was ik gaan zitten en keek ik naar haar.

Ze was donkergeel, de zes pootjes steunden op de plastic bodem, de vleugels waren gespreid en de halters ingeklapt, de kop naar mij geheven, het sprietje van haar stilet bewegingloos. Verbijstering en rancune. Ze kwam waarschijnlijk van een verdwaalde waterlarve in een of andere groene schotel, nat van het overtollige water uit een plant, zo'n grote ficus als er boven de balkons van de Palermitaanse gebouwen in de Libertà-wijk uit rijzen. Nadat ze zich met plankton had gevoed, was ze weggevlogen, had in haar vlucht gepaard, promiscue, in een zwerm mannetjes, en had menselijk vocht opgezogen en daar proteïnen uit gehaald. En toen, ineens, was ze op de hand van het creoolse meisje neergestreken, waarschijnlijk opgeroepen door haar epidermale substantie, door de koolstofdioxide rond haar lichaam of door het lichtende plekje op de donkere huid, en nu zat ze hier voor me, onder een doorzichtig dekseltje, met haar enorme onderkaak en haar voorpoten die langzaam over het puntige stilet streken. En binnen in haar had ze dat bloed, een druppeltje bloed van het creoolse meisje, een deeltje van haar biologie, en ik was verliefd op haar geworden en had met tederheid naar haar gekeken; als antwoord daarop had het diertje me de rug toegekeerd, maar ik wilde voor haar zorgen, haar bewaren zoals je een relikwie bewaart die een fragmentje van een heilige bevat, haar vereren als een insect-tabernakel: ik wilde haar met haar geïsoleerde rode bloedlichaampje isoleren, maar haar verzekeren van voedsel en leven.

Dus had ik in *Il Modulo* gezocht, maar er stond niets in over muggen, en daarna in *Fanciulle operose*, Nijvere meisjes, een schoolboek van Touw. Ook daarin niets. En dus had ik maar een blaadje sla gepakt en dat in het doosje geschoven, maar de mug had het een hele dag lang genegeerd, was er steeds met haar rug naartoe blijven zitten. Ik had brood verkruimeld, de korst en het zachte binnenste en de kruimels in het doosje laten vallen, ik had nog een dag gewacht maar weer was er niets gebeurd, en koffiepoeder, een stukje bruistablet en een piepklein hapje schnitzel hadden ook niets uitgehaald.

De dagen verstreken en de mug at niet. Ik zag haar altijd doodstil zitten, in een verdovende houding om de pijn van de ondervoeding te beperken. Ik wist niet wat ik moest doen en was van de wc gekomen met een kruimeltje van mijn poep op het puntje van een balpen: ook dat was niet goed. Toen had ik uit wanhoop, uit angst haar dood te zien gaan, een plastic zakje van de Standa gepakt, ik had de mug erin gedaan en mijn blote arm erin gestoken; ik had het zakje met behulp van mijn andere hand en mijn tanden ter hoogte van mijn elleboog dichtgeknoopt en haar ontroerd mijn huid geboden, mijn haarvaten, zodat ze haar antistollingsspeeksel daarin kon injecteren en kon zuigen en zich voeden en daarbij mijn bloed met dat van het creoolse meisje vermengen, een soort geconcentreerde bevruchting in haar buik, in haar spermatheek, twee druppels, nauw verbonden in een zwart-robijnrood stolsel om een liefdeszygoot voort te brengen, een vorm van liefde opgesloten in het lijf van een somber, wrokkig insect.

Op en neer lopend door het huis, had ik mijn arm de hele middag in dat zakje gehouden, meer afwezig en geconcentreerd dan gewoonlijk. 's Avonds had ik me in de badkamer opgesloten en het zakje opengemaakt: ik had grote, rode zwellingen op mijn arm, en in een witte plooi onder in de zak lag het lichaam van de mug, krom, stijf, de voelsprieten slap, de draadpootjes verdord, het stilet onbezield. Na de wraak doodgegaan van woede en verdriet, met mijn bloed opdrogend in dat van het creoolse meisje.

Met tranen in de ogen had ik het lichaam met twee vingers opgepakt en in de wasbak gegooid. Ik had de kraan opengezet om het weg te spoelen, maar het lichaam draaide met het wervelende water mee, bleef op een droog stukje porselein hangen; het water greep het weer en het draaide opnieuw rond, bleef toen, inmiddels in de spiraal, weer op een waterafstotend punt hangen. Ik had ertegen moeten duwen en blazen en het lijfje nog eens tussen duim en wijsvinger moeten nemen, bij een vleugel, en het loodrecht in het gat moeten laten vallen om me ervan te kunnen ontdoen, het bloed te laten verdwijnen en naar mijn gebeten arm te kunnen kijken.

Ook het creoolse meisje drinkt nu water, ze luistert, maakt langzaam een gebaar met haar hoofd, haar haren bewegen, de demonen duiken even op uit dat zwart, en precies op dat moment bijt ik in het glas, het breekt, ik neem het glas van mijn mond en voel bloed. Het creoolse meisje draait zich naar mij om en ook het koor van dametjes en feeën draait zich naar mij om. Op haar gezicht is ongenoegen en nieuwsgierigheid te lezen. De vrouw des huizes neemt het glas uit mijn hand, zegt dat ik niet moet slikken, doorzoekt mijn mond, haalt de scherf eruit; daarna moet ik van haar mijn hoofd achterover houden, ze maakt een theedoek nat en dept mijn mond terwijl ik me afvraag waarom ik mijn hoofd achterover moet houden, mijn neus bloedt toch niet? Ik zou mijn hoofd recht willen houden en willen zien wie er naar me kijkt en niet die broche in de vorm van een klimopblad zien die groter en groter wordt, maar goed, ik hou het achterover, en terwijl het licht van de plafonnière diep in mijn ogen dringt, bedenk ik dat het ideologische jongetje, het genimbeerde, het felle en geconcentreerde, het anti-ironische, het weerspannige, het niet-jongetje, ik kortom, nu hier zit met een vochtige theedoek op de mond, alle ogen op hem gericht en middelpunt van de verwarring – zo wilde ik het niet. Dus breng ik mijn hoofd weer omhoog en loop ik op een holletje de keuken uit, terwijl de vrouw des huizes me naroept; ik ga naar de entree, vind mijn jack, graai in een zak en loop weer terug. In het voorbijgaan zie ik Scarmiglia nog steeds op de grond voor de televisie zitten en op het scherm is geel en rood en blauw te zien, een meisje met blote voeten en witte geiten, een schommel en muziek, maar het meisje is roze, ze is niet creools, ze stelt niets voor. Ik zie ook, vanuit een ooghoek, de consternatie en het diepe verdriet van de feeën rond de puinhoop van de sterren, open monden en opkomende tranen, Zorro die gehurkt voor de stoel als een rechercheur een kapot toverstokje bekijkt, en een als kuikentje verkleed kind, met een knalgele kuif op zijn hoofd en ogen vol wanhoop.

Als ik in de keuken kom, zit het creoolse meisje op een stoel aan de tafel. Ze is zo mooi – haar zwarte haren tegen de lichte tegeltjes, haar roodachtige huid en een plotselinge, smartelijke bleekheid – en ik zou willen dat ik haar kon uitleggen, kon zeggen, het glas en de woorden uit mijn mond kon rukken, ik zou een uitzondering willen kunnen maken op mijn principe van afstand houden en haar voor het eerst willen kunnen horen praten, naar haar stem kunnen luisteren nadat ik haar naam had gevraagd, haar vragen hoe oud ze is, maar ik kijk haar aan met de ogen van de dorst en zeg niets, stel uit.

Om ons heen staat iedereen doodstil en dan reik ik haar, in stilte en met de flitsende beweging van een knipmes, de twee stukjes prikkeldraad aan, ik hou ze haar voor alsof het een paar losse bloemen zijn. Zij staart me aan en ik kijk door haar ogen naar mezelf: de twee stekelige steeltjes die aan de gespannen vuist ontspruiten en brutaal en gedecideerd afsteken tegen mijn gezicht dat nog een beetje rood vocht op de lippen heeft, mijn blik koortsig, vol vertrouwen en verwarring – en dan beweegt haar bruine hand met het lichte vlekje op de bovenkant, hij nadert de mijne en trekt met twee vingers het gebogen stukje uit mijn vuist, die zich opent – en op dat moment, terwijl het buiten en binnen donker wordt, stort mijn leven in en raakt mijn hart vervuld van vreugde.

DAGERAAD

(24, 25 en 26 maart 1978)

Op de avond van 24 maart nemen we de trein naar Rome. Het minerale dier. De stad van de doden. Over twee dagen is het Pasen, we vieren het daar. De reis duurt een hele nacht, morgenvroeg komen we aan. Ik voel me cynisch, opgewonden, ik ga met mijn tong over mijn litteken.

Het is een coupé voor zes personen, maar we zijn de enigen. Boven de zitplaatsen, geschilderd op kleine glazen rechthoekige plaatjes, Italiaanse landschappen. Velden en bouwvallige muren: nog meer ansichtkaarten, nog meer nationale verlakkerij. Iemand heeft er met viltstift op getekend, genitaliën op muren en velden aangebracht.

Ik slaap in de bovenste couchette, naast de kofferruimte. Ik word verliefd op het gele lampje in een nisje aan een uiteinde van het bed, dat je aanknipt met een hendeltje in de vorm van een dunne peer; het hendeltje is wit, als ik tegen de punt druk, biedt het weerstand: daarna klinkt er een duidelijk 'klik'.

Terwijl de trein van west naar oost rijdt – de zee links is diepzwart – lees ik een *Alan Ford*; ik houd van Bob Rock; sir Oliver geeft me een akelig gevoel. Dan staat Touw op, ze doet het gordijntje halfdicht, zegt iets en we doen het licht uit. Ik wacht tien minuten, het ademen dat vorm aanneemt; ik draai me op mijn buik, doe het licht weer aan en leg meteen mijn handen als een schelp om het lampje. Ik blijf een paar minuten bewegingloos liggen, het licht in de grot van mijn vingers dat oranje wordt. Ik bestudeer de rug van mijn handen, de vorm van mijn vingerkootjes, mijn nagels die donkerroze afsteken tegen de vingertopjes; ik onderzoek ook de botjes, voel me vormeloos. Daarna lees ik een beetje, waarbij ik de bladzijden zachtjes omsla, de vibraties van het papier voel, afgewisseld met een paar minuten rust, mijn ogen dicht, mijn hoofd op het stripblad, mijn oor tegen de tekeningen. Tijdens de stops op de stations doe ik het licht uit en kijk naar buiten. Op de perrons lopen mannen met een rijdend stalletje, op sommige stations met een draagstel zoals dat van sigarettenverkoopsters. Ze verkopen warme koffie uit grote thermosflessen. Ik zie armen van slapeloze reizigers naar buiten reiken om het plastic bekertje aan te nemen; om te betalen buigen ze diep naar beneden terwijl de trein alweer vertrekt; warme, zwarte druppels spatten op hun vingers.

Zodra de trein de stations verlaat, doe ik het licht weer aan en scherm het af. Ik breng mijn mond naar mijn knokkels en het lijkt of ik het drink, dat licht. Ik denk aan koffie. Koffie is nerveus en verontrustend. Vloeibare damp. Ik ken koffie van zien en ruiken maar heb het nooit gedronken. Elke middag als Steen thuis koffie maakt, kijk en luister ik naar het geborrel waarmee hij naar boven komt; ik sta geconcentreerd voor het koffiepotje, geschokt door een dergelijke wrevel.

Als ik mijn hoofd weer van het stripblad ophef is het uren later. Ik doe het licht uit, ga rechtop zitten, leun met mijn rug tegen de koffers en kijk naar hoe er buiten steeds meer, buitensporig veel landschap komt. Achter in dit eerste licht, dat bij het bewegen van de trein helder en ongeschonden blijft, nog niet gebruikt door lichamen die door erdoorheen te lopen het weldra zullen opdelen in myriaden fragmenten, staat het creoolse meisje. Dagen na mijn cadeau heb ik besloten dat dat ons huwelijk was geweest. Het uitwisselen van het prikkeldraad in plaats van dat van de ringen: zij heeft het stukje draad genomen en mij de beweging van haar arm en vingers geschonken. Haar schoonheid. Maar later op school alleen maar zwijgende oogsignalen, een trilling, bij haar en bij mij, van de kristallens. Verder niets.

Om negen uur 's ochtends zijn we aan het demobiliseren. De bedden zijn weer opgeklapt, de lakens en dekens liggen onder de banken. Er zit oogvuil om de ogen, nacht in de adem. De huid is verdoofd, op de gezichten liggen de bijgekomen trekken die erin zijn gedrukt door de ribbels van het kussen. We kijken elkaar wantrouwend aan.

De trein heeft vertraging. Op het station van Aversa koopt Steen koffie vanuit het raam. Touw haalt mijn veldfles uit de reistas: het water komt gedwee, elke slok voelt als een puppy voor mijn vermoeide mond. Intussen leest Katoen *Donald Duck*, maar zijn hoofd valt opzij en naar voren, het lijkt of hij gebroken is. Uit zijn gesloten hand steekt het donkere geel van een stuk brood. Katoen is vier jaar jonger dan ik en gematigd. Hij is solide zonder agressiviteit, zwijgzaam zonder vijandigheid. Overdag eet hij alleen maar brood, 's avonds fruit. Als een kanarie, als een hamster. Vlees bijna nooit, en als hij het eet, ontdoet hij het van de peesjes en het vet en alle onduidelijke stukjes. Het werk van een voorsnijder, een knager. Op een keer, een maand of wat geleden, stak hij het handvat van een plastic tennisracket in zijn mond, zo'n racket waar je schuimrubber balletjes bij gebruikt. De haarvaatjes rond zijn mond gingen stuk, maar hij merkte het niet, want het deed geen pijn. Touw zag hem met die niet bloedende krans bloed om zijn mond rustig de keuken in komen, een stuk brood pakken en weer weggaan en wist niet wat ze moest denken en of ze moest lachen of gillen. Maar ik liet hem in een fauteuil gaan zitten, pakte het fototoestel en maakte een foto van hem. Je ziet er Katoen op, met voeten die niet bij de grond kunnen, zijn roodachtige mond halfopen en een witte vlek, kalk, op een snijtand in zijn bovenkaak. Het eeuwige stuk brood waar al van gegeten is in een hand die verloren in zijn schoot ligt.

Op het station van Latina stappen een man en een vrouw in, ze komen onze coupé binnen. We maken ruimte, ze gaan naast elkaar zitten: hij naast het raam, zij op de plaats in het midden; ik daarnaast, vlak bij de deur; Touw en Steen en Katoen recht tegenover ons.

Ze zijn jong, hebben allebei een spijkerjasje aan en een versleten lichtblauwe spijkerbroek. Hij zwarte krullen, bakkebaarden en een snor, zij blonde krullen en een rood-paarse sjaal. Allebei de gespannen uitdrukking van wie onraad ruikt. Ze praten niet. Zij staart voor zich uit – naar Touw, in het niets; hij heeft bij het uittrekken van zijn jasje een blaadje uit zijn zak gehaald en zit nu te lezen, maar verveeld, kijkt af en toe uit het raam, met minachting voor het buiten, voor het definitief dag worden, zo enorm en zo zinloos.

We lijken op elkaar, hij en ik. Ook de vrouw en ik lijken op elkaar. Zelfde ras, zelfde temperament. Glaseters. We zijn duister, gevaarlijk, onze spleetogen kijken ver weg en focussen op de allerkleinste vlekjes. Als er op dit moment iemand de coupé in kwam, zou hij denken dat zij mijn ouders waren. Ik hun zoon. En die drie voor ons – ach, die zaten er al.

In Roma Ostiense staan mijn nieuwe familieleden op, ze zeggen geen woord en vertrekken. Als de man zijn jasje van de bank oppakt, laat hij het blaadje achter. Ik sta op, pak het en ga weer terug naar mijn plaats. Mijn geestesgesteldheid is volkomen normaal. Een vriendelijk snuffelen aan de dingen, een extra afleiding bij het wachten op onze uiteindelijke aankomst in Rome. Maar ik voel verdriet om het verlies van mijn onverwachte verwanten. Ik neem het blad dus als een erfenis in ontvangst: ik sla het open en zink erin weg.

In het begin alleen maar fysionomieën, onbegrijpelijke situaties. Daarna gaan de seconden niet langer voorbij en verdikken ze zich als druppels olie op een sluier water. Coalescentie heet dat.

Het blad blijkt een prachtig afkeurenswaardig bijproduct van eigentijdse stripverhalenporno: twee tekeningen per bladzijde, op de dubbele bladzijde vier in totaal, zoals in *Diabolik* of in *Kriminal*. Als ik met Scarmiglia en Bocca in onze stedelijke pornonesten kom, vind ik daar bij de fotobladen ook altijd stripbladen: *Jacula*, *Cosmine*, *Lucifera*, *Jolanka*... Minder fraai dan die met echte lichamen, maar willekeuriger wat de fantasie betreft, subversiever, want getekende lichamen kunnen alles.

Ik verschuif naar de middelste plaats. Niemand naast me. Touw, Steen en Katoen voor me, heel ver weg. Buiten het landschap dat zich draderig van zichzelf losrukt. Ik trek mijn onthutste smoel weer in de plooi, leg mijn ellebogen dicht tegen mijn zijden, een lezend heertje, mijn zeer katholieke goede manieren – de hostie in heroïne veranderd, de heroïne in hostie, het gebed in porno, de porno in gebed. Ik lees en ga er volledig in op.

Een naakte man – besnord gezicht, half liggend op een laag stoeltje naast een groot bed – in het midden van de tekening, de penis in de hand – in beide handen, gezien de omvang – die naar de copulatie zit te kijken van een andere, jongere, blonde man met een weerwolfvrouw, die op deze en op andere bladzijden wordt aangeroepen als nymfomane koningin, godin van de seks, peilloze orgastische put en onovertroffen erotische bron, vaginale holte van onzegbaar vermogen en amorele mondopening, wonderbaarlijke anale sluitspier van de materie, magneet, slet, hoer, pijpster en kontneukster, machtig en verontrustend in de tekening van benen en borsten, in de hongerige lijn van haar ogen, liggend, op haar buik en op haar rug tegelijk, gedraaid en gebogen, krom en verwrongen, gepenetreerd in haar navel, in haar zijde, rug, ribben en nek, in haar hele lichaam, dat ik met mijn vingers aanraak, maar waarbij ik uit respect en verlegenheid probeer de verschillende fallusvormige explosies te ontwijken en, als ze getekend zijn, ook de plakkerige zaaderupties, liever zoek ik met mijn vingertopjes het witte vlees van de vrouw, de opaalachtige glans, dat opwellen van prachtig licht dat van compact doorschijnend wordt als ik bladerend de bladzijde optil en in filigraan de tekening op de andere kant al zie, wat de tekening bovendien ingewikkelder maakt door lijnen die er niet horen, van recto naar verso doorschemeren, in het papier gedrukt door de halvemaantjes van mijn nagels, van de insnijdingen van komma's die het seksplaatje in segmenten verdelen, de syntaxis van de copulatie tot in minuscule deeltjes ontleedt.

De trein schokt, een explosie van snikken, en daar is, verloren tussen de bladzijden van de pornowereld, het creoolse meisje. Ze kijkt om zich heen. De enorme penissen, de spelonkachtige vagina's. Ze weet niet waar ze heen moet. Ze dwaalt heel klein tussen de getekende bewegingen, ze slaat ze bezorgd gade, ook zij samengesteld uit dunne lijnen, nauwelijks op het papier aangegeven. Bij elke stap dreigt ze te verdwijnen. Ze gaat naast de man met de snor zitten; ze kijkt naar hem, ze kijkt naar de penis in zijn handen, ze draait zich naar de weerwolfvrouw, observeert het kannibaalse mechanisme van de penetratie, het indrukwekkende maal van de blonde man op de doorboorde vrouw, de blonde man die stopt, zich omdraait, haar bestudeert, opstaat – zijn penis bungelend tussen de benen – naar haar toe loopt, haar bij een arm neemt, haar naar het bed brengt, haar op het lichaam van de vrouw duwt dat groter wordt, immens. De blonde man drukt op de borst van het meisje, dompelt haar in het lichaam van de weerwolfvrouw, laat het meisje in het drijfzand van die vrouw wegzinken tot het verdwijnt en er op de plek waar ze was een licht achterblijft dat zich in mijn ogen verstrooit.

Inmiddels is de trein de braakliggende terreinen van de buitenwijken voorbij, hij heeft vaart geminderd en buiten is het landschap wolk en warboel geworden. De trein mindert nog meer vaart, rijdt Roma Termini binnen. Touw en Steen staan op, beginnen de bagage bij elkaar te zoeken; Katoen slaapt door, met een vervormde wang tegen de rand van de armleuning; de lege korst van zijn stuk brood is op de zitting gegleden. Ik ga aan de kant staan, het blaadje in mijn handen, niet in staat het te laten liggen, zeker omdat Touw en Steen er geen aandacht aan schenken, ze denken dat het mijn *Alan Ford* is. Ik wurm me moeizaam in mijn jack, het blaadje eerst in de ene hand, dan in de andere, terwijl ik het steeds met mijn lichaam verborgen houd. Daarna installeer ik me in het verste hoekje van de coupé, met mijn rug naar iedereen toe, en lees weer. Ik ben vol aandacht, ik ben een werkbroeder. Overdreven gehecht aan zijn geloof, zuinig op zijn godsdienst. Iemand die alles de rug toekeert, die zich in een hoekje nestelt en de anderen vergeet. Zo voel ik me en ik incasseer de opmerkingen, de gebaren, de brutaliteiten, de grijnslachjes.

De koffers vullen nu de ingang van de coupé, een schok, een terugstoot en de trein staat stil. Ze zetten zich in beweging, ik sluit achter hen aan, het blaadje in mijn vuist geklemd. Ik heb het strak tot een buis opgerold en voel het bij elke stap in mijn handpalm, gebogen, de getekende lichamen kronkelen, naderen elkaar, kruisen elkaar, verdwijnen in elkaar, wanhopig volmaakt en vervormd. Het is als mijn penis, wanneer ik die in de hand houd – mijn obsessieve, literaire en narratieve penis –, de lamp die de geest bevat, waarover ik wrijf en die ik in mijn verbeelding raadpleeg, die ik vraag al mijn verlangens te vervullen, al mijn angsten. Soms komt de geest tevoorschijn, duikt microscopisch klein op, vloeibaar, hij geeft me een akelig gevoel – de nachtmerrie van kapotte en vloeibaar geworden organen die wegstromen uit de gaten.

Door de gangraampjes kijk ik naar de eerste sporen van de hongerige stad die sinds maanden in kranten en tv explodeert, de stad waar het krioelt van de lichamen, de schoonheid van de lichamen van de brigadisten, de pracht van maart die de man en de vrouw uit de trein in een verblindend licht zet, mijn nieuwe ouders, hun snelle stappen tussen de schuilplaatsen, terwijl ze jachtig en heimelijk hun pamfletten bezorgen, het constante gegons van de huid, seks op veldbedden waarbij fel gebeten wordt, de dierlijke gang van zaken, dit Rome, tragisch in de zon.

Ik kom aan het einde van de gang, het blaadje nog in mijn hand, de lichamen op de bladzijden uiteengevallen door het eeuwige, bewegingloze uitstorten van zaad, de gezichten van de vrouwelijke brigadisten helemaal onder het wit, hun monden vol brigadistenzaad – bitter en bevruchtend, ideologisch en glorieus –, de moederlijke ogen die vol zachtheid naar het sterven van hun mannen kijken. Terwijl Steen en Touw zich onder aan het trapje over de bagage buigen, laat ik het blaadje op het linoleum vallen, ik ga de treetjes af, zet een voet op de stad Rome en loop weg, mijn handen in de zakken, de vingertopjes tegen de handpalmen gedrukt. Terwijl ik naar de gele taxi loop, houd ik mijn ogen op de grond gericht, het voorhoofd introvert, en voel ik hoe de muil van de wereld mij bij mijn kraag pakt en me zachtjes dooreen schudt, ironisch. En daarna, terwijl Steen de koffers aan de chauffeur aanreikt en die ze in de kofferbak stouwt, draai ik de dop van mijn veldfles los en drink ik een zwerm van heel snelle slokjes die mijn keel overspoelen; het hoofd achterover, de veldfles loodrecht op de mond, de maartse zon die rinkelend tussen mijn ogen valt; als ik de veldfles met een plof van mijn mond haal, staan de tranen me in de ogen; ik droog ze niet af.

Ik zit achterin, naast het vuile raampje, en terwijl de taxi ongehinderd door de straten rijdt, worden mijn tranen koud en hard. Als het kon, zou ik een van die prikkeldraadtranen pakken en het raampje ermee bekrassen, er mijn naam in schrijven. In plaats daarvan teken ik een kleine penis in het stof, en daarboven een open mond, maar dan kijkt Touw en geef ik de kleine penis bloemblaadjes, en de mond stralen; ik voeg er nog een boom en een rivier aan toe en een dom hek. Maar mijn buik zit vol klonters.

Een erectie krijgen heet in Palermo *sbrogliare*, ontwarren. Een penis die niet in erectie is heet een klonter, een bolletje vlees. De opwinding rolt hem af, tot volle lengte. Ontwart hem. Maar dit is een dialectische uitdrukking en in dialect praat ik niet. Ik praat niet in dialect en ik denk er niet in: ik beperk me ertoe het van buitenaf te observeren, maar pas na het eerst verdoofd te hebben. Als de woorden van het dialect in slaap zijn, neem ik ze in de hand en bestudeer ik hoe ze in elkaar zitten: ze komen me kunstmatig voor, zoals alles wat natuurlijk is.

De taxi bereikt zijn bestemming en met mijn mouw veeg ik de bloem en de zon uit. Steen pakt de koffers, betaalt en groet. Touw zoekt een naam bij de intercom, Katoen loopt doelloos rond. We zetten de koffers bij vrienden. Die zijn met z'n tweeën, man en vrouw, hun huis ruikt naar brood en speeksel. Daarna gaan we op stap. Overdag, als we rondlopen, heb ik mijn jack open, ik breng mijn kin omlaag en bekijk mijn borst. Ik heb een kippenborst, hij steekt scherp naar voren, als een snavel, vitaal, grijpklaar, tegen alles in de aanval. Bij de *Barcaccia* loop ik naar de fontein en drink. Ik vind het leuk dat hij Barcaccia, lelijke boot, heet – het is een woord met barstjes en een schunnig verleden – en ik drink, vijandig tegenover het water en vijandig tegenover de toeristen en tegenover dit dwaze Pasen. Ik kijk om me heen, het stikt van de mensen maar ik pak toch mijn prikkeldraad, houd het in mijn hand verborgen en terwijl ik me weer buig om te drinken, maak ik een kras van een paar centimeter in het marmer, ik krab langzaam en diep in de rug van een mastodont van een vriend. Daarna veeg ik met de bovenkant van mijn hand mijn mond schoon, ordinair, terwijl ik met half geloken ogen naar een meisje met slordige haren staar dat tegen een appelgroene auto staat geleund. Ze zal wel Cinzia heten, of Loredana, zoals alle meisjes tegenwoordig. Ik word verliefd op haar, blijf als een dier naar haar staren, ze loopt weg en daar treur ik niet om. Ik ben een goddeloos iemand en weet alles, ik sta overal boven: het leven is de vrucht en ik ben zijn pit.

We blijven tot vroeg in de avond tussen de vrouwen van Rome rondlopen Daarna, tijdens het avondeten thuis, ben ik stil. Ik roer met mijn vork door de puree, ontleed mijn schnitzel als een anatoom: treuzel met het hoofdgerecht. De vrouw des huizes vraagt wat er is, waarom ik niets zeg. Ik aarzel, probeer de vraag te ontwijken. Ik kan er onverschillig uitzien, of zwaarmoedig lijken. Ik maak er gebruik van. Ik zeg dat er niets is, verberg een universum van verdriet. Ze dringt aan, wil weten of ik verliefd ben. Ze denkt dat ze aardig is, maar ze is dom, geforceerd, en ik laat haar maar, ik laat haar verdampen, zij gaat maar door en achter haar, op de geel behangen muur van de eetkamer, ontluiken monden met zwarte omtrekken en borsten als strikken, en stotende en golvende bewegingen, de hoogte in gedreven als steekvlammen bij een brand, en ik zou willen dat de brand haar helemaal verslond, dat hij as en stilte van haar maakte. Maar ik buig mijn hoofd weer en vergeet mijn visioenen.

Na het eten wordt er in de zitkamer televisie gekeken. Touw en Steen zitten met de heer en de vrouw des huizes op de bank; Katoen in elkaar gedoken op het tapijt. Ik blijf staan, een heer. Maar dan beginnen mijn benen pijn te doen; ik pak een stoel en zet hem naast de bank. Vianello en Mondaini zijn op de tv; ik voel meteen weer die impuls opkomen, maar ik bedwing mezelf, schuif wel nauwelijks merkbaar de stoel naar voren, naar de televisie. De bekende sketches en kwinkslagen. Enzo Liberti is er ook. Zijn onderlip steekt vooruit, zijn onderkaak idem. Hij is gedrongen, zijn lichaam ruikt naar kruidenierswinkel, naar sausjes. Het is een intense maar zachtmoedige, een eerlijke geur. Wit en roze. Kuis. Het tegengestelde van Gianni Agus als hij de chef van Fracchia speelt. Het tegengestelde van diens witte tanden en perfect zittende haren. Iedere keer dat ik hem besnuffelde, rook ik het appret van zijn donkere jasje. Hoe de aftershave in de stof dringt, daar blijft hangen en er licht uit opstijgt. De geur van de waardigheid, dubbelzinnig en diep.

Tijdens het ballet zeg ik dat ik het van waar ik zit niet goed kan zien en ik zet mijn stoel anderhalve meter van de televisie, opzij, om niet te storen. Ik word zweetkraters van de danseressen gewaar, die op verschillende plekken van het scherm ontstaan, ik sluit mijn ogen en ruik hoe de lichaamsgeuren tot kleine bloemkronen openbloeien en in mijn neus en hoofd exploderen. Het ballet is afgelopen en Sandra Mondaini komt weer terug. Ze draagt een licht gekleurde, wijde, bloezende bloes en broek.

'Hebben jullie gezien dat Sandra Mondaini net onder haar neus een moedervlek heeft?' vraag ik terwijl ik opsta en nog wat dichter bij de tv ga staan.

Geen antwoord van de bank, alleen een teken van Touw dat 'ga aan de kant' betekent.

'Is dat jullie echt niet opgevallen?' dring ik kriegelig aan, terwijl ik iets aanwijs op een close-up van Sandra Mondaini en vervolgens mijn gezicht tegen het scherm plak: ik heb net de tijd om de geur van een licht, mager lichaam op te snuiven, een goed gedraineerd, geventileerd lichaam, alleen bedorven door een vleugje parfum; daarna zegt Touw luid dat ik moet ophouden, niet vervelend moet zijn, dat ik niet thuis ben, en dan draai ik me om, verontschuldig me en ga weer zitten.

De uitzending is afgelopen, we gaan naar bed. Touw, Steen en Katoen in de logeerkamer, waar ze bij het dubbele bed nog een stretcher hebben neergezet; ik in de zitkamer, op de fluwelen bank waar ze lakens en dekens op hebben gelegd. Touw geeft me een glas water, pakt een schemerlampje en zet het op een stoel naast de bank. Ze knipt het aan en doet het grote licht uit. Daarna zegt ze van alles tegen me – redelijke dingen die me het gevoel geven kaal te zijn – en vertrekt.

Ik blijf alleen achter, kleed me uit, doe mijn pyjama aan en kruip in bed. De kussens, nog ongebruikt, leken van marmer, maar ze zijn zacht, vloeibaar en ik zink erin weg. Ik sta weer op, laat het rolluik neer, kruip weer onder de dekens en doe het schemerlampje uit. Het licht van de straatlantaarns sijpelt door het luik naar binnen. Ik duw de dekens weg, luister naar de geluiden in huis. Gedruppel, kort geritsel. Dan kleed ik me uit en speel in stilte de epilepticus; ik buig en kronkel, verander mezelf een paar minuten lang in een uitbarsting van harmonisch ongecoördineerde bewegingen. Als ik merk dat ik hijg en dat mijn borst en voorhoofd bezweet zijn, bedaar ik en blijf dan zo liggen, uitgeput, met open ogen en trillende armen, en ik denk aan een paar avonden terug, toen ik na het voorlezen uit de Bijbel in mijn donkere kamer vol overgave bezig was met mijn dagelijkse reconstructie van de spasmen, met het catalogiseren ervan, en ik plotseling gekraak hoorde, de lucht boven me voelde bewegen, en ik ineens doodstil bleef liggen, zonder te ademen, naakt en bezweet; ik knipte het licht op het nachtkastje aan en zag toen Katoen, die naar me stond te kijken. Ik had hem waarschijnlijk wakker gemaakt en hij was uit zijn bed gekomen om te zien wat er aan de hand was; maar hij deed niets, vroeg niets, hij keek naar mijn lichaam dat slordig op de lakens lag, mijn groteske lichaam dat om infectie smeekte; hij bleef nog even met een schuin hoofd staan. Daarna ging hij zonder een woord te zeggen terug naar zijn bed en liet mij, belachelijk en wel, in mijn vet gaar smoren.

Intussen moet er ergens in huis iemand zijn opgestaan om naar de wc te gaan, ik hoor leren slippers sloffen, de lichte echo op de vloer. Ik wacht tot het weer stil is, tot de machine van de huiselijke ruimte definitief zwijgt.

Nu, denk ik.

En ik ga het beeld van het creoolse meisje binnen. Een pauze in de verwoesting. Buiten de pornowereld die in mijn hoofd zit, buiten die obscene en godslasterlijke vleesetende plant die alles verslindt, behalve de creoolse bloem, mijn zoetste infectie. En zo, terwijl alles afneemt en de slaap opdoemt, is mijn leven creools, zijn mijn handen creools, en mijn tong en mijn gesloten ogen; mijn longen zijn creools en de lucht die zij in stilte verwerken en mijn hart dat de lucht omroert, en mijn begraven aders en organen.

Ik draai me op een zij en wrijf mijn wang tegen het kussen. Ik heb zin om te huilen, maar ik huil niet.

Dan stop ik ermee, ik slaap.

Als ik wakker word, is het nog donker. Een arm, onder de dekens, zit vol naalden. Ik ga rechtop zitten en schud hem, ik sla hem zachtjes tegen mijn dij maar dat doet pijn, dus wrijf ik erover met mijn andere hand. Ik ga weer liggen, maar val niet in slaap. Ik draai me op een zij, mijn oog valt op het glas op de stoel en ik drink een slok water. Mijn mond lijkt wel van leer. Ik ga weer languit op de bank liggen en kijk door de spleten van het rolluik naar een streperig Rome.

Ik weet niets van de brigadisten. Wat ik lees. Iets. Niets. Ik weet dat erover gepraat wordt, dat het met de dood te maken heeft. Het heeft ook met seks te maken maar over brigadisten en seks, over die combinatie wordt niet gepraat. De laatste dagen zie ik beelden van de via Fani op de tv – de met witte lakens bedekte doden, de commissarissen met wijd uitlopende broeken, de carabinieri die in hun donkere uniform met de verblindende flits van de bandelier dwars over hun borst tussen de patroonhulzen door lopen of op hun knieën met krijt de omtrekken zitten te tekenen– en ik heb jeuk, verga van de jeuk, en ik heb ook iets in mijn buik dat wervelt en schuurt, een voorgevoel dat in mijn borst kolkt en in mijn handpalmen naar buiten breekt.

Weldra, bij het eerste licht, zal de ruimte hierbuiten, die nu nog dicht en diffuus is, subtieler en geometrischer worden, lijn en perspectief krijgen, en in nog half slapende huizen zal iemand zijn arm uitsteken naar het lichaam dat naast hem slaapt. In de maartse dageraad zal het in Rome licht worden van gloeiende lichamen, van vuur uit handen en monden, bijeengekomen in omhelzingen en verspreid in vlammen waarin de lichamen van de brigadisten zullen opgaan, de jonge, verhitte lichamen waarvan ik zou willen dat ik daaruit voortkwam, en ook in deze kamer is er brand, midden in mijn lichaam waar de creoolse liefde brandt en de zoetheid van deze tweede dageraad van mijn leven – en na weer in slaap gevallen te zijn, til ik bij het nieuwe ontwaken de deken op en in het heldere, klimmende ochtendlicht zie ik onder aan mijn lichaam, op het topje van de eikel – de geest, de geest – een druppeltje licht.

HET MIDDELPUNT VAN DE AARDE

(18 april 1978)

Ik weet niets van het creoolse meisje. Dat ben ik me bewust, het is met opzet zo. Ik weet niet hoe ze heet, ik weet niet hoe oud ze is. Net zo oud als ik zo op het oog, ook al kan het oog zich bij haar vergissen, en het oor ook, ze schieten tekort. Maar er is ook iets wat ik wél weet. Ik weet dat ze sinds september bij ons op school zit, dat haar huid donkerder is dan die van mij – email, honing, heel oude olie. Ik weet dat ze zwarte haren heeft, soms donkerblauw, met demonen erin. Ik weet niet waar ze vroeger op school zat, waar ze woonde. Ik weet niet of ze Italiaans is, welke taal ze spreekt, ik heb haar nooit horen praten, ik ken haar stem niet. 's Ochtends, als de school begint, of op lunchtijd, als hij is afgelopen, kijk ik naar de auto die haar brengt en ophaalt, ik probeer te ontdekken wie erin zit, haar ouders, maar ik zie niets. Ik zie hen niet, zoals ik ook de andere ouders nooit zie, terwijl ze toch bestaan, ze zijn aanwezig en opdringerig, maar tegelijkertijd vaag, onmerkbaar. Ik zie alleen maar een portier dat opengaat, haar donkere hand die verschijnt, een groetend gebaar, haar hoofd dat vorm aanneemt, helder en volmaakt, haar lichaam dat zich in de ruimte profileert, het portier dat weer dichtgaat en zij die zich omdraait en naar het hek loopt, ik naast het hek, en haar stappen die, naderbij komend, de ene na de andere, in mijn buik weergalmen.

Ze loopt vlak langs me, we zeggen niets tegen elkaar. Als ze me voorbijloopt, zoek ik met mijn ogen een teken op het korrelige oppervlak van haar schooltas, haar met viltstift geschreven naam, zoals gebruikelijk is, maar die naam is er niet, ze heet niet. Ik zou hem aan iemand uit haar klas kunnen vragen, ik zou kunnen gaan staan luisteren tot haar naam wordt gezegd, tot ik hem in me voel komen en voel ontkiemen, maar dat doe ik niet. Ik wil dat zij voor mij uitsluitend een verschijnsel blijft. Een wezen. Zonder dat iets haar bezoedelt, zonder de belediging van een verhaal. Haar naam is *het creoolse meisje*, alleen maar het creoolse meisje, niets anders, en als ik haar zie langskomen op de binnenplaats, in de gangen, als ik haar zie aankomen of weggaan, hoor ik hoe de woorden zich vanuit de ruimte en de tijd verplaatsen en haar lichaam in gaan. Ik hoor de woorden *mooi* en *prachtig* een kromlijnige baan afleggen, zacht haar vlees doorboren en in haar duisternis verdwijnen, en ik weet dat ik die woorden, *je bent mooi, je bent prachtig*, nooit meer tegen iemand zal kunnen zeggen, nooit meer, want het creoolse meisje, haar vorm, heeft ze in zich opgenomen, ze zijn van haar, ze tegen iemand anders zeggen zou liegen zijn.

Op een dag, tijdens biologie, heeft de lerares het over slakken. Gasteropoden. De weke zwelsels die in deze tijd, na de regen, uit de aarde tevoorschijn komen en de blaadjes opknabbelen. Ze zitten in de modderige grond van bloembedden, of met hun buik vastgeplakt op muurtjes, onder hekken. Bijna allemaal met een huisje, sommige zonder, vingervormigen van gestold, grijs water. Gewoonlijk trap ik erop, zonder ze dood te maken, om een brij te krijgen van week lichaam en gruis, en naar hun beweeglijke doodsstrijd te kijken.

Als ik na school naar huis ga, stop ik bij muurtjes en pak ik de slakken, één voor één, ik maak ze voorzichtig los van het oppervlak. Ik wroet met mijn vingers in de bloemperken, onder de struiken in de viale delle Alpi, tussen de natte bladeren, en ook daar haal ik slakken vandaan. Ik verzamel er tientallen. Ik doe ze in een paar kartonnen dozen met een beetje gras, een paar bladeren en wat sla erbij; tegen Touw zeg ik dat het een opdracht voor biologie is. 's Middags pak ik mijn viltstiften en de dozen; ik haal de slakken er één voor één uit. De lijfjes trekken zich schuw terug, er blijft alleen een licht, gemodelleerd steentje in mijn hand over. Ik kleur de huisjes. Lichtblauw, rood, groen, zwart. Bij sommige verbleekt de kleur na een paar uur, bij andere blijft hij helder en onveranderd. Ik kijk naar hoe de slakken in de doos door elkaar kruipen, vlaggen vormen, uiteengaan, samenkomen. De volgende dag stop ik de slakken in de zak van mijn jack en ga naar school. Onder het lopen houd ik ze met mijn vingers onder controle, ik voel dat mijn zak nat en plakkerig is. Ik blijf staan waar de auto die haar wegbrengt elke ochtend stopt, haal de slakken tevoorschijn en rangschik ze op het trottoir tot een stoet. Daarna ga ik een eindje verderop staan en wacht. Minuten verstrijken terwijl ik wacht en twee slakken vallen van de trottoirrand af, ze kruipen verder, laten zich door autobanden verpletteren. Ik kan het gekraak van elk afzonderlijk huisje in het hevige verkeersgeraas te horen. Ik voel het in me, achter mijn borstbeen, het snelle, droge geluid van liefdeswoorden die breken. Twee andere slakken worden door de schoenen van voorbijgangers verbrijzeld. Een achterwaartse beweging, van walging, van afkeer, gewrijf met de zool om hem van de infectie te bevrijden. Weer andere – een donkerblauwe en een oranje – worden door mensen die ik niet ken gezien en opgepakt. Ik heb de neiging om hen aan te vallen en hen te dwingen alles weer in orde te brengen, maar zie toe hoe ze weglopen en verbaasd de slakkenhuisjes bekijken, ze bestuderend tegen het licht houden, als edelstenen. Als de auto arriveert en het creoolse meisje gedag zegt en uitstapt, is er van de chromatische boodschap, waarvan ik de betekenis zelf niet ken, helemaal niets meer over. Er is nog maar één rood huisje dat langzaam en eenzaam tegen een muurtje opklimt, vluchtend bloed, maar zij ziet het niet en loopt zonder op of om te kijken door.

Op de terugweg naar huis verzamel ik nieuwe slakken, mijn vingers steeds in de grond. Gelukkig regent het veel in april, het weer doet wat het wil voor het echt warm wordt, en de bloembedden zitten vol huisjesslakken. Ik neem ze weer mee naar huis, geef ze weer te eten, bewaar ze. Later, na het huiswerk, pak ik mijn viltstiften en haal ze uit de doos. Op elk huisje schrijf ik een letter van het alfabet, de letters vormen woorden, de woorden een zin. Een elementaire zin. Een tragische. *Wie ben jij?* Alleen dat maar. Eén enkele letter midden op elk slakkenhuis, op het topje ervan. Plus nog een met een vraagteken. Het is een vraag, maar ik ben niet degene die hem stelt: het is de wereld die dat via mij aan het meisje vraagt.

Ik ga weer zitten kijken hoe de, nu alfabetische, slakken in de doos door elkaar kruipen en daarbij de vraag doen ontploffen. IWE? NBE, IJJ? WJE? JEBWI. De volgende ochtend neem ik mijn vraag mee naar school. Ik wacht tot het laatste moment, tot wanneer ik de auto zie aankomen. Dan pak ik de slakken en leg ze onder de ogen van de andere schoolkinderen in volgorde op de grond, ik probeer ze elk in het vierkantje van een trottoirtegel te laten blijven. Daarna ga ik opzij staan, tussen de anderen in, en kijk naar het creoolse meisje; ze zegt gedag, stapt uit, draait zich om, loopt tussen de slakken door zonder ze te zien en gaat de school binnen. Ik loop teleurgesteld naar de zin, buig me voorover en merk dat ik me bij het neerleggen van de huisjes heb vergist en in plaats van de vraag een antwoord heb gevormd: *Jij bent wie*. Het vraagteken is ervandoor: ik zie het onverantwoordelijk richting rijbaan kruipen.

Dagen ga ik zo door. Ik haal slakken uit de grond, maak ze schoon, schrijf erop, vorm zinnen. Ik probeer andere formuleringen, maar de essentie verandert niet. En ook in de doem van de betovering waardoor 's ochtends alles misgaat, komt geen verandering. Een deel van de letters sterft, met pijnlijk gekraak overreden, een ander deel wordt door vreemden opgepakt en meegenomen, en nog een stel vertrekt in onbekende richting. Wat overblijft wordt niet gezien.

En dan, na tien dagen van vergeefse pogingen, stapt het creoolse meisje uit de auto, ze draait zich om, vertraagt haar pas en blijft staan. Ze kijkt. Ze kijkt peinzend. Naar de wittige sporen, kronkelig, doorschijnend en van wisselende consistentie, die de slakken hebben achtergelaten. De vergruisde huisjes in de opgedroogde brij die de vlakte bezaaien. Een dagenlange onzichtbare slachting, de wanhoop van de woorden.

Ze zet een stap opzij, buigt en observeert een *wie*, alleen maar het *wie*, dat het heeft overleefd, dat langzaam uiteenvalt, gelaten op drift raakt. Dat niet vraagt, niet antwoordt: *is*. Het meisje pakt met haar vingers de drie huisjes vast en zet ze op haar handpalm. Ze zit op haar hurken, kijkt om zich heen. Een afzender, lijkt ze tegen zichzelf te zeggen, die moet er toch zijn. Iets wat het verklaart, wat er zin aan geeft. Dan glip ik weg, verdwijn in de grote hoop en voel, onder de huid van mijn voorhoofd, de ontroering om de woorden die standhouden, en iets zeggen, ook al zijn ze op drift. Ik voel erkentelijkheid. Dan zie ik het creoolse meisje weer opstaan, de slakken nog op haar handpalm, en op haar manier het hoofd uitsteken op zoek naar een verband. Ze is zo mooi, zo rustig, en ik hoor hordes, scholen, zwermen woorden uit de wereld naar haar toe trekken, hele woordenboeken in haar lichaam verdwijnen, de hele denkbare taal microscopische materie worden en in haar vlees een plaatsje vinden.

Terwijl ze haar ogen nog zoekend laat rondgaan, zonder te vinden, en haar schoonheid zich pulverfijn, als stuifmeel in de lucht verspreidt, ga ik de trapjes naar de binnenplaats af. Ik loop langzaam, nadenkend, en bij elke meter die ik afleg word ik krommer, als een snoeimes, als de tak van een braamstruik.

Op 18 april ga ik 's middags na het eten en het huiswerk de deur uit. De lucht is grijs en globuleus: je krijgt er slaap van, zin om terug te gaan. Ik sla rechtsaf, daarna linksaf, kom in de via Libertà. Scarmiglia en Bocca staan al bij het kruispunt op me te wachten. Zwijgend, onze kelen vol as, lopen we naar het monster.

Het centrum van Palermo is het Gehenna van het vuur. Waar je niet heen moet gaan. Dat doe je trouwens ook nooit, er is geen reden voor. Ik ben er een paar keer in de auto met Steen doorheen gekomen en heb weinig gezien. Afgebladderde muren, scheuren erin. Een hiëroglyfisch landschap. Het middelpunt van de aarde. Voor Bocca geldt hetzelfde. Maar Scarmiglia is er een paar keer met zijn broers geweest. Ik heb het gevoel naar het verhaal van een speleoloog te luisteren als hij er ons over vertelt.

Bij de Quattro Canti aangekomen slaan we linksaf en daarna, na de via Roma, weer linksaf. We komen op de markt, te midden van de slachters, in de steegjes, te midden van de darmen. De kramen zijn leeg, de rolluiken naar beneden. Demobilisatie. De lucht is erg vochtig, ruikt naar verrotting. Verloren in een hoekje ligt een stuk lever van een dier, paars en rood. Het is groot, heeft de vorm van een vliegende schotel. Het bolle oppervlak zit vol smalle scheuren en kloven; er zijn ook kleine, gelatineachtige kraters en het netwerk van de aders schijnt door het oppervlak heen. Naast de lever ligt een kapotte vuilniszak. Een zwart dier. De botten breken uit de gaten tevoorschijn, intens wit, als toevallige poten. Een langer bot, ontvleesd, steekt naar boven, een verstijving die tegen het tuf van een huis omhoogklimt. Uit een ander gat, onderin, komen als fecale materie de inwendige organen naar buiten.

Vanaf de markt belanden we op het San Domenicoplein. Midden op de via Roma ligt een dode hond. Bocca en ik blijven aan de kant staan, Scarmiglia loopt erheen. Er rijden auto's langs, maar daar trekt hij zich niets van aan. Hij blijft de hond een minuut lang bekijken, keert zich dan naar ons, geeft ons een teken, we gaan naar hem toe.

'Hij leeft,' zegt hij.

'Hij lijkt dood,' zegt Bocca.

'Nee, hij beweegt zijn ogen, hij maakt geluid,' zegt Scarmiglia.

'Hij ligt dood te gaan,' zeg ik.

Ik denk aan de mankepoot-van-nature, aan Christus aan het kruis. Als ik alleen was, zou ik me over hem buigen, zou ik met een puntje van mijn prikkeldraad zijn buik aanraken, er een gaatje in maken.

'Pakken we hem?' vraagt Bocca.

Ik kijk naar het lijf, de achterpoten verbrijzeld, een warrig rommeltje, de driehoekige kop met de gehavende vacht en het blootliggende wit van de schedel.

'Ik bedoel, leggen we hem ergens anders neer?' voegt Bocca eraan toe.

'Waarom?' vraagt Scarmiglia. 'Dood gaat hij toch,' zegt hij.

'Ja, maar niet hier.'

'Het maakt niet uit waar hij doodgaat,' zegt Scarmiglia en hij loopt weg.

Bocca en ik blijven nog een paar seconden te midden van de langsrijdende auto's naar het dier staan staren, en daarna volgen we Scarmiglia. Als we op het punt staan de markt weer op te gaan, draait Bocca zich om, houdt ons tegen. Midden op de rijbaan staan twee jongetjes naast de hond. Ze zijn van hier, ik hoor hen niet maar weet zeker dat ze dialect praten met elkaar. Eentje buigt zich over het lijf, bindt een touw om een poot, sleept het beest naar het trottoir. De ander pakt lucifers, steekt ze aan, gooit ze op de hond. Er gebeurt niets, de mensen blijven gewoon doorlopen. Dan is er een vlammetje dat standhoudt, het slaat over op de vacht, het vuur verbreidt zich. Er stijgt een grijze rook op van de buik van de hond, en na een paar seconden zien we ook vuur.

'Kom, we gaan,' zegt Scarmiglia.

We gaan terug naar de halflege markt. Ik hoor een zacht geklater, zie stroompjes water in de uithollingen van de *balate*. Balate zijn marmeren platen. Grafstenen, de bestrating van het centrum. Ik loop op de graven, kijk naar het water dat langs de muren van de huizen loopt. Het knaagt en bijt, heeft tanden. Als je met je nagels over het huis krabt, verdwijnt het.

In de steegjes en midden in de *catoi*, de souterrains, staan de Palermitanen. Hun gepraat lijkt uit hun keel, uit hun maag te komen, het is een constant schuren van woorden in keel en buik. Het zijn uitroepen. Het Palermitaans is een taal van uitroepen. Er gebeurt iets, zomaar iets, en de Palermitaan gaat meteen tot de aanval over. Vaak is het één enkele, steeds weer herhaalde zin, wisselend van intonatie, in een dynamische litanie; ze komen steeds maar weer met diezelfde zin, overdrijven hem, zodat wat er is gebeurd zich tot zijn meest oorspronkelijke, authentieke aard van schandaal reduceert. Maar steeds in een sfeer van dreiging, van woede. Want voor het dialectische Palermitaans is elk feit horror.

We gaan op de trappen van de San Francesco-kerk zitten, onder de opengewerkte rozet. De lucht is heel erg donker, je voelt dat er regen dreigt.

'Verdorie!' zeg ik, en weet verder niet wat ik moet zeggen.

'Wat is er?' vraagt Bocca.

'Het duurt niet lang meer of het regent.'

Ze kijken me verbluft aan.

'Verdorie!' zeg ik nog eens.

Ze zeggen niets.

'Verdorie!' herhaal ik zachtjes, beschaamd omdat ik weet dat ik een nul ben in uitroepen. Een masochist. Ik produceer kinderlijke en anachronistische uitdrukkingen. De oorspronkelijke emotionele impuls is echt, maar op het moment dat hij woord wordt, vermomt hij zich en komt er *Verdorie!* uit, op dezelfde manier waarop ze in stripverhalen *Allemachtig!*, *Jeetje!*, *Verdikkeme!* zeggen. Ik heb een paar keer met tranen in de ogen van schaamte *Jemineetje!* uitgeroepen. En ook *Gossie!* zeggen, me daar aan vastgrijpen als een drenkeling aan een wrak, is beschamend. Vooral als mijn tegenstander *Godver!* zegt, als hij *Godver*! kan zeggen, en aangezien iedereen behalve ik dat kan zeggen, blijf ik me in de golven, in een storm van zwarte, hoog in de lucht exploderende fallussen, vastklampen aan een bloemkool die snel, roosje na roosje, tot niets verwordt.

Intussen komt van de corso Vittorio Emanuele de stem van een straatventer, zo iemand die in een vrachtwagentje met open laadbak rondrijdt. Langzaam, stapvoets. Deze verkoopt zout. Hij construeert zijn lokkende aanbiedingsroep naar het model van een volmaakte hendekasyllabe, hypnotisch, een commerciële en religieuze oproep: *Vierde kilo zout voor maar honderd lire*. Ik luister naar hem. De lire is een neorealistische en volkse munteenheid. Katholiek. Burgerlijk. Een munt in zwart en wit.

Ineens staat Scarmiglia op, hij zegt niets tegen ons en loopt weg, richting corso Vittorio Emanuele. Drie minuten later komt hij weer terug, met een wit pakje in de hand.

'Waarom heb je zout gekocht?' vraagt Bocca hem.

'Heb ik niet gekocht, ik heb het gestolen.'

'Gestolen?'

'Ja hoor. Ik ben langs het vrachtwagentje gelopen, heb mijn arm uitgestoken en heb het gepikt.'

'Maar waar heb je het voor nodig?'

'Nergens voor.'

'Waarom dan?'

'Zomaar.'

'Hoezo, zomaar?'

'Zomaar.'

Scarmiglia denkt erover na.

'Ik had zin om schuldig te zijn,' zegt hij.

Een woord dat me bevalt. *Schuldig*. Ook al heb ik zelf nooit de moed om het te zijn. Ik benijd Scarmiglia om zijn vermogen schuldig te zijn. Want daar gaat het om, om een vermogen: niet iedereen kan schuldig zijn; het is een lot, en een taak.

'Wat bedoel je?' vraagt Bocca.

'Dat ik zin had iets te doen wat voor anderen verkeerd is maar wat voor mij op dat moment juist was. Of liever gezegd, nee, niet juist: ik had het gewoon nodig.'

'En waarom nou net zout stelen?' vraag ik.

'Omdat ik een hekel heb aan straatventers.'

Scarmiglia is iemand die mij me eenzamer kan laten voelen; hij is ook de enige die mij het gevoel kan geven erbij te horen.

'Was je niet bang om betrapt te worden?' vraagt Bocca.

'Nee.'

Bocca kijkt hem aan. Hij gelooft hem, hij kan niet anders, moet wel, maar weet niet hoe hij hem moet geloven.

'Nee,' zegt Scarmiglia nogmaals, 'waarom zou ik?'

'Maar de mensen hier...' zegt Bocca. 'Zie je niet hoe ze zijn?' en voorzichtig, onopvallend, maakt hij een beweging van honderdtachtig graden met zijn hoofd.

Het is alsof we in een openluchthuis zitten, met steegjes in plaats van gangen. Iedereen is hier familie van elkaar, allemaal solidair. Hun gezichten lijken precies op elkaar, ze hebben dezelfde stem. De kinderen praten met de stem van de oude mensen. Geen enkel verschil tussen stenen en huid; de huid bedekt de steen: als je een steen splijt, vind je vlees vanbinnen.

'Ik zie ze,' zegt Scarmiglia. 'Denk je dat ze me iets kunnen doen?'

Bocca zwijgt. Keert zich opnieuw naar de mensen. Ze staan op hun drempels, kijken naar ons. Van waar we zitten, kan ik in een huis binnengluren, de luiken op de begane grond zijn open. Er staat een rieten stoel, een radiootje. Een donkere, ronde tafel, maar daar zie ik maar een stukje van. De kale lampjes geven een zwak licht. Uien en knoflook op een plank. Een in tweeën gesneden brood. Het platteland in de stad. De ansichtkaart van *Intervallo*.

Scarmiglia loopt weg, gaat naar een oude vrouw en man, begint met hen te praten. Van hieruit horen we niets, maar Scarmiglia praat veel, heel veel, zonder ooit te pauzeren, zonder de anderen aan het woord te laten. Dan houdt hij op, wacht. De vrouw kijkt de man aan, de man spreekt een paar woorden uit, eenlettergrepige woorden, en daarna zwijgt hij weer. Scarmiglia groet hen met een handgebaar en komt weer terug.

'Ziezo,' zegt hij glimlachend.

'Ziezo wat?' vraagt Bocca.

'Ik heb met ze gepraat.'

Bocca vertrekt zijn gezicht, geërgerd, hij kan het niet volgen.

'Van hen ben ik niet bang,' zegt Scarmiglia, 'want ik praat in het Italiaans. Ik, wij drieën, wij praten in het Italiaans.'

'En dus... wat heb je tegen ze gezegd?' vraag ik.

'Ik heb informatie gevraagd en de hele tijd de aanvoegende wijs gebruikt.'

Zijn glimlach wordt breder en vult een korte stilte. Dan gaat hij weer door.

'Voor hen zijn woorden hamer en spijkers,' zegt hij, 'lepels en messen. Ze dienen om te zeggen, alleen maar om te zeggen, verder nergens voor.'

'Ze begrijpen alleen maar dialect,' zeg ik.

'Ja,' zegt Scarmiglia, 'en ze begrijpen niet wat wij in het Italiaans zeggen.'

Nu heeft Bocca het gesnapt. En dat niet alleen: ons gespreksonderwerp bevalt hem bijzonder.

'Wij kennen het genot van de taal,' zegt hij. 'Niet alleen de aanvoegende wijs: het genot van de zinnen.'

Terwijl Bocca praat, raak ik het prikkeldraad aan, het levende prikkeldraad in de zak van mijn jack.

'In het Italiaans praten,' zegt Scarmiglia, 'ingewikkeld praten, betekent voor ons weggaan.'

Ik moet ineens weer denken aan de onderwijzeres die bijna een jaar geleden, bij de eindopdrachten, ironisch en realistisch tegen me had gezegd dat ik mythopoietisch ben en hoe gelukkig ik was geweest toen ik ontdekte wat dat betekent, hoeveel genot het kan geven om je in woorden te bewegen, tijd in taal door te brengen. Weggaan door zinnen te bouwen. Je isoleren. Want de consequentie van onze manier van uitdrukken – de ingetogen toon, het lage volume, elk woord vlak, scherp omlijnd, rustig en toch vol verzet – is dat onze klasgenoten ons niet meer herkennen. Voor hen zijn we abnormaliteiten. Idioten. Als ze dan ook nog horen waarover we praten – uitgebreide analyses van het Italiaanse politieke heden, cynische kritiek op de macht – maken ze daar grappen over en laten ons links liggen.

'Alleen maar door te praten,' vervolgt Scarmiglia, 'gaan we weg uit Palermo.'

'We zijn schuldig aan taal!' roept Bocca uit.

'Ja,' zegt Scarmiglia. 'De taal maakt ons schuldig.'

'Niemand praat zoals wij,' zegt Bocca trots. 'Vandaag, nu,' preciseert hij.

'Dat is niet waar,' zegt Scarmiglia, 'er zijn er meer.'

Bocca wacht nieuwsgierig, betreurt het bijna dat er iemand zou kunnen zijn die evenveel aandacht aan de taal besteedt als wij.

'De Rode Brigades,' zegt Scarmiglia. 'Zij praten – of liever gezegd schrijven – net als wij. Hun communiqués zijn ingewikkeld, hun zinnen lang en sterk. Zij zijn de enigen in Italië die zo schrijven.'

De lucht is vochtig nu, hij is aan het condenseren, klontert grijs samen en breekt dan en loopt leeg. Boven mij neemt de massa van de cumuluswolk de vorm van een aambeeld aan. De donkere *cumulonembo.* De heldere nimbus om mijn hoofd. De taal die mij uitverkiest. Het scherpe gegons van de statische elektriciteit. De ionen. De bladeren en het stof die laag beginnen te wervelen.

Terwijl het onweer zich gereedmaakt komen er honden aan lopen. Vijf. Rossig. Eentje, vooraan, mist een poot, hij waggelt. Ze lopen heen en weer, ruiken de regen. Ze lopen tussen de kinderen uit de catoi en hun moeders door, die met lichtblauwe en rode emmers in de weer zijn. Met harde bezems. Alsof ze dadelijk, als het regent, de straten willen gaan schoonmaken.

De eerste druppels vallen, de honden slaan aan het vechten. De geamputeerde is het nerveuste, hij gaat het hardst tekeer en bijt. Er komt ook een kankerduif aan. Als het gaat regenen, verdwijnen de duiven: deze is waarschijnlijk verdwaald. Hij doet een paar stapjes, zet zijn borst op, buigt het hoofd en staart met een oranje oog naar het gevecht. Hij staart naar de geamputeerde hond die zijn tegenstanders probeert te bijten, maar in plaats daarvan op zijn stomp valt, weer opstaat en opnieuw aanvalt. Ook de duif is verminkt. Een van zijn twee kraakbenen steeltjes mist de klauw. Met sprongetjes begeeft hij zich naar de vechtpartij. Ik sta op, de duif hupt nog verder; ik zou hem willen tegenhouden, maar weet niet hoe. De duif is nog maar één meter van het gegrom en de rondvliegende haren vandaan. Hij maakt een laatste sprongetje en daarmee zijn intrede in het gevecht. De honden verstijven; het al vochtige stof daalt neer. De geamputeerde hond kijkt naar de klauwloze poot, en daarna naar de andere honden. Zijn woede komt zijn huid uit, klinkt door in het harde, opgewonden en gescandeerde hijgen dat zijn borstkas doet schokken. Het geamputeerde beest kijkt weer naar de walgelijke duif, laat de pauze in de woede nog even duren en stort zich dan met een sprong op de vogel, grijpt hem met zijn tanden beet, tilt hem op, schudt razend de kop die hij wil verscheuren; de als waaiers uitgevouwen vleugels steken uit zijn bek.

We lopen weg, nemen de via della Loggia en daarna de via Terra delle Mosche en gaan op de rand van de fontein van het piazzetta Garraffello zitten, midden in een paleolithische kerststal.

De fontein is van marmer. Ze maken hem schoon met zoutzuur, je ruikt die geur en het wit is witter dan wit. Scarmiglia vertelt dat hij een paar dagen tevoren 's avonds met zijn broer hier was om een inktvis te kopen; terwijl daarvan op de toonbank de tentakels werden afgesneden, was de schildpadvrouw uit de duisternis van een catoio tevoorschijn gekomen, kruipend over de grond, op vier poten, en met op haar rug een groenzwart, glibberig schild van minstens een meter doorsnee. De marktlui hadden zich er niet druk om gemaakt.

Iemand had zich gebogen en haar een reepje rauw vlees toegestoken, waarmee zij een tijdje had rondgelopen, het stukje vlees bungelend uit haar mond; daarna was ze gestopt en aan het kauwen gegaan.

Nu regent het echt. Het komt met bakken naar beneden, rancuneus. Terwijl we onze pas versnellen om de bushalte in de via Roma te bereiken, spat vanaf de rijbaan het vuile water tegen ons op. We komen bij het afdak en wachten. Bocca ziet aan de overkant van de straat het hondenlijf liggen. Verkoold, er stijgt nog rook uit op en een paar vlammetjes, die de regen geleidelijk aan dooft.

We stappen in de bus. Weer gezichten, te midden van grijze, metalen buizen en honingkleurige houten zitplaatsen vol schrijfsels die er met sleutels in zijn gekerfd. We gaan helemaal achteraan staan, ik tegen een raampje dat bovenaan niet helemaal dicht is, gezicht in de wind. Het wegdek van de via Roma is van kinderkopjes, de bus heeft geen schokbrekers en we dansen heen en weer. De regen buiten neemt nog toe; binnen houdt iedereen zich aan elkaar vast, in een onwerkelijke solidariteit. Ik houd me in evenwicht door met over elkaar geslagen armen met mijn borst tegen het raampje te leunen, wring mezelf tegelijkertijd uit. Bij de haltes stappen nog meer mensen in, ik moet opschuiven, maar wil de stang niet aanraken. Ik kruip in een hoekje, maar dat helpt niets, er komen nog meer mensen bij, ze duwen me van mijn plaats en dan grijp ik de stang vast, stevig en vol afkeer. Om mezelf af te leiden en de geuren niet te ruiken, de stemmen niet te horen en mijn hand niet te voelen, kijk ik naar buiten, naar de natte straat, naar de talloze plassen en de dubbele zwarte gleuf van de afvoerputten met het terugvloeiende water dat er borrelend bovenop staat, het zwarte water dat binnenplaatsen en catoi blank zet, dat over de marktkraampjes, de steegjes en de dierlijke lever spoelt.

Als ik in de via Sciuti, op tweehonderd meter van huis, de anderen groet en uitstap, regent het nog keihard en het laatste stuk leg ik rennend af. Ik sta te hijgen als ik bij de portiersloge ben, mijn kleren druipen van het water en de modder, mijn haren plakken aan mijn voorhoofd. Ik loop naar boven en besnuffel mijn handpalm. Ik ruik een zoetige, koude geur, de synthese van alle handen die in de loop van de dag de metalen stang van de bus hebben omklemd, de som van hun geuren. Als ik me omkleed weet ik dat mijn handen altijd zo ruiken. Maar dat de anderen de infectie zijn die ik afwijs, die ik mis.

'sAvonds zit ik in de keuken. Alleen, aan het hoofdeinde van de tafel, mijn plaats. Ellebogen op tafel, vuisten tegen de slapen. Ik ben moe, ik voel de wandeling nog in benen en voeten, mijn hoofd doet pijn van de regen.

De tafel is nog gedekt. Op de drempel staat Touw. Ze kijkt naar me met over elkaar geslagen armen. Voor me staat het bord *stracciatella*. Een drassig iets. De tragedie van het geklopte ei en de plakkerige olie, van het rund dat sterft. Het gevoel van week schrapen over mijn maagwand. Het licht van de plafonnière boven me valt in de stracciatella: ik eet niet en het geschitter deprimeert me.

Aan de andere kant van de tafel, op de afwasmachine, staat de draagbare tv. Wit, glanzend, met ronde hoeken, sensueel. Erbovenop de stijve snor van de antenne; het handvat is uittrekbaar, intrekbaar. Vanwege de gebeurtenissen van de laatste tijd hebben we tegenwoordig de gewoonte om hem 's avonds mee naar de keuken te nemen en onder het eten het nieuws te volgen. De grote, zwarte tv, die onaandoenlijk blijft wat hij ook uitzendt, staat in de zitkamer.

Touw heeft op de on-knop gedrukt, een stoel bij de tafel geschoven en is gaan zitten. Ze zeggen dat de Rode Brigades vandaag Moro hebben vermoord en dat ze zijn lichaam in een meer in de buurt van Rieti hebben gegooid. We zien beelden van duikers die proberen het bevroren meer in te gaan om dat te doorzoeken. Het wit en zwart trilt, Touw staat op, raakt de antenne aan, stabiliseert het beeld en gaat weer zitten. De zwarte silhouetten van de duikers verdwijnen in de waterkraters. Ze zoeken diep daar beneden. Naar het lichaam van Aldo Moro, verloren in de donkere diepte. We zien ook beelden van onder naar boven, van de helikopters die opnames maken van de witte vlakte met de gaten erin en het donkere water.

Links van me, onder het raam, is de afvoerbak, een vierkante, lage gootsteen van inferieur porselein waarin van het begin af aan al vlekken zaten. Hij wordt zo genoemd omdat het vuile vloerwater daarin wordt weggegooid; hij dient ook als afvoer voor de wasmachine en het is de plek waar na de lunch en het avondeten het tafellaken wordt uitgeschud. De bodem van de afvoerbak is altijd huiveringwekkend, ook al is de rest van de keuken brandschoon. Restjes broodkorst, korrelige stukjes kruim, flintertjes sla, appelsteeltjes, rijstkorreltjes, een haar, opgedroogd schuim, as van sigaretten. Hoe ze ook schoonmaken, de troep blijft koppig liggen: eerder dan troep iets trots.

'S Morgens zit Crematogaster, de poetsvrouw, op de afvoerbak. Enorm, oud, een sjaal om haar hoofd, heel donker van huid. En een mierengezicht. Onze zwaarlijvige mier. De afvoerbak is haar plek, haar troon: ze klemt haar dikke zitvlak tussen de randen, rust uit; ze koestert het licht, wachtend tot haar zoon haar komt ophalen.

Als ik thuiskom uit school loop ik de keuken in en zie ik haar. Een wolk. Ik doe zachtjes, ga zitten, begin zogenaamd te tekenen. Ik zit daar, hoor het gefluit als ze ademt, microscopische geisers die uit haar lichaam opstijgen. Alleen zij en ik zijn in het vertrek, het potlood op het papier en het gefluit. Af en toe vanaf het hangkastje een verbaasd tsjilpen van de kanarie in de kooi met de witte selderijstengel erin. Als Crematogaster vervolgens opstaat en de keuken verlaat – langzaam, op sterven na dood, terwijl ze woorden zegt in het dialect – kom ik van mijn stoel af en ga ik naar het porseleinen vierkant. De afvoerbak is vanbinnen vol fonkelend licht: Crematogaster is de hoedster van het familielicht. Ze weet dat de restjes op de bodem niet verwijderd moeten worden maar bewaard moeten blijven omdat ze de concrete mest van het licht zijn, de ellende die het voedt.

Op de televisie komen nu de verklaringen. Van Cossiga, Zaccagnini, Fanfani... Ze praten over communiqué nummer zeven. Sommige mensen geloven het, andere niet. Hij ligt op de bodem van het meer, hij is niet op de bodem van het meer, hij is in de hemel. Sommige mensen willen het niet geloven, andere kunnen of mogen het niet.

Touw staat op, pakt een glas uit het kastje boven het aanrecht en neemt de fles op tafel. Ze drinkt; even het sidderen van een slang van huid die vervolgens diep in haar keel verdwijnt.

Touw heeft een haviksneus. Een dunne, benen boog, het kraakbeen aan de punt is scherp. Die neus is altijd helder en transparant. Als ik van dichtbij kijk, zie ik een mengsel van moleculen, de geur van brood en melk, van de tegels in de badkamer en van de schoonmaakmiddelen, de geur van de katten en van natte wol: Touw snuffelt aan de dingen, pikt de moleculen op, doet ze in haar glazen urn. Ik heb haar neus, maar breder bij de welving, en feller, schaamteloos.

'Als je klaar bent, zet je bord dan in de gootsteen en laat er wat water over lopen,' zegt ze tegen me.

'En eet je bord leeg,' zegt ze nog terwijl ze de keuken uit loopt.

Op de televisie nog meer verklaringen en weer beelden van het ijs, daarna een verhaal over de via Gradoli, een bezem en water.

Wat ik zou moeten is: mijn lepel pakken, de soep erin laten lopen, de lepel naar mijn mond brengen. Mijn koppig weigeren aan de kant zetten en besluiten de soep te eten. Maar in plaats daarvan sta ik op, ga ik naar het raam en kijk ik uit over de avond. Beneden is een braakliggend stuk grond vol zakken met vuilnis; 's nachts vliegen ze in brand door de sigaretten die slapeloze mensen uit de huizen naar beneden gooien – de vlammende slapeloosheid van deze jaren. Tussen die vuren rennen ratten rond; als de vuren doven gaan ze etensresten zoeken in de koude houtskool: soms word ik wakker omdat ik ze hoor knagen en kauwen.

Ik ga weer zitten. Op de televisie opnieuw het meer en de helikopters. Ik richt mijn ogen omlaag, op de soep, mijn meer van lichte as: heel Italië zoekt Aldo Moro en Aldo Moro ligt op de bodem van mijn bord, zijn lichaampje als een donkere rups, zoals de rupsen die ik 's zomers in slow motion om de groene takjes zie wentelen en languit, dun als peesjes, aan de struiken van ons huis aan zee zie wiebelen, een melancholieke, larvale schubvleugelige, gekleed in het zwart en ongekamd – en ik bekijk de korst van olie en eiwit, pak de lepel en laat hem van de rand van het bord naar beneden glijden, de holle kant naar boven en de bolle kant die over het oppervlak strijkt en een obstakel zoekt, een contact, Aldo Moro verstijfd van de kou, de armen gevouwen, strak tegen zijn heupen, het hoofd tussen de schouders, de knieën tegen de borst, de *onorevole* tentoongesteld, pontificaal opgeheven in zijn wieg van roestvrij staal en aan heel Italië en aan alle Italianen aangeboden als offerspijs, als een hostie die je in de mond moet nemen en gedachteloos moet doorslikken, de voorzitter van de Democrazia Cristiana doorslikken, een communie, niet kauwen, doorslikken, de smaak van vastentijd en graan, van medicijn erin proeven, en dan elkaar in de ogen zien en ontdekken dat ze stralen en zonder angsten zijn, de volle, compacte en eerbiedwaardige blikken van de Italianen.

Ik duw mijn stoel achteruit, haal de lepel uit het bord en leg hem vochtig en wel op mijn servet, ik pak het bord, breng het naar de afvoerbak. Ik buig me en begin de stracciatella weg te gieten. Ik probeer met het gele straaltje van de bouillon op de afvoer te mikken. Aldo Moro zal zo in het gat vallen, met het geklopte ei en de draadjes rundvlees mee, hij zal door de buizen glijden, door het overstroomde rooster, en nog later zal hij in de stenen herinnering van de wereld wegzinken, in het magmatische basalt op de bodem van de oceanen, in het om het kwarts heen gestolde graniet, in het krijt dat zee is geweest en stoom en bezinksel, in de rotsen van vuur en hemel, tot aan een klont van hard glas in het absolute middelpunt van de aarde.

Ik houd mijn bord een beetje schever, Aldo Moro stort niet naar beneden. Ik wacht om te zien hoe hij tegen het roostertje van de afvoer klapt en opzij kaatst op het porselein, nog steeds in elkaar gedoken, maar hij stort niet naar beneden, en dan kom ik met een ruk omhoog, breng het bord naar mijn mond, drink en slik het ijskoude vocht door met daarin het weke en het harde, de hele rits van consistenties.

Ik zet het lege bord op het tafelkleed. Op mijn lippen voel ik iets glads geels dat blootgesteld aan de lucht meteen opdroogt, een gevoel van vermoeidheid. Aldo Moro ligt verloren in het meer, in mijn bord, in mijn keel. Hij is de perforator, de gatenmaker van de wereld. Ik ben het gat.

Op de keukendrempel staat Touw. Ze drukt op de knop, zet de televisie uit. Ik voel een paar zinnen in mijn mond, maar zeg ze niet: mijn mond is geconcentreerd op het luisteren naar een smaak, die wit is en menselijk, en verbijstering.

Boven ons, in zijn donkere kooi, zegt de kanarie iets in zijn slaap.

ZELFVERVORMING

(5, 6, 7 en 8 mei 1978)

Vandaag heb ik op school met een stekel van mijn prikkeldraad een lijntje van vier centimeter in mijn tafel gekerfd. Door stevig op het formica oppervlak te drukken heb ik er een barst in gemaakt – voor me, onder het open boek dat ik ter bescherming omhooghield – en het zachte hout uitgehold. Daarna heb ik de snee met een balpen zwartgemaakt. En daarna heb ik het geheel eens goed bekeken. Toen dat alles gebeurd was, waren we drie uur verder.

In het begin van de eerste les na de pauze kwam de secretaresse van de directeur om iedereen een luizenagenda te geven. We vroegen ons af wat voor zin het had om die agenda's in mei uit te delen, aangezien ze voor het schooljaar 1977-1978 zijn, terwijl dat al bijna voorbij is. Ze vertelden ons dat het niet om de agenda's ging, maar om de informatie over luizen erin: op de lagere en de middelbare scholen worden steeds meer gevallen van besmetting gesignaleerd, en dan kun je maar beter je maatregelen treffen.

Op dat moment haalde Morana – de haard, de verspreider ervan – een hand door zijn haar, een hele bos fijn, blond haar, Scandinavisch, en vuil. Ik keek naar zijn gebogen pols en realiseerde me door de kleur ervan dat hij waarschijnlijk al dagen zijn handen niet had gewassen. Onder zijn nagels zat zwart en op zijn gezicht waren donkere tekens van ziekte te zien.

Alleen is dat bij Morana altijd zo. Al vanaf het begin van het schooljaar is hij vunzig. Wat me bij hem verbaast is de kracht van de misère. Die is in de allereerste plaats sociaal:

onbegrijpelijke familie, hij voortdurend te laat 's ochtends, excuusbriefjes, geschreven door zijn moeder in het ongelijke handschrift van de halve analfabeet. Pas in de tweede plaats fysiek, alsof zijn altijd gekreukte lichaam een samenvatting is van zijn leven thuis en één constante bron van leed: inderdaad, een haard van ziekte. Ellende zo erg dat die heeft verhinderd dat Morana tot type verwerd, tot folklore. Want in het verbeeldingssysteem van de klas leek Morana voorbestemd om het gruwelijke slachtoffer en de zondebok te worden, degene op wie zich al het kwaad concentreert dat zonder kwaadaardigheid, zonder kwade bedoelingen wordt begaan, het kwaad dat uit je komt omdat je nerveus bent of omdat (een beetje) kwaad erbij hoort. In aanleg is Morana dit: de bittere klasgenoot die jij dagelijks, genadeloos, onder zijn eenzame bestaan laat lijden, en wiens tranen je vervolgens niet begrijpt; maar zijn constitutieve vunzigheid, zijn permanente en authentieke rest-zijn, heeft ons zonder dat we ons dat realiseerden deze toe-eigening en deze vernietiging belet. Zoals wanneer een dierlijke kudde het stervende dier isoleert, maar ook respecteert: hij isoleert het omdat het dier doodgaat, maar respecteert het omdat het, door het simpele feit dat het doodgaat, op één millimeter van de ontdekking vandaan leeft.

Morana krabde dus op zijn hoofd, ik keek ernaar, ik verdacht hem en vervolgens trok ik mijn verdenking in, omdat ik wist dat het onzin was, omdat hij de eeuwige schuldige is, dus elke keer weer onschuldig.

We hebben de luizenagenda's in onze rugzakken gestopt en zijn doorgegaan met de les.

Na school loop ik naar huis met Scarmiglia en Bocca. We nemen de straat die van het piazza De Saliba naar het piazza Strauss loopt. Scarmiglia en ik wonen dezelfde kant op, Bocca niet, maar hij loopt toch met ons mee, om te kletsen. En bovendien zijn deze buurten zijn domein. De territoria van de pornonesten. Microsteegjes, auto's die er al tientallen jaren staan, vol stro zitten en waarvan de banden gestolen zijn – de donkere metalen ruimte binnen de velg, nijdig gebogen waar die bedding wordt – braambosjes één en al doornen, een wirwar van stekels waar Bocca zich in weerwil van zijn algehele rondheid een weg doorheen baant, het pornonest bereikt en met blote handen de pornoblaadjes redt die door opgewonden uit de grond stekende wortels zijn doorboord, en de copulaties, waar een takje dwars doorheen steekt – een takje bewandeld door een rij van roodachtige mieren – het takje buigt zich naar onze borst, het zoekt als een wichelroede het bloed in onze aderen. En telkens pakt Bocca die seksuele bloem die het pornoblaadje is – onze ster, onze komeet, onze plotseling op de aarde neergestorte hemelse gids, de half onder ijzerdraad, steenslag en autobanden verborgen ster die de exacte en verschrikkelijke plek aangeeft waar ons erotisch kijken geboren werd – en scheurt hij de bladzijden los en schenkt hij onze vonkende ogen burchten van penissen, samenscholingen van genitaliën, archipels van uitdijende lichamen.

We houden halt op het piazzetta Chopin, laten onze rugzakken op de grond vallen en gaan op het lage muurtje zitten dat het parkje afbakent.

Om ons heen staan wittige doorsneeflats, doorgaans van acht verdiepingen, de balkons doorgaans van baksteen, de onderverdeling van de gevels ordelijk aangegeven door uiterst schuchtere banen, donkerder of lichter, maar altijd met rechte hoeken, van tetragonale, christendemocratische afmetingen. En beneden parkjes: nog stokt de adem me in de keel als ik terugdenk aan de lange, onveranderlijke middagen doorgebracht met nutteloos spelen te midden van fietsen, zand en schommels – mijn mond tegen het touw, slingerend, de stoffige smaak van hennep.

Bocca, Scarmiglia en ik, keurig netjes gezeten, zoeken met onze benen een ander soort houding, ongemakkelijker en niet keurig netjes, en dus verplaatsen we ons naar het grasveldje van het parkje en manoeuvreren we met billen, quadricepsen en voeten om iets onbehouwens te krijgen en er anders uit te zien. En dan zitten we ineens te praten alsof we met heel strakke riemen zaten vastgebonden op gynaecologische onderzoektafels: de ellebogen naar achteren, het hele gewicht op het stuitbeen, de buikspieren ingetrokken, de benen gevouwen en uit elkaar, de knieën tegen de hemel. We weten dat we viraal zijn, maar we weten niet hoe.

Volgens Scarmiglia zijn er al luizen in onze klas, en over luizen in de andere klassen praten ze al dagen. Er zijn lui die al voorzorgsmaatregelen hebben genomen. Poeder, shampoo. Bocca zegt dat ze, toen zijn moeder klein was, de kinderen kaalschoren om de luizen te bestrijden, en hun schedels daarna met DDT bespoten. Hij zegt ook iets over Morana, maar ik verdedig Morana, die heeft er niets mee te maken. Natuurlijk, hij is vies, maar wat wil dat zeggen? Sterker nog, maar dit zeg ik niet, ik denk het alleen maar, Morana zou voor ons een voorbeeld moeten zijn, het echt virale jongetje, de incarnatie van het onschuldige kwaad, een hydrofobe, met roest bedekte hond, iemand die dag na dag, koppig en zonder een en ander ook maar enigszins te kunnen begrijpen, met infectie leeft, haar absorbeert en verspreidt.

Bocca vertelt ook dat ze bij hem thuis de laatste dagen alleen maar over politiek praten. Zijn vader brengt meerdere kranten mee als hij 's middags thuiskomt om te eten, niet alleen de *Giornale di Sicilia*, maar ook *la Repubblica* en *l'Unità*. Moro moet elke dag dood, maar hij gaat maar niet dood, hij wordt in leven gehouden door woorden. Door onderhandelingen. Door de adem van Andreotti en die van Fanfani, door die van Craxi en die van Zaccagnini, zoals wanneer je met een zeepbel speelt en je die in de lucht houdt door hem met blazen van onderaf te sturen, hem nieuwe kracht te geven als hij gevaarlijk planeert, hem van een scherpe rand af te houden, terwijl je hem door dat blazen tegelijkertijd een andere vorm geeft.

Ik vertel niet dat ik Moro heb opgegeten, bijna heb opgegeten, dat ik gevoeld heb hoe hij microscopisch, opgerold en primordiaal in mijn lichaam en in de wereld stortte. En toen was alles afgelopen, men begon opnieuw, men ademde vrijer. Ook al was er hier in Palermo niet zo veel verdriet: in de loop van maart was er wel iets losser gaan zitten, onregelmatiger gaan functioneren, dat kun je opmaken uit de gesprekken bij het avondeten – we zitten met niet alleen onze maar ook andere lichamen aan tafel, we eten met de brigadisten, met hun hongerige schimmen; op dat moment, tijdens het tv-nieuws en nog een uur daarna, is de spanning groot; maar daarna verdwijnen de schimmen en blijft er een tweedehandse, een marginale spanning hangen.

Toch gist er iets, weten wij die in staat zijn het waar te nemen. Er heerst iets van opwinding. De behoefte hongerig te zijn, naar iets wat je pakt en meesleept, iets om je op te concentreren. De strijd, bijvoorbeeld. Want daar gaat het om. Het woord *strijd* omvat seks, woede en droom. Dus proberen we het zachtjes uit te spreken, schaamteloos, en het aan actie te koppelen. Maar eenmaal zover, komt het ondoorzichtige terug, het verdoffen dat het voornemen van de verwezenlijking scheidt.

'Hebben jullie nog gedacht aan wat ik jullie over de Rode Brigades heb gezegd?' vraagt Scarmiglia ineens.

'Over hun taal, bedoel je?' vraagt Bocca.

'Ja. En over het feit dat ze het niet bij taal laten. Ze gaan ook tot actie over.'

'Wat moesten we denken?' vraag ik.

'Dat het zinvol is wat zij aan het doen zijn.'

'Ook als ze doden?'

'Herinner je je wat ik zei over schuldig zijn?' vraagt hij me zonder te antwoorden.

Ik knik van ja.

'Schuldig zijn is een verantwoordelijkheid. De Rode Brigades nemen die verantwoordelijkheid.'

'Ze zijn bezig Moro onschuldig te maken,' zeg ik.

‘Dat is waar,’ zegt Scarmiglia, ‘ook dat gebeurt, maar het is onvermijdelijk. Als iemand de moed heeft om schuldig te zijn, schept hij gevolgen. En een van de gevolgen is dat ze van Moro een slachtoffer maken.’

‘Hoe dan ook,’ zegt Bocca zachtjes, ‘zij zijn wel de enigen die iets doen.’

‘Zeker,’ zegt Scarmiglia. ‘Bij elkaar zijn alleen maar om een groep te vormen, dat interesseert ze niet. De Rode Brigades *handelen*. Ze stellen daden.’

Terwijl we zitten te praten voel ik de meizon op mijn huid, hoor ik her en der krekels, enkele bijen, hun psychose in de lente.

‘De RB,’ zeg ik, ‘zijn de enigen die hebben begrepen dat een droom verdort als hij alleen blijft.’

‘Ja, je hebt gelijk,’ zegt Bocca.

Scarmiglia kijkt ons aan, zwijgt, je kunt zien dat hij moet lachen, hij vindt het leuk dat wij meegaan in zijn denken.

‘Wat de Rode Brigades hebben begrepen,’ zegt hij vervolgens met heel zachte stem, ‘dat is dat de droom samen moet gaan met discipline, hard en geometrisch moet worden en op de ideologie gericht moet zijn.’

Om ons heen auto’s, niet veel, af en toe; de mensen zitten in hun huizen te eten, geven elkaar het water door, het brood, voeden zich zoals ze gewend zijn.

‘Op de ideologie,’ zegt hij nog eens. Daarna gaat hij rechtop zitten, kromt zijn rug, betast zijn haren. Dat doet hij geruime tijd, hij wrijft eroverheen en brengt ze in de war, woelt in het in-zwarte, vindt nog een andere zin.

‘De RB vóélen dit alles,’ zegt hij, ‘ze zíjn dit alles. Ze geven materie aan het immateriële, merg en stimulans aan wat alleen omhulsel en inertie was. Ze hebben de politieke klier van een heel land weggenomen en dwingen Italië nu volle aandacht aan hen te schenken.’

Ik kijk naar zijn hoofd, dat hij scheef houdt, naar de kromming van zijn schouders die sensueel aandoet. Ik voel dat hij geëmotioneerd is. Ook Bocca is rechtop gaan zitten en kijkt onderzoekend naar hem.

'En wij,' zegt Scarmiglia, 'moeten wij niets doen?'

Op zaterdag 6 mei geven de kranten de rest van communiqué nummer 9. In de laatste regels staat: 'Het over Aldo Moro uitgesproken vonnis voltrekkend, beëindigen we dus de op 16 maart begonnen strijd.'

's Ochtends zien we elkaar weer op school en we praten erover voor de les begint. Een enkele klasgenoot blijft staan, luistert even, maakt ons uit voor idioten en loopt door. Morana zit aan zijn tafel, alleen, met zijn bloes van militairgroen denim die hij elke dag aan heeft: hij doet niets, hij neemt de les niet door en schrijft niet.

Bocca is opgewonden, herhaalt wat hij zijn vader heeft horen zeggen. Dat het communiqué inhoudt dat er nog tijd is, dat er nog tijd móét zijn, maar dat er voortgemaakt moet worden.

Voor mij is *voltrekkend* – het woord van het communiqué waar de kranten zich op concentreren – als elk gerundium, een werkwoord met een buik, een buideldier dat veronderstellingen en dubbelzinnigheden in zich bergt. Of de RB nu wilden dat er veronderstelling werd gelezen, dus mogelijkheid tot redding – nieuw geblaas om de zeepbel in de lucht te houden – of dubbelzinnigheid – de bel is er niet meer, maar hij is doorzichtig en we laten geloven dat hij er nog is –, dat is een raadsel.

Scarmiglia luistert zonder een woord te zeggen, zonder instemmend te knikken. Ik observeer hem, tegen het licht in, terwijl hij op de rand van een tafel zit: heidens, in gedachten verzonken en bevruchtend, de grondlegger van een nieuwe godsdienst.

Na het vijfde uur lopen we samen op. Scarmiglia zegt niets, Bocca praat, ik reageer. We hebben het weer over de communiqués, over die taal. Bocca is er weg van, hij houdt van die hoogdravendheid en de nauwkeurige, meedogenloze zinnen.

Ik luister naar hem, denk na, realiseer me dat hun taal, al onderga ik er de fascinatie van, toch ook iets heeft wat me in verlegenheid brengt, me medelijden inboezemt vanwege het oppervlakkige dogmatisme, de kinderlijke hoogdravendheid ervan. En toch, als er iemand hoogdravend is, dan ben ik dat. Ik moet het wel zijn, want ik weet, zoals ook de RB dat weten, dat hoogdravendheid de enige manier is om toegang te hebben tot de visie, tot de profetie van de geschiedenis. Natuurlijk, het maakt je lachwekkend, maar alternatieven zijn er niet: als ik moet kiezen tussen ironie en lachwekkendheid, dan kies ik voor lachwekkendheid.

Terwijl Bocca opgewonden doorpraat, maak ik even een omweg, ik steek de straat over, bereik de krantenkiosk en loop terug met de kranten.

'We moeten ze bestuderen,' zeg ik.

Bocca's gezicht licht op, Scarmiglia knikt van ja.

We besluiten om thuis nog meer kranten te gaan halen, alle kranten van de laatste anderhalve maand die we kunnen vinden, en we spreken af op onze pornoplek meteen na het eten.

Onze pornoplek ligt tussen de straat en het hek aan de achterkant van de Santa Luisa-kerk; het is een soort niemandsland, veertig vierkante meter afval en onduidelijk struikgewas dat dichter wordt naarmate je er verder in doordringt, tot het uiteindelijk een muur van takken en donkere bladeren vormt. Een warwinkel die Bocca, met het vooruitzicht nog meer papieren porno in het vegetale heiligdom te vinden, met een gelukkige glimlach trotseert. Daar, omgeven door een aureool van vertrapte stoppels, staat een sferoïdale struik die een halve meter uit de grond steekt. Hij bestaat uit vijandige takjes en loodkleurige bladeren, een blauwe bol, die tegelijkertijd brandkast is en divinatorisch instrument. Bocca is de enige die, met de moed van zijn handen, zijn arm in het vegetale hoofd kan steken en er seks uit tevoorschijn kan halen.

Dit binnendringen en wegzinken van armen en verlangen vormen een welomschreven ritueel: een, of twee keer per week, meteen na school of laat in de middag, na het huiswerk, de hele winter en tot juni; nooit alleen, maar altijd met onze priester; stil staat Bocca naast de struik, dan knoopt hij de manchet van zijn bloes los en trekt die met de andere hand naar beneden tot hij om de middelhand zit. Een beetje moeizaam haalt hij de knoop weer door het knoopsgat en dan steekt er alleen nog maar een puntje hand uit de manchet, als de schaar van een krab, net genoeg om het blaadje te pakken te krijgen zonder de rug van zijn hand en zijn knokkels te schrammen; eenmaal zover buigt Bocca zich en steekt hij zijn hand in de struik. Wij wonen het verdwijnen van de arm en het verschijnen van het pornoblaadje bij zoals je een zonsverduistering bijwoont: de tijdelijke duisternis, de vreugde van het licht. Als Bocca weer rechtop staat, fatsoeneert hij zich door waardig zijn broek af te kloppen; hij bevrijdt zijn hand van de manchet, rolt beide mouwen op, legt het blaadje boven op de struik en in onze schedels begint de oogzenuw al als een strakgespannen snaar te trillen.

Zo gaat het in de regel. Maar dit keer wordt er niet geobserveerd. Dit keer transformeert de opwinding zich in concentratie. In studie.

We gaan het binnenste van het struikgewas in, de kranten in onze armen. Voorlopig alleen Bocca en ik, Scarmiglia komt later. We gaan op de stoppels zitten, zoeken de bladzijden die ons interesseren. Eisen, proclamaties, verspreide communiqués.

'Ik heb een verhaal uit 1970 gevonden,' zegt Bocca terwijl hij in de kranten zoekt. 'De RB hebben toen de personeelschef van een fabriek op Sardinië gegijzeld, een bordje om zijn hals gehangen, hem op een ezel gezet en hem door het hele dorp rondgevoerd.'

Hij is enthousiast. Het idee van bespotting, van de creatieve straf, bevalt hem. 'Wij ook,' zegt hij, 'dat moeten wij ook doen.'

Intussen heeft hij een aantal bladzijden tevoorschijn getrokken waarop communiqués staan die de RB in de loop van de jaren hebben geschreven. Na de gijzeling van Moro hebben de kranten ze opnieuw gepubliceerd.

'Heb je die zinnen gezien?' vraagt hij, en met een potlood geeft hij de kolommen van de artikelen aan. Hij heeft grote, ongewervelde handen. Hij wijst me foto's aan, titels: hij is de goudzoeker die de ader heeft gevonden.

'Ja, ik heb ze gezien.'

Scarmiglia heeft gelijk: elke zin is een bom, iets wat explodeert.

'Elke zin is een vereenvoudiging,' zeg ik.

Bocca houdt op, kijkt me aan.

'Hoe bedoel je?'

'Ik bedoel dat hij vereenvoudigt. Valt je dat niet op?'

'Waarom zeg je dat?'

'Omdat deze zinnen bedoeld zijn om onderscheid te maken. Zoiets als het schoolbord met krijt in tweeën verdelen om een lijstje te maken van de brave en de lastige leerlingen.'

Hij is ontdaan, terneergeslagen, het is alsof ik hem de kleren van het lijf heb gerukt en hij nu halfnaakt voor me moet zitten.

'Je bent onrechtvaardig,' zegt hij.

'Ik ben niet onrechtvaardig. Ik hou van die zinnen, ze zijn mooi. Maar we kunnen niet net doen alsof we niet begrijpen waar ze voor dienen.'

'Waar dienen ze dan voor?'

'Dat zei ik je al, om een scheiding aan te brengen, om de wereld te ordenen.'

'Zou jij betere zinnen schrijven?'

'Dat beweer ik niet.'

'Wat dan?'

Ik zeg niets meer, doorgaan zou zinloos zijn. Ook Bocca zwijgt en leest nerveus, voor zichzelf. Hij is het zinnelijke geluk, de naïeve geestdrift van eerst kwijt. Want eigenlijk heeft hij gelijk, op het eerste gezicht is de taal van de RB een mythologisch dier. Een eenhoorn. Gespierd, sanguinisch, krachtig, fallusvormig. Met zijn in een spiraal gedraaide hoorn op het voorhoofd, puntig en onverwoestbaar. Een taal die stroomt in de tekst, die ontwortelt en verslindt, die van woede en verandering vertelt. De brigadisten zijn altijd hartstochtelijk, altijd apocalyptisch. Ze schrijven 'actieve strijd', ze schrijven 'de structuren ontwrichten'. Ze zijn apodictisch. De woestijnvaders hebben de Palestijnse zandvlakten verlaten en zijn naar de stad gekomen, naar de universiteiten en de fabrieken, om te vertellen, om te getuigen, om te voorspellen en om te vervloeken.

Ik voel me moe. Ik steek mijn hand uit naar de stapel kranten, blader wat, lees: 'Er is geen enkel misverstand meer mogelijk, en elke poging van de Democrazia Cristiana en haar regering om het probleem met dubbelzinnige communiqués en verwerpelijke opschortende manoeuvres te omzeilen, zal worden gezien als teken van hun lafheid en van hun keuze (dit keer duidelijk en definitief) om af te zien van de enig mogelijke oplossing voor de kwestie van de politieke gevangenen.'

Ik verlies mijn concentratie terwijl ik zit te lezen, het lukt me niet om verder of terug te gaan, zoiets als wanneer ik in het zwembad in ademnood raak, pijn in buik en in benen heb en midden in het bad moet ophouden en als een dode moet gaan drijven.

De zinnen van de RB drijven als een dode. De zinnen van de RB zíjn de dode. De zinnen van de RB maken een wereld in de vorm van een dode en doen net of ze zich een toekomst voorstellen, het leven dat zal komen.

De taal van de RB, denk ik, is een onbruikbaar mythologisch dier, een afgetakelde eenhoorn: zijn lijf is rachitisch, zijn bloed blubberig, de hoorn op zijn voorhoofd is een valse fallus. Het is een taal waarin tegenstrijdige neigingen naast elkaar bestaan, zoals in mij altijd enthousiasme en teleurstelling leven – ten aanzien van die taal en van alles.

Ik hoor geritsel in het dichte struikgewas, een snel ontbladeren van de ruimte: het lijkt het geluid dat het licht maakt als het tot hier doorsijpelt, neervalt. Het geritsel wordt luider, je hoort het ruisen van bladeren die vertrapt worden, het kraken van takken. Scarmiglia duikt op. Die niet Scarmiglia is, niet meer Scarmiglia is. Of misschien nu pas Scarmiglia is geworden.

Zijn hoofd is naakt, helemaal kaalgeschoren. Tekenen van het scheren zijn nog op zijn schedel te zien.

Hij kijkt ons aan, glimlacht, komt naast ons zitten.

We zeggen niets.

Dan vraagt Bocca of hij luizen heeft. Scarmiglia zegt van niet.

'Ik heb thuis gezegd dat er een dokter op school is geweest en dat die heeft gezien dat ik luizen en neten op mijn hoofd heb.'

Dat zegt hij. Toen heeft zijn vader schaar en scheermes genomen en hem helemaal kaalgeknipt en geschoren. Vandaag, na school, een uur geleden.

Bocca zit voorovergebogen, verdwaasd, met de losse krantenpagina's op zijn schoot.

'Doet het pijn?' vraagt hij.

'Wat?'

'Je hoofd.'

'Wat je hoofd?'

'Of je haren je pijn doen.'

'Die zijn er niet meer, die haren.'

'Daarom juist.'

Scarmiglia neemt Bocca aandachtig op, bestudeert hem, laat hem voelen dat dit stomme vragen zijn; en vervolgens vergeeft hij hem met een glimlach.

'We moeten onherkenbaar worden,' zegt hij. 'Van een normale epidemie profiteren om ons verlangen naar een absolute epidemie te bevredigen. Wat niet alleen een verlangen van ons is, maar ook een sociaal verlangen.'

Hij wijst naar de over de stoppels verspreid liggende kranten. Hij houdt zijn vingers bij elkaar, heel strak tegen elkaar aan: de huid wordt wit en je ziet er nog heel kleine fragmentjes haar bovenop.

'De besmetting trekt op het moment door Italië,' gaat hij verder, 'dat wíl Italië. Dat voelt prettig, maar zoiets kun je niet toegeven. Want ten aanzien van geweld en crisis mag je geen prettig gevoel hebben. Dat is niet fatsoenlijk.'

Door het vegetale weefsel boven onze hoofden filtert een verbrijzeling van licht dat op de stoppels verandert in onzekere zeshoekige scherven; ik steek mijn arm uit, doe mijn hand open en onderschep er een. Scarmiglia kijkt me aan, gaat verder.

'Maar het is ook waar,' zegt hij, 'dat dat helemaal niet waar is. Italië doet of het naar warmte verlangt terwijl het geen afstand kan doen van de lauwte. Sinds 16 maart beweert het met veertig graden koorts te leven, maar met veertig graden koorts leef je niet. Die gloeihitte is gespeeld. De burgerlijke opwinding, het ethische geschokt-zijn, het is veinzerij. De verontwaardiging heeft zich meteen geïnstitutionaliseerd, de angst heeft zich geïnstitutionaliseerd.'

Scarmiglia stopt, hij omvat ons met zijn blik, inspecteert een regiment van twee.

'Maar de verleiding blijft,' zegt hij, terwijl hij zachter gaat praten. 'Het prettige van de angst is er nog, het stroomt ondergronds, ondanks de tendens eraan gewend te raken. Wij zijn het land van de desensibilisering van de burgerlijke instincten, van de ontkrachting van elke vorm van verantwoordelijkheid. Dus nemen wij onze toevlucht tot deze periodieke nationale simulaties om ons in te beelden dat we anders zijn. Maar dit is niet de werkelijke temperatuur van Italië. Italië is lauw. De werkelijkheid is lauw. Dus is Italië werkelijk. En daarom moeten wij onherkenbaar worden, tégen dit alles. Want nu begint het en daarom hebben we een ander gezicht nodig.'

Terwijl ik naar hem luister, kijk ik naar de scherven licht die op zijn schedel dansen.

'Onze gezichten zijn nog kindergezichten,' gaat hij verder. 'Op de huid van onze kin groeien nog geen haren, zelfs geen dons, niets. Willen we angst inboezemen, dan kan dat niet met deze gezichten.'

Hij pauzeert opnieuw, het zweet schittert op zijn jukbeenderen.

'Daarom zie ik er zo uit,' zegt hij. 'Om mezelf te vervormen.'

Ik voel dat hij gelijk heeft, dat Italië echt lauw is, absoluut niet in staat de verantwoordelijkheid voor het tragische op zich te nemen. Het kan het tragische slechts voortbrengen, daarna maakt het er een farce van.

Laat de besmetting dan maar komen, denk ik, de epidemie, een andere infectiegod om de dingen een vorm op te leggen, of liever nee, om de dingen te vervormen en met elkaar te vermengen. Als het geen tetanus is, zijn luizen ook goed en na de luizen, via de luizen, komt dan de strijd.

Scarmiglia is opgehouden met praten en heeft zijn armen over elkaar geslagen: hij heeft gezegd en gedaan, nu is het onze beurt.

Later op de middag pak ik een beetje ham uit de ijskast en ga naar beneden, naar het park aan de overkant.

De mankepoot-van-nature is afgetakeld. Hij ligt ineengedoken tegen het muurtje, twee donkere korsten op de ogen, zijn vacht stinkt. Ik ga op mijn hurken naast hem zitten, onder zijn lijf liggen zijn opgedroogde uitwerpselen. Ik ben hier al weken niet meer geweest, Touw heeft het eten altijd in haar eentje gebracht. Ik heb geen idee hoe lang hij er al zo aan toe is.

Ik haal het stukje prikkeldraad uit mijn zak en raak er de stokjes van zijn voorpoten mee aan. Ik til er een op, trek het prikkeldraad terug, de poot valt neer. Van zijn kale buik komt een beetje ademhaling omhoog, een microscopische minimassa die het vel omhoogduwt en dan weer verdwijnt en dan weer terugkomt en dan weer verdwijnt, zonder regelmaat. Ik zet een stekel op de zwelling maar er gebeurt niets. Ik geef een beetje druk, de manke kat verplaatst een poot en daar blijft het bij. Ik duw de stekel wat harder in de huid en trek hem tegelijkertijd opzij, de kat reageert met een licht pufje, de kop komt omhoog, de twee korsten kijken me aan. Ik wilde me weer oprichten, maar in plaats daarvan duw ik de stekel nog een keer diep in de kat, bewust, om te zien, om te weten te komen, en ik druk tot uit de lichte huid, tussen de korrels afgebrokkelde roest een rood puntje tevoorschijn komt dat even blijft liggen, tot een bolletje opzwelt en ten slotte als een beekje naar beneden begint te stromen. Dan sta ik op, kijk eerst naar het prikkeldraad en vervolgens naar de mankepoot, ik gooi de ham bovenop hem en loop weg.

Thuis zet ik de televisie aan, er is *Buonasera con...* Ik snuffel aan Renato Rascel; hij ruikt zoet en stompzinnig, naar talg en vetzuren, naar cholesterol. Terwijl ik sta te snuffelen kijk ik niet naar de beelden, ik sta voor de televisie met mijn neus tegen het glas, ik voel alleen de moleculen uit het scherm komen en mijn neusgaten en gedachten binnendringen. Maar ik luister wel en wat ik beluister is een karikatuur van onze gesprekken van vandaag. De grof onverschillige strofen, de dialoog tussen de generaties afgedaan met een kwinkslag, en daarna het refrein: 'We zijn klein, maar worden groot, wat nu! En dan, komma! dan tellen we mee, haakje sluiten, negen onthouden, we zijn klein maar zeg maar u!' De platte en eerlijke versie van onze identiteit. We willen dat de wereld u tegen ons zegt, dat ze ons zien en respect voor ons hebben, maar we zijn blijven steken in een scholastieke oorsprong, we stinken naar dat verschrikkelijke water dat in de wijwaterbakken van de kerken ligt te zieltogen, naar uit het hoofd geleerde tafels van vermenigvuldiging, naar wat kettingrijm, naar haastige kruistekens en hysterisch heldendom. We zitten in de stem van Renato Rasci en raken doordrenkt van zijn geur. We zijn talgachtigen.

Ik zet de televisie uit – het puntje in het midden dat verdwijnt – en ga naar de badkamer: Touw en Steen zitten met Katoen in de pizzeria, ik kan rustig aan doen.

Ik laat de wasbak vol lopen, pak het nagelschaartje, begin te knippen, maar dat is onmogelijk, het is te klein, dus ga ik naar de keuken, pak de grote schaar en ga weer terug naar de badkamer. Nu komen de lokken goed los, bij vlokken, ze vallen langzaam uiteen in het water. Elk klik-klak van de schaar is het klikken van een foto van de dingen en knipt die dingen uit en knipt een afbeelding van mij uit, terwijl ik, op de avond van 6 mei 1978, mijzelf vervorm.

En zo ga ik veertig minuten lang door, ik knip waar ik kan, druk hard, met twee handen op de ogen van de schaar als ik een te dikke lok pak die weerstand biedt, ik buig mijn hoofd naar voren en schud het boven de wasbak uit om al het haar daarin te laten vallen. Langzaam maar zeker wordt mijn hoofd eerst iets wat aangevreten, vervolgens geplunderd en ten slotte totaal opengereten is, de haren verslonden door een onzichtbare mond.

Ik bekijk mezelf in de spiegel, bevende verbeelding. Er zitten nog rare, slappe plukjes. Dan maak ik mijn hoofdhuid nat met water uit de kraan, pak de scheerzeep van Steen – een potje met een soort crème erin –, roer met de kwast, maak schuim en smeer het uit over mijn hoofd; ik zoek het scheermes in het kastje en begin het over mijn hoofd te halen, eerst zachtjes en daarna steviger. Het scheren maakt een licht knetterend geluid, dat samenhangt met het gebaar, met het trekken van arm en hand en de weerstand die de haarwortels ertegen bieden. Als ik bijna klaar ben, het scheermes in de ene hand, de kwast in de andere, kijk ik opnieuw op, in de spiegel: ik heb roze kraters op mijn hoofd, de puinhopen van een bombardement. Met die stukken die lichter zijn en andere die nog donker zijn van niet helemaal weggeschoren haartjes – bovengekomen land en zeeën, continenten, oceanen – is mijn schedel even de wereld.

Ik laat scheermes en kwast op de rand van de wasbak liggen, droog vlug mijn handen af en ga naar mijn kamer. Ik haal de geïllustreerde Bijbel van de plank en leg hem op mijn bed. Ik kniel op de vloer neer en ga snel aan het bladeren. Ik kom bij het boek van de profeten, blader langzamer en vind de illustratie die ik zocht. Ezechiël met zijn blauwe tuniek zit op een rots, zwaard in de hand en om hem heen, her en der in het stof, de witte vlokken van haren en baard. Want God beveelt Ezechiël een scherp zwaard te nemen en het als een mes te gebruiken om zich te scheren, daarna een weegschaal te pakken en het afgeschoren haar te wegen, daar een derde van te verbranden, een ander derde nog kleiner te snijden en wat er overblijft in de wind te verstrooien. God vraagt Ezechiël zijn schedel, vraagt hem zijn schedel aan Hem te tonen, die aan Hem te schenken door hem kaal te scheren. En om via een ritueel offer afstand te doen van alles wat maskering en vernis is.

Ik heb geen god en ben niet ritueel, dus doe ik niets. Mijn afgeknipte haren, die op dit moment in de wasbak drijven, zal ik met beide handen oppakken en in de wc gooien, beetje bij beetje, en na elke lading doortrekken. Daarna zal ik met een vochtig doekje de wasbak schoonmaken en mijn handen nog een keer wassen, en dat allemaal nog eens en nog eens, om alles weg te krijgen. Meteen daarna zal ik mijn nieuwe schedel op het hoofdkussen leggen, de koelte van de sloop vanuit de stof naar het gebeente voelen stijgen, en zal ik proberen te slapen – maar ik hoor iets bij de voordeur, stappen in de gang en daar is Katoen die me aanstaart; er komen tranen in zijn ogen; en Steen, die zijn sleutels in slow motion op het bureau legt en dreigend traag ook nog andere dingen doet, en Touw, die naar me toe komt en haar vingers op de huid van mijn schedel legt, me alle kanten op draait en met haar vingertoppen over mijn hoofd wrijft en ik voel de wrijving en de strepen warmte, en ze tikt me op mijn schedel, maar niet hard, alsof ze wil horen wat voor geluid dat maakt, zoals bij een kind als het net geboren is, en ze zegt tegen me: 'Je bent gek, je bent gek.'

Op 7 mei leg ik alles uit. Ik gebruik Scarmiglia's versie, met hier en daar een kleine wijziging. Steen geeft me zijn Acqua Velva om op mijn huid te doen om die soepel te houden. Het is groen en ruikt lekker. Touw zoekt 's ochtends een apotheek die dienst heeft, koopt antiluizenpoeder en strooit het op mijn hoofd. Katoen is niet bang meer en kijkt televisie.

In het begin van de middag tref ik Scarmiglia en Bocca – die zodra hij me ziet geëmotioneerd raakt, me excuus vraagt en Scarmiglia excuus vraagt; we hebben de hele weg tot aan de via Imperatore Federico nodig om hem rustig te krijgen – en we gaan naar de Fiera del Mediterraneo.

De Fiera del Mediterraneo is een gemoedstoestand, een van de vormen die verveling kan aannemen, een lopen zonder te gaan, hoogstens een bewegen en daarbij zomaar toevallig op de botsautootjes stuiten of op de man die gebraden speenvarken verkoopt.

Want dat is, elk jaar, de Fiera del Mediterraneo.

Gebraden speenvarken. Botsautootjes. De geur van frituur. Suikerspinnen. De stand van het Italiaanse leger. Voortdurend geduw in je rug bij het lopen. Het heksenhuis. De achtbaan met drie parabolische bochten. De door iedereen vertrapte ui van de hotdog. De grimassen, de grijnslach, de clowns. Het zweet op borst en rug. De MS-peuken en de massa's plastic bekers. De katten die in de afval naar eten zoeken. Het pingpongballetje dat je in een bakje moet gooien om de goudvis te winnen. De gewonnen goudvis in het doorzichtige zakje met water. De goudvis die door het oververhitte water in het zakje doodgaat voor we de poort uit zijn. De goudvis die we tussen de peuken en de bekers op de aarde van de bloembakken laten vallen. De tractoren, de bulldozers. Lopen, eten, iets kopen. Een wc vinden. Naar het verlichte Utveggio-kasteel op de monte Pellegrino kijken: je buurman een tikje op de schouder geven om hem erop te wijzen.

Dit doen, dit allemaal, elk jaar.

We kopen kaartjes en gaan naar binnen. We lopen de eerste laan af en kijken de mensen recht in het gezicht. Scarmiglia en ik voorop, Bocca opzij en een halve stap achter ons. Scarmiglia en ik zijn mooi en sensueel, we hebben kleren aan maar voelen ons halfnaakt, als meegevoerd door een bliksemflits. De mensen kijken terug, maar er ontstaat meteen spanning en ze gaan in de verdediging, ze geven elkaar tekens, volgen ons vanuit een ooghoek en draaien zich daarna helemaal om. Voor de oude mensen zijn we ongeneeslijk, de kinderen schelden ons uit in het dialect.

We stoppen bij een kiosk om water te drinken. Bocca kijkt naar stukjes groen glas van een kapotte fles, die verspreid op het korrelige, grijze asfalt liggen. Daarna kijkt hij opnieuw naar ons en in zijn ogen ligt jaloezie, afgunst en liefde, en ook eindeloze emotie.

We gaan weer verder. We weten dat ze hier gisteravond een dode hebben gevonden, dat hebben we in de krant gelezen, we willen zien waar.

We lopen naar de achterkant van het paviljoen van de tractoren. Het lawaai en het licht van de lampjes dringen tot hier door, maar alles gedempt, lawaai en licht. Het is een nauwe ruimte, begrensd door aan één kant de blauwe golfplaten van het paviljoen en aan de andere kant een stuk van de ringmuur. De dode was een jongen die een kaartje had gekocht om binnen te komen. Hij heeft iemand ontmoet, heeft iets gegeten, heeft gezien en gesproken, is daarna hierheen gegaan, naar de achterkant van het paviljoen, en heeft een shot gezet. De heroïne was met kalkgruis versneden en hij is gestorven. In de krant zeiden ze dat hij jeans aan had en een bloes. En zwarte Dr. Scholl's. En dat hij een koordje om zijn pols had.

Bocca wil eigenlijk iets zeggen maar bewondert onze glanzende schedels en zegt niets. We bekijken het stukje asfalt en proberen te raden waar de dode precies lag. Daarna begeven we ons weer onder de mensen om het droge leven van het gebeente onder het soepele fluweel van onze hoofdhuid te laten zien, onze trots om het haarloze vel.

We zijn verontrustend en zijn daar trots op. Dat was de ervaring die we zochten. Want jongetjes zonder haren, met duidelijk zichtbare schedelbeenderen en ertussen de naden, waar je, de ene omtrek na de andere, met je vinger overheen kunt gaan, die zijn verontrustend en gevaarlijk. Ik was onsympathiek en nu ben ik verontrustend. Ik was vijandig en ben verontrustend. Een niet onrustig verontrustend iemand, een kalm verontrustend iemand. De mensen komen me tegen, kijken naar me en weten niet dat ze niet alleen naar mij hebben gekeken maar ook naar mijn nimbus, mijn kring van licht en uitverkiezing. Ze weten het niet, maar wat weten de mensen nou wel.

Terwijl we daar lopen, te midden van het gewoel, zien we alleen maar door het dialect uiteengereten gezichten – het dialect is in de monden geëxplodeerd en heeft de trekken verscheurd –, voortgebracht in het duister van de familiebanden, in het dagelijkse botsen, een voorhoofd tegen een jukbeen, de mond tegen een slaap. Om ons heen wervelen de gezichten van de Palermitanen, niet te onderscheiden van de maskers bij de ingang van het spookhuis.

Ik ben verhit, mijn bloes plakt tegen mijn borst. We gaan op een rood-witte trap zitten, er zijn minder mensen daar. Het begint donker te worden. Bocca ademt zwaar, lijvig, en zegt dingen waar ik niet naar kan luisteren; Scarmiglia bekijkt zijn vingers, wrijft ze over elkaar, verwringt ze, buigt zijn wijsvinger naar voren, naar zijn pols. Vóór ons is een kiosk met zo'n bord waarop ijsjes staan. Ik kom omhoog, loop erheen, leun tegen de metalen toonbank en bekijk de foto's van ijshoorntjes en -lolly's tegen een hemelsblauwe achtergrond. Ze hebben pathetische namen. Pafff, Mike Blond, Dalek, Bananita. Ik kies het ijsje met de koekjes met chocola en vanille ertussen. Op twee zijkanten de minuscule reepjes papier met grappige tekeningetjes van dieren en het wolkje met de leuke opmerkingen. Ik lees ze. Flauwekul. Ik neem kleine hapjes en slik ze door, voel de stomme zinnen door mijn keel glijden.

Terwijl ik het ijsje sta te eten, vang ik de frisse lucht van een ventilator op, die naar buiten komt waaien. Op de toonbank staat een colaflesje met een roos erin. Een decoratie. De steel steekt in het duister, neemt de belletjes op, de bloemkroon is breed en vol, een opengesperd oog. Van tijd tot tijd komt er in Palermo iemand op het idee om een bloem in een flesje te zetten. Ik zie ze op vensterbanken, en hier en daar op een graftombe op het kerkhof. Deze roos heeft zo veel belletjes opgezogen dat hij bijna barst, het kooldioxide maakt hem neurotisch.

Ik vraag de meneer van de kiosk of ik hem mag hebben. Hij ziet me niet goed en begrijpt het niet, hij kijkt naar mijn schedel, maakt een neerwaarts gebaar met zijn hand, dat 'pak hem maar' betekent, en draait zich om om iemand te bedienen. Ik grijp het flesje en gebaar naar de anderen dat ik even weg ben. Ik ga terug naar de achterkant van het paviljoen van de tractoren. Met een ervan moeten ze bezig zijn, er draait een motor in hoog toerental, razend lawaai dat alles verpulvert. Ik staar naar het asfalt, zet een stap naar de ene kant, en dan een naar de andere kant, dan een naar voren en ik zet het flesje ongeveer in het midden tussen de blauwe golfplaten en de ringmuur. Terwijl ik dat doe, luister ik naar het razende lawaai en bedenk dat ik iets idioots aan het doen ben; ik zal Scarmiglia en Bocca maar niets vertellen. Ik kijk nog een keer naar de roos, naar de een beetje hangende knop, en ga terug naar de anderen. Als we het hek uit lopen, kijk ik omhoog naar de wapperende vlaggen aan heel hoge, puntige palen die te midden van de onleesbare vluchten van de eerste vleermuizen de hemel doorboren.

Vroeg of laat zou iedereen zijn eigen schedel moeten leren kennen, er met zijn vingertopjes overheen moeten strijken, hem met handbreedten meten, de handpalmen wijd open, de armen bijna ontwrichtend om er helemaal omheen te kunnen en het gebied te omvatten, en de vorm en de hardheid en de zachtheid ervan in zich moeten opnemen, en de spleet van de fontanel moeten vinden, die kleine vagina waardoor de wereld stilletjes in ons binnendringt.

En verder zou iedereen minstens één keer zijn eigen schedel moeten wassen, hem inzepen, luisteren naar het gesuis van het schuim dat in de hoofdhuid dringt, het goed verdelen, met toewijding, tot achter de oren en in de oren, en het vervolgens afspoelen door er vanuit je tot kom gevormde handen water over te gieten, in het begin, en pas later, om het spoelen te voltooien, je schedel aan de douchestraal bloot te stellen, en met gesloten ogen te voelen hoe de steken zich één voor één in je hersenen boren.

Op de ochtend van 8 mei ga ik onder het douchen met mijn hand over mijn hele schedel, ik wrijf erover, spoel hem af en wrijf er weer over. Daarna was ik mijn testikels: ze voelen koud en glad aan in mijn hand, van been, van porselein.

Ik kom op school, zie Scarmiglia, draai me om en daar komt Bocca aan, met op zijn ronde lijf een volmaakt gladde bol met midden erin een boog van geluk gekerfd. Hij komt naar ons toe, praat tegen ons en is blij, hij is één bonk euforie en plannen. Als we de klas in gaan, banen we ons een weg door de wirwar van vragen. Tegen de leraren zeggen we dat onze ouders, toen ze van die luizen hoorden, ons hebben laten nakijken en dat we ze hadden en dat ze ons toen kaal hebben laten scheren.

Als ik ga zitten zie ik Morana aan zijn tafel. Toen we de klas in kwamen, had hij even naar ons gekeken, maar daarna zijn blik afgewend. Ik blijf net zo lang naar hem staren tot hij zich naar mij toekeert: er ligt een rustige, onderworpen uitdrukking op zijn gezicht, een beetje verrast, alsof hij me welkom heette op een plek waar hij nooit had gedacht me te zullen ontmoeten.

In de pauze gaan we op het trapje zitten dat naar de straat leidt, aan de schoolkant van het gesloten hek. Scarmiglia glimlacht tegen ons, legt uit. Zijn stem geeft een perfecte opeenvolging van maten te horen. Meters, centimeters, millimeters. Elk woord is raak en heeft zijn betekenis. Hij kijkt naar ons, zonder ooit zijn ogen van onze schedels te halen, zonder ooit even op te houden, zonder enige aarzeling.

'Geweld,' zegt hij, 'is niet gevaarlijk. Het is niet gevaarlijk en het is ook het kwaad niet. Al lijkt het een paradox, toch is geweld niet gewelddadig. Het wordt alleen gewelddadig als je het verkeerd gebruikt. Anders is het een esthetiek, een stijl. Een project.'

Hij pauzeert even, wil er zeker van zijn dat we hem volgen. Ik knik van ja en probeer er intussen achter te komen hoe en wanneer hij dit allemaal heeft uitgedacht. Dit is precies waar hij op zat te wachten: de ideoloog van een ontluikende brigadistencel te worden.

'Er doen zich verschijnselen voor,' gaat hij verder, 'die op zich gewelddadig zijn, maar waarin wij het geweld niet onderkennen. Eten is gewelddadig, spijs verteren is gewelddadig, rennen is gewelddadig en ook praten is gewelddadig. Tegelijkertijd zijn er andere dingen die we als gewelddadiger beschouwen dan ze zijn. Breken, snijden, losrukken, verkruimelen. Het is verkeerd om te denken dat ze gewelddadig zijn, want dat zijn ze niet: ze zijn bevruchtend. Zaad moet breken, cellen moeten zich splitsen, het lichaam van een pasgeborene moet aan het lichaam van de moeder ontrukt worden. Anders is er geen leven. Ze zijn bevruchtend en grondslagleggend. Romulus doodt Remus en sticht een stad. Kaïn doodt Abel en beslist zo over de vorm van onze geschiedenis. Geweld is moedig omdat het het bestaan van pijn en schuld herkent en erkent. Geweld heeft de moed van de schuld. De Rode Brigades hebben de moed van de schuld en het bewustzijn van de pijn. De Rode Brigades ontstaan uit angst en verlangen. Uit angst voor afstand, uit het wanhopige verlangen om in het centrum van de tijd te leven. In het vlammende hart van de geschiedenis. Om niet te verdwijnen, om zichtbaar te blijven. Want dat is waarin we ons, zonder dat we ons dat realiseren, aan het trainen zijn, waarin zíj ons aan het trainen zijn. In het verdwijnen.'

Van achter aan het piazza De Saliba, waar Scarmiglia met zijn rug naartoe zit terwijl hij praat, zie ik iets aan komen waggelen. Het legt een meter of twintig af en blijkt een hond. Weer een. Palermo barst van de honden. Ze worden uit het asfalt van de straten geboren, stenen honden vermengd met het pek. Ook deze hond is er beroerd aan toe, het lijkt wel of ze stukken van zijn lijf hebben gerukt. Hij komt naar ons toe, aan de andere kant van het hek. Hij kijkt naar ons, gaat zitten. Scarmiglia merkt niets.

'Het middel waartoe de Rode Brigades hun toevlucht zoeken om zichtbaarheid te verwerven,' gaat hij verder, 'is dat van de acties. Exemplarische acties. Op het ogenblik is de macht in Italië een klonter bewegingloze energie die als enige doel heeft zichzelf te overleven. We moeten exemplarische acties bedenken die in staat zijn die klonter te verkruimelen.'

De hond, die ongeveer een minuut geduldig heeft geluisterd, is nog dichterbij gekomen. Hij kijkt naar Bocca en mij alsof hij wil vragen wat er aan de hand is. We zeggen niets en hij steekt zijn snuit tussen de tralies door, snuffelt aan de schedel van Scarmiglia. Maar Scarmiglia gaat op in het genot van de taal: hij hoort alleen maar de woorden.

'Om de fase van de actie te bereiken,' zegt hij, 'is tijd vereist. We zijn begonnen met onze hoofden kaal te scheren, maar dat is niet genoeg. We hebben acties nodig die onverenigbaar zijn met deze maatschappij. En dus is structuur vereist. Strategie, training. Pas dan zullen we over werkelijke acties kunnen praten.'

De hond heeft zijn kop weer naar de andere kant van het hek getrokken en is begonnen zich af te likken. Hij maakt een poot schoon, gaat vervolgens hogerop en likt zijn buik. Hij stopt, kijkt ons in de ogen, kijkt naar de nek van Scarmiglia die druk beweegt tijdens het betoog, duikt daarna lager met zijn kop en likt zijn penis die als een rode kers tevoorschijn komt.

Bocca en ik zeggen niets, maar we volgen het niet goed, we missen de verbanden.

'In Italië,' zegt Scarmiglia nu, 'wordt alles gekunsteldheid, houdinkjes. Gewoonten. De verachtelijke poppenkast van de gewoonte. Dat is het irrelevante, datgene waar wij niets mee te maken hebben.'

De hond blijft zichzelf gulzig besnuffelen, blijft zijn geslacht opzoeken dat door de wrijving intussen groot is geworden, gespannen, een licht in de frisse meiwind bewegend takje. Hij maakt ook een geluid, die hond, een geknor, een tevreden, spottend gejank, maar Scarmiglia hoort het niet.

'Alles wat niet met onze strategie en onze training te maken heeft,' zegt hij, 'moet ons van nu af aan onverschillig laten. Het enige wat ons verder moet interesseren is de constructie van onze geometrische haat, een doorzichtig, reticulair sneeuwkristal.'

Op dit moment komt er een scherper janken uit de bek van de hond; Scarmiglia verstijft, draait zich om, heeft ineens de paarsrode, gezwollen erectie van het dier voor zijn neus, keert zich dan naar ons, die onze lach zitten te verbijten. Scarmiglia staat op, gaat tegen het hek staan, blaast, wil de hond wegjagen, maar die buigt zijn kop opzij, rolt langzaam met zijn hazelnootkleurige ogen en reageert verder niet; de erectie nog steeds rood en onverschillig wiebelend tussen zijn poten – de heroïsche, strijdbare erectie, de erectie van het brigadistische denken, het geslacht dat de ideologie penetreert.

Scarmiglia draait zich vol afkeer om en loopt weg. Bocca volgt hem, ik ga naar het hek. Ik roep de hond, hij staart me aan, steekt zijn snuit tussen de tralies door en blijft zo onbeweeglijk staan, met hangende oren. Als hij gaat zitten aai ik hem zachtjes over zijn kop, met mijn handpalm voluit op zijn schedel; ik buig me, aai zijn borst, zijn buik, raak even zijn erectie aan; de hond bijt met zijn tandvlees in twee van mijn vingers, draait zich om en loopt weg.

Bij het uitgaan van de school zegt Scarmiglia dat we naar de open plek moeten. Maar eerst is er nog de binnenplaats, zijn er nog de anderen, is er nog het creoolse meisje. Ik wring me tussen de lichamen op de trap door, ga achter haar lopen en zie – in de golvende beweging van haar haren, in het losspringen van de demonen – een druppel volmaakt rood bloed. Weer bloed, denk ik, maanden later. Een miljardste van haar vreselijk verre leven dat ik weer zou willen vangen, een naakt bloedlichaampje, een opwellen van purper licht dat afsteekt tegen het zwart van haar haren, en dan strek ik mijn hand uit naar het bloed, ik sta op het punt het tussen mijn vingers te nemen, maar op de laatste tree, als we op de immense, hoekige vlakte van het piazza De Saliba opduiken en de hemel terugvinden en de streperige wolken in het hemelsblauw, opent de bloeddruppel zijn vleugels en vliegt er een lieveheersbeestje weg; en is er alleen het zwart van haar haren nog. Op dat moment draait het creoolse meisje zich om, ze ziet me, en dan gebeurt er iets met haar voorhoofd, met haar trekken, iets in de vorm van aarzeling, van verwijt – en nu pas, terwijl zij naar het gebogen gebeente boven mijn ogen staart, voel ik mijn schedel, voel ik *mezelf* een schedel en er is afschuw in me, concrete en absolute afschuw, en ik kan wel huilen als zij zich met haar bovenlijf naar mij buigt, op het punt staat iets tegen me te zeggen en in plaats daarvan een vreemde, boze beweging maakt, met de rug van haar rechterhand tegen de palm van de linkerhand slaat, een soort asymmetrisch, onjuist applaus en ze haar gelaatstrekken rimpelt, allemaal, zoals wanneer er te veel licht in je ogen valt; en dan weer dat slaan tegen haar handpalm, het geluid van een brekende noot; ze schudt twee keer haar rechterhand waarbij ze met wijsvinger en duim een twee aangeeft, alsof ze haar arm uitrekte, maar nog wel met een laagje boosheid, een filigraan van spanning en verbazing dat uit haar huid sijpelt, maar ik begrijp het niet en merk intussen dat het waar is, er is te veel licht, het bombardeert ons, ik voel rondom ons de fotosynthese gaande, ik voel het kooldioxide verminderen en zuurstof worden, de massa van de cellulaire ademhaling over ons heen vallen, en dan maakt de blik van het creoolse meisje zich van mij los en richt zich op achter mij, op de steeds andere lichamen die op weg zijn naar huis, op het rumoer van de stemmen en het geduw, op de lucht en de zon en de schaduwen – en nu is alles achter mij en om mij heen, ben ik zelf holte en verdwijning.

Als we op de open plek naast de struik zitten, doopt Scarmiglia ons.

'Na onze gezichten, moeten we nu ook onze namen veranderen,' zegt hij. 'In plaats van onze eigen namen bedenken we een strijdnaam. De mijne is Vlucht. Kameraad Vlucht. Dat is immers het woord waarin het project vervat ligt, de blik vanuit de hoogte en de droom.'

Bocca aarzelt. Het is niet duidelijk of hij meer mogelijkheden in zijn hoofd heeft of helemaal geen. Hij zwijgt, neemt er een minuut voor.

'Kameraad Straal,' zegt hij vervolgens. 'Zo zou ik willen heten. Het is een nederige naam, een manier om mezelf kleiner te maken. Om een van de stralen te zijn die het middelpunt met de omtrek verbinden.'

Het is mijn beurt. Mijn stem klinkt vlak en omfloerst.

'Nimbus. Ik zal Nimbus heten. Kameraad Nimbus.'

Terwijl ik het zeg teken ik met wijs- en middelvinger een kring achter mijn hoofd.

'Een nimbus,' zeg ik, 'is een licht. Een lot dat verband houdt met strijd.'

's Middags snuffel ik aan de personages op de televisie, ik laat mijn schedel met antiluizenspul bestrooien en ga daarna naar de badkamer waar ik het wegwas. Op de radio zeggen ze dat de dagen verstrijken zonder enig bericht over Moro, en dat het land zijn adem inhoudt. Maar, denk ik terwijl ik luister, als iedereen zijn adem inhoudt, drijft de zeepbel langzaam weg en spat hij uit elkaar.

Als Touw met de pan naar beneden gaat om de katten te voeren, ga ik met haar mee.

De mankepoot-van-nature ligt nog steeds tegen het muurtje, zijn hals naar voren gekromd, de achterpoten stijf en gestrekt. Een vraagteken. Hij is in een aureool van uitwerpselen doodgegaan en dat aureool beweegt nu, wriemelend van de rondkruipende kannibaalmieren. Met mijn ogen zoek ik zijn buik af, naar het gat, maar er zijn te veel mieren, het is volkomen weggevaagd.

Einde van de kringetjes, einde van het miauwen, einde van de vernedering en van de woede: de mankepoot-van-nature is dood, blijft dood, en wordt nu door alles opgegeten – door de kannibaalmieren, door de vliegjes die in één grote wolk boven hem hangen, ook de lucht eet hem op. Ik zou hem moeten verbranden, denk ik. Een touw aan een poot moeten binden, hem ergens heen slepen en verbranden. En daarna denk ik niets meer, er komen tranen naar boven, met verkrampte gezichtsspieren eet ik ze op. Touw legt zachtjes een hand op mijn hoofd. Zo blijven we een tijdje staan, de mankepoot dood, de hand van Touw op mijn schedel. Dan zegt ze: 'Ga maar naar huis, ik kom zo.'

Ik ga naar boven, naar mijn kamer, kleed me uit, kruip in bed en trek meteen mijn benen op, ik druk ze tegen mijn borst, omdat ik het gevoel heb dat er viezigheid onder aan de lakens zit, vlekken van uitwerpselen en klonters mieren.

Dat is het einde van de simulaties, van de zinloze spasmen, van de besmetting die niet besmet.

Het geluid van de opengaande voordeur hoor ik niet meer. Ik ben in slaap gevallen.

CONSTRUCTIE

(25 juni 1978)

De wereldkampioenschappen voetbal zijn op de televisie.

We ontmoeten elkaar elke dag bij mij thuis of bij Scarmiglia, waar ze kleuren-tv hebben, en kijken naar de wedstrijden. Oost-Duitsland-Polen, Italië-Frankrijk, Zweden-Brazilië, Iran-Peru. Daarna gaan we naar buiten, naar het park bij mij aan de overkant of naar het veld voor de school; met stenen maken we een doel en dan doen we de goals na.

Het is een oefening in onderwerping. Ervan afzien voor ons zelf te spelen, zomaar te spelen al naar gelang de pet staat, voor de lol, en in plaats daarvan accepteren dat we na-apers zijn, ondergeschikt, dat we daar komen nadat het fenomeen zich heeft voorgedaan om het nog eens te laten gebeuren. Spelen wordt een experiment, het laboratorium waarin we de acties bestuderen die we op de tv hebben bekeken.

Het kost ons dagen om de gelijkmaker van Rossi tegen Frankrijk na te kunnen doen. In het begin lijkt het ons onmogelijk om die chaos in het strafschopgebied exact te reconstrueren – te vlug, te toevallig. We proberen het door Bocca – die de keeper speelt – toe te staan de bal die de bovenhoek moet raken zelf door te spelen, terwijl Scarmiglia en ik hard rennen om onze eigen schoten tegen te houden. We maken er een rommeltje van, stoppen ermee. Pakken papier en potlood en tekenen segmenten van stippellijntjes, de banen die onze voeten met het doel verbinden. We beschrijven openingen en blokkades en berekenen de rebounds, het verminderen van de vaart van de bal als hij in de lucht is en de versnellingen. We tekenen bochten en pijlen en schatten effecten en inswingers.

Daarna gaan we alles tegen een muur uitproberen. We raken ontmoedigd, gaan zitten, staan weer op en beginnen weer van voren af aan. Ten slotte zijn we in staat om de actie van die goal zo uit te voeren dat het een bijna volmaakte imitatie wordt van de oorspronkelijke actie: de cross van Cabrini, die ik doe, rennend langs de zijlijn met mijn ogen op het strafschopgebied, de zwenking van Bettega, die Bocca voor zijn rekening neemt en de kopbal van Causio die Scarmiglia uitvoert, Bocca raakt de bovenhoek en speelt de bal terug, Rossi – ik, weer op het middenveld – neemt over, schiet en raakt per ongeluk Causio, dat wil zeggen opnieuw Scarmiglia; dan Rossi weer, in de vorm van mijn lichaam, nog een schot en goal!

Het is een circuit van hendels en raderwerk, een duister mechanisme dat we dag na dag verder ontcijferen. Als het mechanisme eenmaal is blootgelegd, lijkt alles ons logisch en onontkoombaar, voorspelbaar en zelfs doodgewoon. De effecten geven de oorzaken aan, beschrijven ze, en wij lezen die beschrijving. En begrijpen dat je bij het bestuderen van een fenomeen bij het eindpunt moet beginnen en als zalmen van de kennis de weg terug moet gaan langs het ontstaan van de verschillende onderdelen die het fenomeen in zijn geheel veroorzaken. Een parcours in omgekeerde volgorde – van de bal die bij de laatste pass het net doet bollen, via de laatste op één na, de laatste op twee na, enzovoort – naar de conceptie van de actie, het moment waarop wat gebeurd is, er nog niet was maar toch in de kiem al bestond.

Deze eerste vakantiedagen is de zon zacht en de lucht heeft een heel fijne korrel die in de gezichtshuid dringt. Ik ben de hele ochtend buiten met Bocca en Scarmiglia, ga naar huis om te eten en naar de wedstrijden te kijken en dan opnieuw naar buiten, tot de avond valt. Voorlopig, zolang Steen nog geen vakantie heeft, blijven we in de stad; in juli verkassen we naar Mondello.

Op een middag, als we op een marmeren bankje in het park tegenover mijn huis zitten, legt Scarmiglia ons uit waar we mee bezig zijn.

'Als we de vorm van een goal bestuderen,' zegt hij, 'komen we tegenover twee kwesties te staan die erg belangrijk zijn voor ons project: het toeval en de verantwoordelijkheid.'

'Als we een actie eindeloos herhalen,' gaat hij verder, 'zijn we bezig een fenomeen aan het toeval te onttrekken. Dan besluiten we dat er geen toeval bestaat, dat alles begrepen en beheerst kan worden.'

Bocca zit te luisteren, in kleermakerszit, zijn vuisten tussen zijn benen. Hij is de meest toegewijde, zowel bij het nadoen van de goals als bij het bestuderen van de theorie. Dat Scarmiglia een maand geleden de taak van ideoloog, van degene die uitlegt op zich heeft genomen, daar is voor hem niets verkeerds aan: voor hem is het prima zo, want iemand moet de richting aangeven.

'Alles,' zegt Scarmiglia, 'moet verantwoordelijkheid en constructie worden. Moet zuiver zijn en precies.'

Hij pauzeert even, kijkt naar ons, gaat verder.

'Uren hetzelfde schot blijven herhalen, de bal steeds op dezelfde manier raken, hem een bepaalde swing opleggen, op de millimeter na weten waar hij op de grond zal komen, hoe hij zal terugkaatsen, op een duizendste van een seconde na weten wanneer je hem opnieuw moet raken, vol elan en tegelijkertijd behoedzaam: dit alles dient om het instinct te disciplineren en geeft de overgang van toeval naar verantwoordelijkheid aan.'

'Controle!' roept Bocca uit, terwijl hij zijn vuisten van zijn schoot haalt. 'Een kwestie van controle,' zegt hij nog eens.

'Zeker,' zegt Scarmiglia. 'Zelfs onze ademhaling, de manier waarop onze longen onder het rennen de lucht in zich opnemen en weer uitdrijven, moet discipline worden. We moeten leren om als uit één borst te ademen, om inademen en uitademen te coördineren.'

Op dit punt aangekomen, kiezen we een andere goal en beginnen die te bestuderen. Bocca in het doel, Scarmiglia en ik als vertolkers van de verschillende rollen, waarbij we elkaar afwisselen in crossen, duiken en wegtrappen. We concentreren ons op een stukje van het fenomeen: een schot dat met effect de kuit van een verdediger raakt, afwijkt van zijn oorspronkelijke baan en in het doel eindigt. Getransformeerd tot een puur collectieve machine zetten we het in scène tot we onze gevoeligheid kwijtraken – de voet die trapt, de kuit die getroffen wordt niet meer voelen, de blik van de door de afwijking verraste keeper niet meer zien – totaal niet meer weten dat we aan het spelen zijn, beweging worden die niet meer weet dat ze beweging is.

Later, op de rand van mijn bed, ga ik door met langzaam ademen, terwijl ik me de ademhaling van Bocca en Scarmiglia voorstel, op datzelfde moment, ieder in zijn eigen huis. Ik vertraag en ga weer door, ik coördineer, leg een dunne, denkbeeldige draad tussen onze lichamen.

Op het nachtkastje staat de mascotte van de wereldkampioenschappen, een nog geen tien centimeter hoog poppetje van hard rubber. Ik heb het een paar dagen geleden bij Nunzio Morello gekocht, die het met een reeks spastische bewegingen van een plank had genomen en op mijn handpalm had gezet; ik had mijn geld op de toonbank gelegd en Nunzio Morello had zijn arm opzij geduwd, met zijn hand met de lange, knokige vingers gemaaid, het gegrepen en met nog wat hijskraanachtig gemanoeuvreer in het zwarte bakje van de kassa laten glijden.

De mascotte heeft het lichtblauw-witte shirt van Argentinië aan, om zijn hals een blauw sjaaltje, in zijn hand een gauchozweep. Zwarte haren. Ik vind het lekker om het vast te pakken omdat het niet te vervormen is. Voor mij geldt dat nog niet.

We beginnen onze lichamen te trainen. Ze te filteren, te zeven, de verschillende onderdelen van elkaar te scheiden om ze ons bewust te maken: ze moeten onze instrumenten worden. We weten dat onze lijven nog niet volwassen zijn, dat de spierbundels nog geen kans hebben gehad om te groeien en zich te profileren. Maar het is ons niet zozeer om de spierontwikkeling te doen, ons gaat het erom dat onze gewrichten sterk en buigzaam worden.

We zitten dus in houdingen die pijn doen. De hielen die de liezen raken, de knieën plat tegen de grond, terwijl we er ook nog eens druk op uitoefenen met onze handen om de pezen tot koorden te voelen worden. We staan op, zetten de punt van een voet op de rand van een tree, de hiel naar beneden, we duwen hem omlaag en rekken de spieren aan de achterkant van het been. We knielen en gaan op onze hielen zitten, we strekken onze romp naar achteren, buigen de ruggengraat achterover. We proberen het elke keer zo lang mogelijk vol te houden, tot onze lichamen beginnen te trillen.

We doen ook oefeningen voor onze handen.

Met de handpalmen tegen een muur duwen we met ons hele lichaam tot de polsen spierwit worden. We nemen een middenhand in de palm van de andere hand, buigen hem alle kanten op, beschouwen de pols als de spil en de hand als het bewegende onderdeel en laten hem om de spil draaien; hetzelfde doen we met elke afzonderlijke vinger, tot hij een vreemd element wordt.

We brengen veel tijd door met buikspieroefeningen. We gaan maar door, zonder ooit op te houden, tot er niets meer van onze buiken over is. Bocca heeft het er zwaar mee, want zijn lijf is groot en vormeloos; voor Scarmiglia en mij is het eenvoudiger, maar aan het bijvijlen komt nooit een einde.

Mensen die langskomen kijken naar drie jongetjes zonder haar – we hebben onze ouders ervan overtuigd dat het nu we toch kaal zijn en de zomer voor de deur staat, veiliger is om maar kaal te blijven, om erger te voorkomen en om een fris hoofd te houden, en bovendien schamen we er ons niet voor –, drie jongetjes die voetballen en daarbij steeds dezelfde bewegingen uitvoeren, oefeningen doen en daarna op het trottoir gaan zitten en vellen papier bestuderen. In het begin merkten we het en staarden we die mensen aan tot ze hun ogen neersloegen; nu zien we hen niet meer. Maar we voelen de zon op onze schedels branden: voor het eerst van ons leven vervelt ons hoofd. Ook onze oren, aan de bovenkant. De velletjes vermengen zich met zweet en in de pauzes tussen de oefeningen gaan we met een hand over onze hoofdhuid, wrijven en maken bolletjes van vochtige velletjes en gooien ze weg: een gebaar waarmee we ons van een zorg bevrijden.

We zitten bij mij thuis voor de televisie, Nederland-Italië gaat zo beginnen. We eten tomaten en blaadjes sla zonder olie of zout en Scarmiglia vertelt ons over de geschiedenis van de elftallen en de verschillende scholen, over opstellingssystemen en linies. En dat strategie architectuur is en het hebben van een plan, en dat tactieken daarentegen manieren zijn van aanpassing aan de omstandigheden.

'Er zijn elftallen,' zegt Scarmiglia nadat ik de tv een beetje zachter heb gezet, 'die geweldige strategieën hebben maar onvoldoende tactieken, zoals er ook elftallen zijn met een verwarde strategie, maar die wel in staat zijn onverwachte oplossingen te bedenken, weerstand te blijven bieden en soms zelfs, door uitputting van de tegenstander, te winnen.'

Ik bijt in een tomaat, voel het sap naar binnen glijden; in de keuken is Touw nog meer sla aan het wassen, ze steunt onze vegetale hartstocht.

'Italië,' gaat Scarmiglia verder, 'behoort tot deze tweede categorie. Italië speelt alsof het ziek is, met een soort vochtige buikzak midden in het lichaam, vertragende ballast. Een dikke, weerspannige en vijandige vrouw. Een elftal dat vanaf het begin van de ontmoeting zichzelf onzichtbaar probeert te maken, dat geen enkel spel bedenkt en de tegenstander somber maakt door een chaotisch en onzinnig weefsel van passes en nutteloze trapjes tegen een bal, waarin de luchtdruk nooit verandert.

Als het er zo aan toe gaat is de wedstrijd in ether gedrenkt. Het andere elftal probeert aan te vallen, maar Italië zet daar muren van verveling tegenover. Na een poosje trekt ook de tegenstander zich terug. Alles verslapt, en dan kun je het verder wel vergeten. Maar dat is het moment waarop Italië, door een pure toevalligheid die echter wel een statistische voorspelbaarheid heeft, terugspeelballen als boeren, als geknetter uit kelen naar voren schiet; het vijandelijke team is verrast, de bal komt voor de voeten van Paolo Rossi terecht – klein en lelijk, haarloze benen en uitzinnige glimlach – en Italië maakt een doelpunt. Het maakt gelijk of wint, haalt binnen. Kleinzielig, laf, wint het de wedstrijd zonder verdienste. Of misschien met de verdienste – de enige – dat het begrepen heeft dat verdienste er niet toe doet en dat logica en rechtvaardigheid niet bestaan.'

Intussen hebben de elftallen zich in het midden van het veld opgesteld voor de volksliederen; de muziek bereikt ons zachtjes, alleen de strijkinstrumenten, de hymne van Mameli is een muggenkoor. Bocca verliest zijn aandacht even en kijkt naar onze spelers, neemt dan een blaadje sla, brengt het naar zijn lippen en luistert weer, terwijl hij vergeet het op te eten.

'Maar de laatste dagen,' zegt Scarmiglia, 'speelt Italië goed. Ze zijn niet onbetrouwbaar, maar strijdlustig, helder in hun frasering en fel als ze harmonisch, met een wijde wiekslag, een aanval uitvoeren. In dat opengooien valt duidelijk het geluid van een turbine te horen en voel je een dierlijke wil om te pakken, of liever, te grijpen, weg te rukken.'

Scarmiglia eet niet terwijl hij praat en hij staat met zijn rug naar de televisie, zwaait met zijn armen als een dirigent: lyrische bevlogenheid waarin taalgenot te bemerken is, afgewisseld met meer stille en extatische momenten.

'Bettega,' zegt hij, 'is mooi, de laatste dagen. Tardelli is mooi. Causio is logica en constructie. Scirea berekent met zijn ogen. Het blauw van hun shirts heeft een zweempje zwart dat er een nooit eerder geziene intensiteit aan verleent.'

De wedstrijd is begonnen, Touw heeft de voorraad tomaten aangevuld en een fles water gebracht. Ze kijkt naar ons en dan houdt Scarmiglia zijn mond, Bocca en ik slaan onze armen over elkaar en staren zwijgend naar het scherm. Touw begrijpt het, ze gaat weg. Scarmiglio praat verder.

'Het kan nog zo mooi zijn, maar het blijft toch het Italiaanse nationale team. Het verachtelijke elftal, het elftal van de verkwisting, van de lafheid: vroeg of laat zal de ware aard weer de overhand krijgen en zullen ze weer gaan klungelen, gaan kwijnen, parelmoerkleurig slijm worden dat zich over het veld uitstrekt. Laten we het daar dus maar niet over hebben, dat team interesseert ons niet. Ons gaat het om de strategieën, om de vormen, de archipels en de sterrenbeelden. Om hoe het denken een kosmos kan ontdekken in de chaos, een pad in het woud.'

Hij pauzeert.

'Ons team is het Nederlandse,' zegt hij.

Op dat moment komt Italië voor te staan. Doelpunt in eigen doel van Brandts.

Scarmiglia zwijgt. Hij loopt naar de televisie, zet het geluid harder, gaat zitten, bijt in een tomaat en concentreert zich op de ontmoeting.

Ik concentreer me ook op de wedstrijd maar vooral op Romeo Benetti, op het lichaam van Romeo Benetti – lichte ogen, dunne haren en rossige snor, Noord-Europees, hij heeft iets Noors, iets van fjorden en verloren ijsbanken in de Noordelijke IJszee.

Het is waar, denk ik, Tardelli en Bettega zijn mooi, maar Romeo Benetti heeft een koele, een niet-Italiaanse en zelfs anti-Italiaanse waardigheid, een helderheid die hem op het veld tot hoogtepunt en kern maakt. Een voetballende Giuseppe

Garibaldi, maar zonder de pet met het borduursel en de poncho met de franjes, zonder de namaak-Risorgimento-retoriek van het patriottisme en de versiersels van de nationale identiteit: Giuseppe Garibaldi zonder Giuseppe Garibaldi.

Als Benetti met de bal aan de voet naar voren rent, houdt hij het hoofd geheven en observeert hij het veld scherp om er ruimte aan te ontfutselen. Zijn grote, blauwe torso vult zich met zon, en het hele team zit achter dat torso, wordt een door mannetje verdedigd vrouwtje. Want Romeo Benetti dringt een traumatisch idee van mannelijkheid op. Stenig en onomstreden. Geen op de borst klopperij, geen stom geklets bij een glas wijn of de Italiaanse hyperbool van het eigen seksuele kunnen: Romeo Benetti beweegt zich over het veld met zijn ijskoude zaad in zich, met zijn onopgesmukte, ongevoelige, niet melodramatische en dus in onze ogen onbegrijpelijke sensualiteit.

De schaal waar de sla in zat, is nu leeg; in de andere liggen nog twee gekneusde tomaten in iets nats met gele zaadjes. Nederland heeft met 2 – 1 gewonnen, gelijkmaker van Brandts en daarna nog een doelpunt van Haan.

Scarmiglia is tevreden. Nederland is het concrete bewijs van het idee dat hij als centraal beschouwt voor ons activisme: de veranderlijkheid van de rollen bepaalt de onveranderlijkheid van de vorm. Oftewel, het evenwicht van het team is afhankelijk van eenieders bereidheid om bij de eigen rol ook de verantwoordelijkheid voor die van zijn medespelers op zich te nemen.

'Eenieder is iedereen,' zegt hij. 'Mobiel, reactief, aanwezig, uitwisselbaar. In staat de eigen positie op te geven om die van een medespeler te gaan innemen. Hetzelfde geldt voor ons: altijd klaar en helder zijn, soepel. Je identiteit opzijzetten, afzien van het ik ten gunste van het wij.

Ik verklaar me nader,' zegt hij. Hij staat op, gebaart ons hem te volgen. Terwijl we naar buiten gaan, pakt Bocca nog een tomaat. We lopen naar beneden en gaan naar het park aan de overkant. We vinden een vierkante plek tussen twee palmbomen met geschubde stam, een struik en een lantaarn. Daar beginnen we op aanwijzing van Scarmiglia in het rond te lopen of diagonaal erdoorheen, non-stop; we lopen naar voren, we lopen weer terug, we zigzaggen, beslaan ook de stukken waar we nog niet zijn geweest, brengen evenwicht, compenseren.

In het begin kan ik er niet uit wijs, later zie ik het scherper, ik bedenk voor mezelf een methode en amuseer me zelfs, maar daar houd ik meteen mee op, want ik weet dat je amuseren niet oké is. Bocca is onzeker, doet alles verkeerd en als hij het toevallig wel een keer goed doet, wordt hij enthousiast en raakt hij de draad kwijt. Scarmiglia daarentegen doorkruist de ruimte alsof hij die van bovenaf observeert, met ogen en oren en heel zijn lichaam volgt hij het zich vormen van leegten en volten.

'Bewegingen,' zegt hij, als we staan te wankelen omdat we onderhand verdoofd zijn en geen idee meer hebben van ruimte en proporties, 'moeten constant en synchroon zijn, onmerkbaar als het trillen van de ademhaling.'

We laten ons op een grasperk vallen, geven ons over aan het gras. Het is dor en knispert. Er heerst een verwarring in mijn hoofd die ik prettig vind. De lucht, ver weg, is vol witte spiralen. Ik luister naar de ademhaling van Scarmiglia en Bocca, die nu als een vol en onstuimig trommelen klinkt; ik draai me op een zij en kijk naar de fontein zonder water, een paar meter verderop, met zijn cirkelvormige stenen rand waar moeders hun kinderen op laten klauteren, en hen vervolgens aan het handje en met de klok mee rond laten lopen, als een dressuurrondje.

Op de laatste schooldag heb ik het creoolse meisje zien slapen. Ik liep op mijn eentje door de gangen en keek in de halflege lokalen. In de natuurlijke rafeling die er de laatste dagen is ontstaan, als er niets meer te zeggen valt en alles immaterieel wordt, gingen we eerder naar huis, halverwege de ochtend. Ik was tot het laatst in de klas gebleven, tot ook Morana krom, langzaam en schommelend als een kameel was weggegaan. Toen had ik met een vinger over de groef gestreken die ik een maand eerder in mijn tafelblad had gemaakt, ik had eraan geroken en daarna was ik tussen de tafels door gaan lopen om te lezen wat daarin gekrast stond. Schuttingwoorden, krabbels, scheve fallussen, een wirwar van doorhalingen. Handtekeningen, een gebed. Boter-kaas-en-eierenspelletjes. Het woord *boring* geschreven zonder te weten wat het betekende, enkel omdat het op muren stond.

De tafel van Bocca was bezaaid met grote krullen, kromlijnige structuren die elkaar doorsneden en daarmee de trajecten vermeerderden: de projectie in grafische vorm van zijn enthousiaste activisme. Scarmiglia's tafelblad daarentegen was ongerept, onaangetast, alsof hij het verdedigd had, alsof de fysieke weergave van zijn gedachten overeen moest komen met een lege ruimte.

Voor ik de klas uit liep, ging ik naar de lessenaar, ik rook aan de leraarsstoel, aan het kaal geworden hout, en daarna raakte ik met de punt van mijn tong het bord aan en slikte de zwarte smaak van het leisteen in.

Mijn stappen weergalmden in de gang, ook al waren ze licht. Er was niemand. Het enige wat je hoorde was een onderdrukt geroep, het over-en-weergaan van door de zon doorsneden groeten, buiten, aan de kant van het plein. Ik was de gang door gelopen, links afgeslagen en daar, rechts van me, in de omlijsting van de openstaande deur, alleen, midden in de klas, zat het creoolse meisje, met haar armen over elkaar op de tafel en haar hoofd op de armen, terwijl haar haren wijd uitgespreid een zwarte nimbus vormden.

Ik bleef onbeweeglijk staan. Uit angst, geloof ik. En uit respect. Want altijd als ik naar haar kijk ontstaat er een godsdienst in mijn buik, een behoefte aan zachtheid – precies die behoefte waar in de dagelijkse strijd geen plaats voor is.

Haar hoofd verhief zich heel zachtjes, ritmisch, naar boven gedreven door haar ademhaling. Een zacht borrelende vulkaan. Van onder de lava van haar haren staken haar armen uit, het blauw van een katoenen bloes, haar donkere vingers, het vingertopje van een wijsvinger licht geheven. Zo zat ze daar, in de heldere stilte, door slaap overmand, doordrenkt van slaap, onpeilbaar komisch, bloedserieus, kwetsbaar, onverwoestbaar.

Toen liep ik met de bewegingen van een astronaut de klas in en ging naar haar toe. Ik zag het lichte vlekje op de rug van haar hand, zocht rood tussen haar haren. Daarna boog ik me over haar heen: ik wilde haar slaap bewaken – dat levende, eerbare en moeizame gebeuren – en die in me opnemen en me in haar geur dompelen. Toen ik op het punt stond in haar atmosfeer door te dringen, daar nog maar een millimeter van was verwijderd, verbluft door het traumatische feit dat dit mogelijk was, hoorde ik een geluid bij de deuropening.

Scarmiglia, op de drempel, met één hand tegen de deurpost. De wrede vorm van zijn hoofd. Kalm keek hij naar me, keek hij naar ons: ik stond, nog lichtjes voorovergebogen, het creoolse meisje sliep, zich van niets bewust, met het hoofd op de tafel; om ons heen een wanorde van stoelen; aan de andere kant van de ramen de vormeloze vlek van de zon.

Hij zei niets. Hij bleef alleen maar naar me staren, met in zijn blik een onderdrukte wetenschappelijke, antropologische nieuwsgierigheid; geen rivaliteit – het creoolse meisje interesseert hem niet –, meer een verlangen om de temporele omvang van dat tafereel volledig te beleven, de gevolgen ervan te ontdekken, misschien zelfs te volgen hoe die scène in mij doordringt.

Ik richtte mijn blik weer op de nek van het meisje; van buiten kwam nog het gekwetter van stemmen en ergens, vaag in de witte lucht, hing de subtiele geur van ontluikende jasmijn.

Op de middag van zondag 25 juni beneemt de hitte in Palermo je de adem en vertraagt hij je hartslag; in Buenos Aires speelt Nederland de finale tegen Argentinië.

Bij Scarmiglia thuis voor de televisie hebben we flessen met spuitwater. En ook een ventilator. Het zweet vormt figuren op onze schedels, we vegen ze weg met de binnenkant van onze onderarm. We zijn voor Nederland, maar bedaard. Van buitenaf is het niet te zien. En dat is nu precies wat we willen: ons oefenen in een versluierde deelname, in zwijgend enthousiasme.

Ik observeer Daniel Passarella op het veld. Een indiaan. Kleine, donkere spleetogen, en een zwarte haarmassa op zijn hoofd geschilderd: hij lijkt op de mascotte van het toernooi, maar dan in het groot. Passarella laat zijn woede voelen. Bij alles wat hij doet. Als hij bars de verdediging organiseert en flink zijn mond opentrekt om iemand een verwijt naar het hoofd te slingeren, als hij het middenveld passeert met zijn bolle borst vooruitgestoken, als een verscheurende, openrijtende bek – Osvaldo Ardiles achter hem, haren vol brillantine en de stervende melancholie van een tangozanger, lijkt nog vergankelijker –, of als hij voor het strafschopgebied van de tegenstander ten val is gebracht en hij vanaf de grond een gebrul laat horen en lomp de hand wegduwt van iemand die hem wil helpen opstaan en dan alleen opstaat, gegriefd door het onherstelbare, en met onveranderde wrok een vrije schop neemt die als een belediging geldt, een scherpe, smadelijke baan die vooral dient als wraak voor het geleden onrecht en doorgaans nog in het doel belandt ook.

Nederland is vandaag zwak en verloren. Het is een team dat door een teveel aan ervaring zijn samenhang verliest, dat tegenover tegenstanders die als een boevenbende zijn, zichzelf en elk principe van logica vergeet en in elkaar kruipt, zich klein maakt en dan verdwijnt.

Aan het einde van de eerste helft maakt Kempes een doelpunt voor Argentinië; aan het einde van de tweede helft maakt Nederland gelijk, maar het lijkt toeval. Wij drinken het actieve water en om de beurt houden we onze schedel voor de ventilator, die op zijn hardst staat, om koelte te absorberen; daarna gaan we weer op onze stoel zitten met adem die in onze longen blijft steken.

In de verlenging maakt Kempes nog een goal, daarna maakt Bertoni er een. Op het eind wordt Passarella op de schouders van zijn ploeggenoten over het veld gedragen, dat bezaaid is met trillende en buitelende papiertjes.

Somber geworden drogen we ons zweet, we pakken de voetbal en gaan ons tegenover het huis uitleven; in die zin dat we onszelf voor één keertje toestaan niet volgens voorschrift te trainen, maar gewoon te spelen en verder niets.

In weerwil van zijn omvang is Bocca een goede keeper. Hij voelt aan waar hij moet staan en is behoorlijk lenig bij het duiken. Als we hoekschoten op hem loslaten, stort hij zich richting bal, rekt zich uit en grijpt hem. Zijn spel is hoofdzakelijk teruggooien – opvangen en teruggooien: door middel van zijn beschikbaarheid op sportgebied wil hij ons laten zien dat hij wel iets kan. Dat hij iets voorstelt. Op een keer stond hij na een indrukwekkende duik weer op en in zijn zij, onder zijn T-shirt, zat een gat met bloed; op de plek waar hij gevallen was, lag een scherpe steen: hij voelde aan het bloed, keek ernaar en was gelukkig.

Scarmiglia speelt zoals hij leeft. Afgewogen als hij rent en als hij het tempo opvoert buigt hij zijn duim naar zijn handpalm en knijpt hij de andere vingers samen, maakt er een gelijkbenige driehoek van. Als hij de lucht doorklieft hoor je het klieven en voel je de windvlaag. Hij is efficiënt in zijn dribbel, weet heel precies wat hij moet doen. De afgelopen weken hebben de redenen voor discipline in hem gevochten met zijn natuurlijke neiging tot versiering. Over de tekening van een prachtige bloem heeft hij het meedogenloze raster van millimeterpapier gelegd.

Ik, daarentegen, ren alsof de wereld met mos is bedekt. Mijn stap zinkt weg, gaat de diepte in en geeft het op. Na elke sprint buig ik me om weer op adem te komen, met mijn handen op de knieën en open mond: niet omdat er iets mis zou zijn met mijn longen of omdat ik weinig conditie heb, maar vanwege de manier waarop mijn humeur mijn lijf beïnvloedt. Ik heb een snelle dribbel, maar als het me twee, drie keer niet lukt, hecht het mos zich aan mijn benen en longen en wordt elk schot een laat-maar-zitten.

We spelen in de vroege avondlucht, een bleek gewemel van lichtjes op de voorgevels van de gebouwen, het miauwen van katten, en sirenes in de verte. Als ik naar boven kijk, naar ons balkon, zie ik Katoen naar ons staan kijken. Er steekt niet veel meer dan zijn hoofd en de lijn van zijn schouders boven het stenen muurtje uit; hij heeft iets in zijn hand wat hij naar zijn mond brengt, maar ik kan niet zien wat het is.

Katoen speelt nooit met ons. Hij is niet wedstrijdachtig van aard en bovendien speelt hij niet goed. Toch beduid ik hem naar beneden te komen. Hij verdwijnt van het balkon en twee minuten later is hij er. Hij is een banaan aan het eten, de schil hangt in flarden naar beneden en verbergt zijn hand. Hij gaat op het gras zitten en kijkt naar ons spel, waarbij hij zachtjes zijn hoofd beweegt en met heel kleine beetjes materie aan de banaan ontneemt. Hij graast hem af. Hij gaat te werk alsof hij met zijn tanden een sculptuur moet maken.

De lantaarn boven onze hoofden is aangegaan, maar we zien toch steeds minder. We besluiten nog één actie uit te voeren.

Scarmiglia, bal aan de voet, loopt naar de zijkant, verder dan de palm die als hoekpaal dient, en schiet een hoge, strakke bal die een bocht in de lucht beschrijft en mij verleidt; met mijn rug naar het doel vang ik hem op en maak een omhaal, maar ik raak hem slecht, de spanning ontlaadt zich niet in het contact met de bal, ik kom met mijn rug op de grond terecht en blijf daar liggen. Bocca komt naar me toe, buigt zich over me heen, ik zie hem omgekeerd, met zijn ogen waar zijn kin zou moeten zitten, zijn voorhoofd op de plaats van zijn wangen. Ook Scarmiglia komt dichterbij, geeft me op mijn donder, zegt dat dit zinloze hoogstandjes zijn, dat het in deze fase niet om de esthetiek gaat. Ik zeg niets, adem niet, zie Katoen verderop, ook op zijn kop, de banaan nog met neerhangende kroonbladeren, een stuk vrucht steekt krom als een snoeimes uit zijn hand. Voorzichtig beduid ik hem met mijn hoofd weg te gaan; hij draait zich om en gaat. Na een minuut komen Touw en Steen. Ze helpen me langzaam rechtop te gaan zitten maar toch voel ik een hevige pijn, in mijn rug; als ik probeer te praten doet het nog meer pijn.

'We gaan naar het ziekenhuis,' zeggen ze.

Onderweg kijk ik naar het voorbijschieten van de witte wegstrepen op het donkere asfalt, de eindeloze botten die het skelet van Palermo vormen.

Op de ongevallenafdeling van Villa Sofia gaan we de borstkas van een blinde, waanzinnige walvis binnen die de oceanen heeft doorkruist en alle verschrikkingen van de wereld heeft verslonden om ergens in de Resuttana-San Lorenzowijk te stranden en daar met zijn enorme bek wijd open van verbijstering om deze laatste verschrikking te sterven. Iemand is op het idee gekomen er een ziekenhuis van te maken, maar zonder de verschrikkingen weg te halen, ze juist daar te laten, voor altijd tussen de grote, witte, kromme wervels vastgeklemd, ondergedompeld in de ventrale concreties van het dier: ze zijn inmiddels niet meer te onderscheiden van de structuur, helpen die overeind houden, zonder hen zou het skelet van de walvis instorten.

Bij Opname zijn dialectische monsters met bloed in hun gezicht, benen die in stukken liggen, braaksel op de lippen en twee monden die elkaar in een gehavend hoofd en met een abnormale stolling van bloed loodrecht kruisen, en droge, gebarsten ingewanden, en de warmte van lichamen, het zweet van lichamen, de collaps; en verder ik, met mijn rug achterover om de pijn te beperken.

Ze beduiden ons te gaan zitten en te wachten. Aan de banken zitten kauwgummetjes vastgeplakt en overal op de grindvloer liggen sigarettenpeuken. Van achter uit de wachtzaal komt een dunne bundel geluiden in een geforceerde en schelle toon die niet ophoudt en ook niet afzwakt: het spuitgat van de walvis, zijn laatste poging om de verschrikkingen uit te scheiden.

Als wij eindelijk naar binnen mogen, denken de artsen dat het probleem bij mijn schedel ligt. Ze bestuderen hem van alle kanten, raken hem met hun vingers aan, ik voel hoe ze vulgair aan mijn nimbus frutselen; dan houden ze daarmee op en laten ze een radiografie van mijn borst maken; na nog een uur blijkt uit de intussen ontwikkelde foto dat ik een gebroken rib heb, de zevende links. Daar kun je niets aan doen, je moet alleen maar rust houden en druppels nemen tegen de pijn. Ik krijg er meteen een paar. Ze vloeien in me binnen en maken me slaperig.

In de auto houd ik de envelop met de röntgenfoto op mijn knieën. Een paar dagen lang zal hij aan familieleden worden getoond, en daarna zal hij in de ladekast in de zitkamer terechtkomen, bij de andere familiebotten.

Ik ben uitgeput als ik door Steen en Touw in bed word gelegd. Daarna, als ik lig, schuurt de scherpe punt van de rib over het oppervlak van een long. In de doos van Dokter Bibber – de zieke met zijn peervormige buik en zonder genitaliën, de rode neus waarin een lichtje gaat branden en die gaat rinkelen als je met het pincetje de rand van een opening in de vorm van een van de organen raakt – zit een gaffelvormig bot. Recht boven de ribben. Het heet het bot van het verlangen en het is moeilijk om het met het pincetje op te tillen want het helt altijd naar de ene of naar de andere kant over.

Touw doet het licht uit en terwijl ik in een eerste halfslaap wegzink, zit Ezechiël op een rots in de woestijn Dokter Bibber te spelen. Hij is erg goed, gaat met het pincetje de openingen in zonder dat de neus ooit gaat branden, hij pakt de botten, legt het een naast het ander, de botten verbinden zich met elkaar en op de botten vormen zich zenuwen en daarna vlees, en nu zit Scarmiglia naast Ezechiël, hij speelt ook Dokter Bibber, maar op de plek van de zieke lig ik, met mijn lichaam vol sneden, Scarmiglia steekt het pincetje erin en trekt al mijn botten naar buiten, tot ik helemaal leeg ben en later, als het effect van de pijnstiller vermindert en de pijn mijn halfslaap binnendringt, staat het creoolse meisje voor me; ze is in het wit gekleed en steekt een hand in mijn borst, ze gaat ermee in mijn borstkas, die van prikkeldraad is, ze zoekt erin en zonder een schrammetje haalt ze er het bot van het verlangen uit, glad en schoon, en dan doet ze haar hand dicht en steekt ze hem in haar eigen borst, en op dat moment draai ik me op mijn zij en van de pijn moet ik huilen en lachen en kan ik geen adem meer halen.

COMMUNICEREN

(14, 15, 16 en 17 juli 1978)

Sinds 1 juli zitten we in Mondello, tien kilometer van Palermo vandaan, in de viale Galatea; in een appartement op de begane grond dat uitkijkt op de straat. Bij het huis en langs de straat, overal staan platanen. Ze leggen een schaduw over het asfalt met de hongerige expansie van hun takken en hun drielobbige bladeren die het licht in hun globuleuze massa opnemen en het distilleren totdat het in druppels, in een traag staccato van bewegende schittering op de daken van de auto's neervalt.

Op een van de middagen, tegen een uur of drie, het is heel warm, zitten we allemaal binnen. Ik lig languit op bed te lezen en masseer met twee vingers mijn borstkas. Er dringt een geluid van buiten tot me door, ik sta op en ga kijken. Niet buiten, maar door de luiken. Twee jochies zijn bezig vanaf de kant van ons huis over het hek te klimmen, mét mijn fiets. Hijgend kijk ik naar hen, roerloos, ik bewonder en minacht hen. Als ze aan de andere kant van het hek zijn, komt Steen binnen, hij gooit de luiken open, schreeuwt, pakt de sleutels, gaat de straat op, kijkt rond, maar er is niemand meer. Hij vraagt me waarom ik niet heb geroepen en ik weet niet wat ik moet antwoorden. Ook Touw komt eraan, ook zij vraagt het, en weer kan ik het niet uitleggen, en dus slaak ik een langdurige jammerklacht van ergernis. Touw staat teleurgesteld naar me te kijken, zoals altijd, ook al is zij deze dagen degene die fysieke pijn opmerkt en er iets aan doet, zonder dat ze zich realiseert dat ze me op de zenuwen werkt. Want het is wel zo dat ik die drang van haar om voor me te zorgen voed met een houding van broze herstellende, die op een kuchje kastelen van stervensnood bouwt, maar van de andere kant lukt het me niet die drang als natuurlijk te beschouwen. Dus wijs ik hem af, probeer hem te verjagen. En zij merkt dat en gaat weg en een minuut later hoor ik dan haar lawaai in de keuken: pannen, kommen, het gesuis van de Idrolitina, het bicarbonaat, in de fles, de machteloosheid van de gevoelens van genegenheid die wemelend wegebt.

's Ochtends gaan we naar zee. Touw, Katoen en ik: Steen komt later, met de krant. Deze onverwoestbare, oudburgerlijke gezinsorde maakt me moedeloos. De zich niet van haar eigen bestaan bewuste traditie consolideert vormen en manieren van doen door de meest intieme keukenscenografieën te bepalen, de plaatsen aan tafel, de houdingen, het ritme van onze pas op straat als we op zaterdagmiddag boodschappen gaan doen. De parameters, de paramenten en de parasols. Het douchegordijn met bloemmotieven, de haren van ons alle vier in een warrig hoopje bij de afgrond van de afvoer.

Op het strand hebben we een hemelsblauwe cabine met een schuin, rood dak. Die delen we met andere families. Als we aan komen, loop ik op blote voeten over de houten passerelles vol vochtig zand en bestudeer ik de door voetsporen op de natte plekken gevormde constellaties. Ik kleed me om in het hokje, leunend tegen de wand, in het koele halfduister, te midden van duikbrillen en dichte parasols, een soort enorme, slapende vleermuizen, de bonte vleugels rond hun lijven gevouwen; er zijn ook badpakken, daar neergehangen om uit te druppelen. Voor ik naar buiten ga, loop ik erheen en snuif ik eraan: je ruikt niets speciaals, over alles ligt eenzelfde, zilte geur.

Ik zal een paar dagen niet kunnen zwemmen, en dus ga ik zitten lezen, heb er meteen genoeg van, sta weer op, loop weg van de cabines, richting zee. Ik loop daarbij een beetje mank en schud ook mijn hoofd, als iemand die weet, iemand die gezien heeft.

Ik sta in het water dat mijn enkels omspoelt en kijk naar de vorm van de golven, naar het krullen en het schuimen ervan, mijn ogen tot spleetjes, als een ziener. Mijn manier om de wereld te verleiden, te verontrusten. Er komen ene Cinzia en Loredana voorbij, twintig jaar oud, ze blijven staan en staren naar me: een jochie dat minutenlang in gedachten verzonken staat, te midden van het gekakel en het spelen van kinderen. Ik draai me een kwartslag om, ze blijven naar me kijken en als verklaring breng ik dan mijn rechterhand naar mijn rib en vertrek ik mijn mond. Ze geven me een teken met hun arm en glimlachen tegen me. Ik negeer ze. Dan duikt er van achter mij een meisje op, ene Patrizia, ze loopt naar de twee vriendinnen toe, ze groeten elkaar en lopen lachend weg. Ik minacht hen.

Ik kijk weer om me heen, wacht, laat mezelf zien en maak dat men mij ziet. Terwijl ik met mijn grote teen kuiltjes graaf in het natte zand, luister ik naar het kloppen van de pijn bij elke ademhaling; ik leg mijn hand opnieuw op mijn borstkas en voel de weergalm van de wereld onder mijn vingers.

Op vrijdagmiddag 14 juli ga ik met mijn nichtje met de krullen mee – achttien jaar en ook hier op vakantie – naar een vriend van haar, die hier in Mondello filmmiddagen met debat organiseert. De vriend is aan de kleine kant, nogal dik, kleurig sjaaltje om zijn hals, olifantenhaar om zijn rechterpols, schorre, enigszins aanstellerige stem. Hij laat films uit Rome komen, heeft net een nieuwe voorraad binnengekregen. Het zijn zeldzame films, geëngageerde films. Hij heeft de zitkamer van zijn ouders ontruimd, de projector op een kruk gezet, de schilderijen van de tegenoverliggende muur gehaald en de gordijnen met kleefband tegen de muur bevestigd; op de vloer niets, behalve een paar kussens. Er staan ook een paar stoelen en een fauteuil. Als de vriend mijn schedel ziet, denkt hij dat het mijn laatste zomer is: hij nodigt me uit om in de fauteuil te gaan zitten en brengt me een glas sinas. Hij richt zich tot me met de stem van een priester die het sacrament van de stervenden toedient.

Terwijl mijn nichtje zich op een stoel naast mij installeert, arriveren er nog meer mensen. Ze noemen elkaar kameraad. Zodra iedereen er is, glipt de heer des huizes de lichtkegel van de projector binnen die hij intussen heeft aangezet. Terwijl hij praat, beweegt hij armen en handen; zijn schaduw, achter hem, doet hem na.

Hij vertelt ons dat *Coatti* een film is van kameraad Stàvros Tornès en terwijl hij dat zegt haalt hij een schriftblaadje uit de zak van zijn spijkerbroek, waarop hij in drukletters de naam STÀVROS TORNÈS heeft geschreven. Hij zegt dat Stàvros een Griek is, maar al lang in Italië woont, waar hij werkt als acteur en als arbeider; zijn film is opgenomen in Rome met hemzelf in de hoofdrol. Het betreft, zo zegt hij nog, een doortimmerde en doorleefde beschouwing over onze tijd, over nederlaag en utopie, een film die opzettelijk paradoxale passages, waarin we de groteske stuurloosheid van ons land kunnen herkennen, afwisselt met sociologische analyses en momenten waarop uiterst heftige kritiek op de werkelijkheid wordt geleverd en wordt ingezoomd op het inmiddels machteloos geworden gevoel en op de dood.

Als hij 'dood' zegt kijkt hij mij aan, aarzelt op de rand van het woord; dan raak ik zachtjes, als toevallig, met een vinger mijn voorhoofd aan en schenk ik hem een vergevende glimlach, mijn armen comfortabel op de leuningen, mijn hoofd tegen een kussen en mijn rib rustig. Dan gaat hij verder met zijn verhaal, terwijl zijn schaduw hem volgt en weer voor de gek houdt, totdat hij zacht gelach om zich heen gewaarwordt, niet weet waarom, het opgeeft, zegt: 'We praten er straks wel over,' weer achter de projector gaat staan en het licht uitdoet. De film begint.

We zien Torrès laat wakker worden, niet werken, door Rome lopen, met zijn vrouw praten. Die verlaat hem, komt weer terug, en dan gaat Torrès naar het café en ontmoet daar een vriend. Achter in het café staan tafeltjes met een formica blad, waarop borden en bestek. Er zitten mensen te eten met bakkebaarden, strakke coltruien, tasjes die aan hun schouderriem aan de stoelen hangen, brillen met grote, donkere monturen en gekleurde glazen, zoals die van Mina en Gino Paoli. Iemand zegt tegen Torrès dat hij een zak is, alleen maar geïnteresseerd in de esthetiek van het proletariaat, niet in de ethiek ervan. Torrès zegt niets, even later bekritiseert hij zijn vrouw: 'Jij leest *la Repubblica*,' zegt hij tegen haar, 'ik lees *l'Unità*. *La Repubblica* is hypocriet, godweet wat die verbergt, *l'Unità* komt er tenminste voor uit, er staat "orgaan van de communistische partij" op.'

Het vervolg van het verhaal is verward. Buiten, aan de andere kant van de gesloten gordijnen, hoor je de hitte ronken, en af en toe een claxon, een stem, losse zomergeluiden; ik nip van mijn sinas, wil er lang mee doen. Een paar keer draait mijn nichtje zich naar mij toe en vraagt me met haar ogen hoe het gaat, en ik antwoord met mijn ogen dat het goed gaat. En dat is waar, de film bevalt me. Niet omdat het een mooie film is, want dat is hij niet, maar omdat het een catalogus van 1978 is, van alles wat het jaar te bieden heeft en de rare trekjes ervan. Het lukrake gedoe waar zogenaamd een strategie aan ten grondslag ligt, de zeurderige drang tot zelfkritiek, het eindeloze herkauwen van de taal. Met zijn kromme lijf, zijn grijze ontspoorde-profetenbaard en -snor, het licht van de film dat hem een nimbus om zijn schedel geeft, die Torrès, dat ben ik als ik oud ben: een prediker die door de woestijn dwaalt en zinloze zinnen schreeuwt.

Als de film ten einde is, zet de vriend van mijn nichtje de projector uit, hij maakt het kleefband los, opent de gordijnen en zet de ramen wijd open. De verblinde ogen gaan half dicht, filteren, wennen, en openen zich weer normaal. Nu zouden ze iets moeten zeggen, de vriend wacht tenminste vol vertrouwen, maar er komt geen enkel commentaar, geen stroom van woorden, de denkbeelden worden alleen maar vluchtig aangestipt en een discussie erover wordt meteen weer uitgesteld, de zee is maar een stap hiervandaan en het is lang licht. Dus staan ze allemaal op, pakken leer en linnen bijeen en doen hun espadrilles en hun Dr. Scholl's weer aan. Seintjes, gemoedelijke klappen, handdrukken, het Italiaans dat plaatsmaakt voor het dialect, kwinkslagen, bedekte toespelingen, en met een gevoel van onopgelostheid en ellende die nooit voorbijgaat, vertrekt iedereen.

Maar ik moet eerst naar de wc. De vriend wijst me een deur, vraagt me of ik hulp nodig heb. Ik kijk hem strak aan, en hij, van boven, maar niet eens van zo veel boven mij, bekijkt mijn hoofd en hoe het glanst. Ik geef geen antwoord, doe de deur open en ga naar binnen. Ik pak een beetje toiletpapier en gebruik het om het deksel omhoog te doen, gooi het in de pot, knoop mijn short los en ik ben nog niet aan het plassen of er komt een bij naar binnen door het raampje dat op een kier staat. Ze maakt een paar rondjes in het algemeen en concentreert zich dan op mijn penis. Ze vliegt eromheen, observeert en taxeert hem, terwijl ik haar observeer, hoe ze vliegt, de vorm van de banen die ze maakt, haar omwentelingen, de plotselinge koerswijzigingen, het weer terugkomen en haar spiralen, hoe ze de lucht rond mijn vlees en de gebogen straal aaneen naait. Ik vraag me af of ze bezig is me iets te vertellen, of iets aan een andere bij aan het vertellen is of dat ze misschien een monoloog houdt. Een politieke monoloog. Een existentiële. Terwijl ik met een nieuw stukje toiletpapier mijn eikel schoonmaak, voltooit de bij zoemend haar verkenningstocht en zoekt ze de ruimte tussen raam en kozijn weer op. Ik knoop mijn short dicht, was mijn handen en ga terug naar mijn nichtje, dat bij de voordeur op me staat te wachten. Thuis ga ik op zoek naar een boek waaraan ik het jaar tevoren begonnen was, maar ik vind het nergens; ik loop naar de keuken en vraag Touw ernaar. Met haar rug naar me toe, haar handen in de gootsteen, zegt ze dat het in Palermo moet zijn; ik vraag haar om het als ze naar de stad gaat voor me mee te brengen. Ze knikt van ja, haar handen nog wurgend om de afvoer gesloten.

Daags erna komt het boek. *De taal van de sociale bijen*. Ik begin weer vooraan, lees op het strand, zittend op de rand van de houten passerelle, terwijl achter mij de mensen terugkomen van de bar, met gefrituurde calzones in hun handen die daar als rundertongen tussenuit hangen, en met van gele olie doordrenkte rijst-met-gehaktballetjes; als ze langslopen raken ze me met de zijkant van hun voeten aan, maar ik doe of ik hen niet opmerk.

Op de kaft staat een foto van drie wachters voor de ingang van de bijenkorf. Drie koppen met bolle ogen die microscopische schilden lijken, een paar stel poten en dubbele vleugels. Achter hen is alles zwart; nog verder naar achter in de bijenkorf, waar de foto niet komt, zit de bijenkoningin.

De drie wachters, dat zijn Bocca, Scarmiglia en ik. Net als zij, zijn wij gespannen, op onze hoede, met een duidelijk gevoel van gevaar, geconcentreerd op een taak die we niet kunnen kiezen. Want elke bij heeft een onbetwistbare taak, genetisch bepaald, een duizendjarige reflex die haar ertoe brengt steeds die specifieke, uit specifieke activiteiten bestaande functie te vervullen: schoonmaken, voeden, opslaan, honing maken, was produceren. Beschermen, aanvallen. Communiceren.

Om hun kameraden – ook zij kameraden – te wijzen op voedselbronnen, of de meest geschikte nestplaats, lees ik, voeren de sociale bijen dansen uit door geijkte banen te beschrijven in de lucht: een rondedans betekent dat er dichtbij een voedselbron is, de kwispeldans geeft ook de richting aan waar die zich bevindt; het ritme, dat wil zeggen het aantal rondes per tijdseenheid, maakt de afstand duidelijk.

Een schijnbaar volkomen toevallig verschijnsel als de vlucht van bijen maakt dus deel uit van een uiterst gereguleerd mechanisme, van een systeem van genetische voorschriften en bepalingen. Net zoals een maand geleden, toen we de acties van de wereldkampioenschappen reconstrueerden om ze van binnenuit te bestuderen.

's Avonds na het eten lees ik nog door, aan de tafel in de woonkamer, terwijl Touw en Steen naar een film kijken en Katoen naar de groene anti-muggenspiraal staart die op de drempel van de glazen buitendeur langzaam verteert, de metalen voet op een asbak, de spiraal geparfumeerd.

De bijenkoningin, denk ik, is het idee. Bocca, Scarmiglia en ik hebben onze bijenkoningin gevonden. We weten dat zij het is, dat zij de juiste is. Ze is zwart en majesteitelijk, een dubbele spitsboog, puntig aan beide uiteinden, twee grote visionaire ogen, een angel die een gif bevat dat tegelijkertijd dodelijk en levenwekkend is. De noodzakelijke godsdienst, het stralende centrum. Voor haar zijn we dienaren geworden en hebben we onze identiteit opgegeven en onze aspiratie om keuzen te maken. Geen enkele bij kiest ervoor te doen wat ze doet, geen enkele bij kan zich terugtrekken of deserteren. De bij vervult haar eigen onontkoombare lot: de bij is dus de volmaakte activiste.

Op de ochtend van 16 juli word ik laat wakker, ik loop door het huis, er is niemand, ik denk aan de droom die ik heb gehad. Ik was aan het plassen, er kwam een bij naar mijn eikel gevlogen en die ging door het gaatje naar binnen. Ik hoorde haar zoemen, maar ze deed me geen pijn, integendeel, het was prettig en het leek me logisch dat ze daar zat, de eikel heeft de vorm van een nest. Toen leefde de bij in mij. Van tijd tot tijd kwam ze naar buiten, vloog, poetste, voedde, werkte, waakte, deed alles wat in het boek stond beschreven, maar 's avonds kwam ze dan weer terug in mijn eikel en daar sliep ze dan. 's Ochtends voelde ik hoe ze haar poten en vleugels opwreef, daarna kwam haar kop uit het gaatje tevoorschijn en vertrok ze weer. Thuis zei ik niets, ik vertelde het alleen aan Bocca en Scarmiglia, ik was er trots op dat ik het nest van de bij was. Scarmiglia zei dat het gaatje in de eikel net zoiets is als de fontanel in de schedel en daarna gaf hij mij een schop tegen mijn ballen, ik voelde me beroerd, deed mijn broek open, zag dat de eikel rood was, ik drukte er met mijn vingers op en de bij kwam uit het gaatje, dood, verpletterd, ze viel en het was zo stil in mijn droom dat je het geluid kon horen dat ze maakte toen ze op de vloer viel, zo hard dat ik er wakker van was geworden.

Intussen loop ik nog steeds rond, het huis is leeg.

Ik ga naar de badkamer, doe de short van mijn pyjama en mijn onderbroek omlaag, alles lijkt me in orde, ik heb alleen een beetje een branderig gevoel. Ik loop naar de wasbak, doe de kraan open, maar stop dan, een hand op mijn penis en de andere onder de kraan, ik draai me om en daar staat Katoen naar me te kijken, met een bruin pak in zijn armen. Achter hem verschijnt Touw met de boodschappentassen, ik bedek me met mijn handen, maar gooi daardoor het water tegen me aan, mijn short wordt nat, ik voel de druppels op mijn benen. Touw zegt niets, ze neemt het pak uit Katoens handen – ik ruik een geur van sesam, van bakkerij – en loopt naar de keuken. Katoen blijft in de deuropening staan, zijn hoofd opzij gebogen: hij lijkt gebroken, voor de verandering. En hij gaat niet weg. Dan draai ik me om, loop met kleine pasjes – want short en onderbroek hangen op mijn knieën en hinderen me – naar het bidet; als ik me buig om het handdoekje te pakken komt Katoen achter me staan en blaast tegen me aan, tegen mijn zitvlak, ik draai me met een ruk om, volgens mij is hij gek.

De rest van de ochtend lees ik in het boek en maak ik notities in een schrift. Ik maak ook tekeningen. Ik teken de vliegbanen na, schrijf op waar ze voor dienen; ik teken menselijke lichamen, zet ze in verschillende houdingen en naast elke houding maak ik ook aantekeningen. Op lunchtijd bel ik Scarmiglia, die in de stad is gebleven, en vraag hem of hij naar Mondello kan komen. We spreken af om vier uur. Ik zeg dat hij grammofoonplaten en tijdschriften mee moet brengen; hij stelt geen vragen, zegt: 'Tot straks.' Daarna bel ik Bocca, die drie weken bij zijn grootouders is geweest en nu ook hier in Mondello zit. Ik vertel hem van de afspraak, de tijdschriften en de grammofoonplaten.

'Leuk, daar gaan we naar luisteren,' zegt hij verheugd.

Terwijl ik wacht, blijf ik lezen. Ik zou het boek uit willen krijgen, maar stop voortdurend om iets op te schrijven, ik maak nog meer tekeningen en schiet niet erg op. Om vier uur arriveert Bocca met twee volle zakken, en daarna ook Scarmiglia, maar die draagt alles onder zijn arm. Hij is nog geen dag naar zee geweest en is spierwit.

We gaan aan het eind van het paadje achter ons huis zitten, rond de blauwe tafel. Een beetje verderop zit Katoen aan een kampeertafeltje in zijn eentje memory te spelen, terwijl het karkas van de schommelbank – de stof en het schuimrubber zijn er door de katten vanaf gerukt – zachtjes op en neer wiegt.

De katten hier zitten verborgen in de heg die langs de scheidsmuur tussen onze achtertuin en het huis van de buren loopt. Als niemand me ziet, duik ik met mijn handen diep in de heg en zoek ik de jongen: ik tast in het rond, schaaf me, totdat ik er een te pakken heb, ik trek hem uit de heg en kijk hem recht aan. Het jong kruipt ineen, verstijft, blaast en probeert zich nog aan de takken vast te grijpen; ik houd zijn voorpoten vast en kijk naar de paniek in zijn ogen. Ik voel zijn gejaagde adem in mijn hand, ook zijn ogen ademen, ze exploderen en verdwijnen. Bijna allemaal verzetten ze zich en proberen ze te ontsnappen, maar er zijn er ook die zich overgeven en hun pootjes zacht samenvlijen. Dan besnuffel ik ze – ze ruiken naar stof en bladeren – en pak ze met mijn mond bij hun nekvel. Heel eventjes maar, alleen maar om te weten hoe dat is. Als ik ze daarna neerzet, is het alsof ze plotseling, en vol schaamte, uit een betovering ontwaken. Net voor ze wegvluchten, draaien ze zich om en staren ze me aan met ogen waarin nog paniek ligt, maar ook dankbaarheid.

Als we om de tafel zitten, kijken we elkaar aan. Zo vol leven en zo onwerkelijk. De afgelopen weken zijn we blijven trainen, ieder voor zich. Scarmiglia's trekken zijn geprononceerder geworden, groeven tekenen zijn armen. Bocca is erg afgevallen, hij is uit zijn oude lichaam gekropen en heeft weer normale proporties gekregen, iets wat niemand, en vooral hijzelf niet, ooit had kunnen denken: ik kijk naar zijn handen en tel één voor één de knokkels en de kleine holte tussen de verschillende vingers, waarmee je het aantal dagen van de maanden telt. Ik ben ook afgevallen, twee kilo, de huid rond mijn ogen is hol en donkerder geworden. We hebben alle drie nog een kale schedel.

Touw brengt ons cola en sinas, water voor Katoen. Uit het binnenste van de heg komt kort gekraak van gebroken takjes en vaag geritsel van bladeren; ik neem ook het schudden waar dat op een voorbijkomen duidt, voel aandrift, maar blijf zitten; ik pak het boek en laat het zien: Bocca leest lettergreep voor lettergreep de titel, Scarmiglia neemt het me rustig uit de hand.

Ik begin te vertellen hoe het sociale systeem van de bijen werkt. De kasten, de rollen, hoe elke bij niet zozeer een individueel lichaam is als wel onderdeel van een groter geheel. Zoals de mierenhoop voor de mieren, het termietennest voor de termieten: het dier is het mierennest, het termietennest. Elk dier is hoogstens als een cel: noodzakelijk maar naamloos. In zeker opzicht nog individueel, maar niet individualiseerbaar.

'Net als wij,' zegt Scarmiglia, terwijl hij het boek op tafel legt. 'Wij hebben geen identiteitsbewijzen,' voegt hij eraan toe. 'Het is alsof we niet bestaan. We zijn als de termieten, als de bijen. Anonieme cellen.'

Bocca knikt van ja en ik ga verder.

'Maar dat niet alleen. Bijen,' zeg ik, 'brengen hun tijd door met vliegen, waarbij ze codes maken en die ontcijferen. Wij kijken ernaar, maar begrijpen er niets van, we zien alleen gele puntjes die zich druk maken; maar als we de onzichtbare lijnen die ze tekenen konden lezen, zouden we weten wat ze aan het vertellen zijn.'

'Zoals bij dat spelletje in de *Denksport*?' vraagt Bocca.

'Wel wat meer,' zegt Scarmiglia zonder hem aan te kijken.

Iemand van het huis naast ons heeft een grammofoon mee naar buiten genomen. Hij luistert naar liedjes. De liedjes van nu, met gekerm en weeë achtergrondkoren, gekreun en gezucht en obscene kreten. We zitten daar zonder iets te zeggen tussen de ja's en de nee's, de nogs en de altijds, de verklaringen, het gesmacht en de melodrama's die zich vermengen met het ademen van de frisdranken, het uiteenvallen van het gas in de glazen.

Dan pak ik mijn schrift, laat de tekeningen zien en licht ze toe.

Op een bladzijde heb ik een menselijk lichaam getekend. Van achteren, met gespreide armen en gebogen rug, in de houding van een roofvogel, een valk.

'Dit is de *Yuppi Du*-houding,' zeg ik. 'Die betekent "er dreigt gevaar".'

Bocca trekt een raar gezicht, en ik verduidelijk.

'Het gaat erom onze lichamen in ideogrammen te veranderen. Houdingen aan te nemen en die een betekenis toe te kennen. Op die manier creëren we een woordenlijst en een grammatica. Dan zullen we geen woorden meer met onze stem hoeven te zeggen want dat doen we dan met onze houding. En zinnen bouwen we door die houdingen met elkaar te verbinden.'

Bocca lijkt het begrepen te hebben, hij zou me een por willen geven maar beweegt zich niet, zegt alleen: 'Ja, dat moeten we doen.'

Er loopt een hagedis over het paadje, hij schiet over de vervaalde tegels. Scarmiglia kijkt ernaar en ik voel dat hij hem met zijn ogen verslindt. Daarna keert hij zich naar mij toe en zegt: 'Oké.'

Ik pak een van de zakken die Bocca heeft meegebracht van de grond, haal er platen en tijdschriften uit en spreid alles op de tafel uit.

'De houdingen halen we hiervandaan,' zeg ik. 'Van de zangers. Uit de reclame. Ook van de acteurs. En van de televisie en de film. Uit wraak, want als we ons Celentano toe-eigenen, die in *Yuppi Du* een valk nadoet, transformeren we armoe tot iets nuttigs.'

'Even voor de duidelijkheid,' zegt Bocca. 'Wij nemen dus een bekende vorm, die we aan de buitenkant laten zoals hij is, maar we veranderen er de inhoud van. Ja?'

'Exact,' bevestig ik. 'We nemen de idiote houdingen die iedereen kent en maken er boodschappen in code van.'

Scarmiglia, die tot op dat moment heeft gezwegen, maakt een geladen gebaar met zijn hand, dat ik niet helemaal doorgrond, maar ik weet dat het zijn manier is om zich van de dingen meester te maken.

'Alles vernieuwt zich iedere week,' zegt hij. 'Nieuwe platen, elk met zijn eigen hoes, nieuwe films, nieuwe tv-personages. In de kiosken verschijnen nieuwe nummers van de tijdschriften. Het geheel van deze nieuwe dingen levert een gemeenschappelijke verbeeldingswereld op die Italië helpt om zichzelf bijeen te houden. Want in werkelijkheid is alles bezig uiteen te vallen. Elk personage dat op een omslag of een scherm terechtkomt, wordt een middelpunt, iets wat stabiliteit zou moeten geven. En dus hopen lichamen en houdingen zich op. Maar het middelpunt is niet stabiel, het heeft de levensduur van een week en dan gaat het weer verder, in een cyclus van hypocriete revoluties die alleen maar dienen om de tijd steeds identiek aan zichzelf te houden.'

Scarmiglia stopt ineens, staart naar Katoen die de lichtblauwe memorykaartjes optilt, op zoek naar het bijpassende kaartje. Ik geef hem een teken dat hij zich geen zorgen hoeft te maken, en dan staat hij op, pakt zijn grammofoonplaten van de grond, legt ze op tafel en haalt er *Oh, Carmela* van Donatella

Rettore tussenuit. Hij vraagt me een potlood, ik geef het hem, hij trekt een doodernstig gezicht, buigt zijn rechterarm in een rechte hoek, de onderarm horizontaal met de grond, zijn vuist die het potlood omklemt dat zijn gezicht in tweeën verdeelt.

'Dit is de Rettore-houding,' zegt hij. 'Het betekent dat je op een tweesprong staat, fysiek gezien of psychologisch. Het is duidelijk,' zegt hij terwijl hij op een foto van *la Rettore* wijst, 'dat je in plaats van het zwaard ook een potlood of een pen kunt gebruiken, of een stokje, of wat je maar bij de hand hebt. Ook niets eventueel: het gaat om de houding.'

Bocca glimlacht, hij staat ook op, wacht tot we naar hem kijken.

'Mogen het ook echt idiote houdingen zijn?' vraagt hij.

'Dat móéten het zijn,' zeg ik. 'Daar gaat het om.'

Dan maakt Bocca een sprongetje, hij spreidt zijn benen, één knie naar buiten gericht en zijn rechterarm naar boven met de wijsvinger uitgestoken naar de hemel, de andere arm licht gebogen en met gesloten vuist.

'John Travolta,' zeg ik. '*Saturday Night Fever.*'

'Goed zo,' zegt Bocca en hij lacht.

'En wat stelt het voor?' vraag ik hem.

'Dat weet ik niet.'

'Een teken van gevaar,' zegt Scarmiglia.

'Nee, gevaar is te sterk,' zegt Bocca.

'Het kan wijzen op iets wat niet klopt,' stel ik voor. 'Iets onverwachts.'

'Ik weet niet of het juist is om iets in onze woordenlijst op te nemen wat met toeval te maken heeft,' zegt Scarmiglia.

'Waarom niet?' vraagt Bocca.

'Omdat het niet coherent is met onze visie. We zijn een maand bezig geweest om het toeval uit te bannen en de wereld in een volmaakte geometrie te vatten. Nu toegeven dat het toeval bestaat, wil zeggen capituleren.'

'Maar,' antwoordt Bocca, 'het onverwachte is niet precies hetzelfde als het toeval, het is minder sterk.'

‘Dat is zo,’ zeg ik, ‘volgens mij kunnen we het wel opnemen.’

Scarmiglia zwijgt, is een muur, maar ik weet niet of het hem echt ernst is of dat hij het leuk vindt om zich zo te gedragen. Dus ga ik door.

‘Het onverwachte is een rimpeling van de orde,’ zeg ik, ‘een miniatuurtoeval.’

En daarna zwijg ik ook. Communicatie tussen ons is altijd spel en angstige spanning, denk ik.

Scarmiglia wacht, geniet van het stiltemoment. En dan knikt hij van ja, waardoor hij ons duidelijk maakt dat het niet om een gezamenlijk genomen beslissing gaat, maar om iets wat hij ons toestaat.

Intussen is Katoen in slaap gevallen, met zijn hoofd op de tafel en het glas water op een memorykaartje. Zijn voeten bengelend boven de grond, zijn borst een beetje naar binnen. Scarmiglia loopt naar hem toe, observeert hem, brengt een arm naar achteren, de vingers van zijn hand gespreid, staat op het punt hem te slaan en dan sta ik op en hij stopt, met zijn mond wijd open en ogen als van een gek.

‘*Allegria,*’ schreeuwt Bocca achter mij.

Katoen beweegt niet, ademt zachtjes door, zijn ogen gesloten, ook als Scarmiglia zegt: ‘Ja, Mike Bongiorno,’ en zich dan naar mij toe keert met het beledigde – maar in werkelijkheid spottende – gezicht van iemand die onterecht verdacht is.

‘Het is alsof hij iets tegenhield,’ zegt Bocca.

‘Dat zou het precies kunnen betekenen,’ is Scarmiglia’s reactie. ‘Tegenhouden, een situatie waar geen schot in zit.’

‘Een impasse,’ zeg ik.

‘Wacht,’ zegt Bocca, ‘ik heb nog een andere.’

Hij loopt wankelend weg over het paadje, met uitgestoken armen en mechanische bewegingen; ik kijk naar zijn schommelende schouders, zijn musculatuur die de overhand krijgt op de inerte materie. Als hij zich omdraait en naar ons terugkomt, heeft hij zijn ogen dicht en staat zijn gezicht gespannen, maar hij moet lachen en als hij het niet meer houdt, breekt zijn gezicht open en lacht hij en vallen zijn armen naar beneden.

'Zombies,' zeggen Scarmiglia en ik tegelijk.

'Het betekent "doen, acties",' voegt Scarmiglia er onmiddellijk aan toe.

'Ik vind het best,' zegt Bocca.

'Ik ook,' val ik hem bij.

En zo, terwijl we ons amuseren met het voorstellen en herkennen van houdingen, gaat de middag voorbij. Om overeen te komen met het aantal letters van het alfabet en ook om onszelf grenzen te stellen, besluiten we dat onze woordenlijst uit eenentwintig houdingen zal bestaan.

Bocca, niet te houden, stelt er nog twee voor.

De eerste heeft met Cochi en Renato te maken. Die hebben iets subversiefs, iets buitensporigs wat hem bevalt. Als ze *Canzone intelligente* zingen – Cochi met zijn maillot en zijn sjaal, Renato en zijn buik in dat zwart-wit gestreepte truitje – maken ze bij het refrein een achterwaarts loopje, steken één been een beetje verder naar achteren, geven daarmee een schopje in de lucht en zeggen: 'De idioot in het blauw.' Het is een lompe beweging, die echter wel iets moois heeft. Het schopje achteruit, de houding van De idioot in het blauw, gaat 'haat' betekenen.

Het tweede voorstel betreft de films van Bud Spencer en Terence Hill.

'Bij knokpartijen,' zegt Bocca, 'is er altijd iemand die na een reeks optaters om zijn as draait, even wankelt en dan met vertrokken smoel en schele blik op de grond valt.'

'Ik schaam me elke keer,' gaat hij verder. 'Want ik heb het idee dat die lui als ze om hun as draaien, bezig zijn ons Italiaan-zijn vaster aan te draaien, onze pathetische nationale identiteit, die strijd altijd tot een farce maakt.'

Scarmiglia en ik zijn vol bewondering. We hebben hem nog nooit zo horen praten, zo beslist en zo duidelijk. De Spencer-Hill-houding gaat natuurlijk 'schaamte' betekenen.

Ik voel dat het nu mijn beurt weer is, ga op een afstandje op het paadje staan, neem een aanloop en maak, als ik tussen Bocca en Scarmiglia ben aangekomen, een irreële, nagebootste sprong, waarbij ik doe alsof ik mijn hand ergens op zet en mijn benen zijdelings uitsteek, zoals in de sequentie in de reclame voor Olio Cuore, die ik wel honderd keer heb bekeken: de plattelandsatletiek van Nino Castelnuovo die over een afrastering springt, staat zo op ons netvlies gebrand dat Bocca en Scarmiglia het onmiddellijk raden.

'Ik zou graag hebben dat het een passage aanduidde,' zeg ik, 'het overschrijden van een grens.'

Het is bijna avond. Ik maak Katoen wakker en zeg hem dat hij naar binnen moet gaan. Hij kijkt me verdwaasd aan, verzamelt de memorykaartjes, maakt er een stapeltje van en loopt weg, het stapeltje stevig in zijn handen geklemd.

Scarmiglia staat op, gaat op het metalen karkas van de schommelbank zitten en begint te wiebelen, waarbij hij een gepiep produceert dat op huilen lijkt. 'Op dit punt aanbeland,' zegt hij, 'moeten we verder. We moeten accepteren dat we belachelijk lijken. Zonder ons gegeneerd te voelen. Op die manier maken we ons onkwetsbaar.'

Bocca en ik staan onbegrijpend naar hem te kijken. Vanuit de heg komt weer geritsel, ik zie bladeren even schudden en dan weer tot rust komen.

'Ik bedoel,' gaat hij verder, 'dat als we echt de moed hebben om kronkelend met armen en benen over straat te gaan, zonder bang te zijn om stom gevonden te worden, dat we dan alles aankunnen.'

Zijn stem gaat en komt, verandert al naar gelang de schommeling, verbrokkelt als het gepiep erdoorheen breekt. Dan houdt hij de schommelbank ineens stil, verheft zich een centimeter of twintig boven de zitting en steekt zijn armen naar voren om zijn evenwicht te bewaren; hij doet alsof hij zijdelings achterover valt, herstelt zich en schommelt weer door. Glimlacht, lacht.

'Ik stel voor,' vervolgt hij, terwijl hij in evenwicht probeert te blijven en met een stem die trilt van de inspanning, 'om de houding Fracchia in onze woordenlijst op te nemen. Giandomenico Fracchia, de ambtenaar,' schreeuwt hij als een omroeper, 'en zijn eeuwige geklungs. Het drama van de instabiliteit van de Italiaanse kleine burgerij. De ontoereikendheid, de onderwerping, de lafheid.'

Hij pauzeert even, komt weer op adem. En gaat dan verder.

'Terwijl de kleine jongens van de Rode Brigades dagelijks wel iemand ter waarschuwing in zijn been schieten, maakt de nationale televisie ons gelukkig met Giandomenico Fracchia, met Johnny Bassotto, met Calimero. Met *My name is potato*.'

Hij stopt, laat zich achterovervallen op de schommelbank, die omlaag schiet en een brekend geluid laat horen, hij staat op het punt van instorten, maar houdt het.

'Met *My name is potato*,' zegt hij nog eens en schudt zijn hoofd. 'Met Rita Pavone,' zegt hij ook nog. 'Met die Engelse uitspraak. Met de walgelijke aanstellerigheid van die uitspraak – poteto, mai neem iz poteto. De pratende patat, de zingende patat.'

Even zwijgt hij, metaboliseert intelligentie en bitterheid.

'Dat is ons deel. De grimassen van Rita Pavone. Verzoetelijking, zogenaamd medelijden. Het eeuwige carnaval. Macario die opa-in-gesprek-met-kleinzoon speelt. Kinderen. Het kind dat in alle films sterft, door een auto overreden of van een rots gevallen, of aan anemie of leukemie bezweken. Elke film een kruisweg. Maar in de volgende film verrijst het altijd weer, niet kapot te krijgen, de filmmartelaar met het blonde pagekopje. Dit is ons deel. Kijk,' zegt hij koortsig, 'dit is hoe wij de dood zien.'

'En we hebben Giumbolo,' zegt hij ook nog. 'We hebben Grisù. We hebben Obabaluba. Zigo Zago. De tovenaar. Het kippenbot en het brouwsel. Dat hebben we,' besluit hij koortsachtig. 'Dat zijn we.'

Bocca en ik kijken elkaar aan: we weten dat hij overdrijft. Dat ook hij soms toegeeft aan de behoefte expansief te zijn, in declamatorische vorm uit te dijen en daarbij zo veel mogelijk taal te verbruiken.

'De Fracchia-houding,' zegt hij, terwijl hij inmiddels languit op het metalen karkas ligt, 'gaat begrijpen, de dingen begrijpen, betekenen. Ik heb begrepen, wij hebben begrepen. Iets wat met stabiliteit te maken lijkt te hebben, maar in werkelijkheid een gevaarlijk schommelen in de leegte is.'

Om acht uur gaan we uit elkaar. Scarmiglia neemt de bus terug naar Palermo, Bocca gaat lopend naar huis. We spreken af dat we elkaar de volgende dag weer zien. We zullen elk drie houdingen voorstellen, waarmee we met de negen van vandaag op achttien komen. De dan nog ontbrekende drie zullen we samen kiezen. We hebben besloten om verder de omgekeerde weg te bewandelen, in die zin dat we vandaag van de vorm zijn uitgegaan en daar een betekenis aan hebben toegekend, terwijl we morgen zullen uitgaan van wat we willen zeggen en daar dan de meest geschikte houdingen bij zullen zoeken.

Voor ik op de ochtend van 17 juli naar zee ga, sluit ik me op in mijn kamer en train ik. Het is wel lastig – de rib doet nog pijn – maar ik heb het nodig om mijn lichaam dichtbij te voelen. Als ik ophoud, staat het zweet me rond de ogen, ben ik buiten adem en heb ik het gevoel dat de dingen verdwijnen.

Op het strand gaan we in de schaduwstrook zitten tussen het laatste strandhokje en de zee, het zand is vochtig en modderig. Scarmiglia heeft een bloes met korte mouwen aan en bij de knie afgeknipte jeans, Bocca en ik alleen een zwembroek. De mensen om ons heen zijn verbaasd. Aan mij, aan mijn kale kop, waren ze gewend, ons zo met zijn drieën zien brengt hen in de war. Maar ons kan dat niets schelen: ons vroegere lichaam was een indringer, pas nu zijn we authentiek.

Bocca zegt dat hij 's nachts op een idee voor een naam voor

onze woordenlijst is gekomen. Eenvoudig, maar geschikt, lijkt hem: *alfastil*. Want het bestaat uit stille gebaren. De naam bevalt ons en we besluiten dat het oké is.

Ieder van ons heeft woorden meegebracht waarvan hij denkt dat ze in het alfastil moeten. Bocca begint.

'"Stoppen." "Je verbergen." "Laten."'

Ik luister ernaar, combineer ze onderling: je schuilplaats verlaten en stoppen; stoppen met elkaar te verlaten; de scheiding verbergen; stoppen met je te verbergen.

Scarmiglia heeft de zijne op een vel ruitjespapier geschreven. Met potlood en in drukletters. Hij heeft de letters meerdere keren overgetrokken; er zitten groeven in het papier.

'"Pakken." "Het goede." "Sterven."'

In gedachten combineer ik: het goede dat sterft; sterven als je gepakt wordt; het goede laten sterven door het te pakken; het goede pakken en sterven.

Mijn beurt. Ik heb ze ook op een papiertje geschreven, in het schema van een gelijkbenige driehoek.

'"Weggaan." "Zoeken." "Verlangen."'

Het verlangen is de top van de driehoek, weggaan en zoeken de andere hoeken. Het verlangen wordt dus naar boven geprojecteerd, het is het punt waarheen de andere twee zijden gericht zijn. Het ligt op de top van een voortstuwing. Een verdwijnpunt. Het verlangen zoeken. Weggaan van het verlangen.

Ik wilde ook angst erbij, maar daar ben ik niet zeker over.

We beginnen te discussiëren, bespreken de verschillende hypotheses en zoeken de beste houdingen.

'Stoppen', dat in wijdere zin ook 'stilstaan, nadenken' kan betekenen, laten we horen bij de hoes van *Un cantastorie dei giorni nostri* van Baglioni; het hoofd tegen de rechterhand geleund, de linkerarm voor zich: dat is voor iedereen verschrikkelijk genoeg.

Voor 'zich verbergen' denken we aan *Portobello*. Niet zozeer aan de uitzending van Enzo Tortora, alswel aan de papegaai die ze willen laten praten. Elke week, op toerbeurt, is er iemand die het probeert: de persoon loopt naar de papegaai op zijn stok en begint klanken voort te brengen, komt met mechanische of dierlijke geluidjes, smeekt het beest hem geld te laten verdienen. Men dwingt zichzelf tot idioot gedoe om geld te verdienen. De Italianen praten tegen dieren om rijk te worden, hebzuchtige Sint-Franciscussen. Maar het beest zwijgt, observeert en zwijgt, laat iedereen arm. En dan doet het iets met zijn lijf, de rug duikt in de veren: het dier verbergt zich walgend. 'Je verbergen', wordt dus die schouderbeweging, het hoofd dat zich terugtrekt in de romp.

Op drie meter van ons vandaan ligt een achtergelaten *going ball*. Het oranje plastic ovaal – een soort rugbybal waar koorden doorheen lopen – is half onder het zand bedolven. Scarmiglia gaat hem halen, ontwart de koorden, geeft de handvatten van twee uiteindes aan Bocca, loopt met de andere twee handvatten in zijn eigen handen een paar stappen terug, spreidt dan met een ruk zijn armen en jaagt zo de bal naar Bocca toe, die hem terugstuurt, enzovoort, tot de koorden in elkaar draaien en de bal halverwege blijft hangen.

'Waar het mij om gaat,' zegt Scarmiglia terwijl hij Bocca het speelding uit handen neemt, 'is de positie op het moment dat je de bal wegjaagt.'

'Het lijkt of je iemand met open armen ontvangt,' zegt Bocca.

'Op mij komt het over als een kruisiging,' reageer ik.

'Het een noch het ander,' zegt Scarmiglia. 'Het is een laten gaan. Dat wordt de houding voor "laten",' en bij die woorden laat hij de going ball daadwerkelijk weer op het zand vallen.

We houden een pauze, gaan drinken aan de fontein, installeren ons daarna weer in de schaduw en bestuderen de lichamen van de Palermitanen. Hun lelijke lichamen. Ik heb me hier op het strand een keer in een andere cabine moeten omkleden, omdat de sleutel van de onze was afgebroken. Die cabine werd vooral gebruikt door een stelletje oude mensen.

De lucht binnen rook naar verbandgaas, vervilte hydrofiele watten, lauw water en doorschijnende huid. De hele tijd dat ik bezig was met me uitkleden en mijn zwembroek aandoen, heb ik mijn adem ingehouden. De lelijke Palermitaanse lijven brengen diezelfde geur voort. Het is geen kwestie van hygiëne. Het komt door henzelf. Door hun leven. Het is een geur die uit hun manier van praten ontstaat. Woorden verouderen in het lichaam. Ze verrotten. Het dialect, dat van oorsprong al rot is, rot nog verder. De Palermitanen gaan tot hun knieën het water in met hun kinderen op de arm, te midden van MS-peuken en donkere algen. Ze wijzen naar iets, lachen. Ze zijn trots, ze zijn onnozel. Medeplichtig.

Voor zijn eerste woord, 'pakken', heeft Scarmiglia gedacht aan een film die hij met zijn broers in de bioscoop heeft gezien. Hij mocht er eigenlijk niet in, maar ze hebben hem toch binnengelaten. De film heet *Jungle Holocaust*. Je zou het niet zeggen, maar het is een Italiaanse film, het verhaal van een man die gevangen wordt genomen door kannibalen. Op een gegeven moment lokt hij vanuit zijn gevangenis mensenetende kinderen naar zich toe, hij brengt zijn hand naar het gezicht van een van hen en trekt hem terug met het topje van zijn duim tussen wijs- en middenvinger gestoken: alsof hij de neus van het kind had gestolen.

Dit spelletje aantreffen in een film waarin onthoofd wordt en waarin dieren worden gevild, mensenarmen worden verslonden en alligators door de vegetatie sluipen, dat heeft iets te maken met wat Scarmiglia definieert als de *italianisatie van het geschapene*, de nationale aandrang om alles in vertrouwde vormen te vertalen en alles te dwingen provincie te worden.

'Italië is één grote metabolische machine,' zegt hij, 'in staat om wat dan ook geloofwaardig te maken. Het transformeert een amazonewoud in de keuken thuis, het mensenetende kind in het kind waarmee je stoeit in het park. De alligator heeft in die film geheid een pakje MS in zijn buik en uit de lendendoek van een kannibaal steekt vast en zeker een totoformulier.'

Als we beginnen na te denken over de houding voor Scarmiglia's tweede woord, 'het goede', stel ik voor om sir Oliver te gebruiken. Ze weten niet wie dat is, lezen Alan Ford niet, dus neem ik een keurige houding aan, onbeweeglijk, de armen lichtjes naar voren, de handen soepel over elkaar op het topje van een onzichtbare wandelstok. De houding die je aanneemt als je sereen, in het goede gedompeld gaat zitten luisteren. Naar het goede luisteren. We weten niet wat dat wil zeggen, maar willen het er wel bij.

We komen bij 'sterven'. Scarmiglia kruipt op het zand in elkaar, op zijn zij, één arm gebogen, de hand ontspannen op de heup, het hoofd lichtjes achterover naar links: Aldo Moro die sterft en uit de metalen uterus van de Renault 4 geboren wordt. Twee maanden lang hebben we die foto zo vaak gezien dat hij voor ons de foto van alle doden is geworden. Zo in elkaar kruipen gaat 'sterven' betekenen.

Mijn eerste woord is 'verlangen'. Het is net zoiets als het goede, maar een beetje anders: het is streven naar het goede. We denken dat er iets gevulds nodig is om dit woord te vertolken, een sferoïdale houding.

'Nee,' zegt Bocca, terwijl hij gaat staan. 'Het verlangen is niet rond, het is helemaal verbrokkeld. Kijk,' zegt hij.

Hij buigt voorover en raakt afwisselend eerst zijn rechterknie met zijn linkerhand en vervolgens zijn linkerknie met zijn rechterhand aan, en dan gaat hij stukje voor stukje omhoog, waarbij hij ritmisch op dezelfde manier zijn heupen en schouders en dan zijn voorhoofd aanraakt; vandaar heft hij zijn armen als een fonteintje omhoog en keert vervolgens naar de oorspronkelijke houding terug.

Het strand is tot stilstand gekomen. Iedereen staart naar Bocca die la Carrà speelt als ze de tuca tuca danst. Om het ons nog duidelijker te maken, herhaalt hij de scène, maar dit keer beweegt hij ook zijn voeten en zijn bekken in dat ritme.

De mensen om ons heen zijn steeds verbaasder, Scarmiglia barst in lachen uit.

‘Hebben jullie dat gezien?’ zegt hij. ‘Ze begrijpen het niet. Ze realiseren zich dat het iets bekends is, maar zien niet goed wat.’

‘Niet goed dus?’ vraagt Bocca.

‘Juist wel,’ antwoordt Scarmiglia. ‘Dat willen we toch?’

Met de andere twee woorden gaat het vlug. Op de kaft van *Woobinda* staat een tekening van een kangoeroe, van opzij, de voorpoten recht vooruit, de lange, vlezige staart omhoog. Een eenvoudige houding, perfect om ‘weggaan’ uit te drukken.

En de hoes van *Nuntereggae più* is volgens Scarmiglia prima voor het woord ‘zoeken’. Je hoeft alleen maar de houding van Rino Gaetano van de rest van de foto te isoleren en dan is het net of hij met zijn hand in een doos staat te graaien. Of hij zoekt. We besluiten dat dit de Nunte-houding wordt.

Het is etenstijd. We lopen op blote voeten naar het cafeetje buiten het strandcomplex, op de viale Regina Elena. We gaan aan een tafeltje zitten en eten pizzaatjes. We praten niet. Van tijd tot tijd neemt een van ons alleen zijn schrift en noteert iets, hij voegt iets toe of verandert iets, verbetert een houding een beetje en memoriseert hem daardoor tegelijkertijd. Dan doet hij zijn schrift weer dicht en eet verder, maar maakt ineens nog een beweging – een potlood verticaal voor het gezicht gebracht en daarna weer weggenomen, plotseling wijd gespreide armen, een open hand als om te groeten, de vingers goed uit elkaar, iets wat in de leegte wordt vastgepakt, naar zich toe gebracht, teruggezet, opnieuw vastgepakt.

En terwijl we al kauwend de vormen en wat ermee samenhangt consolideren, komt er een eerste bij aanvliegen, daarna een tweede, en al vliegend boven ons karig voorziene tafeltje beginnen ze hun banen te tekenen. We kijken naar het geel dat glanst in de zon, luisteren naar het zachte gezoem. Bocca maakt de papieren zak die hij dicht had gedaan weer open, er zitten nog pizzaatjes in. De twee bijen zweven erboven, zuigen het zoet uit het oppervlak van de kaas, uit het rood van de tomaten, daarna vliegen ze weer omhoog en verdwijnen in de verte.

Na het eten besluiten we een wandeling langs de zee te maken, te midden van de lelijke lijven. Er staat een frisse, actieve wind die ons in de rug blaast en ons steunt; ik druk mijn hielen in het vochtige zand en na elke stap draai ik me om en kijk ik naar de gaten die vollopen met water.

We komen bij het vrije strand van Partanna, waar geen strandhokjes zijn. De Palermitanen uit de oude binnenstad gaan erheen en de jongelui van de Villa Sperlinga. 's Nachts maken ze vuren, verbranden ze autobanden, het zand ligt er vol papiertroep. En kleurige espadrilles, kapotte emmertjes, badlakens vol gaten, overal in het rond; peuken blijven bij de waterlijn hangen, drijven het strand op en af. Er zijn ook duiven, ze vliegen laag om voedsel te zoeken in de afval; pikken elkaar op de kop en in de ogen waarbij het zand alle kanten op stuift. Er is een duif met een poot zonder klauw; hij is de felste, het is de duif die in april tegen die honden vocht, die ik met zijn kop in de bek van de geamputeerde hond had gezien. Hij heeft het overleefd en vecht nog steeds. Net zoals de jochies, die hier in groepjes van vijf, zes rondlopen; ze rennen, spatten met water, roepen naar elkaar, schreeuwen, ook zij fel, er zit zand en as om hun lippen gekoekt, ze eten wat ze vinden, zijn nergens bang voor.

Op mij daarentegen heeft Touw, uitgaande van het idee van opvoeding als onbeweeglijkheid en verdwijning, in de loop van de tijd angst voor alles weten over te brengen. Met zand spelen zonder het zand te verplaatsen; als je gegeten hebt, minstens vier uur niet zwemmen; niet storen, geen adem halen, maar het niet wagen dood te gaan. De schaamte omdat je leeft. Je beperken tot denkbeeldig spelen, vermeend zwemmen. Moeders die fobische en beeldenscheppende kinderen grootbrengen. De matrilineaire overdracht van de angsten.

'We moeten het woord "angst" ook opnemen,' zeg ik.

'Nee,' zegt Bocca en stopt dan, denkt erover na, weet dat het gewaagd is, maar gaat door.

'Nee,' zegt hij zachter.

‘Waarom niet?’ vraagt Scarmiglia hem.

‘Omdat er woorden zijn die je beter niet kunt hebben.’

‘Maar “onvoorzien” vond je goed.’

‘Onvoorzien is niet hetzelfde als angst. Angst is iets anders.’

‘Volgens mij zouden we het wel kunnen gebruiken,’ zeg ik.

‘Zie je ook een houding voor je?’ vraagt Scarmiglia me.

Ik zeg niets, met de punt van mijn voet vorm ik kleine duinen die ik vervolgens weer kapotmaak; intussen is de felle duif op ons afgekomen, hij trippelt om onze voeten heen en prikt met zijn snavel in het zand.

‘Ja, ik heb een voorstel.’

‘Willen jullie echt dat angst er ook in zit?’ vraagt Bocca.

Hij is zenuwachtig, zijn stem klinkt smekend, hij ervaart wat er aan het gebeuren is als een verzwakking van ons project, als het scheuren van het membraan van de band; voor hem zou een eventuele breuk nu onverdraaglijk zijn.

‘Waarom wil je het niet?’ vraagt Scarmiglia hem.

‘Omdat het schadelijk voor ons is.’

‘En dus?’

‘Het is iets… Het is de ervaring die alles kan bederven.’

‘En dus?’

‘Het is zelfvernietiging.’

‘Denk je niet dat het alleen maar een woord is en geen werkelijkheid?’ vraagt Scarmiglia, terwijl hij hem strak aankijkt.

‘En jij, denk je dat echt?’ vraagt Bocca.

‘Nee, jij moet het zeggen.’

‘Ik weet het niet. Ik weet niet wat het is.’

‘En jij?’ vraagt Scarmiglia, zich tot mij richtend.

Vanuit een ooghoek zie ik de bewegingen van de mensen om ons heen – ruggen die zich buigen en zich weer rechten, schouderbladen die even fladderen, een hoofd dat ter zijde buigt, verderop het mikado van de vervlochten benen op de badlakens.

‘Ik denk dat het werkelijkheid is,’ zeg ik.

'Natuurlijk is het werkelijkheid,' zegt Scarmiglia tegen Bocca, met het gezicht van iemand die duidelijk maakt dat de discussie gesloten is.

En vervolgens, na een pauze om het gezegde te laten bezinken, vraagt hij me hoe die houding is die ik voorstel.

Ik hef mijn hand op – de palm naar Bocca en Scarmiglia gericht, de vingers een klein beetje van elkaar – en laat hem over een onzichtbare wand glijden; ik probeer de beweging zo theatraal mogelijk te maken.

'Dat heb ik ook gezien,' zegt Scarmiglia.

'Ik ook,' valt Bocca hem bij, het is alsof hij door de houding te herkennen de manier heeft gevonden om zich meteen weer in het clubje te laten opnemen.

'Dat is als de barones van Carini doodgaat,' voegt hij eraan toe, terwijl hij met moeite zijn enthousiasme bedwingt. 'In die serie.'

'Ik zou deze houding "Agren" willen noemen, zeg ik. Naar de actrice.'

Voor ze me antwoorden ruik ik plotseling de geur van moerbeien en dan zie ik ze, zwart, in een mandje waar bladeren bovenuit steken. Een dialectisch gezin – ze hebben allemaal brede, donkere vingers en nagels als schilden – biedt ze de jongelui van de Villa Sperlinga aan, die hun handen in de mand steken en ze er gevuld en tot de polsen bevlekt weer uit halen, terwijl ze bedanken en grappen maken in het dialect, de meisjes ook, solidair. Een van de leden van het gezin komt naar ons toe en houdt ons de mand voor; Bocca kijkt erin en doet een stapje terug, Scarmiglia schudt van nee. Ik steek mijn hand uit – het gezin glimlacht tegen me, Bocca en Scarmiglia geloven hun ogen niet; ik voel de vochtige moerbeien, ruik de geur, zoet en scherp, trek mijn hand weer terug en heb een zwart bolletje tussen duim en wijsvinger: ik breng het naar mijn mond en slik het door. Ik zeg 'Bedankt,' en het gezin zegt iets wat wel 'Alstublieft' zal zijn, draait zich om en begeeft zich naar een tent gemaakt van een parasol met een plastic tafelkleed eromheen.

'Heb je hem echt ingeslikt?' vraagt Bocca.

'Nee, dat heeft hij niet,' zegt Scarmiglia. 'Het was zijn duim.'

Hij kijkt me aan, bestudeert me.

'Hij heeft hem niet ingeslikt,' zegt hij nogmaals. 'Hij is vies van alles, hij heeft hem niet ingeslikt.'

'Laat eens zien,' vraagt Bocca terwijl hij naar me toe komt.

'Wat wil je zien? Hij heeft hem niet gepakt, zei ik je toch.'

Hij neemt me opnieuw op. Hij zou een teken willen, iets wat de onzekerheid doorbreekt, maar ik zwijg, houd mijn lippen op elkaar geklemd. Ik moet lachen, maar zeg niets, ik kijk naar de felle duif die de mand die nu op het strand staat nadert en moerbeien wil. Hij is tegelijkertijd snel en traag, lijkt op een reptiel. Vogels stammen af van dinosaurussen. Ze zijn net zo angstwekkend als dinosaurussen. Vanwege de vorm van hun poten, vanwege hun klauwen. Vanwege hun zwarte ogen aan weerszijden van hun kop. Vanwege de manier waarop ze hun kop bewegen, schokkerig, in segmenten. Het hoofd bewegen, staren, losscheuren. Paniek in existentie veranderen. Ook de kanarie thuis – als ik in de keuken met de deur dicht het deurtje van de kooi opendoe en hem eruit haal om hem te bekijken – ook die is in zijn weerloosheid angstwekkend. Want als hij zijn kopje naar achteren brengt en het donker van zijn oog laat rollen, heeft hij iets ancestraals in zich. Het is alsof ik de oerwereld in mijn hand heb. Dan sluit ik de prehistorie weer in zijn kooi, zet hem boven op de kast en ga mijn handen wassen.

'Daar zit Morana,' zegt Bocca, terwijl hij naar het vochtige zand bij de vloedlijn wijst.

We kijken tussen de lichamen door, lopen een paar passen vooruit, daarna opzij, terwijl we onze handen als een klep boven onze ogen houden tegen de zon.

'Ja, dat is hem,' zegt Scarmiglia zonder enige bijzondere emotie, zich beperkend tot de constatering van het feit.

'Laten we even naar hem toe gaan,' zegt Bocca.

Daar heb ik helemaal geen zin in en Scarmiglia lijkt me evenmin enthousiast, maar toch volgen we Bocca, die al vertrokken is. Terwijl we weglopen, zie ik de dialectische familie bezig de prehistorische duif bij de mand weg te jagen; het beest, nog steeds razend, mengt zich weer onder de andere zoekende dieren.

Morana zit in zijn eentje op een handdoek waarvan de zomen hebben losgelaten. Hij heeft een bruine zwembroek aan; zijn slecht doorbloede huid, droog en grijzig, lijkt één grote bloeduitstorting. De massa fijn Zweeds, Noors, Fins haar op zijn hoofd brengt me op de gedachte dat er in zijn bloed een sediment van Noormannen moet zitten, dat tot kruimeltjes gedegenereerd bij hem terecht is gekomen. Hij zit krom, met zijn gezicht naar de zee. Hij heeft ons niet opgemerkt en blijft met zijn vingers in het zand bezig, blijft aan het begraven en weer opgraven, maar zonder energie, hij beweegt zijn handen net onder zijn schoot en ademt hoorbaar, alsof zijn neus dichtzit.

Als Bocca hem begroet, verstijft hij, in de houding van iemand die op het punt staat een klap met een stok op zijn rug te krijgen. Dan draait hij zich om; zijn ogen staan mat, hij heeft korsten op zijn lippen. Hij ziet eruit als de mankepoot-van-nature, maar zonder rinotracheïtis. Of misschien heeft hij dat ook wel. In elk geval brengt hij ook nu zowel afkeer als respect bij me teweeg.

Aanvankelijk lijkt hij ons niet te herkennen.

'Hoi, Morana,' begroet ook Scarmiglia hem, en dit keer dringt de zin tot hem door, hoort hij hem.

'Hoi,' zegt hij.

Bocca gaat naast hem zitten, Scarmiglia tegenover hem; ik blijf op een afstandje, ik weet niet eens of hij mijn aanwezigheid heeft opgemerkt.

Iemand als hij is van alle tijden. Hij is er en zal er altijd zijn. Kwetsbaarheid, maar in haar meest weerzinwekkende vorm. Iemand die je zou moeten verdedigen, maar je weet dat je, als je dat doet, je handen vuil zult maken. En dus aarzel je, doe je of je hem niet hoort. Zo is Morana. Zijn vernietiging is oneindig. Er zal nooit iets zijn in zijn leven. Nooit een redenering, nooit een intuïtie. Niets, helemaal niets. En toch is hij er, blijft hij bestaan.

'Hoe gaat het?' vraagt Bocca. Hij richt zich tot hem zoals we dat op school doen, de weinige keren dat we uit ongemak of medelijden tegen hem praten – iemand tegen wie je moet praten met jouw ogen in de zijne en duidelijk articulerend. Scarmiglia zit hem intussen aan te staren en glimlacht tegen hem, terwijl ik zijn rug bekijk, zijn moedervlekken, het vuil, de doffe plekken. Ik zeg tegen mezelf dat hij slecht eet, dat ze hem slecht te eten geven. En daarna zeg ik tegen mezelf dat ik Morana nodig heb, en dan ga ik tussen Bocca en Scarmiglia in zitten.

'Hoe gaat het?' vraagt Bocca nog eens.

Hij geeft geen antwoord. Met zijn vingers in het zand voltooit hij het begraven van iets, zonder zijn hoofd op te heffen.

In de klas wordt Morana apart overhoord. Tijdens de pauze of na het laatste uur, als er niemand meer is. Niet uit discretie – discretie gaat aan hem voorbij – maar vanwege zijn traagheid, om de klas niet op te houden met een stemvorming waarin het dialect vermengd met een soort Italiaans woorden vormt die van een weerwolf lijken te komen, zich even laten horen en zich dan snel ergens gaan verbergen.

Bocca geeft het niet op.

'Heb je je vakantiewerk al af?'

Aan de andere kant niets: één hand die zandkorrels door elkaar roert, de andere stil op de dij. Ik bekijk de vorm van zijn genitaliën onder zijn zwembroek; ze lijken groot, je ziet ze tegen de stof drukken, maar ook die druk is futloos, iets tumorachtigs.

Dan een hoofdknik.

'Ja, klaar.'

'Alles?'

Een pauze. Kracht verzamelen.

'Alles.'

‘Fantastisch, Morana,’ gaat Bocca verder. ‘Ik moet alles nog. En zij ook. Maar we hebben nog de tijd.’

Bocca kijkt ons aan, wil dat we ook iets zeggen. Ik zie niet in waarom dat nodig is, ik heb hem niets te vertellen. En ik wil hem niets horen vertellen, dat vooral.

‘Kom je hier vaak?’ vraagt Bocca, terwijl hij zijn hoofd buigt om hem van onderaf in de ogen te kijken. Scarmiglia begint ongeduldig te worden. Morana merkt het, hij is bang voor hem.

‘Nee.’

‘En als je komt, wanneer is dat dan?’

‘Dat weet ik niet.’

‘Hoezo weet je dat niet? Hoe kun je nu iets niet weten wat je zelf doet? Natuurlijk weet je dat wel.’

‘Ik weet het niet.’

‘Oké, Morana, je weet het niet. Maar hoe je helemaal hier komt, kun je me toch zeker wel vertellen, hè?’

‘Met de bus.’

Scarmiglia zit nu niet meer, hij staat, en een moment later begint hij met één been achteruit te trappen, meerdere keren. Daarna doet hij weer gewoon, maar onmiddellijk daarop neemt hij een kangoeroehouding aan en maakt een keer of vier een sprong op de plaats, met zijn armen recht voor zich uit. Dan houdt hij op en kijkt ons aan.

‘Nee, laten we nog even blijven,’ zegt Bocca.

‘Niet zo,’ antwoordt Scarmiglia.

‘Je hebt gelijk,’ zegt Bocca. Hij legt zijn hoofd tegen zijn rechterhand en buigt de linkerarm voor zich. De Baglionihouding: stoppen, nadenken.

Weer houden de mensen om ons heen op met praten en kijken ze naar ons. Ook Morana heeft zijn hoofd opgetild. Ik glimlach, ben blij. Ik sta op, spreid mijn armen en blijf zo een paar seconden staan. Ik weet dat het niet heel duidelijk is, onze taal is nog niet verfijnd, maar wat ik wil zeggen is ‘laten’, in de zin van ‘het opgeven’.

We gaan weer rond Morana zitten.

'We zijn moe,' zegt Bocca tegen hem. 'We zijn de hele dag al aan het construeren, weet je. Moeilijk om uit te leggen wat we aan het doen zijn, maar het is iets prachtigs.'

'Morana,' mengt Scarmiglia zich erin, terwijl hij op zijn knieën gaat zitten en zijn magere lichaam strekt. 'Ik moet je een gunst vragen. Ik heb geen zin om het aan die twee te vragen,' zegt hij terwijl hij op Bocca en mij wijst, 'en ook niet aan iemand anders. Het is iets wat ik alleen maar aan jou kan vragen.'

Hij brengt zijn hoofd naar hem toe, tot op een paar centimeter van zijn gezicht, opnieuw theatraal.

'Mag ik?' vraagt hij.

Morana wrijft het zand tussen zijn vingertopjes, probeert de korreltjes nog kleiner te maken dan ze al zijn. En dan knikt hij van ja.

'Goed. Dank je voor je bereidwilligheid. En voor je vertrouwen. De gunst die ik van je vraag is de volgende: ik had graag dat je twee woorden tegen me zei. De eerste twee die in je opkomen, zonder er te veel over na te denken. Alles is goed – zelfstandige naamwoorden, bijvoeglijke naamwoorden, werkwoorden, bijwoorden – wat je maar wilt.'

Bocca en ik begrijpen het niet. Scarmiglia glimlacht tegen ons.

'Nou, Morana, geef me die twee woorden eens.'

De stilte begint precies op het moment waarop Scarmiglia zijn vraag beëindigt, en zal voortkruipen, langzaam en tubulair, totdat Morana – misschien – iets antwoordt. Vooralsnog beperkt hij zich ertoe de lucht tussen zijn vingers te verkruimelen, terwijl hij zijn ogen van mij naar Bocca en naar Scarmiglia laat gaan en dan weer van voren af aan, en zijn hoofd heen en weer beweegt, eerst regelmatig en daarna in het wilde weg, als een kapotte metronoom, en ons met zijn zieke gezicht smeekt hem te sparen, hem te blijven sparen, zoals we dat een heel jaar lang hebben gedaan en dat, ook al was het walgend, met respect voor de korsten op zijn lippen en zijn vuile haren. Maar nu is dit ons respect: belegeren, de druk opvoeren, dwingen; Morana op zijn huid zitten om te zien wanneer hij ontploft.

Maar Morana ontploft niet.

'Ik... jij...' zegt hij heel zachtjes.

Het lijkt of er een verhaal gaat komen, maar er komt niets, er komt een einde aan de stilte en in plaats van de ontploffing hebben we ineens twee verpulverde voornaamwoorden in de oren en het geluid van het zand tussen zijn vingers.

'Dank je,' zegt Scarmiglia, terwijl hij gaat staan en het zand van zijn knieën veegt. 'Je weet het niet, maar je hebt ons erg geholpen. Maar nou de groeten, de bus vertrekt zo.'

Wij staan ook op en zeggen 'Ciao' tegen hem. Hij antwoordt niet, is uitgeput. Scarmiglia en Bocca lopen weg, ik blijf nog even. Ik zou iets tegen hem willen zeggen, maar niet uit begrip of solidariteit. Dat zou ik walgelijk vinden, solidariteit. Ik zou iets tegen hem willen zeggen omdat ik er behoefte aan heb een reactie aan zijn lijf te ontrukken, te begrijpen hoe hij in deze voortdurende marteling kan bestaan, slachtoffer zonder slachtofferachtig gedrag. Maar ook hierover weet ik niets te zeggen en net zoals toen we arriveerden bestudeer ik ook nu zijn gebogen rug en zijn fijne haren, en ook nu beweegt hij zich niet, hij doet alleen iets met zijn handen bij zijn schoot, steekt zijn vingers in het zand en haalt ze er weer uit. Dan buig ik me over zijn hoofd heen en zie dat wat hij uit het zand heeft gehaald een moerbei is; hij ruikt eraan en eet hem op.

Als ik bij de andere twee kom, staan ze druk te praten. Bocca heeft uitleg gevraagd.

'We hadden nog twee woorden nodig,' luidt Scarmiglia's antwoord, 'en toen bedacht ik dat ik ze wel van Morana kon laten komen. Of liever gezegd, van dat toeval, waar jullie zo van houden. Jullie zouden tevreden moeten zijn.'

'Dat is het niet,' gaat Bocca tegen hem in. 'Het is een kwestie van methode: je hebt in je eentje een beslissing genomen voor ons allemaal en dat is niet juist. Laat jij je stem ook eens horen,' zegt hij tegen mij.

'Ik vind het best,' zeg ik. 'Ik en jij zijn woorden die ons van pas zullen komen. We moeten alleen beslissen welke houdingen we erbij laten horen.'

Bocca is geïrriteerd. Hij rekende op mijn steun en in plaats daarvan staat hij ineens weer alleen.

'Die hebben we eerlijk gezegd ook al,' zegt Scarmiglia. 'Denk aan wat Morana deed toen we zaten te praten.'

Ik wrijf mijn vingertopjes over elkaar. Bocca wacht een paar seconden, de tijd die hij nodig heeft om het te accepteren, en begint dan zijn hoofd heen en weer te bewegen. Terwijl we teruglopen naar de strandcabine besluiten we dat bij het over elkaar wrijven van de vingertoppen het woordje 'ik' zal horen, terwijl het heen en weer bewegen van het hoofd zal dienen om 'jij' te zeggen.

Bocca gaat te voet naar huis, ik loop met Scarmiglia mee naar de bushalte. We praten over de vooruitgang die we hebben geboekt, over de reden waarom we dit allemaal aan het doen zijn, over logica en onvermijdelijkheid.

We komen langs een opslagruimte die als speelhal wordt gebruikt. Buiten staat een grote kuip met plastic bootjes; een man met een lange dunne stok duwt ze van het midden naar de randen; binnen staan voetbaltafels, Space Invaders en een Pong. Scarmiglia stelt voor een partijtje te spelen; de bus neemt hij straks wel. Binnen is het koel, er zijn maar weinig mensen. Dialectische kinderen zijn fanatiek met de flipperkasten in de weer, een enkele oude man in korte broek en onderhemd spiedt naar de verlichte schermen, hoopjes honden liggen opgerold onder de pingpongtafels. Er zijn ook twee meisjes, iets ouder dan wij, dertien, veertien jaar. Bikini's, magere heupen, ronde buiken. Blootsvoets, hun teennagels gelakt, gaan ze op iedereen af, maken grapjes, praten hard.

'Meisjes brengen je aan het huilen,' zegt Scarmiglia als hij merkt dat ik naar hen kijk. Ik herinner het me ineens, maar weet niet wat ik moet zeggen.

'Vooral als het niet zomaar meisjes zijn,' voegt hij eraan toe.

We beginnen te spelen. Eerst Pong; daarna verhuizen we naar een voetbaltafel. We zijn goed, op dezelfde manier: nauwkeurig in het schieten, nooit een slipper, nooit een foute pass of onnodig ruw spel. Het balletje schiet snel van de ene kant naar de andere, klapt tegen de zijkanten en als het bij een goal tegen de houten achterkant van het doel slaat, maakt het een hol geluid.

'Weet je dat ze vandaag jarig is?'

Ik zie de smaragdgroene bodem van de tafel niet meer. Hij zei het zonder zijn hoofd op te heffen, geconcentreerd op het spel, alsof een fragment van een gedachte toevallig akoestische expressie en een vragende toon had gevonden. Ik verlies mijn vat op de stangen, twee caramboles en het balletje eindigt in mijn doel. Ik hoor hoe de voetbaltafel het inslikt, een opeenvolging van horizontaal en diagonaal rollen, een helder glijden over rails en trolleys totdat het balletje met een laatste versnelling zijn maatjes bereikt in de houten long in het binnenste van het apparaat.

Ik buig me, zoek een nieuw balletje, maar de sleuf is leeg.

'Kom, we gaan,' zegt Scarmiglia.

Op de drempel van het magazijn komen de twee meisjes op ons af, eentje heeft een moedervlek naast haar navel. Zo van dichtbij kun je zien dat de lak op de teennagels gebarsten is. Ze vragen ons om muntjes. Ik ben gebiologeerd door hun manier van praten, van bewegen, door de schaamteloze schuchterheid waarmee het ene meisje tegen het andere staat geleund, haar armen om haar heen slaat, met de armen om haar heen tegen ons lacht. En door hun absolute zekerheid dat ze zullen krijgen wat ze vragen.

Scarmiglia zoekt in de zak van zijn afgeknipte jeans, vindt vijftig lire en geeft ze aan hen; ze bedanken lachend: ik weet dat ze ons voor de gek houden; we gaan.

Het trottoir ligt vol zand. Links van ons is een lichtblauw hek boven op een muurtje waar ik mijn vingers overheen laat glijden.

'Dat wist ik niet,' zeg ik.

We lopen een meter of vijftig zwijgend verder. De bushalte is iets verderop. Scarmiglia blijft staan, draait zich naar me toe.

'Wat weet je eigenlijk wel?' vraagt hij.

Ik blijf ook staan. Scarmiglia maakt een ongeduldig gebaar, alsof hij iets van zijn hand schudt, maar ingehouden, hij dwingt zichzelf tot soberheid.

'Ik bedoel,' verduidelijkt hij, 'wat weet je van haar?'

Hij is niet agressief, niet vijandig, maar toch zou ik ervandoor willen gaan.

'Ik weet niks,' zeg ik.

Scarmiglia kijkt me vorsend aan, neemt notitie van de poreusheid van mijn huid, van het waas van zweet op mijn voorhoofd en slapen. Ik zou me met mijn hand willen afdrogen, me willen schoonmaken, het zweet wegvegen; ik doe het niet. Om ons heen alleen geëxplodeerde krekels, hun vleugelschilden voor eeuwig stil.

We komen bij de halte, geen bus. We gaan op een laag muurtje zitten, achter ons het onverharde terrein van een parking: een paar auto's en onkruid. Scarmiglia haalt zijn neus op; hij heeft een donkere streep in zijn hals, machinevet of een aan zijn keel klevende eerste avondschaduw.

'Ze heet Wimbow,' zegt hij terwijl hij voor zich uit kijkt. 'Een naam uit Midden-Amerika. Antillen, geloof ik. Het betekent "wind-regenboog".'

Zoals in alle straten van Palermo zit ook hier, in deze straat, het asfalt vol spleten. Het zijn de losse naden van een zwart weefsel, de openingen waardoor het kwaad de wereld binnenkomt. Op dit moment is mijn hoofd zwart, met overal losse naden. Het lawaai van de auto's dringt erdoor naar binnen en het geschreeuw van kinderen, het blaffen van zwerfhonden die in een horde naar de zee hollen, de woorden van Scarmiglia die het creoolse meisje een bestaan geven, haar tot werkelijkheid maken omdat ze haar van een naam en een oorsprong voorzien. Biografie die op het meisje drukt. Het woord 'Wimbow' dat geen woord lijkt, maar een klank, ontleend aan buiten, aan de natuur. De manier waarop het water 's nachts stroomt, waarop de lucht instulpt als je erdoorheen loopt. Het woord 'wirwar' zit erin, en het woord 'flits'. En het woord 'nimbus'. Even is het creoolse meisje het licht van mijn nimbus, een donkerder en intenser licht, een met microscopische deeltjes doorspikkeld helder geel licht. Ook het woord 'Antillen' komt mijn hoofd binnen en levert een uiteengevallen beeld op. Een versnippering. Ik weet dat het heel kleine eilanden zijn, op de landkaart lijken ze op huiduitslag. Het creoolse meisje – Wimbow – komt van een ziekte, van een uiteenvallen. Van het oceanische gekrioel van eilanden. 'Windregenboog', daarentegen, dat ken ik niet. Ik ken elk van de twee woorden op zich. Het ene, 'wind', bevalt me; het andere, 'regenboog', minder. Het lijkt me aanmatigend, misplaatst. Het doet me denken aan kindertekeningen, aan kleurige, gebogen banen die onduidelijk in elkaar overlopen. Windregenboog is de wind van de regenboog of de regenboog van de wind. Aan de voet van de regenboog staat de pan met de gouden munten. In de wind leven de bijen. Bijen zijn goudkleurig. Een pan vol bijen. Een gouden munt met een angel.

'Mijn ouders kennen die van haar,' zegt Scarmiglia nog. 'Die hebben haar geadopteerd en mee naar Italië gebracht.'

Nog meer woorden die door de openingen mijn hoofd binnendringen, verpulverde woorden in zinnen die leven en geschiedenis aan haar geven, lettergrepen die bij mij naar binnen komen en zich vermengen met stuifmeel en as. Scarmiglia's stem heeft besmetting gebracht: weten dat 'het creoolse meisje' een onvoldoende benaming was, dat denken aan een van alles losstaand schepsel irreëel was, dat Wimbow leeft, handelt, aanwezig is.

De bus komt eraan, de mensen stappen in. Van buitenaf zie ik de horizontale en verticale stangen, de handen die ze beetpakken. Scarmiglia pakt zijn spullen en staat op, ik blijf zitten. Hij keert zich naar mij toe, staat met zijn rug naar de bus, de motor ronkt, stoot donkere rook uit de uitlaatpijp.

'Ze is stom,' zegt hij.

Daarna wuift hij even naar me, stapt op de treeplank en verdwijnt tussen de lichamen; de harmonicadeuren gaan dicht, de bus vertrekt weer en ik blijf alleen achter.

De muur onder me is een mineraal; zoals elk mineraal is hij stom. Het asfalt met de spleten is stom. De boom, de lantaarnpaal. Het stuifmeel, de as. Het creoolse meisje is stom. Vandaag, 17 juli 1978, is ze jarig. Haar nieuwe vader, haar nieuwe moeder. Ze zullen haar over het hoofd strijken, over haar donkere huid. Ze zullen haar cadeaus geven. Er zullen neefjes en nichtjes komen; een crèmekleurig tafelkleed. Misschien een tuin, een buitenhuis. Ze zal de cadeautjes uitpakken, ze rustig bekijken, ze zal de dozen omdraaien om de instructies te lezen, zachtjes zal ze porseleinen ogen aanraken, nylon haren. Daarna zal ze aan haar eigen haren voelen en op de rug van haar hand, waar ze dat lichtere vlekje heeft, zal ze lauwte en zachtheid voelen. Haar ouders zullen zich zonder reden tekort voelen schieten. Haar moeder zal de vouwen in het tafelkleed glad blijven strijken, haar vader zal foto's maken. Misschien zullen ze haar vragen stellen, haar ouders en de neefjes en nichtjes en zij zal met bedachtzame lachjes antwoorden. En dan zal de taart worden binnengebracht, die zal groot zijn en alle taarten van de wereld omvatten en ook de taarten van de gemiste tijd, met duizenden kaarsjes, één voor elke ademtocht van haar. En Wimbow zal haar hele bestaan in haar adem sluiten en de infectie van de stilte over de wereld blazen: de vlammetjes op de roze en lichtblauwe topjes zullen beven en rondtollen, en om haar en de taart heen zal er een krans van hoofden en stemmen zijn die roepen en aanmoedigen, maar geen geluid, geen enkel geluid, nooit een geluid, en bij een nieuw blazen zullen de vlammetjes verdwijnen en zal Wimbow een jaar ouder zijn en alles weten en haar bloed zal stromen, in haar lichaam en overal, rustig en rood, zo rood. En ik zal nog steeds hier zitten, in mijn minerale leven, in gezelschap van de woorden.

ECLIPS

(augustus 1978)

Bocca en Scarmiglia zijn weg. Bocca met zijn ouders op reis, naar het noorden; Scarmiglia in Castelbuono bij familie. Ik ben veel thuis, maak dood wat ik tegenkom. Wormen. Mieren. Maar geen bijen. Voor mieren heb ik een methode. Ik maak een gif dat bestaat uit wasmiddelen die ik in een flesje meng. Plus DDT, Idrolitine en het Acqua Velva van Steen. Flesje dicht en schudden. Ik ga naar buiten, de tuin in, naar het perk aan de voet van de heg van de katten, waar ik weet dat mierennesten zijn. Ik zoek een paar gaatjes met een piramide van lossere aarde ernaast en giet er het gif in. De mieren beginnen naar buiten te komen, trekken over het perk en dan is het één gekrioel op de tegels van het paadje. Ik schud het gif weer en giet het in de voegen tussen de tegels, er ontstaat een onoverbrugbare, vloeibare muur die een gasachtig geluid maakt. De mieren raken vast in het gif, een enkele bevrijdt zich eruit, maar haar pootjes zijn nat en ze sleept zich voort. Als het flesje bijna leeg is, giet ik het laatste restje druppel voor druppel uit en probeer daarbij de grootste mieren te raken, ze een voor een te verdrinken. Daarna ga ik weer naar binnen, spoel het flesje lang uit onder de kraan in de badkamer; de dag gaat heen met spoelen.

Soms zet ik de televisie aan. 's Middags zijn er films. *Don Camillo en Peppone*, films van Franco Franchi en Ciccio Ingrassia. Italië begrijpt alleen maar maskers, eendimensionale personages. *Vieni avanti cretino*. De angst voor de Sarchiapone, het monster. Zodra een personage complexer wordt, is het meteen verdacht. Op een dag blijf ik naar Tina Pica in *Pane, amore e fantasia* zitten kijken. Ze speelt Caramella. Ik vind het leuk als ze tekeergaat. En ze gaat altijd tekeer. Ze moppert en strooit met verwijten. Ze is steeds aan het zedenpreken. Ik denk dat ze begrepen heeft dat een bepaalde Italiaansheid zo in elkaar zit en dat het de moeite waard is die te vertolken. Een republiek gegrondvest op berispingen. De stem wordt bars, gebrul komt moeizaam tot stand: dan komt het gebrul naar buiten, je blaast ertegen en merkt dat het schuim was.

In deze maanden na de dood van Moro is de nationale politieke canon bezig van structuur te veranderen. Leone was al jaren onwerkelijk en is gevallen. Zijn geleiachtige fysieke voorkomen, zijn stemmetje, zo geschikt om te mekkeren, die hand die bezwerend een naar de grond gericht hoorngebaar maakt om studenten en cholera van zich af te houden: dat kon niet meer. Het gemekker moest worden vervangen door iets degelijkers, iets harders. Ook Pertini is Italië, maar zijn toon is anders. Meer aangepast aan de tijd. Ferm, streng, met dat beetje seniele versuftheid dat zo menselijk maakt. En verder zijn partizanenverleden, zijn antifascisme, zijn vlucht toen hij om politieke redenen gevangenzat; zijn socialistische identiteit, maar dan volgens het socialisme van het begin. Het juiste symbool op het juiste moment, kortom; het land dat de brokken weer aan elkaar lijmt, de redding van de nationale eenheid, bereikt met geschreeuw en lange inleidingen.

Tina Pica is dus perfect. Ze is Sandro Pertini in het vrouwelijk. Dezelfde stem, hetzelfde ruwe, sanguinische temperament. Maar als ik dicht bij het scherm ga staan en snuffel aan die vrouw met haar opengewerkte omslagdoekje, ruik ik een geur van oude wierook die eerst mijn neusgaten bereikt en vervolgens mijn keel. Een sacristie. Een wierookvat. Een tabernakelsfeer. Een geur die me in weerwil van de gewenning – het is de geur van Palermo en van Italië – nog steeds uit mijn doen brengt. Het is een anachronistische geur. Hij gooit de deuren van donkere, kleverige, kleinburgerlijke plattelandsinterieurs wijd voor me open, een verlengstuk van de processie van de ansichtkaarten in *Intervallo*. Een eindeloze hoeveelheid sjaals en sierkleedjes, ornamenten van matglas, vlekken in de spiegels van de kasten. Keukenglazen waarop je als in een transparante nachtmerrie de afzetting van speeksel kunt zien, laag op laag. Ik weet dat ik deze geur zou ruiken als ik de huid van Steen en Touw grondig zou besnuffelen. Als ik mijn eigen huid besnuffel – de plooi van mijn arm, de rug van mijn hand – krijg ik tranen in mijn ogen.

'Ochtends ga ik naar zee. Soms alleen, andere keren met Touw en Katoen. Als ik daar ben, isoleer ik me. Ik lees, wandel. Ik ga tot het vrije strand, zoek Morana, vind hem niet. Op een keer zie ik die lui van de moerbeien, het dialectische gezin. Ze herkennen me, maken een vragend gebaar, of ik moerbeien wil, ik zeg nee, loop weg. Ik kom langs een groepje jongens, er zijn ook twee honden, ze spelen en het zand stuift ervan op. Een jongen praat met een andere, schreeuwt 'klootzak' tegen hem, maar zij spelen ook. Ik houd dat woord 'klootzak' een tijdje in mijn hoofd; het zoemt, het is een zwarte horzel. Ik doe mijn lippen een stukje van elkaar, waag het de eerste lettergreep uit te spreken, niet verder dan de o. Dat is voldoende. Als ik terugkom, sluit ik me op in de koele duisternis van de cabine. Ik pak het stukje prikkeldraad uit mijn rugzakje, ga op mijn hurken zitten en kerf met de stekels figuurtjes in de houten vloer. Mijn persoonlijke hiërogliefen. Sterren met duizend punten, microscopisch kleine spiralen met een letter erin, gekrabbelde bijenvluchten, variaties van de houdingen van het alfastil. Met verstijfde vingers kom ik weer omhoog, bekijk mijn werk, tevreden en vol afkeer, gespleten. En ik blijf daar zitten, tientallen minuten, alleen, stilletjes, het prikkeldraad in mijn schoot, de zomer buitengesloten; dan pak ik het spiegeltje dat aan een spijker hangt, steek het tussen de omgekeerde parasols en kijk naar mezelf. Ik wrijf de topjes van mijn wijsvinger en duim over elkaar om duidelijk te maken wie er aan het praten is; met mijn armen naar voren gestrekt buig ik mijn knieën; met mijn handen raak ik eerst mijn knieën aan, dan mijn heupen, mijn borst en mijn voorhoofd; en ten slotte leg ik één hand op de andere, beheerst.

Ik. Begrijpen. Verlangen. Het goede.

Ik begrijp dat het verlangen iets goeds is.

Ik ga door: wrijven van mijn vingers, een draai alsof ik op het punt sta te vallen, mijn hand glijdt over de wand naar beneden.

Ik. Schaamte. Angst.

Ik schaam me voor mijn angst.

Ik schaam me voor mijn angst, dat is waar, maar ik heb het nodig te kunnen zeggen dat ik bang ben. Want angst is een instrument. Angst dient om te leren kennen, om te begrijpen. Angst moet erbij. Alleen ben ik nooit zonder.

Ik ga de cabine uit. Katoen is iets met nat zand aan het doen; Touw zit verderop onder de parasol te lezen. Ik loop naar haar toe, ga voor haar staan, kijk haar strak aan en wrijf mijn vingers over elkaar, geef een trap naar achteren, ga met mijn hoofd heen en weer; en daarna opnieuw: wrijven met de vingers, schop naar achteren, hoofd heen en weer. Touw doet haar boek dicht. Ze is niet zozeer bezorgd als wel gegeneerd, ze weet niet wat ze tegen de mensen om ons heen moet zeggen. Ik bijt me erin vast: wrijf mijn vingers over elkaar, geef een schop naar achteren, ga met mijn hoofd heen en weer. Steeds sneller, op een gegeven moment lopen de bewegingen door elkaar heen, ik wrijf mijn vingers over elkaar terwijl ik de schop naar achteren geef en met mijn hoofd heen en weer ga. Touw staat op, komt naar me toe, ik weet niet of het uit boosheid is of om me te laten stoppen, maar ik wil doorgaan en als ik de schop naar achteren geef, doe ik dat zo hard dat mijn been er pijn van doet, ik heb spierpijn in mijn kuiten, mijn hoofd laat bijna los van mijn hals, ik verlies mijn evenwicht en val met mijn borst op het zand, voor de voeten van Touw. Mijn gezicht wordt vuil, ik draai mijn hoofd om en staar haar van onderaf aan.

'Ik haat jij, ik haat jij, ik haat jij,' druk ik zo woedend als ik kan uit. Daarna sta ik op en loop weg, terwijl ik intussen het zand van mijn mond veeg.

Terug van het strand val ik door alle warmte die zich in me heeft opgehoopt in slaap. Ik slaap twee, soms wel drie uur. Als ik wakker word, is de middag bijna voorbij; in mijn hoofd de herinnering aan een droom; die is als een smaak, maar dan geestelijk. Voor het avondeten pak ik de grammofoon en ik luister naar liedjes. Ik zet het apparaat op de vloer, doe de deksel omhoog, steek de stekker in het stopcontact, regel de snelheid met het hendeltje, leg de plaat op de draaitafel, pak de arm met de toonkop, zet de naald op de plaat, hoor het geruis, het gekraak – en ben zoals altijd bang dat ik een kras maak, dat mijn wijsvinger de kop verkeerd neerzet, hem van te hoog laat neervallen of hem over de groeven sleurt en daarbij de klank vernielt.

Laura Luca zingt *Domani, domani*. De zoveelste herbekering, de hostie die stem wordt. Ik luister ook naar de cosmetische stem van Dora Moroni. Toch roken zowel Laura Luca als Dora Moroni erg lekker toen ik hen op de televisie zag, sterk en hartstochtelijk, een lange, sensuele geur die maakte dat ik mijn ogen een beetje dicht moest doen. Bij de close-ups had ik hun brigadistengezichten bestudeerd – de haren van Laura Luca los en nonchalant zoals tegenwoordig de mode is, de zwarte ogen van Dora Moroni vol ideologie. Het enige verschil met een echte brigadiste was de rouge: overdadig en onvoorzichtig: steenrood, een explosie op wangen en jukbeenderen. Een echte brigadiste is ideologisch en hongerig. Haar haren draagt ze bewust slordig en op haar wangen heeft ze het wit van de strijd. Geen make-up, geen vernis: overal ziet ze strijd en ze leeft onopgesmukt.

Ik krijg er genoeg van, zet een andere plaat op, luister er niet naar maar kijk naar het golven van de draaitafel, naar het licht dat tussen de groeven doorglijdt. Ik rol me op op de koele vloer. Dat vind ik lekker, je oprollen is een zachte samentrekking van spieren en botten. Het is de houding 'doodgaan', het lichaam van Moro in de krappe kofferruimte. Het is ook de houding van lichamen als ze geboren worden. Van puppies als je ze bij hun nekvel houdt. Het lichaam van kinderen. Van de kinderen die geboren en die niet geboren worden.

Een paar jaar geleden zijn we naar de openluchtbioscoop geweest. Steen, Touw en ik. Het was een gewone film, saai zelfs. Ik volgde hem niet, amuseerde me met naar een witte gekko kijken die bewegingloos tegen een muur zat. Maar toen veranderde het verhaal, je zag een polikliniek, er was een zwangere vrouw die huilde terwijl ze zich uitkleedde. Het had Touw overvallen en ze had geprobeerd me niet te laten kijken, maar ik was aan haar greep ontglipt en had een instrument gezien dat de vagina verwijdde terwijl een ander instrument, een soort breinaald met gebogen punt, donkere stukjes van binnen wegkrabde en ze in een niervormig, metalen bakje liet vallen. Daarna zag je dat de breinaald iets had vastgepakt, een zwart miniatuur. Verdroogd en korstig. Opgerold. Ook dat kwam in het niervormige bakje terecht. De instrumenten werden neergelegd, de arts deed zijn handschoenen uit, je zag zijn handen onder een kraan over elkaar heen wrijven. Op de terugweg naar huis was Touw nerveus bij me komen lopen, ze was twee keer aan een zin begonnen maar had die beide keren maar half afgemaakt, daarna had ze geprobeerd me over mijn hoofd en mijn schouders te aaien, maar ik was opzijgeweken, ze was aan een derde zin begonnen en had vervolgens haar mond gehouden; we hadden de weg verder zwijgend afgelegd.

De dag erna had ik in de encyclopedie zitten zoeken, waar ik definities had gevonden, en hoe het in zijn werk ging en de namen van de instrumenten, en de discussies over de wetten. Ik had me een idee gevormd van de situatie – ik had begrepen dat het lichaam van een vrouw een grot is – maar een zwak idee, waarbij de woorden abstract en vaag bleven, gehuld in de technische discretie van encyclopedieën.

Toen Touw een spontane abortus kreeg, had 'spontaan' voor mij de betekenis van 'authentiek'. Een authentieke abortus.

Het was op een ochtend, heel vroeg, het was nog donker. Steen haalde de auto. Touw zat op een stoel bij de voordeur, ze zei: 'Nee.' Maar ik wilde erbij zijn. Voor we weggingen, hebben we gewacht tot de buurvrouw boven was om op Katoen te passen en hem later naar school te brengen. De school organiseerde die dag bovendien een excursie naar het natuurwetenschappelijk museum. In de auto heb ik naar de straat zitten kijken; de winkels waren aan het opengaan, in de huizen was licht aan. Eenmaal bij het ziekenhuis lukte het Touw niet om uit de auto te komen. Twee verplegers hebben haar geholpen, ze hebben haar in een rolstoel gezet en meegenomen naar een andere afdeling, want we waren naar de verkeerde gegaan. Op de goede afdeling ben ik voor de deur blijven staan. Er waren verplegers die zeiden dat ik daar niet mocht blijven, maar ze wisten niet wie ze moesten waarschuwen, want Steen was binnen bij Touw. Ik heb gedaan of ik het niet had gehoord en ben gaan zitten; aan de ene kant was de deur van de afdeling, aan de andere kant een kapotte lift, het lichtje van de verdieping steeds op rood. Je rook de geur van koffie. Op etenstijd hebben ze de deur opengedaan en zijn de familieleden van de moeders gekomen. Ik ben opgestaan en ook naar binnen gegaan. De moeders zaten ineengedoken op hun bedden in de kamers, uit de manchet van hun pyjama piepte een zakdoek. Sommige vrouwen keken naar het plafond en luisterden naar het klagende babygehuil dat door de gang klonk; dan draaiden ze zich op een zij, vervolgens op de andere; ze pletten hun borsten tegen de matras, staarden in het schemerige licht en hielden hun adem in. Eén moeder zat de huid van haar buik te bevoelen, haar vingers drukten in het vel rond haar navel. Ik ben vrouwen tegengekomen die daar met slepende stap rondliepen op hun pantoffels; ze droegen hemelsblauwe of lichtrode peignoirs, hun futloze haren naar achteren gekamd, bijeengehouden door een benen haarband. Ze leken wel slaapwandelende olifanten. Twee moeders duwden hun pasgeboren baby's voort in rudimentaire wiegen, vitrines van doorzichtig, hard plastic zonder deksel aan de bovenkant, de onderkant gevat in een metalen skelet op wielen: een karretje van de supermarkt. In de wiegjes, tussen de dekens, lagen eendjes en Topo Gigio's met gekreukte wenskaartjes.

Toen ik in de wachtruimte terugkwam, was Touw nog niet naar buiten gekomen: ik ben gaan zitten en weer aan het wachten gegaan. Na een uurtje verscheen ze. Steen hield een hand onder haar onderarm als steun, maar dat leek niet nodig. Ze hadden gezegd dat we naar huis mochten, dat ze moest rusten. In de auto zei Touw tegen me dat ze haar hadden geopereerd en daarna een injectie tegen het bloeden hadden gegeven en een met een antistollingsmiddel, dat het allemaal goed zou komen, maar dat het wel allemaal anders zou gaan. Ze begon te huilen. Ik begreep niet in welke zin alles anders zou gaan, maar vroeg niets. Gedurende een paar dagen trof ik haar altijd huilend aan als ik haar kamer binnenkwam; in nachtpon, in een fauteuil, haar armen scherp afgetekend op de armleuningen, met haar handen open en vingers die trilden. Ze huilde stilletjes – in de andere kamer hoorde je niets –, staarde daarbij naar boven, haar gezicht vertrokken en haar ogen vol wit. Aanvankelijk merkte ze niet dat ik binnen was gekomen, maar later keerde ze zich dan naar me toe en maakte ze met open hand een gebaar naar me, duwde de lucht tegen me aan. Na verloop van tijd werd ze rustiger en vroeg ze me naar Katoen: ze had geprobeerd hem uit te leggen wat er was gebeurd, maar hij was met uitdrukkingsloos gezicht naar haar blijven zitten kijken en toen had ze het opgegeven. Maar de spanning had hij zeker gevoeld, zei ze.

En inderdaad, sinds de dag van de abortus was Katoen anders. Hij had altijd een broodje bij zich. Tot zover was alles normaal, misschien had hij honger. Alleen was het altijd hetzelfde broodje. Van tijd tot tijd nam hij het in de hand, bekeek het en stopte het dan weer weg. Nooit een hap, niets, het broodje bleef intact. Toen hij een keer met dat broodje op zijn schoot voor de televisie zat te slapen, ben ik op mijn tenen naar hem toe gegaan en heb het bestudeerd. Het had de afmetingen van een handpalm; ovaal, plat aan de onderkant, onregelmatig bol aan de bovenkant, met een reeks kronkels en zwellingen. De korst had waarschijnlijk de kleur van honing gehad, maar nu was hij lichtgeel en op sommige plekken zaten er barsten in, op andere plekken schilferde hij af. Het sesamzaad was bijna helemaal verdwenen, er zat alleen nog wat in de holtes, terwijl de zijkanten groenige spleten te zien gaven; ook binnenin was groen te zien, en droog kruim.

De daaropvolgende dagen was het broodje aan het bederven gegaan. Katoen keek ernaar, drukte zachtjes op de korst: die was breekbaar, zijn vingers zakten erin weg. Ik begluurde hem terwijl hij zijn broodje verzorgde; hij pakte het en doopte het in een kom die hij met lauw water had gevuld. Hij legde het op het balkon om het te laten drogen en bewaakte het: van tijd tot tijd liep hij erheen om te kijken hoe het ermee stond. Hij ging naar de keuken, legde het een uur in de koelkast; haalde het eruit en nam het mee naar de badkamer; hij hield het tegen de waterstraal van het bidet om het te bevochtigen, pakte de föhn, stak de stekker in het stopcontact, zette de föhn aan en droogde het broodje een kwartier lang; daarna nam hij het weer mee naar de keuken, klom op een stoel, legde het in de diepvries en liet het daar een halve dag liggen. Ten slotte pakte hij het in plastic, deed er vervolgens toiletpapier omheen en wikkelde het geheel daarna in de oude roodwollen sjaal, die Touw gebruikt om zieke jonge poesjes in te doen als ze ermee naar de dierenarts gaat; het pakket werd in de lege ruimte onder het laatje van zijn nachtkastje gelegd. De nacht verstreek met een Katoen die op gezette tijden – dat weet ik want ik werd wakker – het lampje op zijn nachtkastje aanknipte, het pak nam en het bevoelde.

Het zat me dwars dat het me niet lukte het te begrijpen. Maar er Katoen op de man af naar vragen was onmogelijk. Katoen is een niet-verbaal organisme, je moet hem niet in de richting van het woord dwingen In elk geval niet van het gesproken woord. Maar proberen er via het geschreven woord iets van te begrijpen, was legitiem. Dus had ik op een middag dat hij er niet was zijn schriften gezocht, ze opengeslagen en doorgebladerd. Zijn handschrift was zoals dat van schildpadden zou zijn als die konden schrijven: helemaal in piepkleine segmentjes verbrokkeld, de *e* als een zeshoek, de *o* een twaalfhoek. En zijn pennenstreek heel dun, haast niet te zien. Het had me bijna een uur gekost om een paar samenvattingen te ontcijferen, zonder bovendien ook maar één keer nuttige informatie te vinden. Ontmoedigd was ik op de tekeningen overgegaan. Boven de tekening stond de datum en daaronder simpele huizen, een bloem met ruitvormige bloembladeren, een zwarte kat met een enorm lichaam en een driehoekige kop. Bij de datum van de dag dat Touw haar abortus had gehad, stond de tekening van een vaas. Doorzichtig, een cilinder, van glas waarschijnlijk. Katoen had hem groot getekend, hij vulde de hele bladzijde. En er zat een broodje in, het leek precies op het broodje waarvoor hij al twee weken aan het zorgen was en dat hij de afgelopen dagen probeerde te redden. Terwijl ik die bladzijde zat te bekijken, vroeg ik me af om welke reden hij nu net die tekening had gemaakt, wat die ermee te maken had. Maar toen ik een kronkel van de korst zag die op een ingetrokken beentje leek, begreep ik dat Katoen geen broodje had getekend, maar het heel kleine lijfje van een pasgeboren baby; een pasgeboren baby gedompeld in een soort vuil water dat hij had geprobeerd weer te geven door zwart met geel en grijs te mengen.

Op de volgende bladzijde stond de klassieke tekening waar elke school al sinds mensenheugenis zo stupide om vraagt. Je familie. Helemaal links op de bladzijde had Katoen Steen getekend, klein van stuk en robuust; naast Steen Touw, magerder en met haar grote neus; daarna kwam ik, met kastanjebruine haren en een mond waarop de punt van het zwarte potlood waarschijnlijk gebroken was, waardoor er een diep gat was ontstaan; naast mij had hij zichzelf getekend, armen langs zijn lijf, hoofd opzijgebogen. Helemaal rechts op het vel, naast zijn lichaam en als laatste in het aflopende rijtje, had hij een vaas getekend met daarin het pasgeboren kind-broodje. Nog een bladzijde verder stond een verslagje van de excursie naar het natuurwetenschappelijk museum. Waar ik een paar jaar eerder ook met school naartoe was geweest. En waar, keurig naast elkaar op een reeks planken, glazen potten met foetussen in formaline stonden. Katoen had geen pasgeboren kind getekend: hij had een foetus getekend, de vorm van iets wat hij niet had begrepen.

Toen hij weer thuis was, wilde ik met hem praten, maar er was iets wat me tegenhield, een soort discretie; ik beperkte me ertoe hem vanuit de verte te observeren. Nadat hij tv had gekeken, ging hij naar de keuken, maakte de koelkast open, nam het pak eruit dat hij er twee uur tevoren in zijn geheel in had gelegd, rode sjaal incluis. Hij pakte het broodje uit, haalde er ook het transparante folie vanaf. Het lichaam van zijn broodje was volkomen bedorven, de ontbinding was inmiddels niet meer te stuiten. De korst was gereduceerd tot een soort week zijdevloei, tijdelijk stijf door het verblijf in de koelkast maar meteen alweer vochtig en slap; minstens vier breuken die het diep doorgroefden, het kruim zwart geworden. Katoen stond stil met het broodje in de hand en keek naar het sterven ervan. Hij liep naar de gootsteen, zette de kraan open, aarzelde, deed de kraan weer dicht; hij ging naar het balkon, hield het broodje in de avondlucht, kwam weer naar binnen. Ten slotte zei hij met het broodje achter zijn rug welterusten tegen Steen en Touw – die gevolgd hadden wat er gaande was maar gelukkig niet hadden ingegrepen – en liep naar onze slaapkamer; na twee minuten ging ik hem achterna.

Katoen zat op de rand van zijn bed, licht voorovergebogen, en brak met de middelvinger, wijsvinger en duim van zijn rechterhand kleine stukjes af van het broodje dat hij in zijn linkerhand hield. Hij brak ze af en at ze op. Toen hij mij hoorde binnenkomen hield hij even op en keek hij me aan, daarna ging hij door met stukjes afbreken en opeten. De stukjes waren groen en zwartig, ze verkruimelden tussen zijn vingers. Zonder iets tegen hem te zeggen, ging ik naast hem zitten. En zo ben ik blijven zitten, naast die Katoen, niet in staat iets tegen hem te zeggen. En aangezien elke band stilte is, heb ik toen een hand naar het broodje uitgestoken, er een stukje van afgebroken en heb ook ik rouw gegeten.

Nadat ik een paar dagen bezig ben geweest mijn armen open te halen bij het diep in de heg steken, op zoek naar jonge katjes om te pakken en te besnuffelen, doe ik een lange broek aan, duik een chenille trui op, neem een plastic zak en mijn prikkeldraad, en ga ik op weg naar Addaura, iets ten noorden van Mondello, tussen de huizen door op de hellingen van een berg die 's avonds blauw wordt.

Als ik er aankom, zie ik één weelde van bougainvilles om me heen. Ik begin te zoeken, vind de zwerm, volg hem met mijn ogen, vind ook het nest. Ik doe de trui aan en trek de plastic zak over mijn hoofd; hij is niet helemaal doorzichtig, maar ik kan erdoorheen kijken. Ik loop naar het nest en hoor het gezoem geleidelijk aan sterker worden. Ik zou het de bijen willen uitleggen, ze willen zeggen niet bang te zijn. Als ik voor het nest sta, dat in een spleet van een tuinmuurtje van een villa zit, buig ik me, pak het prikkeldraad en duw het in de spleet. De wolk bijen wordt dichter, ik voel de diertjes tegen het plastic van de zak botsen en tegen mijn trui; mijn handen heb ik naar binnen getrokken, in mijn manchetten. Ik geef geen krimp, blijf in de opening wroeten, het heeft iets wellustigs; ik schaam me, maar ga door. Ik ga met het prikkeldraad van boven naar beneden en van beneden naar boven, en veroorzaak een abnormaal zwermen. Ik ga door tot ik een hevig botsen tegen de zak en tegen mijn borst voel, een hagelbui van aanvallen, terwijl de hoeveelheid zuurstof binnen het omhulsel van mijn hoofd afneemt; de lucht is vochtig, het plastic trekt samen en verslapt weer en ik adem net als Dark Vador, met een gereutel, ik moet erom lachen. Eindelijk merk ik dat de wolk dunner wordt en het lawaai minder. Ik ga weg, haal de zak van mijn hoofd en loop naar het einde van de straat om een beter overzicht te krijgen. De bijen vliegen in ronde kluwens, die zich soms uitrekken tot ellipsen en zich daarna weer verdichten: ze zoeken de koningin. Ze vormen een omgekeerde kegel, die in iets eivormigs verandert, omhoogschiet en een enorme, gekromde courgette wordt die bijna een minuut lang in de lucht blijft hangen, een hemelse komkommerachtige; daarna komen er schoksgewijs vernauwingen in en wordt hij, schok na schok, weer tot een omgekeerde kegel. De zwerm denkt na over zichzelf – een vliegende monoloog, een introversie die binnen enkele seconden haar eigen extraversie voortbrengt, de ontbinding van de knoop; de bijen volgen hun koningin en pakken zich samen bij een fiets die met een ketting aan een paal staat vastgebonden, eerst vormen ze er een bol met een doorsnede van minstens twee meter omheen, waarbinnen de fiets nog zichtbaar is, en daarna sluiten ze zich steeds nauwer om het frame, totdat ze het helemaal omhuld hebben en alleen de stompjes van de handvatten en het metalen steeltje van de bel nog gespaard zijn. Ik blijf een tijdje naar de wriemelende fiets staan kijken, naar het drukke gedoe van de insecten, en luister naar het zoemen dat in werkelijkheid grommen is.

De volgende dag ga ik weer naar Addaura. Ik loop langs het muurtje: alles rustig. De paal is leeg, de fiets is er niet meer, maar op de grond ligt de ketting met het hangslot: de bijen hebben hem 's nachts opgegeten, het frame en de trappers en het zadel, of ze hebben hem van de ketting getrokken, hebben zich met zijn allen tot een lichaam gevormd en zijn een eindje langs de zee gaan peddelen.

Ik kom een kilometer hogerop en voel me bekeken, bij elk geritsel draai ik me met een ruk om. Toch ga ik tussen de bougainvilles op zoek, ik trek takken opzij en speur de buitenmuren van de villaatjes af. Het is stil, er is niemand op straat. Ik zie een bij langskomen, volg haar met mijn ogen maar ben haar meteen weer kwijt. Er komt nog een bij langs, en een derde, en er volgen er nog meer, ik loop ze snel achterna, bereik een bepaald punt en wacht. Ik zie ze terugkomen en in de richting van een stel planken vliegen die tegen een boom midden op een afgegraven stuk land staan opgetast; de bijen kruipen tussen twee planken en verdwijnen in de duisternis. Ik maak me opnieuw gereed, met mijn trui en de zak, maar in plaats van prikkeldraad heb ik vandaag een plastic schepje en harkje van Katoen bij me en ik heb ook tuinhandschoenen meegenomen. Ik kom bij de boom, ga op mijn knieën voor de planken zitten en steek het schepje ertussen. Ik zie niets, sla een beetje met het schepje in het rond en meteen vliegt er een eerste zwerm op. Door het troebele zakje heen zie ik dat de zwerm een paar meter boven mijn hoofd de vorm heeft aangenomen van twee opengeslagen vleugels, smal en gespierd, met een langwerpige figuur ertussen, al even smal, die zich als een spoel naar beneden rekt, de scherpe punt boven mijn door de zak omsloten hoofd. Ik laat schepje en harkje liggen, ga een eindje achteruit en terwijl ik naar boven kijk, wrijf ik mijn vingers krachtig over elkaar, ook al is dat lastig met die tuinhandschoenen, ik breng mijn linkerhand naar voren en doe alsof ik iets vasthoud, terwijl ik met mijn rechterhand rommel in het ding dat ik veins vast te houden.

'Ik zoek,' zeg ik in mijn zak, terwijl ik de woorden duidelijk articuleer.

'Ik ben aan het zoeken,' zeg ik nog eens. Ik praat zoals Bocca tegen Morana praatte.

De Yuppi Du-zwerm verandert niet van vorm; dus beduid ik hem met mijn hand te wachten, ik neem de kangoeroepositie aan en maak drie sprongetjes.

'Nog even en ik ga,' schreeuw ik tegen de hemel; ik buig me opnieuw en steek het schepje snel tussen de planken.

Eindelijk krijg ik de koningin uit het nest, ook al zie ik haar niet: er spuit een stroom bijen naar buiten, die omhoogvliegt en zich soepel bij de andere zwerm voegt. Ik trek me een meter of twintig terug, neem de zak van mijn hoofd, doe de trui uit en snuif de citroengeur op die door de feromoonstorm is losgekomen. Intussen hebben de bijen een gieter op het grasveld van een villaatje omsloten: een paar seconden zie ik hem in zijn eigen, oranje kleur, daarna wordt hij geel en zwart.

'S Nachts droom ik alleen maar van zwermen. In die zin dat alles wat ik droom, elke figuur, in bewegende deeltjes uiteenvalt, alsof ik de atomaire structuur van de droom droomde, het ronddraaien van de elektronen om de oneirische kern, het chemische zoemen dat lichamen voortbrengen. Op een nacht droom ik van het creoolse meisje, in deeltjes uiteengevallen, haar vorm gereduceerd tot wervelend pulver, of misschien niet gereduceerd, maar gerevalueerd, *verheven* tot de primordiale dimensie, van voor ik haar naam vernam en haar geschiedenis hoorde, zoals ze was op het moment waarop alles begon, aan de bron van de waarneming: het creoolse meisje eindelijk weer onaangetast. In mijn droom zit ze stil in de lucht en kijkt ze naar mij, ook al is er geen blik, want net als haar hele lichaam is haar gezicht donkere, uit pulver bestaande materie, maar ik weet dat ze naar mij kijkt; en er is niets te horen, geen enkel gezoem, er is alleen het woordeloze visioen van haar, de marginalisering van elk geluid, de stilte die onafgebroken invalt. Vlak voor ik wakker word begint haar wolk te breken, haar buik valt uiteen en uit de ingewanden van het creoolse meisje gutst de stilte in de vorm van vuur naar buiten.

Op de laatste dag van augustus, aan het eind van de middag, ga ik weer naar Addaura. Ik loop lang rond zonder iets te vinden. En dan, bij het vallen van de avond, zie ik een tiental verkenners na een laatste vlucht terugkeren naar hun nest, ik volg ze met mijn ogen. Iets verderop, in een stukje verlichte straat, staat een boom waar een aantal nestgenoten zoemend rondvliegt. Voor ik iets doe, ga ik terug naar de kustweg en zoek ik een telefooncel. Ik vind een vierhoekige, gele basis en een raamwerk waarop het geweerloopgrijze parallellepipedum van een telefoon standhoudt. Ik pak een munt, steek hem er op zijn kop in, hij past niet, ik keer de munt om en steek hem er goed in. Ik draai het nummer. Katoen antwoordt, ik vertel hem dat ik bij een vriendje blijf eten. Dat is het enige wat ik zeg. Bij een vriendje. Zonder verdere details. Ik maak Katoen duidelijk dat hij het moet doorgeven, hang weer op en keer terug naar het bijennest. Dit keer ga ik snel te werk. Ik loop rond de boom, bestudeer de ruimte. Ik ga terug, bereik het talud van de straat, pak een bamboestengel, doe mijn beschermspullen aan, sla met de bamboe tegen de boom, breng met de punt het nest aan het wankelen, val het net zo lang lastig totdat de zwerm zich verspreidt en zich vervolgens samenpakt tot de bekende wolk. Alleen is de hoeveelheid bijen dit keer verveelvoudigd. Het is alsof hun woede de afgelopen dagen zo is toegenomen dat hij een alliantie tussen de nesten heeft veroorzaakt: koortsig wordt de wolk groter en groter in de lucht, vult hem helemaal, het avondlicht verdwijnt, de bijen brengen de duisternis.

In Exodus is de derde plaag waarmee God de Egyptenaren treft, als de farao het volk van Israël niet uit de slavernij wil bevrijden, die van de muggen. God beveelt Mozes met zijn stok op het stof van de aarde te slaan, het stof verandert in zwermen en vernietiging, want de zwermen vullen de lucht en dringen overal in door, vallen mensen en dieren aan.

Onbeweeglijk in deze dubbele schemering, de bamboestengel nog in de hand, voel ik me een microscopische Mozes. De bijen zijn de plaag, ik de institutie. Zij de brigadisten, ik de staat. Die belaagt, omkoopt, provoceert en ten slotte, eenmaal in de schuilplaatsen binnengedrongen, de coagulatie van de vijand trotseert. Maar belagen, omkopen, provoceren, dat zijn ook de strijdmethodes van de brigadisten.

Terwijl er een zwart magma op mijn hoofd rust en de bijenkoningin – de nomadische gegijzelde in het hart van het magma – nog niet gekozen heeft waar ze zich zal nestelen, vallen staat en Rode Brigades samen. Hun logica's vallen samen. En ook hun talen vallen samen, als je ze goed bekijkt. De brigadistische staat. Het tot staat worden van de Rode Brigades. Vervaardiging en vernietiging, orde en wanorde. In evenwicht brengen, het evenwicht verbreken, opnieuw in evenwicht brengen. Net als bij het vliegen van bijenzwermen. Net als bij het bouwen van een zin. En dan wordt het magma ineens dunner, het wordt serumachtig, het laat het donkere avondlicht weer vrij en trekt zich in een diluviale beweging samen op een brandende lantaarn, verdeelt zich over de hele lengte van de paal, behalve op het verlichte stuk. Ik kijk naar het nieuwe, lichtende nest en voel me vergeven. Met dankbaarheid denk ik aan de lichtgevoelige koningin, die, toen ze de bron had ontwaard, zonder het te weten een tweelingwezen voor me maakte, een met een aureool bekroond levend lichaam: de ideologie erkent de uitverkiezing en omhult haar met haar zwerm, verheerlijkt en fêteert haar. Dan buig ik me om mijn spullen te pakken, ik wil weggaan, maar op dat moment strekt de zwerm zich uit naar boven en bedekt binnen enkele seconden ook de top van de lantaarn.

Terwijl de lucht boven Addaura, boven de blauwe berg en verderop, boven heel Palermo, vol is van bijen die het licht afsnijden, ga ik op weg, terug naar huis, terwijl ik me afvraag hoe de eclips te overleven.

DIALOGEN

(september 1978)

Het is middag, de lucht is helder. We hebben Mondello verlaten en zijn terug in de stad. Ik heb de lijst met nieuwe schoolboeken en geld. Ik ga de deur uit om de boeken te kopen. Op mijn hoofd drie millimeter haar, ik strijk er voortdurend met mijn handpalm overheen; als ik erop druk, doet mijn hoofdhuid pijn. Ik weet dat we, ook al krijgen we weer een dichte bos haar op ons hoofd, met een scheiding of zo'n strategisch kapsel van tegenwoordig, toch schedels blijven houden, benen eieren waarin het boosaardige wacht.

Ik kom ter hoogte van onze pornoplek, loop erlangs, er voorbij; de boekhandel is verderop, honderd meter in vogelvlucht. Ik voel aan het papier van het geld in mijn broekzak, ik druk er met een vinger op en het deukt in. Ik kijk naar de dingen in het afnemende licht, voel nog eens aan het geld in mijn zak; draai me om en loop terug. Ik kom bij de open plek, verlaat de straat, dring mijn lichaam de wirwar van takken in die eerst een beetje, dan helemaal uiteenwijken, en ik ben er. Even hoor ik nog het lawaai van de auto's, dan is er alleen nog maar wat ik voor me heb. De struik is blauw geworden met overal gele weerspiegelingen. Ik observeer hem, kijk naar mijn blote armen. Ik buig me en snuif aan het vegetale merg, het sap van de plant, raak daarbij lichtjes met mijn voorhoofd het oppervlak van de bladeren aan. Ik ga op mijn knieën zitten en dring met mijn arm naar binnen: mijn vingers raken de fijne doorntjes, embryo's van takken met bovenop knopjes serum. Ik vind niets, zoek door. Onderin voel ik iets ruws en draderigs, iets wat niet bij de struik hoort en wat iets droogs en iets nats bevat. Ik glijd er met mijn vingers onder, trek het uit de struik en sta weer op. Het is een nest. Er zitten gebroken eierschalen in vast en te midden van hoopjes veren liggen lijkjes. Vier of vijf, dat is niet duidelijk. Gezwollen, de roze-grijze huid geschaafd. Een paar haartjes steken er een halve centimeter uit, stijf als uitroeptekens; de bekjes klein en krom. Uit de microscopisch kleine krater van een anus duikt een zwarte mier op. De anus van vogels heet cloaca, hun botjes zijn hol. Er wandelen een paar mieren over mijn pols, ik blaas ze weg. Ik zet het nest neer en zodra het de grond raakt stroomt er een plas insecten onderuit, die groter wordt en zich verspreidt, zich dan weer snel herstelt en opnieuw inkrimpt. De insecten keren terug op de vogeltjes, gaan door hun bekjes naar binnen, breken kubieke millimeters ingewanden af en nemen ze mee.

Ik hoor een geluid en draai me om. De prehistorische duif komt van onder de struik tevoorschijn, maakt drie sprongetjes en blijft op een paar centimeter van me vandaan staan, vlak bij het nest. Zijn veren zijn droog en hard, als platen; zijn oranje oog nog steeds vol razernij, zijn poot zonder klauw sleept over de grond. Hij gaat in het nest staan, te midden van de dode lichaampjes en het dons, en steekt zijn kop omhoog om zijn wervels te strekken.

Hij kijkt me aan. Ik kijk hem aan.

'Wat zocht je zojuist?' vraagt hij; zijn stem klinkt als spijkers in een blikje.

Ik geef geen antwoord.

Hij trekt zijn kop weer in, zucht en keert zich opnieuw naar me toe.

'Wat zocht je?'

Ik denk erover na. Ik denk dat er, nu we zo ver zijn, niets vreemds is aan die vraag.

'Blaadjes,' zeg ik.

Hij kijkt me aan, wacht.

'Seks,' zeg ik. 'Ik zocht seks.'

Hij knikt van ja, als iemand die alles al weet en geduldig is.

'En je hebt mij gevonden.'

'Ja.'

'En je hebt ook insecten gevonden. En larven en andere vleesetende parasieten.'

Hij zwijgt een paar seconden, maakt dan zijn verhaal af.

'Vernieling,' zegt hij.

Hij maakt een kleine draai naar rechts, houdt op me aan te kijken en staart naar de ruimte voor zich.

'Jouw verbeelding brengt vernieling voort,' voegt hij eraan toe.

'Dat is niet waar.'

'En of dat waar is. Want je bent net als ik: je zoekt de strijd.'

We staan naast elkaar, hij in het nest, ik vlak bij de struik, en we kijken elkaar niet aan.

'Je voelt je aangetrokken tot destructie,' gaat hij verder.

'Dat is niet waar,' zeg ik nog eens.

'Waarom heb je dan nooit bedacht dat jouw prikkeldraad ook een goede infectie kon opleveren?'

'Een infectie kan niet goed zijn,' zeg ik meteen.

Terwijl hij staat te zwijgen – de schubbige veren op zijn borst gaan in de cadans van zijn ademhaling omhoog en omlaag – weet ik dat ik ongelijk heb, maar ik moet hem een halt toeroepen, tijd winnen.

'Nimbus,' zegt hij terwijl hij op een hogere toon overgaat, en het is voor het eerst dat iemand mij zo noemt, 'jij bent hier seks en strijd komen zoeken. Voor jou zijn seks en strijd de enig mogelijke infectie, de enige richting die je op kunt gaan.'

Terwijl ik naar hem luister bekijk ik de binnenkant van de schalen; die is kalkachtig, ruikt naar vruchtwater. Ik weet niet hoe vruchtwater ruikt, maar ik weet dat dit de geur van opgedroogd vruchtwater is. De geur van cytoplasma en doodsstrijd. Van oude afscheidingen. Van ammoniak.

'Voor jou,' zegt de prehistorische duif ook nog, 'telt alleen de opwinding van het activisme. De meedogenloze infectie.'

'Ik zou een kind willen,' onderbreek ik hem ineens en ik heb het niet meer tegen hem.

'Ik wil een kind.'

'Je bent elf.'

Ik luister niet naar hem. Zijn tegenwerping lijkt logisch, maar is het niet. Ze is niet logisch.

'Ik wil een kind,' zeg ik nog eens.

'Nimbus, je kunt geen kinderen krijgen. Je wilt het graag, maar kunt het niet.'

'Waarom niet?'

'Dat zei ik al: omdat jouw verbeelding alleen maar strijd en vernieling voortbrengt. En bovendien, een kind, dat is het gevaar.'

'Een gevaar?'

'Hét gevaar, Nimbus. De infectie die je niet zou kunnen verdragen.'

Ik denk aan mijn nabootsen van spasmen voor het inslapen, aan mijn verlangen de incarnatie van de infectie te zijn, aan hoe die spasmen lijken op die van een moeder als ze bevalt, van een kind als het geboren wordt. Na de dood van de mankepoot-van-nature heeft het nabootsen een andere vorm aangenomen.

Een beweging naast me haalt me uit mijn gepeins. De prehistorische duif staat me aan te staren. Hij blijft zijn woede onderdrukken, ik kan het zoemen ervan horen.

'Jij bent niet in staat te zien wat vruchtbaar is,' zegt hij, 'en je ziet ook niet dat wat vruchtbaar is, een verantwoordelijkheid is. Je brengt je tijd door met het construeren van verdraaide vormen, van nepwoorden, met aan woorden denken.'

Hij zwijgt. Als hij zwijgt, maakt hij een beweging met zijn kop, een kort schudden ter begeleiding van zijn gedachten. Zoals sommige opa's doen, en sommige politici.

'Ook jij,' zegt hij vervolgens, 'je doet niets anders dan paniek in existentie veranderen, net als ik.'

Hij knikt nog even naar me en ik heb de indruk dat hij een vleugel uitsteekt. Daarna trippelt hij over het stof naar de struik, blijft er even voor staan, zoekt een doorgang en verdwijnt.

Zachte lucht strijkt nu over de open plek en brengt lichte geluidjes mee. De elastische trilling van de waslijnen aan de balkons. Het korte klapperen van een laken dat hangt te drogen.

's Avonds na het eten heb ik slaap en ik ga met mijn kleren aan op bed liggen, zonder mijn schoenen uit te doen. De hanglamp is aan gebleven. Ik val in slaap terwijl ik het licht meet, mijn ogen zijn nat. Ik droom niet.

De volgende dag is het nog vakantie. Ik ga naar buiten, kom in de via Maqueda aan, zak de via Vittorio Emanuele af, kom op het piazza Marina: het losgerukte hek van de Villa Garibaldi, het gebarsten trottoir en de ficus magnolioides. Sommige exemplaren zijn minder groot maar evengoed majestueus; en eentje, in een hoek van het park, is gigantisch.

Dit monster van klimwortels is vader-zijn, deze deflagratie van plantaardige slangen, met elkaar vervlochten tot een omhoogschietende tak. Een massa levend weefsel dat in de loop van eeuwen de vorm van de vader voortbrengt. Zijn natuurlijke wanhoop. De wanhoop van Steen als hij thuiskomt. De wanhoop van de dagelijkse inspanning om een betekenis in elkaar te flansen. Het lezen van de Bijbel, 's avonds, zonder dat iemand kan geloven. Zijn vierkante, vlezige gezicht, zijn massieve handen. Zijn nagels precies op de rand van de vingertopjes afgeknipt. De trouwring aan zijn ringvinger. Zijn vingers. Zijn pols. Zijn horloge met metalen bandje en kast, een groene vlek op het glas.

Ik wring me tussen de luchtwortels, grijp me eraan vast, kruip in de doorgangen, raak vast tussen de takken; ik ga met mijn hand over de ruggengraat van een wortel die zich uitstrekt tot op tien meter van de hoofdstam vandaan, waar hij verloren raakt in het stof; daarna ga ik languit liggen in een door twee takken gevormde vork, met de bladeren als een nimbus om mijn hoofd.

Als ik aan het einde van de ochtend thuiskom, zit Crematogaster in de keuken op de afvoerbak. Ze is klaar met poetsen en wacht tot haar zoon haar komt halen. Ik praat nooit met haar, want ze spreekt alleen maar dialect. Dus ga ik haar uit de weg; een hoofdknikje als groet en daar blijft het bij.

Ik doe de koelkast open, moet iets eten. Op de afvoerbak regelt Crematogaster haar ademhaling. Ze ventileert. Hyperventileert. Daarna ademt ze regelmatiger. Ik pak kaas, snijd er een stukje vanaf en breng het naar mijn mond.

'Nimbus,' hoor ik achter me.

Ik draai me niet om, houd de kaas in mijn mond, mijn vervormde mond.

'Nimbus,' herhaalt Crematogaster kalm, 'wat zijn jullie van plan?'

Het is haar stem, die stem die ik gewoonlijk hoor zonder een woord te begrijpen. Maar ze praat Italiaans. Keurig, zonder enig accent.

Ik slik door, leg het andere stuk kaas op het rooster in de koelkast en draai me om.

'We gaan door.'

'Lijkt jullie dat een logische keuze?'

'Het is geen kwestie van logica,' zeg ik, terwijl ik een stoel verplaats en aan de tafel ga zitten. 'Het is een kwestie van omstandigheden. Van tijd.'

Ik pauzeer.

'Er zijn omstandigheden waarin logica er even niet toe doet,' voeg ik eraan toe, 'geen waarde heeft: er andere regels voor in de plaats komen.'

'Welke regels?'

'Die van de strijd.'

'En dat maakt jullie sterker?'

'Ten dele. Maar we zijn niet stom, we kennen onze grenzen.'

'Jullie manier van uitdrukken in aanmerking genomen, zou je dat niet zeggen.'

'We moeten ons zo uitdrukken. Zo luiden de regels van de retoriek.'

Crematogaster zet kracht met haar armen: aan de ene kant op de rand van de gootsteen, aan de andere kant op de wasmachine. Ze verheft zich, verandert van positie. Gaat verder.

'Altijd die regels.'

'Die zijn belangrijk,' zeg ik.

'Is er ook een regel van de tijd?'

'Ja, we hebben besloten dat we weinig tijd hebben. Of liever gezegd: we hebben besloten deze tijd te beschouwen als iets wat bijna op is.'

'Inderdaad, 1978 loopt ten einde. Maar de tijd eindigt niet.'

'Dat doet er niet toe,' zeg ik. 'Wij denken na over ultieme dingen. Over het eindigen.'

'Over de ultimatums,' voegt zij eraan toe, en haar toon is nu frivool.

'Wij hebben er behoefte aan te denken dat we aan het eindigen zijn.'

'Denkt Scarmiglia dat ook?'

'Nog meer dan ik.'

'En Bocca ook?'

Ik knik van ja.

'Vraagt niemand van jullie zich af of het niet bespottelijk is je daar druk over te maken?'

'Iemand moet de verantwoordelijkheid voor het bespottelijke op zich nemen. Bespottelijke dingen durven denken. Ze durven zeggen en ze daarna doen. Anders gebeurt er niets.'

Ik pauzeer, schep adem.

'Het bespottelijke is de prijs die aan de tragiek betaald moet worden,' zeg ik.

'Het is een politiek gebruik,' zegt zij.

'Een verantwoordelijkheid,' zeg ik.

Crematogaster staart enkele seconden naar de vloer; daarna gaat ze verder.

'Geloof je dat echt?'
'Dat moet ik.'
'Bijgeloof.'
'Het is noodzakelijk.'
'Maar bijgeloof.'
'Ook wat Steen ons uit de Bijbel voorleest, is bijgeloof. Ik luister ernaar, geloof het niet, maar ik houd van de vorm die de Bijbel aan de wereld weet te geven: de wereld is iets serieus daarin.'
'Tja, de structuur is stevig,' zegt zij.
'Het is een machine die betekenis produceert,' verduidelijk ik. 'In het begin is er wanorde, ziekte en dwaling; aan het einde de kosmos, redding en rechtvaardigheid.'
In de gang klinkt het geluid van de intercom. Crematogaster puft, staat op, strijkt haar hemelsblauwe rok glad en begeeft zich naar de deur; als ze bij de drempel komt, draait ze zich nog even om. Het lijkt of ze iets gaat zeggen, maar ze zegt niets. Ze staart me aan en dat is alles; of liever, ze neemt me op. Daarna waggelt ze naar de gang.
's Middags komt het nichtje met de krullen me met haar scooter ophalen. Ik ga achterop zitten en we rijden naar het huis van die vriend van de films, maar nu in de stad. Hij heeft weer een zending ontvangen en is met een nieuwe serie projecties gestart. Het gaat er net zo aan toe als in de zomer, maar er zijn wat meer jasjes en wat minder espadrilles. Aangezien er weer haren op mijn hoofd groeien, stelt de vriend me noch de fauteuil, noch de divan in de woonkamer voor, hij beduidt me dat ik op het tapijt moet gaan zitten. Iedereen om me heen is ouder, tussen de achttien en de vijfentwintig. Ze zeggen onbeduidende dingen tegen me en als ik op steeds dezelfde vraag antwoord: 'Eerste middelbare school, bijna tweede,' geven ze elkaar een klap op de schouder of een por tegen de borst, glimlachen, vragen elkaar: 'Weet je nog?' en negeren me verder.
Na nog wat meer loos gepraat vertelt de heer des huizes ons – nog steeds dat sjaaltje om de hals, nog steeds die schorre

stem – dat we vandaag naar een film van Cassavetes gaan kijken, een naam waarvan hij uit respect voor een idioot idee over uitspraak de dubbele s forceert en in een z verandert. Hij benadrukt dat Cassavetes weliswaar Amerikaan, maar toch onafhankelijk is en een kameraad. Vervolgens zegt hij, nog steeds een beetje onhandig: 'Goed, goed, de titel luidt *A Woman Under the Influence*,' en daarna neemt hij plaats achter de projector.

Het verhaal gaat over een man en een vrouw. Ze zijn in hun slaapkamer en kunnen niet slapen. Hij is arbeider, heeft de hele nacht gewerkt; zij is vreemd, ze heeft de hele nacht gefloten. Boven het bed is een groot raam dat door rolluiken wordt afgeschermd, het licht valt gefragmenteerd naar binnen.

Gezeten op het ruwe tapijt, met mijn rug tegen de divan, kijk ik naar de komische en zenuwachtige echtgenote die opstaat en de badkamer in loopt waarvan de deur het opschrift PRIVATE draagt; de echtgenoot doet nog een poging om te slapen, totdat zijn kinderen op het bed klimmen om hem te laten horen dat ze hebben leren fluiten, maar meer dan fluiten blazen ze, verstikt maar vol overgave, lucht tussen hun lippen door, wat een licht geluid oplevert, een aantal luchtstromen die in het midden van het bed samenkomen. Dan vergeet de man het slapen verder maar en laat hij iedereen op het bed komen: hij wil dat ze *Jingle Bells* gaan fluiten.

De spoel raakt op, een pauze om de volgende te monteren. Er komt bier langs, mij geven ze een plastic beker met water. Ik drink, bijt even in het plastic, kijk of mijn tanden erin staan: ik ben karikaturaal. Intussen is mijn nichtje met de krullen in gesprek met een jongen die haren heeft zoals de mijne waren voor ik ze helemaal afschoor: kastanjebruin, dik, en in een flinke kuif. De heer des huizes is klaar met het plaatsen van de nieuwe spoel op de pin en het vastzetten van het uiteinde van de film; verblindend schijnt het licht van de projector op de wand. Het begint weer.

Terwijl het verhaal verdergaat en die vrouw zingt en gek wordt, begin ik in het donker mijn vingers over elkaar te wrijven; ik recht mijn bovenlijf, hef mijn schouders en steek mijn armen uit, als een valk; nog eens een beetje wrijven met mijn vingers, een zittend sprongetje, drie keer; een derde keer wrijven met mijn vingers en weer mijn armen wijd uiteen als een valk. Ze zeggen dat ik op moet houden, dat ik geen schaduwen moet maken met mijn handen, ze mopperen op mijn nichtje, zeggen dat dit geen films voor kleine jongens zijn; zij kijkt me aan en ik zit stil, zeg niets, totaal niet gekwetst.

Na zes maanden in een kliniek voor geesteszieken komt de vrouw weer thuis. Er is feest, er is familie; ze zijn gespannen, verkrampt, ze omhelzen de vrouw, houden haar handen in die van hen. En dan is er ruzie en de familie gaat weg, nog een ruzie en de vrouw klimt op een tafeltje in de zitkamer, beweegt haar armen en zingt geluidloos *Het zwanenmeer*, terwijl haar man probeert haar te stoppen. Dan omsingelen de kinderen hun vader, ze houden hem op een afstand en er ontstaat een ware kermis, er wordt almaar gerend, trap op trap af, de vrouw vlucht de badkamer in, pakt een flesje, pillen, en na een paar seconden zit haar hand vol bloed, ze heeft zich aan het glas gesneden of scheermesjes gepakt en er een in haar vuist geklemd. Ze doet me aan Touw denken, aan de droefheid van haar echtgenote-zijn, Touw die gek wordt met bloed in haar handpalm. Ik kijk om me heen, naar de anderen, bleek in het vage licht, en opnieuw wrijf ik mijn vingers over elkaar; ik steek een been zijdelings uit en trap naar achteren, tegen de divan, ik ga met mijn hoofd heen en weer, snel en regelmatig, in de richting van de vrienden van mijn nichtje en ook een keer in de richting van haarzelf die het verdraagt en niet reageert, en in de richting van de vrouw van de film en van Touw, die hier niet is, totdat de heer des huizes de projector uitzet, het licht aandoet en vraagt: 'Wat is hij aan het doen?' en naar mijn epilepsie staart, naar deze nieuwe organisatie van de spasmen, en hij zegt: 'Hij voelt zich niet goed', en ik kijk naar hem, mijn nichtje legt haar hand op mijn wrijvende vingers en ik houd op; ze laat me opstaan, groet iedereen en dan gaan we. Onderweg op de scooter praat ze tegen me, ze stelt me vragen. Ik zit achter haar en ruik de geur van haar haren, ik bedaar, maar vertel haar niets.

We komen in Mondello, parkeren en gaan over de boulevard lopen. Ik zou haar graag mee naar Addaura nemen en haar laten zien wat ik met bijen kan, maar beter van niet. Dus luister ik naar haar terwijl ik intussen naar haar krullerige, volle bos haar kijk, naar haar neus die net zo is als die van Touw, naar haar blauwe bloes, haar gebloemde rok boven de zwarte kniekousen en haar klompschoenen. Naar het geometrische bewegen van haar handen als ze praat.

'Ben je brigadist?' vraag ik.

Ze blijft met een schok staan.

'Wat?'

'Je bent brigadist,' zeg ik weer, maar nu is mijn toon niet vragend meer: ik constateer.

'Wat zeg je?'

'Ik zeg dat je een kameraad bent, een vrouw die vecht. Je haren zitten warrig. En deze kleren. Een lekkere geur. Geen rouge.'

'En dus?'

'En dus ben je brigadist.'

Ze bekijkt me aandachtig. Op mijn schedel zit een donker, nog dun mos, dat op sommige plekken, vooral op de wandbeenkwabben, dichter wordt en door die variaties in dichtheid oppervlaktevormen tekent, krabbels die zich voegen naar de welving van de botten. Mijn nichtje bekijkt – maar het juiste woord zou 'bestudeert' zijn – de vormen, en het lijkt of ze er iets uit kan voorspellen, of ze in mijn botten een beeld van de toekomst kan ontdekken. Ik zou het fijn vinden als ze gevechten, krijgers, mannen en vrouwen zou zien die in de strijd en in seks armen en benen met elkaar kruisen. Ik zou het fijn vinden als ze me beschreef wat ze ziet. Maar ze zegt niets en loopt weer door.

We komen bij het vrije strand en vervolgen onze weg richting Capo Gallo. We lopen over de rotsachtige plaat met de kloven, kijken goed uit voor de scherpe en de glibberige stukken en houden halt bij een kleine baai tussen de rotsen, op een paar meter van de zee. Er zijn nog wel een paar zwemmers, maar hier zitten we in een capsule onder de open hemel, onzichtbaar en beschermd tegen geluiden. Ik maak een hoedslak los van een rots en leg hem omgekeerd in de zon, mijn nichtje pakt hem en gooit hem in het water. Ze heeft gelijk. Ik vind het vervelend, want ik zou willen dat ze me vertrouwde, dat ze me over de pijn en de trots van de strijd vertelde. Als ik een krab zijwaarts over de bodem van een groenige plas zie lopen, verzet ik mijn voet om hem ongestoord zijn schuilplaats te laten bereiken, maar de krab blijft halverwege zijn traject aarzelend staan, mijn nichtje zegt niets. Terwijl vermoeidheid zich van mijn longen meester maakt en ik voel hoe de kleine koorts van de loomheid over mij heen valt, zegt ze tegen me dat ze niet begrijpt wat er met mij aan de hand is – de manier waarop ik reageer, de dingen waarover ik praat, de manier waarop ik erover praat – dat ik het misschien niet weet, het me niet herinner, maar dat ik vroeger niet zo was. Ze verlangt niet dat ik haar vertel wat er is, wat ik heb, maar ze zou willen dat ik nadacht over de onaangename situatie waarin ik haar heb gebracht, over wat ik iedereen laat doormaken. Dat is het enige wat ze van me vraagt, dat ik daarover nadenk. En dat ik niet meer praat over dingen als die waarover ik het zojuist had, want zolang zij de enige is die het hoort, is dat nog niet zó erg, maar als ik er in andere situaties en met andere mensen over praat, dan zou dat wel eens anders kunnen zijn, zou ik moeilijkheden kunnen veroorzaken.

Dat is het probleem, denk ik. Het nodig hebben om te praten. Een manier vinden om de honger in woorden te vertalen. Als ik geen taal vind, zal de honger honger blijven. Ik had gedacht dat mijn nichtje kon luisteren en vertellen, maar nee. Haar stem is pedagogisch. Niet zoals die van de anderen, ze heeft niet die verontwaardigde en kritische toon; maar ze heeft ervoor gekozen mij niets te vertellen en gematigd te zijn en zich verdedigend op te stellen.

Intussen heeft de krab zich onder de waterspiegel weer verplaatst en met vochtige, knapperige bewegingen kruipt hij schuin zijn schuilplaats in. Mijn nichtje staat op en zegt: 'En nu gaan we naar huis.'

De volgende dag belt Scarmiglia. Hij zegt dat we elkaar moeten zien voordat de school weer begint, over vijf dagen. Hij heeft al met Bocca gepraat, afspraak om drie uur die middag op de open plek.

Ik ben tien minuten te vroeg, ga de open plek in en sta voor de struik. Ik loop eromheen, buig me, zoek eronder, in de doorgangen aan de voet van de struik. Ik leg er mijn oor tegenaan. Scarmiglia verrast me bij mijn auscultatie.

'Wat ben je aan het doen?' vraagt hij.

Ik kom weer omhoog, geef geen antwoord, maak alleen een beschaamd geluid met de lippen, hij kijkt naar me, maar dringt niet aan. We wachten een paar minuten en dan arriveert Bocca. Ook hun hoofden hebben een dicht dek van haartjes, licht die van Bocca, heel donker die van Scarmiglia. We gaan op de grond zitten en Scarmiglia valt meteen met de deur in huis. Dat we geen tijd kunnen verliezen. Dat het van fundamenteel belang is om iets concreets te gaan doen. Dat het moment dus is aangebroken om acties te bedenken en uit te voeren. 'Maar allereerst,' zegt hij, 'moeten we af van de manier waarop wij elkaar zien, want die is nog kinderlijk, in weerwil van alles.'

'Jij,' zegt hij tegen mij, 'als jij aan mij denkt, wat denk je dan?'

Ik geef geen antwoord, ben bang voor wat hij allemaal uit woorden weet te halen. Waarschijnlijk wil hij alleen weten wat hij me vroeg, alleen dat maar, en toch hoor ik het oordeel dat in zijn vraag besloten ligt. En wat hij uit mijn antwoord zal afleiden.

'Ik bedoel,' gaat hij verder, 'als je aan mij denkt, wie zie je dan?'

'Jou,' zeg ik.

'Wie mij?'

'Scarmiglia.'

'Precies, en dat is niet goed. We blijven elkaar zien zoals we gewend zijn. Op school noemen we elkaar bij onze achternaam, en dat doen we buiten school dus ook.'

'Klopt,' zegt Bocca. 'Ik denk ook aan jullie bij je achternaam.'

'En toch hebben we elkaar namen gegeven,' zegt Scarmiglia. 'Vlucht, Straal en Nimbus. Onze strijdnamen. Maar we hebben ze nooit gebruikt. Alsof ze te nauw waren om onze lichamen erin te laten passen. Maar intussen zijn de dingen veranderd. Onze lichamen zijn magerder geworden, onze bewegingen nauwkeuriger: van vandaag af aan moeten we elkaar absoluut bij die namen noemen. Dat is een onderdeel van onze metamorfose.'

'Zoals het vervellen van slangen,' zegt Bocca.

'Je hebt gelijk,' zeg ik tegen Scarmiglia. 'Of liever: je hebt gelijk, kameraad Vlucht.'

Kameraad Vlucht schenkt me een kort glimlachje, van kristal.

'Dank je, kameraad Nimbus.'

'En nu we in onze namen zijn gekropen, wat doen we nu?' vraagt kameraad Straal.

'Nu radicaliseren we,' zegt Vlucht.

'En dat betekent?'

'Dat betekent concrete acties uitvoeren. Pathologische acties. Te beginnen bij elementaire zaken.'

Kameraad Straal en ik luisteren aandachtig. Opnieuw voel ik dat het denken van kameraad Vlucht meer omvat dan het mijne, scrupuleuzer is, vastberadener.

'Allereerst,' zegt hij, 'moeten we leren schaduwen.'

'Je bedoelt iemand volgen?' vraag ik.

'Schaduwen, kameraad Nimbus, is niet hetzelfde als volgen.'

Ik vind het leuk om kameraad Nimbus genoemd te worden. Ik vind het leuk om Bocca in gedachten in Straal, Scarmiglia in Vlucht te vertalen: als je hen vertaalt, verliezen ze hun stoffelijk omhulsel, worden ze nuttige instrumenten voor onze transformatie in militante machines. Natuurlijk, van tijd tot tijd vergeet ik te vertalen, maar ik corrigeer mezelf onmiddellijk, mijn denken slikt de oude namen weer in en behoudt de strijdnamen. Over een poosje, zeg ik tegen mezelf, gaat dat vanzelf.

'Schaduwen,' zegt Vlucht, 'is niet wat we in films hebben gezien. Schaduwen is een vorm van gebed. Wij geloven niet in God, maar zijn wel in staat te begrijpen wat een gebed is: schaduwen is een stil gebed waarin bewegingen de woorden vervangen, een gebed door middel waarvan ons lichaam zich tot een ander lichaam wendt, geen goddelijk lichaam, maar een aards, en tot een ruimte; dit lichaam en deze ruimte hebben een geheim dat we ze via het schaduwen moeten doen bekennen.'

Vlucht onderbreekt zichzelf en komt overeind, hij stelt voor dat we gaan uitproberen wat hij aan het vertellen is. Als we op straat staan, vraagt hij ons te wachten. Vijf minuten later komt op het andere trottoir een jongen langs, iets ouder dan wij. Hij is klein van stuk, draagt een denim jasje en een rode broek. Witte gymschoenen. Vlucht zegt tegen Straal dat hij hem moet schaduwen. En in de tussentijd zullen wij hem schaduwen.

Straal bereikt de jongen, die slungelig in de richting van de viale delle Alpi loopt, en begint hem op twee meter afstand te volgen. Het lukt hem niet zijn tempo behoorlijk aan dat van onze prooi aan te passen, hij dreigt tegen hem op te botsen en dus laat hij hem een voorsprong nemen; daarna gaat hij weer van start, maar na een minuut is hij opnieuw vlak achter hem. Dertig meter van hen vandaan kijken Vlucht en ik hoe hij zomaar wat aan loopt, met als enige zorg het contact met de jongen niet te verliezen, maar op deze manier ondergaat hij de ruimte in plaats van haar te interpreteren.

'Moet je zien,' zegt Vlucht tegen mij. 'Hij lijkt wel een jojo.'

Dan legt hij uit: 'De geschaduwde kan degene die hem schaduwt overal heen brengen, net zoals een gebed tot een vluchtende en niet te vangen god buitensporig gerekt kan worden. Daarom is het noodzakelijk jezelf oriëntatiepunten te geven. In plaats van zo boven op hem te zitten, zou Straal die jongen minstens vijftig meter moeten geven en zelf van trottoir moeten veranderen om een beter overzicht te krijgen.'

We versnellen onze pas en komen ter hoogte van die twee, aan de andere kant van de straat. Straal is zo geconcentreerd dat hij ons niet opmerkt. Als de jongen om een of andere reden blijft staan – een stoplicht, een etalage – weet Straal niet wat hij moet doen, hij gaat langzamer lopen en veinst een ongeloofwaardige onverschilligheid.

Het schaduwen gaat nog een minuut of twintig door, richting viale Strasburgo en via Belgio. Vlucht legt me uit dat je het doel van de geschaduwde kunt deduceren. Het gaat erom een reeks variabelen te kruisen: het uiterlijk, de kleding, de manier van lopen, de zone waar hij doorheen loopt, het moment van de dag waarop de verplaatsing geschiedt.

'Die jongen, bijvoorbeeld,' zegt hij, 'behoort tot de middenklasse. Dat kun je zien aan de coupe van zijn haren, een compromis tussen mode en traditie; en aan zijn hemd dat hij in zijn broek draagt, aan zijn schoenen die tot de uiterste weerstandsgrens van het rubber versleten zijn en die voor gym worden gebruikt, maar ook voor gewoon. Hij is iemand die principes en onhaalbare verlangens met elkaar verwart, iemand die zijn pas versnelt omdat hij er vlug wil zijn, maar bang is omdat dit zijn wijk niet is – bij de kruispunten controleert hij steeds de straatnamen – iemand die over een paar dagen aan het lyceum begint, ik denk atheneum, hem op het gymnasium inschrijven zou te gewaagd zijn geweest, iemand die zijn boeken van oudere leerlingen koopt, allemaal, behalve dat voor godsdienst, uit respect; iemand die door een wijk zonder enige bekoring loopt, een wijk met grote flats, fourniturenwinkels en kledingzaken en die dus, dat is inmiddels duidelijk, op weg is naar Il Triangolo, de piepkleine, maar goed voorziene sportzaak, verderop, in de via Aquileia, de enige hier in de buurt die korting geeft; in de persoon van de blonde eigenares die knipoogt en daarbij haar vuurrode lippen krult.

Dus,' gaat Vlucht verder, terwijl hij nog steeds een stevig tempo aanhoudt, 'met een entree in een nieuwe klas in het vooruitzicht, is deze jongen op weg om gymschoenen te gaan kopen, iets wat zijn ouders hem toestaan, op voorwaarde dat hij op korting uitgaat en zich daarbij niet tot zijn eigen wijk beperkt, want niets stelt de middenklasse meer gerust dan de illusie van besparing. Vandaar die hoopvolle tred, de tred van iemand die voor het eerst tien- of vijftienduizend lire op zak heeft, of misschien zelfs wel twintigduizend, en zich daardoor bijzonder energiek voelt, want het besef over geld te beschikken, brengt lichaam en verbeelding in vervoering.'

Terwijl Vlucht zijn pas versnelt om Straal en de jongen in te halen, denk ik aan wat er bij hem in zijn hersens gebeurt, hoe het daar geknald moet hebben terwijl hij aan het woord was, en ik bedenk dat wat hij zei, onafhankelijk van het feit dat het ook nog eens klopt, een verschrikkelijke oefening in controle over de dingen is.

Als we hen een meter of twintig voorbij zijn, gaat Vlucht naar de andere kant van de straat en begint hij langs het trottoir terug te lopen, naar die twee toe. Hij loopt tien passen gewoon en begint dan, zonder te stoppen, met zijn hoofd te slaan en meteen daarna draait hij een keer om zijn as, dan loopt hij door en na nog eens drie passen gaat zijn hoofd opnieuw heen en weer en maakt hij opnieuw een rotatie.

De jongen heeft hem gezien en gaat langzamer lopen. Straal merkt het niet tijdig genoeg en botst tegen hem op; terwijl hij tegen hem aan valt kan hij nog net Vlucht zien die zijn hoofd heen en weer beweegt en om zijn as draait – jij schaamte, jij schaamte. Straal, ineengedoken op het trottoir, verslikt zich, schraapt een paar keer zijn keel, probeert door mond en neus lucht te krijgen. Terwijl Vlucht en ik nonchalant voorbijlopen, staat de jongen naar de kronkelende, hoestende en tranende Straal te kijken. Dan draait hij zich om en loopt door. We helpen Straal op te staan en gaan een ijsje eten bij Stancampiano, aan de andere kant van de brug van de via Notarbartolo. Vlucht legt Straal uit wat hij fout heeft gedaan, punt voor punt. Ik luister en ben het ermee eens, maar heb de indruk dat er eigenlijk geen sprake is van enige techniek, alleen maar van een mengelmoes van vage bedoelingen en toeval. We besluiten dat ieder van ons een paar dagen in zijn eentje zal werken.

De middag daarop ga ik naar buiten, op pad. Ik heb een schrift en een pen bij me. Kameraad Vlucht heeft gezegd dat we van elke omgeving alles moeten weten. Het is onze tweede oefening. Observeren, aantekeningen maken. De namen van de straten kennen, weten waar de winkels zijn, wat ze verkopen, waar zich de lantaarnpalen bevinden, de telefooncellen, de bushaltes, de transformatorhuisjes en de telefoonverdeelstations. We moeten alles weten om van elke plek het theater van onze acties te kunnen maken.

Ik besluit een straat op twee passen van ons huis aan een onderzoek te onderwerpen. Ik ken hem, ik kom er altijd langs, maar terwijl ik mijn schrift tegen een donkerblauwe Fiat Cinquecento leg, merk ik toch dat ik niet eens weet hoe hij heet.

De via di Liberto – ik lees de naam op het straatbordje – is een doodlopende straat, een uitstulping van de via Sciuti, al heel gauw afgesloten door een muur, die de straat scheidt van het aderensysteem van de rails van het Notarbartolo station. Alles bij elkaar een meter of vijftig lang, misschien iets minder. In de muur zit een donkere, ijzeren deur, de dienstuitgang voor het onderhoudspersoneel, veronderstel ik. Links is een bruin, houten deurtje met een door een metalen structuur beschermd raam; ernaast de garage van een automonteur, klein en bescheiden, het rolluik niet helemaal omhoog. Het is waarschijnlijk 's ochtends omhooggeduwd, maar omdat het niet helemaal naar boven kan, zakt het sloom weer naar beneden, een millimetrisch gedruppel dat de doorgang niet verhindert, maar wel tot bukken dwingt. Binnen, op een wand van tegels die oorspronkelijk van een zoetig hemelsblauw moeten zijn geweest en nu vol cumulusvormige vuilformaties zit, hangt een kalender uit 1973 met Antonello Cuccureddu in actie, bal aan de voet, gebogen rug. De huid is donker van de vettige aanslag, het gezicht in ontbinding. Onder Cuccureddu, vaag in het lamplicht, de genetische sculptuur van de monteur. Blauwe broek met vetstrepen en T-shirt van de voetbalclub van Palermo, zwart met roze, van dat bleke roze dat voor de agonie de wangen kleurt. Verstijfd van vernedering is hij de ingewanden van een witte Alfa Giulia aan het controleren, net zo een als die van de politie. Hij heeft een krom stuk ijzer in zijn handen dat hij met afschuw bekijkt. Ook hier een bloem in een colaflesje; dit keer, in onwaarschijnlijk gelig water, een rafelige geranium. Verder geparkeerde auto's, voor het merendeel zuinige, postoliecrisis bestelautootjes; enkele zwerfhonden die tussen de garage en de uitmonding van de straat op en neer lopen, rondzwervend papierafval dat zich door de wind op sommige momenten zacht ritselend tegen de banden van de auto's verzamelt.

Als ik klaar ben met mijn oefening, doe ik het schrift dicht en loop ik de richting van de via Giusti op. Ik wacht, loop door, blijf staan, loop weer door. In de via Petrarca aangekomen, zie ik iemand die geschikt zou kunnen zijn. Het is een man van een jaar of vijftig. Lichtgrijs haar, rond hoofd, klein, ingestulpt lichaam. Hij draagt een bruin jasje, een wit, gekreukt overhemd met diepe vouwen. Het lijkt wel of hij erop heeft gezeten. Ook zijn broek is bruin; zijn mocassins gelakt. Bruin. Een excrementenmannetje. Hij houdt een potje tegen de borst dat in lichtblauwe stof is gewikkeld die op zijn plaats wordt gehouden door een drie keer eromheen geslagen touwtje. Hij loopt met lichte tred, geeft een zwier aan zijn pas die iets vriendelijks heeft, ik zie hem van achteren, maar weet zeker dat hij glimlacht als hij zijn been uitslaat.

Een ambtenaar. Een openbaar loket. Een achterkamer van een bank, waar men beleid voert door middel van circulaires en richtlijnen. Hij is iemand die dingen denkt als 'met inachtneming', 'daar de reden bewaarheid is geworden', 'ik heb de eer u mede te delen dat'. Hij denkt die dingen en hij schrijft ze. Maar zijn manier van lopen contrasteert met het cliché van de bureaucraat. Hij gaat in levendige marsmaat de toekomst tegemoet, hoewel nu in de richting van het Politeama-theater, ontwijkt daarbij opgewekt de plassen die een septemberonweer op straat heeft achtergelaten. Dus rectificeer ik mijn eerste idee: het excrementenmannetje is wel ambtenaar, maar na jarenlang een of andere wrok gekoesterd te hebben, vervoert hij nu een ambachtelijke bom naar het postkantoor in de via Roma om zijn brandstichtelijke voornemen uit te voeren.

Ik versnel mijn pas en ga naast hem lopen. Schouder aan schouder, hij kijkt glimlachend voor zich uit, ik neem mijn kans waar en snuffel aan hem. Hij ruikt naar vervilting en vochtigheid. Een pantoffel waar een hond op heeft gekauwd, hard geworden speeksel. Kleren die nooit gelucht worden, iets wat sporen draagt van de was, van wasmiddel dat oplost op de bodem van een kuip, een kraag erin die verbleekt, Raffaella Carrà op de televisie in de kamer ernaast.

Ik loop hem voorbij, keer terug om hem te kruisen, maak een cirkel en loop om hem heen, ik draai als een werveling om hem heen. Ik ben een bij op verkenning. Al wervelend bekijk ik hem schaamteloos. Hij is erg lelijk: heel smal voorhoofd, kromme neus, donkere huid vol gaatjes en met een laagje zweet bedekt. Hij is dus ziek, het potje bevat geen bom maar zijn fecaliën. Hij brengt ze naar een laboratorium om ze te laten analyseren. Hij heeft een tropische ziekte opgelopen, de enterokok moet gemonitord worden om de aard ervan te begrijpen. Maar iemand als hij gaat niet naar de tropen. Dus bevat het potje een inwendig orgaan, iets wat uit hem is weggenomen, hij draagt het overal met zich mee, zoals de bewoners van de maan in stripverhalen met hun hoofd onder de arm rondlopen. Dus ergens onder zijn overhemd heeft hij een litteken, er is lijden in zijn leven geweest, perceptie van de dood, maar aan dat alles heeft hij, afgezien van iets geks in zijn lopen, niets weten over te houden. Of er zit een microscopisch klein, pasgeboren kind in het potje, het kind dat ik niet heb, ineengedoken tegen de glazen wand die beslagen is door zijn adem, de lucht wordt seconde na seconde minder, en ik moet vlug zijn en het kind bevrijden, voorkomen dat het mannetje een plek vindt om het te verbergen.

Schaduwen, denk ik, dat is dit: vermenigvuldiging van hypotheses, woekering van veronderstellingen. Je over iemands leven buigen, het besnuffelen, de verschrikking ervan aanschouwen. Het spoor verliezen.

Het mannetje houdt stil in de via Cavour, voor een winkel van jacht- en visserijartikelen. Naast elkaar gaan we door de etalageruit staan staren naar de kromme pootjes van voor veel doeleinden te gebruiken mesjes. Onze adem vormt vlekken op het glas. Ik draai me opzij, kijk naar hem, hij doet hetzelfde en recapituleert in een oogwenk alle keren dat hij me het afgelopen uur heeft gezien. Voordat hij het door heeft, stort ik me op zijn armen, geef een ruk aan hem, hij tuimelt achterover, grijpt zich aan me vast, maar het lukt me hem van me af te schudden, ik trek het potje uit zijn handen en ren weg, richting via Ruggiero Settimo en daarna richting piazza Ungheria. Ik blijf pas staan als ik onder de wolkenkrabber van de INA-verzekeringen ben. Ik trek het touw en de stof stuk, doe mezelf pijn, een rode streep in mijn handpalm, maak het potje vrij dat uit mijn hand glijdt, valt, tegen de grond slaat, breekt; uit het binnenste ervan komen, als de as van een dode of een uitdijende god, bloedrode rozenknopjes tevoorschijn die over de straat rollen, en ik kijk naar de rode streep in mijn hand, de hand die vol bloed komt te zitten – zoals bij die echtgenote, zoals bij Touw –, ik doe hem dicht en weer open en dat doet pijn.

Eén knopje is in een plas gevallen. Stilstaand water vol motorolie. Ik buig me, pak het, steek mijn neus in de korst van bloemblaadjes en ruik een frisse, alcoholische geur, de geur van plantaardig koolwaterstof. Terwijl ik snuffel, grijpt iemand mij hard bij de kraag en rukt aan me, het knopje ontglipt me en valt weer in de plas. Een jonge, woedende agent met rooddoorlopen ogen en witte bandelier over zijn lichtblauwe hemd; achter hem het mannetje en nog meer mensen. De agent rukt nog een paar keer hard aan me, schudt me door elkaar. Hij heeft me voor een dialectisch jongetje aangezien, voor een tasjesdief: dat ik zulke korte haren heb, is een aanwijzing te meer voor mijn slechtheid, want zulke korte haren, dat betekent ziekte, onwettigheid, lobotomie. Dus probeer ik te praten, hem mijn Italiaans te laten horen, maar hij schudt me weer door elkaar en de woorden komen als korrels naar buiten. Intussen verzamelt het onthutste mannetje zijn knopjes, op handen en voeten. Ik zou hem willen vragen waarom hij ze in een glazen potje met zich mee draagt, of dat is om een liefde te vieren, of als groet aan een dode, maar weet dat ik me dat in deze situatie niet kan permitteren, en dan geef ik, als hij bij mij in de buurt komt, een lichte schop tegen een knopje om het zijn kant op te sturen, maar de agent ziet het, begrijpt het verkeerd, geeft me een klap op mijn kop en zegt: 'Klootzak.' Het woord met het gezoem, de zwarte horzel. Ik besluit mijn mond te houden en laat me wegvoeren, als Pinocchio door zijn agenten; terwijl de mijne me door elkaar schudt, mijn arm wringt en tegen me zegt: 'Daarheen', heb ik nog net de tijd om het excrementenmannetje de knopjes te zien verzamelen; eentje is in een plas terechtgekomen, niet de plas van eerst, een andere, in de vorm van een paardenkop, en het knopje is het oog van het paard, het kijkt naar me terwijl ik wegloop.

Op het bureau verzorgen ze mijn hand, en daarna arriveren Steen en Touw. Ze zijn geschrokken, begrijpen het niet. Het wordt hun allemaal uitgelegd, zij verontschuldigen zich, weten niet wat ze moeten zeggen. Het is overigens geen kleinigheid wat ik heb gedaan, niet iets waar je met een berisping en een straf mee klaar bent. Dit keer heb ik het groots aangepakt, serieus werk, arrestatie vanwege agressie en roof, iets wat, als ik geen elf was, ook gevangenis zou kunnen betekenen. De agenten adviseren hun mij goed in de gaten te houden, ik ben op een kritieke leeftijd; ze geven nog drie minuten bureaupedagogie weg en laten ons dan gaan. In de auto ontploft Steen, eerst schrik ik er danig van, maar daarna accepteer ik zijn methode niet meer en onttrek ik me eraan: ik zwijg, strafbaar en onverschillig.

Terwijl Katoen in de woonkamer televisiekijkt en koekjes eet, hangen Steen en Touw in de keuken de Barbapapa's uit: ze verbreden, verlengen en vermengen zich, nemen de vorm aan van een sanhedrin. Ze onderwerpen me aan een proces. Ik neem de vorm van Christus aan en daarna van Kajafas, en dan weer van Christus en weer van Kajafas, in een schizofreen heen en weer glijden tussen de rollen; ten slotte ga ik op de afvoerbak zitten en zak weg in de familie-ellende: na twee uur word ik weggestuurd, het sanhedrin zet zijn werk achter gesloten deuren voort.

In de woonkamer ga ik bij Katoen televisie zitten kijken. Als ik zie dat hij wegdoezelt, sta ik op om van zender te veranderen. Op Cts zijn de aankondigingen van de films die naar Palermo komen. Op het scherm, boven- en onderin, de naam van de bioscoop, het adres en de uren; in het midden beelden van de film. Er zijn er die oninteressant zijn; maar dan is er een meisje te zien dat languit op een grasveld ligt, kort rokje van Schotse stof, kostschoolidee, dijen bij elkaar, een klein eindje van elkaar, een beetje verder van elkaar en dan weer bij elkaar. Een flits van licht tussen de dijen. Ik draai het volumeknopje op nul, belemmer Katoens uitzicht met mijn lijf en kijk aandachtig naar het minuscule lichtje dat bij elk nieuw vliegensvlug opengaan even zichtbaar is, een helder puntje, een intern schijnsel, een in de donkere uterus schitterend glimworpje. Ik kijk ter controle achter me, keer me opnieuw naar het scherm, steek het topje van mijn duim tussen middel- en wijsvinger, breng mijn hand naar het glas en doe als iemand die pakt, als iemand die geboren doet worden, en van het scherm, van dat witte, in het donker tussen de benen van het meisje verloren foton, komen achter elkaar kleine kapotte eierschalen tevoorschijn, drie mieren, de boomwortels, de vingers van Steen, een krab, rozenknopjes en de plas in de vorm van een paardenkop.

De plas in de vorm van de paardenkop heeft nog steeds het rode knopje als oog.

'Wat ben je romantisch, Nimbus,' zegt hij. 'Hopeloos.'

Het bijwoord hindert me, het is ostentatief.

'Waarom?' vraag ik.

'Omdat je een prooi van het activisme bent.'

'En wil dat zeggen: romantisch zijn?'

'Zeker. Romantisch zijn wil zeggen koortsachtig zijn: dingen bedenken tot je niet meer kunt.'

Hij heeft een vloeibare stem; de woorden vormen zich door articulatie van het water, alsof er binnenin een steviger nervatuur zit, elastische gewrichtsbanden. De toon is bedachtzaam en schertsend, dromerig.

'Je hebt gelijk,' zeg ik. 'Ook dit hoort bij de metamorfose: koortsachtig zijn, dingen bedenken. Jou lijkt het onzin, maar voor mij is het dat niet. En ook niet voor kameraad Vlucht en kameraad Straal.'

'En ook niet voor kameraad Vlucht en kameraad Straal,' zegt hij me na.

Ik blijf rustig, er is geen reden om ruzie te maken.

'Voor hen ook niet,' zeg ik.

'Scarmiglia en Bocca bestaan niet meer, hè? Ze hebben nu andere namen. Een flinke verandering. Belangrijk.'

'Jij ook al op de ironische toer,' zeg ik.

'Nee, niks ironische toer, wees maar niet bang. Ik zou je hoogstens iets willen vragen.'

Ik wacht en staar naar hem – het knopje wijd open, de bloembladeren breeduit en vulgair.

'Je had de taal,' zegt hij. 'Nu heb je het alfastil.'

Ik knik.

'Is dat de moeite waard?'

'Het was noodzakelijk.'

'Waarom noodzákelijk?'

'Omdat de taal, die van vroeger, de taal waar alles in zat, te veel was.'

'Wat bedoel je?'

'Er kwam geen einde aan.'

'Zijn de eenentwintig houdingen van het alfastil geruststellender?'

'Het alfastil heeft een einde.'

'En dat is beter?'

'De taal is een immens bestaan,' antwoord ik. 'Maar op een gegeven moment begin je naar een ander te verlangen, naar een ander bestaan. Beperkter, maar begrijpelijker.'

'Een bestaan waarin je de goede mensen gemakkelijk van de slechte kunt onderscheiden?' vraagt hij.

'Een vorm van leven die ons vertelt wie we zijn, en wie we waren,' zeg ik.

'Wie jullie zullen zijn,' voegt hij eraan toe.

De plas in de vorm van een paardenkop zwijgt nu. Hij heeft bereikt wat hij wilde.

'Ik had meer dan genoeg van de taal,' zeg ik.

'En het activisme,' zegt hij, 'is de oplossing.'

Ik zwijg, weet niet meer wat ik moet zeggen.

'Zo doe je afstand van het plezier, Nimbus.'

Ik buig mijn hoofd.

'Zo doe ik afstand van het verdriet,' zeg ik.

De randen van de plas beginnen te trillen. Het water rimpelt, valt uiteen, dijt zo uit dat de plas zijn vorm verliest; hij verdampt en verdwijnt.

Ik doe de televisie uit, blijf voor het zwarte scherm staan. Ik hoor geritsel, Katoen staat naast me. Met van slaap verdwaasde ogen kijkt hij naar het scherm, en daarna naar mij, en opnieuw naar het scherm, en dan loopt hij erheen, legt er een oor tegenaan, kijkt er weer naar, snuffelt eraan, weer zijn oor tegen het glas, weer een geconcentreerd gesnuffel. Dan zet hij een stap terug en gaat opnieuw naast me staan: we blijven in de uitgezette televisie naar onszelf staan kijken, naar onze in die weerspiegeling holle, grijszwarte silhouetten.

VUUR

(oktober 1978)

Als ik over mijn bijna-arrestatie vertel, stelt kameraad Vlucht me een vraag.

'Heb je je geen politiek gevangene verklaard?'

'Nee.'

'Dat had je moeten doen. Je bent tijdens een actie gepakt.'

'Bij een training, eerlijk gezegd,' komt kameraad Straal tussenbeide.

'Er is geen enkel verschil tussen training voor acties en de acties zelf,' is Vluchts weerwoord. 'We zijn altijd activisten, we zijn altijd aan het strijden.'

'Ook als we slapen?' vraagt Straal.

Vlucht kijkt hem streng aan, hij wil begrijpen of de vraag ironie bevat – ons schrikbeeld – of dat hij te goeder trouw is gesteld, in een vergeeflijke oprisping van naïviteit.

'Ja, kameraad, ook als we slapen.'

Ik weet niet waar hij het over heeft. We zijn altijd strijders, zegt hij, maar ik kan maar niet begrijpen tegen wie. En wie vecht er tegen ons? Net als Vlucht, voel ook ik de behoefte vervolgd te worden en ik verlang naar een constante, liefhebbende – ja, liefhebbende – vijand, die door mij te vervolgen voor me zorgt. Alleen is die vijand er niet. Ik word door niemand vervolgd.

'Luister,' zeg ik. 'Of liever, luister allebei. Als we zo doorgaan en ons beperken tot het verzamelen van technieken, dan komen we er niet uit. We bewegen ons op het ogenblik in de leegte. We bestaan niet. Onze vijand is een waanvoorstelling van een vijand. Een illusie. Neem nou bijvoorbeeld dat schaduwen. We hebben iemand geschaduwd die niet verwachtte geschaduwd te worden, die op geen enkele manier een doelwit was.'

'Het was een training,' luidt kameraad Vluchts reactie. 'Het maakte niet uit wie het was.'

'Je zei net dat training en acties hetzelfde zijn,' antwoord ik.

'Natuurlijk. We moeten altijd klaar zijn, altijd echt, ook wanneer het milieu waarin we ons bewegen geen weet heeft van ons.'

'Dat is nu juist het punt,' houd ik aan. 'Niemand heeft weet van ons.'

Nu zwijgt Vlucht, hij ziet de doodlopende straat.

'Wij hebben,' ga ik dan verder, 'die technieken ook geleerd om ons vrij te spelen als wij zelf geschaduwd worden, en om te ontsnappen aan de controle van degene die ons bespiedt. En daarin ligt een paradox, want ons bespiedt nu juist niemand: de vijand is abstract.'

'De vijand is een hypothese,' zegt kameraad Straal.

'Om preciezer te zijn,' ga ik door, 'iets wat we hopen. We hopen op een concrete vijand, iemand of iets. Anders blijft het allemaal een abstractie.'

'Je hebt gelijk,' zegt Vlucht, nadat hij met gebogen hoofd heeft staan luisteren. 'Die vijand, dat is een bedenksel van ons. En als die er niet is, moeten we zorgen dat hij er komt.'

'Maar dat is absurd,' zegt Straal. 'Dat betekent voor waanvoorstellingen kíézen, ervoor kíézen iets te zien wat er niet is en zeggen dat het er is.'

'Kameraad Straal,' zegt Vlucht, 'luister. De volmaakte vijand bestaat niet. De werkelijke vijand is altijd onvolmaakt: hij is nooit volmaakt boosaardig, nooit volmaakt onoverwinnelijk. Hij heeft zachtaardige trekken, tedere zelfs. Hij is kwetsbaar. De enige volmaakte vijand is de vijand die je zelf genereert.'

'Maar waarom kunnen wij geen genoegen nemen met een onvolmaakte vijand?' houdt Straal aan. 'Als het kwade onvolmaakt is, als het zo zwak is en onbekwaam, waarom zouden wij de dingen dan moeten forceren en een volmaaktheid eisen die het kwade niet eigen is?'

'Omdat wíj volmaakt moeten zijn,' zegt Vlucht. 'Tegen een inferieure vijand vechten, een die elk moment uit elkaar kan vallen, die uitglijdend over bananenschillen de strijd met ons aanbindt, dat zou een vernedering voor ons zijn. Het zou onze leertijd zinloos maken. De enige oplossing is dat wat de vijand niet heeft, door ons aan hem gegeven wordt.'

'In de zin dat we zowel zijn tegenstanders als zijn handlangers moeten zijn?'

'Precies.'

'Absurd! Een onvolmaakte vijand zou een voordeel moeten zijn, de garantie voor een overwinning.'

Vlucht zwijgt, lange tijd, zonder ons aan te kijken. Zijn redenering komt voort uit een intuïtie van mij, maar hij heeft de vaardigheid om een vonk in een vuur te veranderen. Ik daarentegen blijf bij de vonk, ik bewaak hem zonder er iets mee te doen.

En hij zwijgt nog even door, laat ons voelen dat stil-zijn voor hem werken is; en dan, als we geen antwoord meer verwachten, heft hij zijn hoofd weer op en staart hij ons aan met ogen die tegelijkertijd donker en transparant zijn.

'En wie zegt dat we willen winnen?' vraagt hij.

Als de school weer begint, besluiten we dat we ons vóór alles kenbaar moeten maken. Op een ochtend komen we heel vroeg in de klas, veel vroeger dan de anderen. Ons lokaal is dit jaar op de begane grond. We trekken alle drie gele, rubberhandschoenen aan, van die handschoenen om af te wassen. Nadat we de prullenmand, die onder het bord staat, met krantenpapier hebben gevuld, gieten we er alcohol over. Daarna gooien we er een lucifer op. Als leerlingen en leraren de rook ontdekken en toesnellen, komen ze voor een bol van vuur te staan die zich ongeordend uitbreidt en ook het plastic van de prullenmand aanvreet. Wij bekijken het allemaal door de ramen, vanaf de binnenplaats.

Een andere keer wachten we tot het pauze is en de klas leegstroomt. Van de kleerhaken aan de muren van het lokaal pakken we lichte jasjes, nog half zomers, en we stoppen ze in de ruimte onder de lessenaar, in het open stuk rechts van de la, waar gewoonlijk het klassenboek ligt, en ook in de la, die we helemaal opentrekken. Weer alcohol, weer een lucifer en vuur.

Dit keer lopen we eerst naar buiten en gaan dan met de anderen weer naar binnen, doen gechoqueerd en verontwaardigd. Met onze rubberhandschoenen als dikke bulten in onze zakken blijven we verdwaasd naar de vlammende lessenaar staan kijken, naar het vuur dat met zuchten uit het binnenste naar buiten komt, naar de gulzige brand die de rechthoek van de lade overspoelt.

Meteen slaat op school de angst toe. We zijn er trots op. De directeur roept een voltallige vergadering bijeen, met ook de ouders erbij. Men is ervan overtuigd dat iemand van buiten de school de juiste toegangen heeft opgespoord, onopgemerkt de lokalen weet binnen te dringen en zijn woede koelt op alles wat school is.

We luisteren. Er ontbreekt nog iets.

We laten enkele dagen verstrijken, wachten tot iedereen vast gelooft dat de noodsituatie voorbij is, dat het een kwestie van stunts is geweest en verder niets. En dan, op een dag dat de school ook 's middags open is, gaan we zodra de laatste bel geklonken heeft en de leerlingen vertrekken, naar de gymzaal, snijden met een keukenmes de kunstleren bekleding open van de matras die bij het hoogspringen de val opvangt, trekken het samengeperste schuimrubber eruit en strooien het rond.

Voor we het in brand steken, schrijft Vlucht, om er geen misverstand over te laten bestaan, met een zwarte viltstift de datum en het uur op de muur en daaronder onze boodschap:

GELUKKIG ZIJ DIE ERIN GELOVEN, WIJ NIET, WIJ GELOVEN ER NIET IN.

En lager, als ondertekening: NOI.

Het idee om een regel van het herkenningsliedje van *Di nuovo tante scuse* te gebruiken, kwam van kameraad Straal. Het is het logische vervolg op het alfastil, oftewel een andere, nu politieke benadering van de Italiaanse stupiditeit, in dit geval de woorden van een liedje. We vinden het leuk om te bedenken dat degene die dat opschrift in de verbrande gymzaal leest, er niet aan zal kunnen ontkomen de stemmen van Raimondo Vianello en Sandra Mondaini in zijn hoofd te horen. Het is spot, iets onbeschaamds.

NOI daarentegen, is de naam van onze virale microcel.

De afstemming op elkaar tijdens deze eerste gevechtsacties – een van ons op de drempel van de deur op de uitkijk, alarm via het alfastil in geval van gevaar, het geluidloze antwoord van de kameraad – heeft ons geleerd dat noi, wij, het woord is waarin de vernietiging van de individuele mens en de trots om kameraden te zijn gelijktijdig naast elkaar bestaan: voor mij, die altijd *io*, ik, zegt, die opgesloten leeft in ezelsgebalk, is 'noi' denken, bedenken dat je daarbij hoort, iets ongelooflijks. NOI is ook het acroniem van *Nucleo Osceno Italiano*, Obscene Italiaanse Kern: 'kern' staat voor soliditeit; 'obsceen' is het enige klimaat waarin het zin heeft te leven; 'Italiaans' is dat wat ons verontwaardigt en waar we tot aan de nek toe in zitten.

We besluiten een nieuwe actie te ondernemen en die op een nog duidelijker manier op te eisen. We willen meer bereiken dan plaatselijke bekendheid van ons optreden; wat ons interesseert is een kop in de krant, erkenning.

De plek die we kiezen is het veldje achter de school, dat bestaat uit hoogten en laagten en gaten, een halve stortplaats die de school gebruikt om ons te laten gymmen door ons te dwingen in een rijtje achter elkaar aan over hellinkjes en afdalingen te rennen; om ons heen kapotte flessen, open zakken die vuil uitbraken, en een levende have van insecten en ratten, die onze ogen blijft trekken.

De actie bestaat uit twee fasen: verzameling en vernietiging. De eerste houdt in dat we een paar dagen lang een serie spullen roven waarvan de verdwijning, elk ding op zich genomen, niet tot alarm zal leiden; iedereen zal denken dat hij dat potlood, dat boek is kwijtgeraakt, het misschien thuis heeft laten liggen. Op die manier zullen we, het ene ding na het andere, in kleine beetjes, de school aan zichzelf ontstelen.

Met voortdurende toepassing van onze technieken, beurtelingse dekking van elkaar en communicatie via het alfastil, nemen we etuis, gummetjes, linialen en driehoeken uit de klassen mee; en een geofysische kaart van Italië en ook een geopolitieke, maar ook een van Europa en een hele planisfeer, en de reproductie van een zeventiende-eeuwse plattegrond van Palermo die in een gang aan de muur hing, verschillende houten kruisbeelden, waarvan het witte, tinnen figuurtje in de loop van de tijd helemaal dof is geworden en gereduceerd is tot een kleine, ineengekrompen larve – ingevallen borst, benen gekruist als bezwerende vingers; en verder hele repen formica die we zonder al te veel moeite van de tafels trekken, dozen met krijtjes en bordenwissers, een stuk lijst van een schoolbord, een bezem en doeken uit een berghok, alle godsdienstboeken die we te pakken kunnen krijgen, het kurken materiaal van de kerststal die in december wordt opgezet en die ook in dat berghok wordt bewaard, in het algemeen alles wat we kunnen vinden en wat in een rugzak verborgen en meegenomen kan worden. We verzamelen kilo's en kilo's spullen, minstens drie kubieke meter school. Een inbeslagneming bij stukjes en beetjes. Veel dingen verbergen we thuis, andere op het veldje, in de struiken tussen de zandheuvels.

Als we eenmaal zover zijn, maken we ons op voor de tweede fase. Elke ochtend voor we naar school gaan, halen we gestolen spullen uit de schuilplaatsen thuis en brengen we ze naar het veld, waar we ze onzichtbaar wegstoppen tussen zandheuvels en in greppels.

Dan gaan we tot de vernietiging over.

Profiterend van het feit dat het veld niet door lantaarns wordt verlicht, brengen we de spullen op een avond bijeen op een plek tussen twee zandheuvels, die zowel vanaf de straat als vanaf de school goed is te zien. Het kost tijd om alles te vervoeren, maar het uiteindelijke resultaat mag er zijn. De volgende ochtend arriveren we heel vroeg, elk met vier flessen alcohol die we in de supermarkt hebben gekocht. We hebben ook stokken klaargelegd achter de zandheuvels, en koorden gemaakt van met twijngaren vervlochten watten en ander brandbaar materiaal. Als de school nog dicht is en er nog geen kip te zien is op het piazza De Saliba, besprenkelen we de verzameling spullen met alcohol; we gieten ook alcohol op de koorden en steken de uiteinden ervan in brand. Zodra de koorden rustig en regelmatig branden, gooien we ze van een paar meter afstand op de stapel, die in het begin ongevoelig voor het vuur lijkt te zijn, zo zelfs dat kameraad Straal de moed al verliest, maar dan begint er langzaam een pluimpje rook op te stijgen, dan twee, en drie, en vier, en daarna duikt er een eerste vlammetje op, en een tweede dat groter wordt en nog een dat omhoogschiet, een uitnodiging voor de andere om er ernst mee te maken. We regelen het vuur een paar minuten met onze stokken; als we er zeker van zijn dat het niet zal uitgaan, dat het langdurig en fel zal branden, leggen we ons document in een kuil en maken we ons uit de voeten.

Ik loop terug naar huis, net als de anderen, maar neem een alternatieve route om te vermijden dat ik iemand tegenkom – allemaal in de voorgaande dagen bestudeerde oplossingen voor problemen. En dan vertrek ik opnieuw naar school. Mijn lijf is bezweet, als ik daar loop, mijn benen trillen en ik ruik naar roet; het zal daar wel waaien en dan ruiken we allemaal naar rook.

Zodra ik de via Galilei in sla, zie ik dat het voor de school al vol mensen staat en ik vertraag mijn pas. Niet uit angst, maar uit een soort schaamte, die ik niet kan verklaren. Bij het lopen druk ik mijn zolen stevig op het trottoir en geef ik mijn stap alle tijd die hij nodig heeft om zich op de grond te zetten en er zich weer van los te maken.

Straal en Vlucht staan midden in de menigte tussen leerlingen, ouders en leraren. Ze kijken naar de brand. Ze zijn bleek, op hun gezichten de onschuldige, ontdane uitdrukking van mensen die er niets mee te maken hebben. Ze veinzen niet, die uitdrukking is niet gespeeld. Er gebeurt iets wat verder gaat dan onze rechtstreekse betrokkenheid, dan onze verantwoordelijkheid. Het is alsof we voor het eerst ervaren wat het betekent om te bestaan in dienst van iets wat ons in waarde en intensiteit overtreft. Terwijl het zweet op rug en borst opdroogt, staan we voor het schouwspel van de brandende ideologie die zich voedt met onze levens, verbaasd en betoverd als bijen op het moment dat de koningin de zwerm om zich heen verenigt en met haar mythische macht in één beweging beslist wat het middelpunt van de wereld is.

De brandweer arriveert, wij wijken terug en verdelen ons vervolgens weer in een kring om het veld. De pompen produceren dikke waterkoorden die het vuur dat de stapel verslindt doorboren zonder het te overwinnen; intussen klautert de directeur over de zandheuvels, terwijl iemand zijn de week tevoren verdwenen schrift herkent, een ander een deels verbrande, katoenen sweater, een boek of een half verkoold liniaaltje. En dan komt de woede tot uitbarsting. Men zoekt de oorsprong van de criminele brand bij ons groepje en er zijn ouders die roepen dat het zo niet verder kan; dat we elders, in Rome, op de universiteiten en desnoods op het lyceum met die Rode Brigades zitten, vooruit, maar op de middelbare school, op de middelbare school met kinderen van elf, twaalf jaar, daar kunnen en mogen dergelijke dingen niet gebeuren.

Er ligt nog een lont tussen de zandheuvels. Kameraad Vlucht maakt zich los uit de menigte en pakt hem. Hij bekijkt hem alsof hij hem nooit eerder heeft gezien. Ik zie de lijn die zijn hand aan de resten van de brand koppelt, de wittige verbinding tussen zijn leven – en het mijne en dat van Straal – en de acties. Het is een langere lont dan die we op de stapel hebben gegooid, een die teruggaat in de tijd en in onze sociale wortels gaat zoeken – in onze intense middenklasse – maar ook in onze biologische wortels, in onze behoefte aan sensualiteit en macht en onmacht.

De volgende dag staan er in de *Giornale di Sicilia* twee artikelen die aan onze brand zijn gewijd. In het eerste beschrijft de journalist wat er is gebeurd, de staat van alarm die op school is ontstaan na wat de zoveelste aanval op de onderwijsinstelling wordt genoemd. In het begin, schrijft hij, dacht men aan kwajongensstreken, maar nu is de grens overschreden, ook al omdat, als je de laatste twee communiqués bekijkt, de dader van de criminele actie – maar waarschijnlijker de daders – iemand van binnen de school lijkt te zijn. Aan het eind bekritiseert het artikel de directeur en het lerarenkorps, waarmee het zich in het geschil aan de zijde van de ouders van de leerlingen schaart.

In het tweede artikel wordt verwezen naar het communiqué dat we hadden getypt op de Lettera 22 die bij kameraad Vlucht thuis boven op een kast staat en die niemand ooit gebruikt. We hadden drie dagen nodig om het te schrijven, klad na klad, toets na toets, op bruin papier, zo'n papier waar je brood in verpakt, wachtend tot er niemand meer thuis was en elkaar afwisselend bij het schrijven als het voor het topje van de wijsvinger te veel werd, onze bezwete vingers in de rubber handschoenen. De vorm van de tekst was grotendeels door mij bepaald. Ik had me met overgave op het bestuderen van de communiqués van de RB gestort – elke middag, in mijn eentje op de pornoplek, met overal knipsels om me heen en de schaar in de hand – om ze nog grondiger te analyseren dan we in mei hadden gedaan. Ik had geprobeerd ze te ontleden en opnieuw in elkaar te zetten, de syntaxis om te buigen en een ander woordgebruik te bedenken. Ik wilde de stijl ervan veranderen, een andere taal vinden; technisch en heftig, dat wel, maar ook autonoom ten aanzien van die van de Rode Brigades, een taal helemaal van ons. Als ik mezelf in de krant lees, realiseer ik me dat het me niet is gelukt. In weerwil van mezelf ben ik blijven hangen in de fraseologie die ik wilde hervormen.

Volgens de met de paraaf NOI ondertekende tekst

> is de maat vol en loopt de tijd van het onrecht ten einde. De toename van de onderdrukking op school kan niet anders dan de kracht van onze aanval versterken. Het groepje nuttige idioten dat nog geen helder zicht heeft op de omvang van onze strijd, zal zich de komende tijd een duidelijk idee kunnen vormen van wie wij zijn, wat onze methodes zijn en in welke richting wij ons bewegen. Allereerst moet duidelijk zijn dat onze kern niet door rechtstreekse afstamming, maar wel door politiek-libertijnse inspiratie verbonden is met degenen die al geruime tijd een campagne van georganiseerde strijd voeren tegen de ganglia van de Burgerlijke Staat, met andere woorden: met die Rode Brigades waar wij dus een geleding van zijn. De Nucleo Osceno Italiano maakt het volksproces tegen alle fascismen, alsook het niet-onderscheid tussen politieke en militaire praxis van de Rode Brigades tot het zijne. Het uiteindelijke doel is één enkele politieke en gewapende organisatie tot stand te brengen waarbij de hele maatschappij betrokken is, op al haar niveaus, van de fabrieken tot de universiteiten, van het leger tot de gevangenissen en tot de school. Maar niet van alleen de hogere klassen, zoals men tot nu toe naïef veronderstelde, maar ook van de lagere

klassen, waar de aandacht voor het sociale voor die van niemand onderdoet, vooral tegenwoordig niet. Politieke, kritische en met rede begaafde avant-gardes zijn in tijden van natuurlijke versnelling van de processen die een individu tot volle rijpheid brengen ook in de klassen van de middelbare school aanwezig, en wij raden aan die niet te onderschatten. Onze constitutieve nietigheid maakt ons zowel onverdacht als bijna onzichtbaar voor willekeurig welk onderzoek waaraan de Staat zich zou willen wagen. Ons denken is groot, maar onze lichamen zijn onbenaderbaar en onze beweeglijkheid staat ons toe tussen de mazen van ongeacht welke poging tot beknotting door te glippen. We kunnen wel stellen dat wij het antilichaam zijn dat het schoolsysteem heeft voortgebracht om zich tegen zichzelf te beschermen. Door bespottelijke, aan de burgerlijke stand gelieerde redenen tot een ondergeschikte sociale rol gedwongen, reageren wij door te werken aan de vernietiging van datzelfde systeem. Het feit dat wij onze uitdaging in deze termen vatten, dat wij expliciet bekendmaken dat de verantwoordelijken voor de recente acties zich binnen de school bevinden, getuigt van onze vaste overtuiging dat wij niet te raken zijn.

Op dit punt aangekomen, geeft het communiqué de specifieke redenen voor de criminele actie:

Aan de nuttige idioten over wie hierboven, delen wij mee dat de recente actie nog slechts de waarde van een waarschuwing heeft. De klassen van deze school blijven blootstellen aan het risico van ziekten en rampzalige valpartijen en sneden in armen en benen door hen te dwingen te gymmen op wat op geen enkele andere manier dan als stortplaats gedefinieerd kan worden, is een inmiddels niet meer te verdragen onrecht. Wij eisen dus dat er aan deze verdorven praktijk onmiddellijk een einde komt en dat genoemde stortplaats nooit meer voor een dergelijk doel wordt gebruikt. De verbranding van de school die wij in scène hebben gezet wil op deze manier zowel de vernietiging van een structuur verbeelden, van een schoolstructuur die op zich al op instorten staat (men hoeft maar te denken aan het gemak waarmee wij in theorie onbeweeglijke onderdelen van die structuur hebben kunnen losmaken en meenemen), als de vernietiging van een plek, de verachtelijke stortplaats, die een schande en een belediging is voor elke denkbare opvatting over wat een school dient te zijn.

Dan volgen er drie slogans, drie oorlogskreten, die we, dat zien we nu pas, nu we ze in de krant lezen, ongewild paradoxaal hebben gemaakt:

AANVAL OP DE IMPERIALISTISCHE SCHOOL
ONTWRICHTING VAN DE STRUCTUREN EN PLANNEN VAN DE SLAVEN VAN HET PROFIJT
GELUKKIG ZIJ DIE ERIN GELOVEN, WIJ GELOVEN ER NIET IN

In ons revolutionaire enthousiasme hebben we het belang van de volgorde van de zinnen waarin wij ons denken wilden samenvatten over het hoofd gezien. De derde, de omzetting van een liedje in een duistere bedreiging, keert zich als een bespotting tegen ons. Het is alsof je een mitrailleur op iemand richt en dan zonder kogels schiet.

Hoewel de journalist aan het eind de ernst van het gebeurde erkent, kan hij toch niet nalaten te benadrukken hoe komisch het slot van het communiqué klinkt: een kluchtige ombuiging, een parodie, een knipoog om te zeggen: laat niemand zich druk maken, het is maar een grap.

'Dat moeten we hem betaald zetten,' zegt kameraad Straal.

We zitten op een bankje op het piazza Strauss, twee stappen van het piazzetta Chopin, ver genoeg van de moeders met spelende kinderen twintig meter verderop. Vlucht kan dus toestaan dat kameraad Straal een fellere toon aanslaat en zijn stem verheft; wat hij niet toestaat is de inhoud van wat hij zegt.

'We moeten hem niets betaald zetten,' zegt hij. 'Het is onze schuld, niet de zijne. Wij hadden het communiqué beter moeten nakijken.'

Als hij dat zegt, kijkt hij me strak aan en dit keer voel ik dat hij mij veroordeelt, dat is overduidelijk.

'Als we weer geloofwaardig willen worden, kunnen we alleen maar tot ernstiger acties overgaan: dat is de enige manier om duidelijk te maken dat we geen dilettanten zijn. Alleen zo kunnen we het niveau van de strijd verhogen. Laten we ons intussen maar voorbereiden op restricties, het zal er op school nu anders aan toe gaan.'

Hij heeft gelijk: de dag erna beginnen ze met de convocaties op het kantoor van de directeur. Eén voor één verschijnen de leerlingen van alle klassen, jongens en meisjes – aanvankelijk hadden ze besloten zich tot de jongens te beperken, maar toen kwamen de meisjes zelf in opstand en eisten ze ook ontboden te worden – voor de directeur en een aantal leraren en iemand van buiten de school die meteen als politieman wordt geïdentificeerd. De directeur praat rustig, de politieman trekt een verveeld gezicht. Als wij aan de beurt zijn, trotseren we het gesprek sereen, alle drie. Wij zijn de daders, zou de historische waarheid zeggen, maar de historische waarheid buigt voor de mythe. Het gevolg is dat we niet eens hoeven te doen of we er niets mee te maken hebben want, zoals ook al het geval was toen we naar de brand stonden te kijken, zo zijn we ook dit keer, bij de vragen van de directeur en de politieman, instinctmatig vooral jongens die net als de anderen alleen maar toeschouwer zijn geweest. Zeker, ook wij waren het slachtoffer van kleine diefstallen, maar dat hadden we ons niet eens gerealiseerd, pas toen we met de anderen zochten tussen wat er na de brand nog over was, hebben we de een zijn puntenslijper, de ander zijn verschroeide plaatjesalbum en de derde zijn potloodstompje teruggevonden.

Ik word een beetje langer daar gehouden. Hoe weet ik niet, maar het gerucht over het gebeurde met het excrementenmannetje is tot daar doorgedrongen. Er worden een paar dingen nagetrokken, enkele telefoontjes gepleegd en dan vervalt alles: absurd, beweert men, te denken dat er tussen de twee feiten een verband bestaat: te spontaan en grotesk het ene, te zorgvuldig gepland het andere. Op het persoonlijke vlak voel ik me wel een beetje beledigd, maar vanuit het oogpunt van de strijd, houd ik mezelf voor, is het beter zo.

'Het is duidelijk dat we nu op school geen actie meer kunnen ondernemen,' zegt Vlucht als we elkaar die middag op de open plek ontmoeten. 'Maar dat is geen probleem,' voegt hij eraan toe. 'We beschikken over een flink stuk stad, waarvan we beschrijvingen en analyses hebben. We zoeken een geschikte, kwetsbare zone en daar slaan we toe.'

De keuze valt op de Arabische put op het piazza Edison. Dat is een kwartier van de via Sciuti vandaan en vijfentwintig minuten van school, in een wijk die oorspronkelijk als volksbuurt bedoeld was – huizen gebouwd voor de werknemers van de spoorwegen – maar op een gegeven moment wat chiquer is geworden. Het piazza Edison is een cirkel met een vierkant erin. Of liever een vierhoekig gat. Met zijdes van ongeveer twaalf meter en een laag muurtje waarop zich een hek verheft. Een onbeschermde trap langs de wanden die spiraalsgewijs een meter of twintig de diepte in gaat. Plukken smerig gras steken uit barsten in de doorweekte stenen. Nesten van ratten en gigantische geleedpotigen. Beneden, waar de trap ophoudt, een ijzeren hekje dat de toegang tot een volgende chtonische wereld afsluit.

We voeren ter plaatse een serie controles uit. We onderzoeken de voorzijdes van de gebouwen, hoe en wanneer de mensen gewoonlijk hun balkon op gaan, wie ons zou kunnen observeren, de risico's van het over het hek klimmen, de afdaling over de trap; de hoeveelheid beschikbaar licht 's avonds, van de maan en de lantaarns van de via Libertà. Winkels zijn er niet en er komen heel weinig mensen langs, af en toe iemand die naar huis terugkeert. Uit de appartementen komen heldere, ingetogen geluidjes. Essentiële rust.

Thuis halen we alle stoffen die we vinden kunnen uit de lades. In *Fanciulle Operose*, het oude schoolboek van Touw, zoek ik het stuk over naaien. Ik voel me niet op mijn gemak, want ik lijd onder de stereotiepe opvatting dat naaien meisjeswerk is, maar kameraad zijn betekent vooroordelen uitbannen ten gunste van een hermafrodiete beschikbaarheid voor door de strijd opgelegde activiteiten. Ik ontdek dus wat het betekent om al naaiend tot een vorm te komen. Te modelleren. De subtiele logica van het steekjes maken.

Met deze technische bagage ontmoet ik Straal en Vlucht. We gaan winkels langs, hebben schuimrubber nodig. De mogelijkheid om dat op school te stelen, waar ze het gekocht hebben om de matras voor het hoogspringen te repareren, hebben we verworpen. Te veel aandacht vooralsnog van die kant. Maar we vinden winkels waar ze gele voetballen verkopen die uitgerekend van schuimrubber zijn gemaakt: het probleem is alleen dat we er te veel van nodig zouden hebben en daar hebben we niet genoeg geld voor. Kameraad Straal herinnert zich dat er in de via Liguria een stuk grond is waar de mensen dumpen wat geen nut meer heeft. We gaan op zoek en tussen kapotte koelkasten en dode dieren vinden we wat we nodig hebben. Fauteuils en divans met scheuren in de stof waar de vulling uitpuilt. Op de ene plek is die doornat en stinkt ze, op andere plekken zo compact als steen, maar het is oké.

We nemen de kussens mee en maken er een stapel van op onze open plek. We verbrokkelen het schuimrubber met onze handen, en proppen het daarna weer samen om er lichamen van te vormen, anderhalve meter lang, met hoofd, armen en iets wat op handen, benen en voeten lijkt. Daarna beginnen we aan de klus van het naaien. We vervaardigen een huid van aan elkaar gezette stukken stof waaraan we de vorm van een lichaam hebben gegeven. We leggen de huid op het schuimrubber en maken drie mensachtige poppen.

De volgende fase van ons plan bestaat in het zoeken naar enkele kledingstukken en accessoires. Dit keer vermijden we het om thuis spullen te pakken. We gaan terug naar de stortplaats en iets vinden we daar wel. Een grijs jasje, dat een beetje te groot is voor de pop, en een ribfluwelen broek, een kinderbroek, die hem daarentegen een beetje strak zit. We doen het ermee en kleden hem aan; in het borstzakje van het jasje steken we pennen en potloden. Een andere pop kleden we aan met een broek met wijd uitlopende pijpen die we op de markt hebben gekocht; hij is blauw en de pijpen vallen vanaf de knie slap naar beneden. Voor de bovenkant kopen we, ook op de markt, een wit hemd, een met bloemen geborduurd vest en een Tolfatas. Onze aankopen doen we altijd op verschillende dagen, in verschillende wijken, in ons eentje, nooit samen, en met een pet op ons hoofd of een zonnebril op onze neus. De derde pop kost ons het meeste werk. Maar Vlucht weet hoe hij het aan moet pakken. Op een middag gaat hij met een van zijn broers naar een vriend. Een jongen die op de universiteit zit en scheikunde volgt in de via Divisi. Terwijl ze in de slaapkamer zitten te kletsen, houdt Vlucht zich gedeisd, maar zodra zijn broer en diens vriend de kamer uit gaan, doet hij snel, zonder lawaai te maken, alle laden open: het vraagt enige tijd, maar hij vindt wat hij zoekt.

Hij is heel tevreden als hij ons de jasschort laat zien.

'Hij is wit,' zegt kameraad Straal.

'Hij is van een chemicus,' antwoordt Vlucht.

'Maar we hebben een blauwe nodig.'

'We kleuren hem blauw.'

Een paar middagen zitten we, na het huiswerk, op onze open plek met viltstiften in de handen over de stof gebogen. We gebruiken donkerblauw, maar ook lichtblauw en zwart; het gaat om de totaalindruk. Zo dubbelgevouwen zit mijn borst klem en is ademen lastig. Ik ga door, maar het is eigenlijk zinloze moeite. De wereld is eenvoudig als je wilt, maar wij houden van obstakels, we maken er een cultus van; hindernissen en chaotische taken vinden we aantrekkelijk. Het helpt ons de vijand te *voelen*, hem te vervolmaken.

Als de drie poppen klaar zijn, bemachtigen we ook nog stroppen, lange, harde spijkers en een hamer; we wachten de eerste geschikte avond af en dan doen we het. Thuis zeggen we dat we naar de film gaan; tegen elf uur moeten we dus klaar zijn. Het vervoer van de poppen van de open plek naar het piazza Edison neemt tijd. Het traject op zich is niet erg lang, maar Vlucht heeft maar één grote rugzak kunnen vinden, van een van zijn broers, dus moeten we drie keer op en neer. Bij de put gaan we met de rug tegen een boom staan, waarvan de harsrijke stam scheef uit een grasperk steekt en we wachten tot de lichten in de flats het ene na het andere uitgaan. Het is tien uur maar in deze buurt wordt gewerkt en men gaat er vroeg naar bed. De lichten maken zich los van onze ogen, de hars hecht zich aan onze vingers. We laten nog tien minuten verstrijken en klimmen dan over het hek, we geven de drie poppen aan elkaar door en dalen af in de put. Halverwege houden we halt en slaan we drie spijkers naast elkaar in de muur. We houden een dubbelgevouwen stuk stof tussen de kop van de spijker en de hamer: het geeft slechts een gedempte klap. Eén uiteinde van de stroppen bevestigen we aan de spijkers en het andere doen we om de nek van de poppen. In de buik van de middelste steken we ons communiqué. Voor we weggaan, haalt kameraad Vlucht iets uit zijn rugzak en een moment later horen we het geluid van een spray; in het schemerige licht verschijnt onze zin op de wand onder de poppen, dit keer in zijn eentje en iets lager onze paraaf. Vlucht stopt de spuitbus in zijn rugzak, we klimmen naar boven en twintig minuten later zijn we thuis.

Voor het bericht in de pers verschijnt, zijn we twee dagen verder. De tijd die de bewoners van het piazza Edison nodig hebben om de verhangen poppen op te merken en de politie te waarschuwen: het feit dat tot bericht wordt, enzovoort, enzovoort.

Het artikel beschrijft het tafereel als macaber. Toch bezigt het verder een alledaags gebruik van bijvoeglijke naamwoorden, maar dat is niet belangrijk. Het geeft toe dat er iets aan de hand is in de stad, het voelt een voortwoekerende infectie. Het ontbreken van een directe eis, zegt het, betekent dat deze groep er niet zozeer op uit is spektakels te maken van de afzonderlijke acties, als wel zijn stille aanwezigheid te laten voelen.

Dit keer zouden we hem willen bedanken, die journalist, omdat hij met zijn analyse expliciet heeft gemaakt wat wij willen: altijd aanwezig zijn. Materieel. Door iedereen waargenomen, maar zoals je spoken waarneemt. Of het licht. Of de lucht. In ogen en ademhaling dringen, geabsorbeerd worden zonder dat men het merkt.

Het stuk gaat verder met een verhaal over het opschrift en het communiqué; daarin verklaren we de symboliek van de actie. Wij verhangen – NOI verhangt – drie emblemen van de schoolse macht: de leraarpop met zijn vage jasje; de conciërge in zijn blauwe jasschort – en hier wijst de journalist erop dat de schort helemaal met de hand is gekleurd, wat eerder wijst op de inzet waartoe wij in staat zijn, dan op gebrek aan middelen – en ten slotte de studenten van lyceum én universiteit, die ten onrechte beweren dat zij als enigen het recht hebben de strijd te voeren. Door ook hen te verhangen, neemt de Nucleo Osceno Italiano afstand van elke medewerking aan ondermijnend gedrag dat een manier is geworden en gereduceerd is tot een parodie van zichzelf, tot afgestompte actie die gemene zaak maakt met diezelfde macht die de NOI beweert te bestrijden. De enige geloofwaardige avant-garde, nu, in Palermo, is die van de leerlingen van de lagere klassen van de middelbare school. Aan hen de taak om de weg te wijzen via een nieuwe golf van initiatieven, waarbij systematisch steeds hoger gemikt zal worden, wat dan zal leiden tot een overgang van mensachtige poppen naar popachtige mensen.

Het idee om te eindigen met de dreiging dat onze volgende doelwitten fysieke personen zullen zijn, was van kameraad Vlucht. Toen hij het ons voorstelde, of liever gezegd oplegde, maakte hij ons duidelijk dat het niet om ijdel streven gaat, dat het er niet om gaat zomaar een grote mond op te zetten: onze volgende acties zullen echt tegen fysieke personen gericht zijn. 'Daar zijn we toe in staat,' zei hij. 'Daar hebben we de middelen voor,' zei hij. 'Het is onze plicht.'

Het kost me 's nachts moeite om in slaap te komen. Als ik onder de dekens kruip, gebeurt er niets. Ik hoor de ademhaling van Katoen, zacht en heel traag, ze gaat van zijn hoofd tot zijn tenen door hem heen en maakt hem schoon. Mijn ademhaling daarentegen, die is niet goed, ik probeer haar te disciplineren, en dat is het probleem. Ademhaling kun je niet disciplineren. Die kun je niet dwingen om als een soldaat door mond en longen te marcheren. De ademhaling, die toch al elf jaar in mijn lichaam dienstdoet, is zich niet bewust van zichzelf en dat moet zo blijven. Elke poging tot controle maakt de slaap onnatuurlijk, en dus sta ik maar weer op, ik loop de gang door, kom bij de hal, nestel me in de fauteuil en zit daar te luisteren naar de televisiegeluiden die uit de woonkamer komen. Dan val ik in slaap en het is Steen die mij zachtjes optilt, me laat teruglopen door de gang en me in bed stopt, waar ik opnieuw aan het niet-slapen ga; ik wacht tot ik het ademen van Steen en Touw uit de andere kamer hoor komen, sta weer op, ga terug naar de fauteuil en val in slaap. Bij dageraad word ik wakker, het eerste licht valt door de matglazen vensters van de gang naar binnen; ik keer terug naar mijn kamer, kruip in bed en dommel in. Ik zie Wimbow weer, een maand geleden, op de eerste schooldag, zwart en rood en met een glans op haar huid en in haar diepdonkere iris, een onverwachte glimlach als ze me ziet aankomen. De beweging van haar hand, het zien van het lichte vlekje. Iets waarvan ik niet weet of het een groet is of een manier om te zeggen dat ik niet naar haar toe moet komen. Wimbow tijdens de dagen daarna, verdiept in haar lectuur, in het leren van geschiedeniswoorden en aardrijkskundewoorden, woorden om de Antillen te beschrijven, terwijl ik steel en kapotmaak en verbrand en verhang.

Nog even en ik moet opstaan, maar in het zijdevloei van de halfslaap is daar Wimbow weer, op de ochtend van de brand, de vlammetjes in haar ogen, terwijl ze ontcijfert en vertaalt in de taal van de stilte. Dan is het zeven uur, Touw trekt het rolluik omhoog en roept ons.

We hebben de ene vergadering na de andere op de open plek. Voor kameraad Vlucht zijn het convocaties van het uitvoerend comité. Van de kant van de strategische leiding. Hij en kameraad Straal zijn steeds zekerder van hun zaak. Komen met voorstellen, zijn helder. Ik houd me terzijde, het kost me moeite me te concentreren, maar ik verzet me nergens tegen.

Volgens Vlucht zijn we zover. Nog één enkele op dingen gerichte actie. Een laatste treetje en dan zullen we klaar zijn voor lichamen.

Dit keer is de auto van de directeur het doelwit. We willen hem in brand steken. Maar niet als hij voor de school geparkeerd staat: te gevaarlijk en vanuit strategisch oogpunt verkeerd. We moeten ontdekken waar de directeur woont en toeslaan als de auto bij zijn huis is geparkeerd. Zijn adres staat niet in het telefoonboek. Aan de leraren kunnen we niets vragen, en hollend de auto volgen kan ook niet. We besluiten dus een soort estafette te construeren voor de komende dagen. Een soort stapsgewijs schaduwen.

Om te beginnen wachten we na het laatste lesuur tot de directeur de school uit komt en in zijn auto stapt. Een oude rode Simca 1100, heel slecht onderhouden. Vlekken en krassen op de zijkanten, op de motorkap grote stukken waar de lak loslaat. Een scheef spatbord. Niet te missen. Op dat moment stelt elk van ons zich op bij het begin van een straat waar de auto door zou kunnen rijden, we kijken welke straat hij neemt en de volgende morgen besluiten we dan op basis daarvan waar we ons vervolgens gaan opstellen, iets verder dus, waarbij we ook de alternatieven steeds goed in het oog houden. Op die manier leidt het estafetteschaduwen binnen enkele dagen tot succes en ontdekken we het huis van de directeur: via Lo Jacono, een parallel van de via Sciuti, vlak bij de via Nunzio Morello.

Nu komt het moeilijke: benzine vinden zonder die bij een pomp te gaan kopen.

Straal doet een onwaarschijnlijk, dus plausibel voorstel. Bij hem thuis in de garage staat een scooter. Het is een Piaggio, en hij is kapot. Maar Straal weet dat er nog brommix in de tank zit en veel ook – dat heeft hij al gecontroleerd door aan het ding te schudden en te luisteren en er daarna een stokje in te steken. Het probleem is het spul eruit te krijgen.

We gaan eens poolshoogte nemen. De tank van de scooter is inderdaad vol: we schudden eraan, je hoort de mix klokken. Straal stelt voor een injectiespuit te gebruiken, de naald eruit te halen, de vloeistof op te zuigen en dan in een fles of zo te spuiten. Alleen zou de spuit, als er een gedeelte was opgezogen, te kort zijn om tot op de bodem te komen en dan zou de rest van de mix in de tank moeten blijven. En bovendien zou er een massa tijd mee gemoeid zijn.

'Wel beter zo,' zegt Straal, 'dan met een rietje.'

Ik verwerp dus wat mijn eerste voorstel zou zijn geweest en ga over tot het tweede. Dat inhoudt een manier te vinden, welke weet ik nog niet, om de scooter op te tillen, om te draaien en het spul uit de tank te laten lopen.

Zowel Straal als Vlucht kijken me langdurig aan, zwijgend. Ik voel me eerder moe dan gekwetst.

Nadat we *Il Modulo* hebben geraadpleegd, schaffen we ten slotte een lang, dun buisje, een lap en een fles aan: we hebben besloten het principe van de communicerende vaten toe te passen.

De tank moet hoger staan, de fles lager. Je schuift het buisje in de tank, zuigt aan het uiteinde en probeert daarbij de mix niet naar binnen te krijgen, maar je zuigt wel genoeg om de vloeistof naar boven te halen; dan steek je het buisje in de fles, die sluit je af met de doek, het buisje loopt over en de fles wordt gevuld.

Ook nu werken we 's avonds, en ook nu zeggen we dat we naar de film gaan. We kiezen een woensdag omdat er dan gewoonlijk weinig mensen op straat zijn. Kameraad Vlucht heeft alles in zijn rugzak. De fles met mix, droge lappen, watten, een buigzaam metalen staafje, draad, een stuk keihard, puntig ijzer, een tang. En lucifers. 's Middags was hij gaan kijken waar de directeur zijn auto had geparkeerd. Honderd meter van zijn huis vandaan, in de via Pascoli. Hij was daar ook een tijdje gebleven en leunend tegen de zijkant van de auto, met zijn handen op de rug, boven op de benzinedop, alvast aan het morrelen gegaan.

Als we arriveren is de auto er niet. Vlucht zegt dat hij zeker weet dat hij daar stond, met zijn neus naar de drukkerij. Doorgaans gaat de directeur 's middags de deur niet meer uit en blijft zijn auto tot de volgende ochtend op dezelfde plek staan. Zijn vrouw rijdt niet en ze hebben geen kinderen.

Straal kijkt naar Vlucht, zet zijn benen uit elkaar, steekt zijn rechterarm omhoog, met gestrekte wijsvinger. John Travolta.

'Ja,' zegt Vlucht, 'dat is zo: het onverwachte.'

We hebben maar weinig tijd tot onze beschikking, mogen niet langer dralen. We besluiten ons op te splitsen en een rondje te maken rond de flats hier in de buurt. Omdat we niet naar elkaar willen roepen, zullen we op afstand via het alfastil communiceren. Na een kwartier geeft Straal ons een teken en lopen wij naar hem toe. De Simca staat in de via Nunzio Morello. Uitgerekend voor het rolluik van de kantoorboekhandel.

'Wat is er?' vraagt Vlucht me.

'Dat is de winkel van iemand die ik ken,' zeg ik. 'Als we de auto in brand steken, vliegt ook de winkel in brand.'

'Dat valt niet te vermijden.'

'Maar hij heeft er niets mee te maken.'

Vlucht houdt zijn hoofd alsof hij naar een van verre komend geluid luistert.

'Denk je dat er iemand is die niet geïnvolveerd is?' vraagt hij.

'Hij heeft er niets mee te maken. Hij verkoopt schriften.'

'Kameraad Nimbus, geen vriendjespolitiek, dat kunnen we ons niet veroorloven.'

'Hoe rechtvaardigen we het dat we er iemand bij betrekken die er niets mee te maken heeft?'

'We hoeven ons niet te rechtvaardigen.'

'Waarom niet?'

'Omdat er geen mens is die niets heeft gedaan,' zegt hij. 'Het is normaal en onvermijdelijk om geïnvolveerd te zijn. Zijn we geboren? Dan zijn we ook geïnvolveerd.'

Straal, die op zijn hurken tegen de linkerzijkant van de auto zit, beduidt ons stil te zijn. Hij heeft de rugzak al leeggehaald. Vlucht staart me aan, zegt dat het nuttiger is als ik op de hoek van de straat op wacht ga staan. Er komt waarschijnlijk niemand langs, maar gewoon voor de zekerheid. Ik geef geen antwoord en loop weg. Vlucht voegt zich bij Straal, ze praten een seconde of twintig, zijn het niet met elkaar eens, je voelt de spanning. Dan staat Straal op en hij loopt naar de andere hoek, in de tegenovergestelde richting van waar ik sta, terwijl Vlucht aan het werk gaat. Hij forceert de benzinedop met de tang en het stuk ijzer. Het feit dat hij er die middag al een beetje speling in heeft gebracht, maakt het gemakkelijker. Hij legt de laatste hand aan de twee lonten van watten met draad eromheen om ze strak bij elkaar te houden. Hij maakt de eerste lont, die een centimeter of vijftig lang is, nat met mix; als hij doordrenkt is, draait hij hem om het metalen staafje en duwt het geheel zo diep in het gat dat het helemaal verdwijnt. Dan rolt hij een lap heel strak op, maakt die ook nat en steekt hem in het gat om dat dicht te stoppen, maar hij laat er nog een klein stukje van uitsteken. Hij pakt de tweede lont – langer dan de eerste, drie meter ongeveer – maakt ook die nat, knoopt één kant om het stukje uitstekende stof en rolt hem dan af, waarbij hij zich zo ver mogelijk van de auto verwijdert. Een lichte staart die sinusoïdaal over het wegdek ligt.

Ineens begint kameraad Straal met zijn armen te zwaaien. Hij wijst achter zich en maakt achtereenvolgens het John Travolta-gebaar en dat van Celentano en van de kangoeroe van Woobinda: 'iets onverwachts', 'naderend onheil', 'weggaan'. Vlucht heeft niets gezien, en dus maak ook ik het John Travolta-gebaar, waarbij ik woedend mijn hand in de lucht steek, maar het heeft geen zin, Vlucht is op de laatste fase voor de ontbranding geconcentreerd en ziet me niet. Straal en ik op onze post, elk aan een kant van het trottoir, blijven een seconde of vijftien nog de valk en de kangoeroe doen, terwijl Vlucht zestig meter verderop, op de top van een gelijkbenige driehoek, de wittige slang aan het temmen is.

Dan eindelijk het schrapen van de lucifer tegen de zijkant van het doosje – het geluid van een dierlijke buik die wordt opengelegd –, fosfor en zuurstof die zich onmiddellijk verbinden, een uiterst kleine luminescentie en dan een vuurbolletje dat bleek en wankelend pakt en over het lichaam van de slang begint te lopen.

Nu staat Straal niet meer op zijn plaats, hij rent naar Vlucht toe. Ik vraag me af wat ik moet doen en of ik iets moet doen. De lont brandt veel langzamer op dan we hadden gedacht. Vlucht buigt zich opnieuw en probeert hem verderop aan te steken om het vlammetje vlugger de auto te laten bereiken. Intussen zie ik uit de zojuist door Straal aangegeven richting vier personen komen, twee jongens en twee meisjes, die kletsend hun weg gaan, en op hetzelfde moment zie ik Straal Vlucht vastgrijpen, hem door elkaar schudden, hem wegduwen, maar Vlucht biedt weerstand, hij buigt zich opnieuw over de vlam, verzorgt hem, moedigt hem aan, en dan ren ik ook naar hen toe, ik hoor mijn passen op het asfalt dreunen, ik heb pijn in mijn zij en hogerop klopt en brandt mijn rib, ik bereik hen en pak Vlucht bij zijn arm, maar hij wringt zich los, ik pak hem bij zijn nek en hij valt achterover, terwijl het vuur nu in vrolijk, springerig ritme de lont verslindt en dan trapt Straal erop, maar het lukt hem niet hem te doven, hij pakt de rugzak en komt naar ons toe, ik heb Vlucht nog steeds vast, Vlucht die weer Scarmiglia is geworden, en ook Straal is weer Bocca geworden, de tranen staan hem in de ogen en hij helpt me Scarmiglia naar de overkant van de straat te sleuren, we leggen in hoog tempo twintig, dertig, veertig meter af en blijven rennen en sleuren; als we een eind weg zijn, draai ik mijn hoofd om en ik zie dat de vier jongelui de via Nunzio Morello inslaan, ik hoor hen lachen en een meisje zingt luidkeels een liedje van de afgelopen zomer dat zegt dat er geen tijd is om dit rennen zonder einde tot stoppen te brengen, dit rennen dat ons wegvoert, en dan word ik helemaal woedend, want het is absurd, er is geen enkele reden voor dat het zo gaat, ik laat Scarmiglia bij Bocca, ga terug en vanaf het einde van de straat beduid ik de jongelui niet verder te lopen, weg te gaan, maar ze zien me niet, ik loop nog een meter of tien door en nu zien ze me wel en dan ga ik op mijn tenen staan, sla mijn armen wijd uiteen en doe de valk met een vast en regelmatig ritme, als longen, als een hart, mijn armen omhoog en omlaag, een hartslag in de vorm van gevaar; de jongelui zeggen iets tegen elkaar, roepen me uit de verte, vragen me wat er is, of ik me niet goed voel, maar ik kan niet praten, het is me niet gegeven te praten, want ik ben een activist, een gevangene, en op dat moment bijt het vuur in het laatste stukje lont, gaat het gat door, verbreidt zich via de tweede lont binnen in de benzinetank, een eerste steekvlam, het wordt gloeiend heet, een tweede steekvlam en dan explodeert de Simca en zie je niets meer.

Touw en Steen zitten tv te kijken, ze horen de dreun, bellen overal heen, komen er niet achter waar ik zit. Ze vragen de buurvrouw om bij Katoen te blijven, gaan de straat op, lopen in de richting van het licht en de sirenes, van het lawaai, vragen, proberen te begrijpen wat er is gebeurd. Dan zien ze me zitten, op de trappen van de San-Michelekerk. Ze komen naar me toe, Touw slaat haar armen om me heen, Steen aait me over mijn schouders en over mijn hoofd, wil begrijpen of ik echt ben. Ik ben echt. Ik ben vuil, mijn hemd is gescheurd bij mijn elleboog, er zit een beetje bloed. Mijn rib doet opnieuw pijn.

Ze stellen me vragen. Ik zeg dat ik na de film van de bioscoop weer naar huis liep, dat ik net een dwarsstraat daar in de buurt was ingeslagen en dat toen die ontploffing kwam.

Touw vraagt me naar de anderen. 'Je kameraadjes,' zegt ze.

Ik kijk op: observeer haar neus, haar tranen. Ik antwoord dat ze een andere weg hebben genomen en dat ik geen idee heb.

Steen zegt dat we maar beter kunnen gaan.

Ik sta op. Rechts, bij de hoek van de via Nunzio Morello, is nog een restje vuur in het skelet van de Simca te zien; de brandweer is bezig er een eind aan te maken. Het rolluik van de winkel is naar binnen gedrukt en in het midden opengereten. Verderop staan auto's van de politie en een ambulance. Een andere ambulance is met de sirene aan weggereden. Er staan mensen in peignoir en op pantoffels en met ongekamde haren; anderen met een normaal jack over hun pyjama heen.

Als we thuiskomen is het twee uur 's nachts. Katoen zit daar met de buurvrouw, hij is nog wakker; hij komt ons op blote voeten tegemoet, vraagt iets. Ik ga de badkamer in, wil douchen, ik ben bezweet, zit onder het stof en stink naar rook.

Ik ga op de rand van het bad zitten, minuten verstrijken. Ik drink een beetje water uit de kraan, uit het gat van de afvoer hoor ik een heel licht schrapen komen. Ik doe de kraan uit en kijk naar het gat.

Ik blijf het schrapen horen en na een paar seconden komen de pootjes van de mug uit het donker tevoorschijn. De mug kruipt over de metalen ring om het afvoergat heen, klautert over het porselein omhoog, nog altijd doof en koppig. Ze vermijdt de druppeltjes, zoekt de droge plekken; als ze op een stroompje stuit, maakt ze met haar pootjes een gebaar van ongeduld, vindt een andere weg en klimt verder. Zodra ze de rand van de wasbak bereikt, ga ik weer op die van het bad zitten. We bevinden ons tegenover elkaar.

'Hallo, Nimbus.'

Ik hoor haar nauwelijks, mijn ogen vallen dicht.

'Geen douche?'

'Ik ben moe,' zeg ik zachtjes.

'Vind je het soms *ongepast*?'

Haar stem is een met nagels betokkeld nylon draadje. Dun, elastisch.

'Je hebt gelijk,' gaat ze verder. 'Er zijn momenten waarop het niet gepast is om je te wassen. Niet hygiënisch. Waarop je je lijf beter vuil van de strijd kunt laten.'

Ik kijk haar aan. Ik zou haar zo veel dingen moeten vragen. Dat zou logisch zijn. Maar praten is zo vermoeiend.

'Bovendien,' gaat ze verder, 'als epidermale vuilheid samengaat met innerlijke chaos, wordt het bloed lekkerder. Het wint aan smaak.'

'Hou op!'

Ze zwijgt. Ze heeft de houding van iemand die zichzelf dwingt geduldig te zijn. Ironie die tot sarcasme verhardt.

'Ja, Nimbus,' zegt ze tegen me. 'Ik hou op. En sorry zelfs. Waarschijnlijk is dit niet alleen een moment waarop er niet gewassen wordt, maar ook een moment waarop er niet wordt gepraat.'

‘Het is nergens het moment voor,’ zeg ik.

‘Inderdaad, het is geen moment,’ is haar zachte commentaar.

Ik buig mijn hoofd. Er is geen geluid te horen, zelfs niet van auto’s. Alles is verdwenen.

‘Het probleem is nu de verantwoordelijkheid een vorm te geven,’ zegt ze.

Ik probeer naar haar te kijken, maar het lukt me niet haar scherp te krijgen.

‘In de zin van proberen te begrijpen wie waar de schuld van is,’ gaat ze verder. ‘In hoeverre de voltrokken daden een rol spelen, of de bedoelingen, wat er verder ging dan de bedoeling was, de rol van het toeval.’

‘Waarom heb je het over schuld?’ vraag ik haar.

‘Waar wil je dan dat ik het over heb? Er is vannacht een jongen bijna doodgegaan.’

‘Is hij dood?’

‘Nee, niet dood, hij is gewond aan armen en benen. Verkoold. De kranten zullen het er over twee dagen over hebben, het tv-nieuws morgen al. Straks.’

Ik zit een poosje voorovergebogen, mijn ellebogen op de knieën. Maar eigenlijk zou ik willen slapen.

‘Wil je weten wie het is?’

‘Nee,’ antwoord ik, zonder me te bewegen.

‘Maar beter om hem als een onvermijdelijk slachtoffer te beschouwen? Als iemand die hoe dan ook geïnvolveerd was?’

‘Dat is het niet.’

‘Wat dan wel?’

‘We konden niet weten dat er iemand langs zou komen, dat de lont zo langzaam zou opbranden, dat Vlucht zijn hoofd zou verliezen. Alles is door elkaar gaan lopen, helemaal fout gelopen.’

‘Was het ook onmogelijk te voorzien dat je zou zwijgen?’

Ik hef mijn hoofd weer op, ik voel alle onderdeeltjes die samen mijn ruggengraat vormen.

'Ik heb ze gewaarschuwd.'

'Je hebt je mond gehouden.'

'Ik heb gezegd dat er gevaar dreigde.'

'Je hebt je mond gehouden.'

'Ik heb het zo vaak herhaald, zo vaak ik kon.'

'Nee, Nimbus, nee. Je hebt bewegingen gemaakt die behalve jij en Bocca en Scarmiglia niemand begrijpt.'

'Ik heb het gezegd.'

'Dat was geen spreken.'

Ik antwoord niet meer. Ik voel de slaap weer opkomen, sterk, vanuit mijn buik. De mug verplaatst zich een paar centimeter over de rand van de wasbak. Ze blijft zitten, kruipt terug en keert zich opnieuw naar mij.

'Je had jullie wittige lont,' zegt ze, 'die eerst langzaam, daarna snel op het asfalt lag te verbranden. Maar er waren ook andere lonten. De tijd en de ruimte, bijvoorbeeld. En de lont van vier personen in de buurt. Misschien kwamen ze uit de bioscoop. Misschien uitgerekend van de Fiamma. Of uit een pizzeria. 's Woensdags is er niemand en word je meteen bediend. En dan was er nog de lont van al die verspilde woorden, de gebaren van verstandhouding en de flauwe opmerkingen. En op een bepaald punt staat iemand op en zegt: "Kom, we gaan." En dan lopen ze een stuk door de via Notarbartolo, slaan de kleinere straten in – de via Petrarca, de via Leopardi. Nog tweehonderd meter in een richting, honderd in een andere – ze lopen rond, praten – nog vijftig meter, ze slaan de via Nunzio Morello in en een meisje met loshangende, romantische haren, van die haren waar jij van houdt, zingt *Figli delle stelle*, en valt dan stil, want aan het eind van de straat ziet ze een jongetje dat staat te gebaren, zonder daarbij een woord te zeggen; het meisje en haar vrienden kijken naar hem, lopen nog een paar meter verder en het jongetje gaat op zijn tenen staan, spreidt zijn armen en kromt zijn rug. De jongelui vinden het maar vreemd, zeggen tegen elkaar dat hij bizar is, roepen hem en vragen wat er is, nog een woord, nog een stap en de explosie veegt alles weg en wist uit, de lichamen slaan tegen auto's en huizen op, de lucht wordt hard en er is vuur, rook, stemmen die naar elkaar roepen, schril of krachtig, geraas, sirenes.'

Ze zwijgt en kijkt me strak aan, dwingt me haar aan te kijken.

'Hoe zijn dit soort dingen te voorzien, Nimbus?'

Ik schud mijn hoofd. Zonder defaitisme, meer zoals wanneer je jeuk hebt. Ik breng mijn handen naar de rand van het bad, aan weerszijden van mijn benen. Ik zet me schrap.

'Dat kun je niet incalculeren,' zeg ik. 'Dat accepteer je.'

Net als eerst verplaatst ze zich geconcentreerd op haar ragfijne pootjes over de rand van de wasbak, haar zuigsnuit trillend voor haar uit. Ineens draait ze zich zonder enig commentaar om en begint over het witte porselein naar beneden te lopen. Ik sta op.

'Ik moet je iets vragen,' zeg ik.

Ze blijft staan, kijkt achterom, wacht.

'Ik zou graag van dat bloed weten.'

Ze zegt niets, haar zuigsnuit blijft nauwelijks waarneembaar schommelen.

'Van mijn bloed,' zeg ik. 'Van dat van het creoolse meisje. In jou.'

'Wat wil je weten?'

'Ik weet niet. Van het vermengde bloed, hoe het was.'

'Ik heb je gestoken, maar niet je bloed opgezogen,' zegt ze. 'Er is niets vermengd.'

Ze keert zich opnieuw naar de bodem van de wasbak, vervolgt haar afdaling, bereikt het gat en verdwijnt erin.

Er wordt op de deur geklopt. Ik doe open. Touw vraagt of ik klaar ben. Ik vertel haar dat ik me niet heb gewassen, ik ben moe. Terwijl ik de badkamer uit loop, streelt ze me lichtjes over het hoofd en ik blijf staan, draai me naar haar toe, wrijf met mijn arm over de plek waar ze me heeft aangeraakt en loop weg, de gang door. In onze kamer ligt Katoen te slapen.

Ik doe het licht op het nachtkastje aan, kleed me uit, trek mijn pyjama niet aan. Ik kruip onder de dekens en heb het gevoel of ik in een rotsspleet kruip. En in die rotsspleet val ik als een blok in slaap.

De volgende dag ga ik niet naar school. Ik luister naar de radio. Ze zeggen dat er een explosie is geweest in Palermo. Ze noemen de naam van de straat. Ze zeggen dat er vier toevallig langskomende jongelui bij betrokken raakten, dat een van hen derdegraadsverbrandingen heeft opgelopen. Het zeer ernstige voorval is nog door niemand opgeëist, maar men is geneigd het terug te voeren op de recente gebeurtenissen in de stad, die tot nu toe echter nooit een dergelijk niveau hadden bereikt. Ze hebben het over brigadistische dreiging. Over een nieuwe paraaf. Over staatsvijandige activiteiten. Over de gewapende strijd die meer en meer plaatsvindt, ook in steden die er tot nu toe van gevrijwaard waren gebleven. Terwijl ik luister, bedenk ik dat het is alsof je in de derde persoon leeft. Verteld worden. Van onderwerp in lijdend voorwerp veranderen, bestaan in de waarneming van de anderen. Iets wat op misbruik lijkt, op een vorm van manipulatie, maar daarentegen een genoegen is.

Als ik Straal spreek, vertelt hij dat hij gisteravond tot in de via Ugdulena, tot bij hem thuis, met Vlucht is meegelopen, gewacht heeft tot die weer kalm was en naar boven ging en dat hij toen pas zelf is weggegaan. We praten over wat ze op de radio zeiden. Over de jongen met de derdegraadsverbrandingen. Hij zegt dat ik morgen de kranten niet moet lezen, niet meer naar de radio moet luisteren en ook niet naar de televisie moet kijken.

'Het is absoluut onze schuld niet,' zegt hij. 'Soms gebeurt het kwaad, helemaal buiten je bedoeling om en treft het iemand die je nooit van plan was geweest te treffen.'

'Maar dit keer is het kwaad geen toeval,' zeg ik. 'We zijn daarheen gegaan om kwaad te doen.'

'Dat is waar, maar we wilden dat het iets symbolisch was.'

'We wilden symbolisch zijn, maar hebben wel bijna iemand gedood.'

'Nee, kameraad Nimbus, nee. We hebben niemand "bijna gedood". We hebben een auto tot ontploffing gebracht. We hebben een eigendom vernield, het eigendom van een schooldirecteur. Van een symbool. Dat hebben wij gedaan. De explosie daarentegen behoort tot het oncontroleerbare. Het is als een aardbeving: die heeft het op niemand begrepen, haat niemand. Wij zijn verantwoordelijk voor de ontsteking van de lont, met wat er daarna gebeurde, hebben wij niets meer te maken.'

Hij zwijgt een poosje, wacht tot zijn redenering bezinkt. In de telefoonkabel en in mijn denken. Dan zegt hij dat hij Vlucht weer heeft gesproken, dat hij nu rustig is. Hij vindt het vervelend van gisteren, hij had zijn zelfbeheersing niet moeten verliezen. Het kwam door de woede omdat de lont niet brandde, door de werkelijkheid die zich tegen het plan verzette. Hij had er 's nachts over nagedacht en het begrepen. De werkelijkheid beweegt, het plan moet even beweeglijk kunnen zijn. Hij zegt dat we elkaar vanmiddag op de open plek zien. Om zes uur. Om erover te praten.

Onderweg hoor ik de sirenes. Mobilisatie. Grijsgroene politieauto's. Het blauwe zwaailicht. De lange, naar achteren gebogen antenne. Het stof dat opdwarrelt als er zo'n auto langsrijdt, een schil om zich heen vormt, tot een bal wordt; daarna laten de verbindingen een beetje los, verliezen hun samenhang helemaal, de afzonderlijke deeltjes verspreiden zich en vallen puntvormig terug op de grond.

De anderen zijn er al. Ze zijn rustig. Vlucht kijkt me aan alsof hij de gastheer was. Ik beantwoord zijn blik terwijl ik ook op de stoppels ga zitten. Mijn gewrichtsbanden doen pijn door het rennen van gisteren; op mijn elleboog, onder mijn bloes, bedekken drie pleisters mijn schaafwonden. Vlucht heeft een groene trui aan, direct op zijn huid. Een oude, wollen trui die vies ruikt. Straal heeft een zwart met grijs geruite bloes aan. Het lijkt of er in allebei gesneden is: het teveel aan materie weggehaald met het lemmet van een zakmes; alleen de essentie is nog over, het zenuwensysteem. Aders en slagaders zijn vooral bij Vlucht goed te zien, het geheel van de zich onderhuids vertakkende vaten.

Volgens Straal was de etappe van gisteren beslissend. Glorieus. Het feit dat hij een ernstig gewonde heeft opgeleverd – dat zijn de woorden die hij gebruikt – is op zich veelbetekenend. Bij een actie die nog tegen dingen was gericht, hebben wij een persoon getroffen: dat bewijst dat onze kracht groter is dan we beseften.

Er volgt een stilte van enkele seconden waarin Straal het stokje aan Vlucht overgeeft.

'Het feit dat de radio ons het vaderschap van de aanslag heeft toegekend,' zegt hij, 'betekent dat onze paraaf inmiddels zo aanwezig is, dat we onze acties niet meer hoeven op te eisen. En zoals we al bedacht hadden, is niemand bovendien in staat speurwerk naar ons te verrichten, want onderzoeken worden door volwassenen uitgedacht en zijn op andere volwassenen gericht. Elf zijn maakt ons onzichtbaar. En wat we in onze communiqués zeggen, doet er niet toe. Ze komen gewoon niet op het idee dat de verantwoordelijken elf zouden kunnen zijn: wij zijn schimmen.'

De schim, denk ik, dat ben ik. Niet zozeer omdat ze me het woord niet geven – ik doe trouwens niets om het te nemen – maar omdat hun analyse verder niets nodig heeft. Rond is, afgesloten. Elk extra commentaar zou maar een overbodige toevoeging zijn.

'De volgende stap,' zegt Straal, 'is actie ondernemen tegen een persoon. Maar we gaan trapsgewijs te werk, het heeft geen nut om ons meteen in de ontvoering van een belangrijk doelwit te storten: we moeten eerst het mechanisme verbeteren.'

'In die zin,' valt Vlucht hem in de rede, 'dat we, in grote lijnen, het proces moeten beheersen.'

'De sculptuur van een ontvoering maken,' voegt Straal eraan toe.

'Exact, kameraad,' valt Vlucht hem nadrukkelijk bij. 'De vorm ervan leren kennen, er de maten van nemen.'

'Als een oefening,' preciseert Straal.

'Om zoiets te doen,' gaat Vlucht verder, 'is het fundamenteel de juiste persoon te vinden.'

Hij pauzeert even. Heeft de situatie weer helemaal in de hand. En vindt in Straal nu iets meer dan een eenvoudige kameraad: een medeplichtige misschien wel, in wie zijn visie binnendringt en ruimte verovert.

'Omdat het slechts om een proef gaat,' vervolgt Vlucht, 'zij het ook een van het allergrootste belang, moet de persoon met wie we ons belasten een gemakkelijk doelwit zijn. Kwetsbaar. Iemand die het ons mogelijk maakt te begrijpen wat het betekent een lichaam gevangen te nemen, het te verbergen, ermee om te gaan, het te kneden.'

Verbannen naar deze rol van gast, van publiek dat toehoort en hoogstens ja knikt, let ik, terwijl Vlucht verdergaat met de beschrijving van ons doelwit, op de nuances van zijn verhaal. *Je belasten met*, de uitdrukking die hij een moment geleden gebruikte, is prachtig in al zijn absurditeit. Want er zit moeite in, verplichting, zelfs lijden, een taak die je in weerwil van jezelf accepteert. Maar ze drukt vooral iets vaderlijks uit, het bewustzijn dat je voor iemand moet zorgen. Toen hij het had over hoe ze op de radio de verantwoordelijkheid voor de aanslag aan onze kern toekenden, gebruikte Vlucht uitgerekend het woord *vaderschap*. Het is alsof we via onze acties bezig zijn kinderen voort te brengen en onszelf in piepkleine vaders te veranderen. Vaders van acties. Van alfastils. Van vuren en explosies.

Terwijl ik zo zat te denken, luisterde ik niet meer, of alleen maar bij vlagen. Ik weet dat ons doelwit kneedbaar moet zijn. Eenvoudig. Traag. Gedwee. Fysiek tenger. Los van banden. Geïsoleerd. Een figuur die geen verzet biedt. Ik voeg de verschillende eigenschappen samen, maak er een constellatie van. En krijg een concreet beeld van ons doelwit, van dat kind van ons dat we gevangen moeten nemen en verbergen. Wat ons ontbreekt is ervaring: de weerloze beschermen, zorg dragen voor zijn kwetsbaarheid. Mijn grote verlangen.

DRUK

(november 1978)

Ik schaduw Morana. Ik doe het in mijn eentje, terwijl Straal en Vlucht aan de logistiek van de ontvoering werken. Ik had gevraagd wat voor zin het had om iemand te schaduwen die ik ken en die mij kent. Ik had hem domweg kunnen vragen waar hij woont, of met hem mee kunnen lopen naar huis, de weg samen met hem afleggen en het op die manier ontdekken, als dat echt beschouwd moet worden als iets om te ontdekken. Er werd me geantwoord dat dat niet orthodox zou zijn.

Mijn stilzwijgende degradatie tot eenvoudige hulp, zonder enige stem in het kapittel bij beslissingen, vind ik prima. Ik blijf in het atoom, maar draai als een onzekere, weerspannige elektron rond de kern. Overigens heeft niemand van ons iets over de kwestie gezegd, er is geen probleem van gemaakt, en dus kan ik altijd geloven, of mezelf laten geloven, dat het om een fase in het werk gaat waarin ik de verantwoordelijkheid voor het schaduwen op me neem, terwijl de andere twee kameraden, zich baserend op wat ik vertel, de ontvoering en de daaropvolgende gevangenschap plannen.

Als Morana uit school komt, steekt hij het piazza De Saliba over; op dagen dat er geen markt is tweehonderd meter leegte. Hij loopt moeilijk; zijn rechterbeen volgt het linker niet maar beschrijft zijwaarts een halve cirkel. Als je hem van achteren observeert loopt hij diagonaalsgewijs: het is gemakkelijk om hem te volgen. Bovendien zijn de plekken waar hij naartoe loopt altijd dezelfde: de via Aurispa, waar hij woont, een armoedige, donkere straat met een naam als een kleine, wrede spin, de straten in de buurt van de via Aurispa, als ze hem naar een winkel sturen, de Villa Sperlinga, waar hij vaker dan ik naar de mensen gaat kijken, vooral naar de jongelui op de grasvelden en naar de draaimolenklanten, maar ook naar de pony en de honden. Hij klimt nooit op de pony; bij de honden doet hij een poging tot weemoedige solidariteit door zijn hand een beetje uit te steken als hij ze langs ziet komen. Maar dan gebeurt er niets: hoogstens gaat een hond een beetje langzamer lopen, kijkt hem steriel aan, loopt in zijn richting, maar draait meteen om, zonder het traject te voltooien, versuft door de halo waarin hij binnendringt, en loopt weg.

's Zaterdags neemt Morana een andere route. Hij gaat niet meteen naar de via Aurispa, de straat van de spin, maar loopt verder tot aan het station en zakt vervolgens de via Lincoln af. Ik volg hem tot hij bij het hek van de Villa Giulia aankomt en daar blijft staan kijken; naar de tekening van het smeedijzer, naar de klimplanten.

De Villa Giulia, daar gaan de Palermitanen op zondagmorgen heen; ik ben er maar één keer geweest. Er waren mutantenfamilies, her en der op de grasvelden; een treintje dat, in een door elektrische aandrijving regelmatige beweging, een eivormige baan trok, kinderen in de rode en blauwe wagonnetjes gestouwd; en brutale oleanders en hoge, slanke palmen, verschillende gradaties groen; witte standbeelden, gehurkt op hun voetstukken, in de houding van iemand die zich verbergt; en grind en stof in de lanen.

Eenmaal het hek door, gaat Morana aan het zwerven. Na minutenlang lopen, stilstaan, teruglopen, weer doorlopen, onbegrensd wandelgestotter, slaat hij een pad tussen twee grasperken in, vervolgt zijn weg en blijft dan staan voor een ijzeren kooi op een betonnen voetstuk. In de kooi een leeuw. Hij zit, is oud. Hij ademt moeilijk, schudt daarbij zijn bek, onder de slappe lippen komt roze tevoorschijn, doffe ogen. Een seniele leeuw die niet van positie verandert en van de andere kant van de tralies naar Morana kijkt.

Ik had over de leeuw gehoord, maar hem nooit gezien, ik dacht dat het een verzinsel was. Maar hij bestaat echt en puft wat, waagt zich niet eens aan gebrul. Van tijd tot tijd schudt hij zijn kop, schokkend op zijn geraamte, en staart hij vol wrok naar de leegte aan de andere kant van de hagen, de bomen en het hek, aan de andere kant van het eerste trottoir en de rijbaan van de via Lincoln, en verliest dan zijn woede ergens richting zee.

Morana kijkt naar hem, meer niet.

Achter hem, een paar meter verderop, diep in de schaduw van de bladeren van een bananenboom, sta ik hem te bewonderen, want hij gedraagt zich niet als een kind, ook al is hij dat. Geen lokkende woordjes, nog minder de idiote onverschrokkenheid van de lui die naar het dier toe lopen om het te aaien, en evenmin het vernederende voeren met de doorgekauwde korst van zacht brood. Geen enkele poging tot een band: het doffe, door alles overwonnen monster met zijn emfyseem in de kooi; het andere, heel kleine, door alles overwonnen monster met zijn vernedering daarbuiten, in het stof. Rondom de stilte van een zaterdagmiddag in het begin van november, de lucht een beetje kouder, het licht dat geen schuilplaats vindt en alleen maar breed, als een waaier over de dingen neervalt.

Als ik het schrift met alle aantekeningen over routes, tijden en alles wat daarbij hoort laat lezen, zeggen Vlucht en Straal geen woord en als ik hun mondeling nog kleinere details geef, luisteren ze zwijgend naar me. Ze vergelijken mijn tekeningen met hun schema's, spreiden lijsten en tabellen op de stoppels van de open plek uit, een indrukwekkende hoeveelheid werk, hypotheses die tot doel hebben een juist beeld te krijgen van de optimale omstandigheden voor het weghalen. Zo noemen ze dat.

'Het grootste probleem,' zegt Straal, 'is de kwetsbaarheid.'

Ik kijk naar hem zonder een idee te hebben van wat hij bedoelt. Hij heeft Vluchts manier van doen overgenomen. Zinnen als formules, esoterisch, die zich enkel tot de ingewijden richten, uitdagende en oordelende blikken. Houdingen van de strateeg.

'Ik bedoel,' gaat hij verder, 'dat Morana ons juist vanwege het feit dat hij altijd kwetsbaar is, in moeilijkheden brengt: zijn fragiliteit is van een grenzenloze omvang.'

'Het is een provocatie,' komt Vlucht ertussen. 'Dat is het niet op zich, maar zo moeten wij het beschouwen.'

'Wat is dat,' vraag ik, 'nog een manier om de vijand sterker te maken?'

'Zie het zoals je wilt,' zegt Straal, 'maar kameraad Vlucht heeft gelijk: Morana provoceert ons met zijn fragiliteit.'

Ik word zenuwachtig, knijp in het vel van mijn handen. Ik weet dat het door de vermoeidheid komt, door het niet slapen.

'Maar is Morana nou niet juist om zijn fragiliteit gekozen?' vraag ik.

'Ja,' legt kameraad Straal me uit, 'maar wij kunnen onze training niet opgeven alleen maar omdat Morana altijd zwak is. We hebben obstakels nodig.'

'Wat voor obstakels?' vraag ik.

'Hem ontvoeren terwijl hij met de anderen op school zit, bijvoorbeeld,' antwoordt Vlucht. 'Of terwijl hij met zijn ouders is. Op straat, of in het algemeen op een plek waar het druk is.'

'Of op zondag,' mengt Straal zich erin, 'terwijl hij met zijn hele familie zit te eten. Of door op klaarlichte dag een openbare ruimte binnen te vallen: nadat we hem eerst daarheen hebben gebracht.'

'Of op handen en voeten lopend,' zeg ik. 'Of terwijl we ons op één been voortbewegen en met één arm op onze rug gebonden. Zigzaggend.'

Vlucht kijkt me strak aan.

'Dit is ironie,' zegt hij.

Ik reageer niet, voel me betrapt. Maar er is iets in de paradox waar we ons steeds dieper in werken, wat ik niet volledig kan accepteren.

‘Obstakels hebben we nodig,’ gaat Vlucht rustig verder. ‘Voor later, voor de toekomst.’

‘Begrepen,’ zeg ik, en intussen denk ik aan later, aan de toekomst. Ik stel geen vragen over hoe ze de ontvoering willen aanpakken, of ze losgeld of iets anders in hun hoofd hebben. Ik heb geen zin om te vragen. Ik zou willen dat zij iets tegen me zeiden, maar er komt niets, alleen maar informatie over de plek die ze gevonden hebben voor de detentie. Een soort kelder, iets meer dan een betonnen kamertje, half onder de grond, dat Straals vader als magazijn gebruikt. Het bevindt zich in de viale delle Magnolie, vlak bij zowel mijn huis als dat van Vlucht; maar gek genoeg verder weg van dat van Straal. Jaren geleden woonden zij in de viale delle Magnolie. Later verhuisden ze en besloten ze hun appartement daar te verhuren, behalve deze kelder, die ze als bergruimte hebben aangehouden.

‘Hij ligt ter hoogte van de boxen,’ vertelt Straal, ‘in een doolhof van gangen. Er komt nooit iemand. Het is er vochtig en er is voldoende ruimte om een kleine cel te bouwen. We kunnen her en der opgeduikeld materiaal gebruiken en het hout van een kastje dat daar staat, en een paar planken.’

Om er zeker van te zijn dat zijn vader daar niet naar binnen kan, zal Straal zich er niet toe beperken de sleutels te stelen en er duplicaten van te laten maken: hij zal ze ook laten verdwijnen. Dat kan, dat je weinig gebruikte sleutels kwijtraakt of dat je je niet herinnert waar je ze gelaten hebt. In noodgeval zal dat ons genoeg tijd laten om een beslissing te nemen en iets te doen.

En ik blijf maar moeite hebben om ’s avonds in slaap te komen. Ik blijf door de gang lopen, slaap zoeken in de fauteuil in de hal, teruggaan naar mijn kamer, weer door de gang lopen, me opnieuw in de fauteuil installeren. De weinige uren dat het me lukt om uit te rusten, zit ik opgepropt op een smal, hard kussen, met mijn benen tegen mijn borst en mijn rug ongemakkelijk tegen een armleuning.

Op school is de staat van alarm niet minder geworden. Integendeel, na het gewond raken van die jongen – over wie de anderen en ik bewust niets hebben willen horen – is de spanning nog toegenomen. De politieman met het verveelde gezicht brengt steeds meer tijd door in het kantoor van de directeur en wij worden om de beurt opnieuw gehoord. Als ze naar ons kijken, lijkt het hun onmogelijk dat het epicentrum hier zou kunnen liggen, te midden van banken, geschiedenisboeken, het zweet van de gymzaal en de in de lichamen ontluikende prepuberteit.

In de klas, tijdens de lessen, probeer ik mijn aandacht te richten op de kromming van een neus, op een oor, op elk willekeurig ding dat mijn zintuiglijke waarneming kan vangen en even rust kan geven. Naast mij spelen Straal en Vlucht op een geloofwaardige manier Bocca en Scarmiglia, leerlingen die alles bij elkaar genomen rustig zijn, die alles bij elkaar genomen beleefd zijn en in elk geval oplettend. Mij is gezegd ook zo te zijn. Op te letten, te studeren. Ook de geringste vermindering van de prestaties kan nu argwaan wekken. Dus doe ik mijn uiterste best, maar als ik een boek voor me leg, kan ik me niet concentreren. Op een keer zit ik ineens in de kantlijn van een bladzijde in het wiskundeboek met potlood 'Gelukkig hij die erin gelooft, wij geloven er niet in' te schrijven en dan op die van een andere bladzijde 'Dood aan de doden'. Zodra ik het in de gaten heb, kijk ik om me heen, pak mijn gum en veeg het uit, maar ik heb het idee dat de doorgedrukte letters nog te lezen zijn, dus scheur ik de randen van die bladzijden eraf en vernietig ik ze.

Meestal zit ik Morana te observeren: zijn inerte luisteren met halfopen mond, zijn hoofd dat nooit beweegt, de kleine bos fijn haar en zijn vingers met gewrichten tussen de kootjes die wel knopen lijken. Na het vijfde uur volg ik hem naar huis. Als hij de kleine houten deur in gaat waarachter een smalle trap te zien is, blijf ik nog een half uur daar voor het huis staan, een beetje ter zijde. Ik bestudeer de gevels van de huizen, heel donker, terwijl de mensen op het trottoir voor me uitwijken. Ik sta daar en wacht af of hij weer naar buiten komt, ik zou graag nog eens naar de leeuw gaan kijken; maar er gebeurt niets en dan ga ik maar naar huis.

En dan op een keer gaat Morana zijn huis in, doet de deur achter zich dicht, maar komt vijf minuten later weer naar buiten. Hij ziet me, ik groet hem, hij kijkt naar me en wrijft zijn vingers over elkaar. Ik zeg dat ik een schoenwinkel zoek, dat ik een paar gymschoenen moet kopen. Het is twee uur, alles is dicht: ik zeg dat ik stond te wachten tot de winkels weer opengaan, dat ik dorst had gekregen en een café zocht. Hij volhardt in zijn zwijgen; hij heeft korstjes rond zijn mond, op zijn voorhoofd en op zijn slapen, het lijken kruimels brood. Ik probeer niet naar hem te kijken, voel me gegeneerd. Ik haal het prikkeldraad uit mijn zak en reik het hem aan.

'Kijk,' zeg ik.

Morana pakt het, even gaan mijn ogen dicht; de lucht is fris, maar het is niet koud, de zon schijnt ook, het zou fijn zijn om nu te slapen.

Hij houdt het prikkeldraad in beide handen, alsof het een sprinkhaan is. Hij bevoelt het, draait het om, brengt het naar zijn gezicht en snuffelt eraan. Ik moet erom glimlachen, maar blijf ernstig.

'Op school,' zegt hij heel zachtjes, 'maak je er diepe krassen mee.'

Hij blijft het tussen zijn vingers ronddraaien, houdt het ondersteboven, op zoek naar een boven en een onder, naar een binnen en een buiten. Stopt ermee.

'Thuis is water,' zegt hij terwijl hij het me teruggeeft. Hij draait zich om en gaat. Ik aarzel een paar seconden, accepteer dan wat me een uitnodiging lijkt. Het is nuttig, zeg ik tegen mezelf, om te weten hoe de plek is waar hij leeft. Het was niet gepland, het is niet in een vergadering besproken, maar het is belangrijk. Trouwens, misschien willen we hem wel ontvoeren terwijl hij thuis is. Dan kunnen we maar beter weten hoe het daar is.

We gaan naar de deur, nemen de smalle trap en komen bij een voordeur die op een kier staat. Morana duwt hem verder open en we gaan naar binnen. Het huis heeft zijn waardigheid. Het laat voelen wat het betekent om elke dag te moeten vechten tegen de impuls om het fatsoenlijke volledig te laten varen. Het is er redelijk schoon, er heerst een idee van orde. De snuisterijen zijn onbenullig, maar de mensen hier zijn dan ook van eenvoudige afkomst, hun verbeeldingswereld is wat hij is en dat moet je accepteren. Ingewikkeld glaswerk op alle horizontale oppervlakken; aan de wanden met de mond, neus of oren geschilderde schilderijtjes – vertoon van nederige, misvormde kunst; een zeer voorspelbare mollige pop midden op de divan, de benen wijd, de zoom van de zijden rok omhoog en daaronder nog een reeks volants en onderrokken, de lippen een beetje van elkaar en donkere vlekken op het voorhoofd: het uiterlijk van iemand die al jarenlang elke dag door Jan en alleman misbruikt wordt. En verder het colaflesje, met twee takjes bougainville erin, het groen en het paars knetterend door elkaar heen, boven op de televisie; een onverdraaglijke hoeveelheid kanten kleedjes, waar je maar kijkt, pogingen om de huiselijke afgronden te verbergen.

Morana loopt naar de keuken, komt terug met een vol glas water. Ik neem het aan, bekijk het, de rand is vochtig, het stond te drogen. Ik probeer ertegen te ademen en het met mijn mouw schoon te vegen. Ik zie de andere monden die het gebruiken: er mijn lippen heen brengen zou Morana, zijn familie en zijn leven kussen betekenen. Dus houd ik het glas in mijn hand en wacht ik op het goede moment om het op een kanten kleedje te zetten en aan de vergetelheid prijs te geven. Intussen is Morana de woonkamer door gelopen en heeft hij een glazen deur geopend die uitkomt op een ingesloten terras van minstens tien bij tien meter, met een afdak erboven. Overal op de terrasvloer liggen kale druiventrossen; takjes zonder vruchten die lichtjes bewegen in de wind, de nerveuze bewegingen van plantaardige insecten. Ze geven me een gevoel van vuilheid, maar delicate vuilheid. Ik stel geen vragen, maar zie dat elke tros een andere graad van droogte heeft, een soort geduld, een in staat zijn daar te liggen en te wachten. In een hoek ontwaar ik een grote, rode plastic bak met handvatten, een brede, diepe kuip, en ernaast een houten hok met een opening in het midden. Ik denk even dat het het hok van een hond is, maar dan zie ik een gans. Morana merkt mijn verbazing en dat stemt hem tevreden.

'Die hebben we van de Fiera del Mediterraneo,' zegt hij.

Zijn stem is die van iemand die zich schaamt. Ik weet niet of het is om wat hij zegt of om hoe hij het zegt, misschien is hij zich bewust van zijn dialectische uitspraak en maakt hij dus uit schaamte zijn woorden tot een filigraanwerk.

'Vorig jaar,' vervolgt hij, 'hij was nog klein.'

Nu niet meer, denk ik. Het is een volgroeide gans, groot, wit en goed in zijn vlees. Hij staat tussen de kuip en het hok en kijkt naar me. Hij laat me voelen dat hij meer rechten heeft dan ik; niet alleen om hier te zijn – in het algemeen. Hij leeft te midden van de Morana's, woont op het terras; als gezelschapsdier of om te waken, maar een gans is hij en als we dichter naar hem toe lopen, ruik ik de scherpe maar lekkere geur van zijn poep. In plaats van bang te zijn, komt de gans naar ons toe, zijn grote borst opgezet; maar dan zet hij plotseling een stap opzij en begint hij te draaien, tekent het oneindigheidssymbool op de grond, hij blijft draaien en schetst er nog meer, het ene na het andere, hij is door het dolle heen, totdat hij een eerste vingertje poep produceert, en dan een tweede en een derde, alsof hij tot op dat moment een verzoeningsdans had uitgevoerd en nu het ritueel voltooit; alleen voltooit hij het niet maar blijft hij het oneindige schetsen; dan pakt Morana ergens in een hoekje een paar stukken krantenpapier en een plastic zakje en begint hem te volgen, waarbij hij bij elke stap met een spiraalvormige beweging de kleiachtige poep, waar zwarte en groene velletjes uitsteken, met het papier oppakt en vervolgens met dat papier over de grond wrijft, het geheel in elkaar frommelt en elk pakje in het plastic zakje doet dat aan zijn arm hangt.

Binnen in huis wordt geroepen. Er verschijnt een vrouw, ze is druiven aan het eten. Ze pakt er nog een en gooit het kale takje met de laatste donkere, geplette druiven op de terrasvloer: de gans verlaat het oneindige en gaat zich voeden.

De moeder van Morana lijkt op een melancholieke leguaan. Reumatisch, te oordelen naar hoe ze loopt. Ze heeft een geruite bloes aan en een lichtblauwe rok, van dat anonieme lichtblauw van armoedige rokken. Als ik naar haar toe loop om haar een hand te geven, merk ik dat ze naar slecht afgedroogde afwas ruikt. Ze spreekt dialect met haar zoon en ik begrijp het niet. Ze corrigeert zich, probeert het in het Italiaans, ze zegt hem dat ze nu tijd heeft, maar straks weg moet. Morana verontschuldigt zich en gaat weer naar binnen. Ik volg hem terwijl hij een stoel, een handdoek en een schaar pakt. Hij zet de stoel midden in de woonkamer, geeft de schaar aan zijn moeder en legt de handdoek zo neer dat hij schouders en borst bedekt.

Een offer, denk ik, Morana als een walgelijke Izaak, zijn moeder als Abraham die hem offert, geen enkele engel om de hand die hem neersteekt tegen te houden.

De leguaan begint te knippen en tien minuten lang hoor je alleen maar het klikken van de lemmeten en het getik van de ganzenbek tegen het raam van de gesloten deur – de veren borst tegen het glas, de poten met de zwemvliezen keurig in driehoek, gekauwde druiven in zijn bek: prachtig om te zien.

Ook Morana eet druiven. Hij heeft een trosje op zijn schoot, bedekt door de handdoek; hij haalt er een hand onderuit en brengt een druif naar zijn mond.

Niemand zegt iets tegen me, niet zozeer omdat ze ermee vertrouwd zijn vreemden in huis te hebben, maar eerder door aftakeling van de waarneming, omdat ze allebei het punt hebben bereikt waarop het allemaal niet meer uitmaakt. Terwijl de lichte lokken op hals en schouders vallen en op het bollende silhouet van de handdoek en vederlicht de vloer bereiken, zeg ik goedendag, ik bedank voor het water, kijk nog een keer naar de gans tegen het raam en vertrek.

De dag waarop we toeslaan is een zaterdag, de eerste waarop de kou besluit uit zijn schil van moleculen tevoorschijn te komen: hij breekt erdoorheen en begint razend tekeer te gaan. We doen gemakkelijke jacks aan, onze schoenen. We stoppen een bivakmuts in onze zak. Die, gezien het feit dat we met onbedekt gezicht te werk moeten gaan, nergens voor dient, maar we ontlenen er kracht en steun aan. Zelfmythologisering heeft ornamenten nodig. Doordat we niet de mogelijkheid hebben een auto te gebruiken, is het ondenkbaar Morana ergens in de stad op te pakken en hem dan naar de via delle Magnolie over te brengen: hoe grotesk ook, naar de via delle Magnolie zal hij zelf moeten lopen.

Na het vijfde uur ga ik hem achterna. Als hij aan het einde van de via Galilei is gekomen, ga ik naast hem lopen en groet ik hem. Ik stel hem voor een ommetje te maken, richting Villa Sperlinga, zomaar, om een eindje te lopen. Hij zegt dat hij niet kan, dat hij naar huis moet. Ik weet dat het niet waar is, dat hij 's zaterdags om deze tijd naar de leeuw gaat. Ik dring aan. Hij blijft nee zeggen maar heeft het er moeilijk mee; een conflictsituatie als deze brengt hem in de war. Ik kijk naar zijn pas geknipte haren, naar de statische, op een tere manier scherpe punten. Ik vraag het hem nog eens, weer nee, en dan duikt kameraad Straal naast hem op. Hij zegt dat de bus eraan komt, dat we in moeten stappen. Morana heeft as in zijn ogen, hij versnelt zijn pas en stapt met ons in. We lopen helemaal naar achteren, zorgen dat Morana in een hoek staat, Straal en ik iets daarvandaan.

'Waarom zijn we ingestapt?' vraag ik zachtjes aan Straal. 'Dat was niet gepland,' voeg ik er nog aan toe.

'Het is een obstakel,' antwoordt hij, terwijl hij de kraag van zijn jack omhoogslaat en zijn sjaal strakker om zijn hals trekt.

'We zouden te voet gaan,' houd ik aan. 'Het is gevaarlijk om de bus te nemen.'

'Daarom juist. We moeten risico's kunnen lopen,' zegt hij. 'En het dient ook om ons doelwit meer waarde te geven.'

We keren ons naar Morana. Hij stond naar ons te kijken, maar slaat nu zijn ogen neer. Er zijn weinig mensen in de bus. Ze zullen echter hoe dan ook niet gemakkelijk op het idee komen dat er een ontvoering gaande is, waarbij het slachtoffer min of meer vrijwillig met een openbaar vervoermiddel wordt weggevoerd.

We stappen uit in de via Libertà, voorbij de via delle Magnolie; we moeten nog een stuk te voet. Morana zegt dat hij weg moet, we antwoorden: 'Oké, je mag, maar eerst lopen we nog langs de Villa Sperlinga, we gaan een ritje op de pony maken.'

Hij zwijgt en loopt verder. We zouden een laag tempo moeten aanhouden om niet op te vallen, maar telkens als Straal merkt dat er iemand dezelfde kant op loopt als wij, haalt hij hem in; hij gaat naast hem lopen, jaagt hem op, geniet van de kans om er nog een obstakel bij te krijgen.

Eindelijk bereiken we de Villa Sperlinga en slaan rechtsaf de viale Campania in. Morana verandert met ons van richting, kijkt naar de pony die tussen de perken door wegloopt.

'Daar gaan we dadelijk heen,' zegt Straal zachtjes tegen hem.

Na honderd meter slaan we linksaf. Viale delle Magnolie. We lopen nog eens veertig meter verder en blijven dan voor een deurtje staan. Straal kijkt om zich heen, er is niemand. Het is twee uur 's middags, op dit uur eten de mensen en daarna gaan ze rusten. Straal trekt de sleutels tevoorschijn, doet de deur open, we gaan naar binnen en nemen de trappen naar beneden. Het zijn er twee. De muren verliezen hun pleisterkalk, worden ruw beton. We lopen door gangen, laten wat naar het geronk te oordelen waarschijnlijk de verwarmingskelder is achter ons, nog een paar stappen en Straal doet een houten deur open. Daarachter staat Vlucht ons op te wachten. Hij heeft een leiband in de hand en zodra Morana binnen is, grijpt hij diens armen en slaat er de lijn strak omheen. Het leer lijkt in de stof van Morana's jack en in zijn trui te dringen, en nog verder daaronder, in zijn huid. Binnen enkele seconden zitten Morana's armen vast, maar ook zonder dat zou er niets zijn gebeurd. We zijn een prooi van de orthodoxie en verrichten nutteloze daden.

Het is de eerste keer dat ik hier kom. Het klaarmaken van de gevangenis de afgelopen dagen voorzag niet in betrokkenheid mijnerzijds. Om risico's te vermijden, zeiden ze. Ik kijk om me heen: er zijn geen openingen, het elektrische licht is aan. Een peertje dat uit een fitting in de muur steekt, alleen daardoor is het mogelijk iets te zien. Zoals ze me al verteld hadden, is de ruimte erg klein, drieënhalve meter in het vierkant. En niet hoog. Wat niet nodig was, is in de afgelopen dagen afgevoerd. Tegen alle wanden hebben Straal en Vlucht kartonnen eierdozen geplakt. Om de ruimte geluiddicht te maken, leggen ze me uit, waarmee ze een technisch bewustzijn suggereren dat ze alleen maar in heel beperkte mate van plan zijn met me te delen. De vraag die ik aan mijzelf stel maar niet aan hen, is waar ze al die dozen vandaan hebben. Ik zie hen voor me, terwijl ze dagen en dagen eieren eten, alleen maar eieren: geconcentreerd, onverbiddelijk, hun magen die geel en wit verwerken, de dozen die zich in hoge torens opstapelen. Tegen een van de wanden is een hokje in het hok: de gevangenis van Morana. Het zit stevig in elkaar; ze hebben kastdeurtjes en stukken triplex aan elkaar getimmerd en in het midden een doorgang vrijgelaten die door een deurtje kan worden afgesloten en aan de buitenkant vergrendeld. Het lijkt op het hok van de gans, maar met iets duidelijkers in de structuur, iets heftigers: een tot nest verheven of gedegradeerde bunker. De wanden van de kleine cel zijn aan de binnenkant met eierdozen bedekt – nog meer eigeel, nog meer eiwit – en op de vloer ligt een deken. Meteen erbuiten staat een kleine kartonnen doos. 'In de doos,' legt Straal me uit, 'zitten koekjes en een fles.' Naast de doos, één meter boven de grond, steekt een kraantje uit de muur. 'Het werkt, het water halen we daarvandaan.'

Vlucht laat Morana in de cel kruipen, met zijn achterste eerst, zodat zijn benen naar buiten steken. Hij pakt nog een leiband en bindt ook de benen vast, waarbij hij het leer zo strak aantrekt dat de benen niet naast elkaar blijven liggen maar de kuiten langs elkaar glijden. Zachtjes pratend en de woorden scanderend zegt hij hem dat hij zijn hoofd naar buiten moet steken. Hij vraagt hem of hij dorst heeft, of hij water wil. Morana schudt van nee en dan pakt Vlucht een doek, duwt hem in Morana's mond, pakt breed plakband, van dat bruine, dat voor verpakkingen wordt gebruikt, laat hem naar voren buigen en wikkelt het een keer om zijn hoofd om de prop vast te zetten. Hij controleert of het plakband niet ook zijn neus heeft bedekt, zegt tegen Morana dat hij zijn knieën moet optrekken en zijn hoofd tussen zijn benen moet steken. Dan duwt hij hem, geholpen door Straal, naar binnen, doet het deurtje dicht en vergrendelt het. Hij zegt hem rustig te blijven, dat we later terug zullen komen.

We gaan om de beurt weg, met een tussentijd van twintig minuten. Eerst Vlucht, dan ik en daarna Straal. Het is drie uur. We spreken af om zeven uur. Vlucht zal in zijn eentje komen en met zijn duplicaatsleutel naar binnen gaan. Straal en ik zullen elkaar eerst bij de Villa Sperlinga ontmoeten en hem dan volgen.

Als ik thuiskom, ga ik op bed liggen. Ik merk dat ik niet met Morana te doen heb. Dat zou wel moeten, maar ik voel het niet. Wat ik wel merk is dat ik alles bijna volmaakt scherp zie. Alles is ondanks mijn vermoeidheid, dankzij mijn vermoeidheid, helder aan het worden. De vorm van mijn band met de anderen. Van mijn band met mezelf.

Ik val in een diepe slaap die twee uur duurt. Om half vijf word ik wakker, er beweegt iets tussen mijn kuiten. Ik kom met mijn hoofd van het kussen omhoog: de mankepoot-van-nature snuffelt aan de stof van mijn broek, hij zet een poot op mijn dij en komt op mijn borst zitten.

'Nimbus,' zegt hij.

Zijn vacht is droog, nog altijd grijzig, zijn ogen zitten onder hard geworden slijm, zijn poten zijn uiterst mager, zijn staart is geschroeid: en toch is hij van een verbazende schoonheid.

'Hallo,' zeg ik, terwijl ik mijn hoofd weer op het kussen leg.

'Hoe gaat het?' vraagt hij.

'Ik heb geslapen.'

'Je middag is dus vredig verlopen.'

Ik knik.

'Je bent zwanger,' zegt hij.

Ik begrijp het niet, maar stel geen vragen. Dan begrijp ik het: ja, misschien ben ik zwanger.

'Trouwens, je wilde toch een kind?'

Zijn stem is een mengsel van haren en korsten, van ziekte en wonden. Hij breekt donker en vervormd uit zijn bek naar buiten, soms wordt hij onduidelijk en valt weg, maar hij komt onmiddellijk terug en rekt zich dan weer naar voren, mager als een geraamte, vol vertakkingen.

'Je hebt een buik buiten je lichaam,' gaat hij verder. 'Een couveuse voor te vroeg geboren baby's. Beton, en vervolgens hout. En eierdozen. Godweet waar ze gebleven zijn, al die eieren.'

'Dat heb ik me ook afgevraagd,' zeg ik.

Boven op me gezeten, rechtop, kijkt hij me schattend aan. Ook hij taxeert me. Hij sluit zijn gedachte af en gaat verder.

'En binnen in die dubbele buik,' zegt hij, 'in zijn cocon van dekens en excrementen, zit je zoon.'

'Hoezo excrementen?'

'Wat dacht je dan dat daarbinnen gebeurde, Nimbus? Dat er vlinders uit Morana's buik loskomen? Dat zijn stront in jasmijn verandert?'

Het woord dat hij gebruikt treft me. Ik verbeter dat altijd bij mezelf. Ik zeg uitwerpselen, ik zeg excrementen. Ik zeg poep. Of vind nog een ander woord. Maar stront, nee.

'Toen we weggingen, was hij in orde,' zeg ik.

'Hij hoeft er niet slecht aan toe te zijn om excrementen voort te brengen: jij brengt die elke dag voort en je bent in orde.'

Ik denk aan mijn buik die een kind voortbrengt dat excrementen voortbrengt. Ik merk dat hij mij naar een doodlopende steeg voert.

'Dus,' herneemt hij, 'de zwangerschap gaat voort: het kind slaapt, bevuilt zich en wacht op zijn geboorte.'

'Ik ga dadelijk naar hem toe,' zeg ik.

'En wat denk je dan te doen?'

'Dat weet ik niet. Hij is ontvoerd. We zullen wel zien.'

'Wat betekent dat, "we zullen wel zien"? Wat is er aan de hand, is de strategische leiding bezig je op een zijspoor te zetten?'

'Nee. Ik zit in de strategische leiding. Misschien deel ik enkele bijkomstige keuzes niet, maar over de hoofdzaken bestaat absolute overeenstemming.'

'Wat een fraai proza, Nimbus! Echt heel fraai!'

Ik snap de toon van zijn opmerking niet, maar begrijp dat het een 'leuke' opmerking is. Ik hoor het sarcasme erin en het kwetst me.

'Vertel eens: is er iets waarvan je afstand aan het nemen bent?' vraagt hij me.

'Ik zei het je al. Er zijn een paar keuzes die ik niet volledig deel, dat is alles.'

'Je duldt ze.'

'Ik duld ze. Maar ik heb vertrouwen in de kameraden.'

'Maar jij hebt er niets mee te maken, zo is het toch?'

'Ik weet dat ik geïnvolveerd ben.'

'Maar stilletjes,' zegt hij. 'Het vlak is gaan hellen en jij glijdt naar beneden.'

In zijn kalige keel komt een gegorgel naar boven, een vloeibare woede die kookt en stuwt. Zijn stem wordt minder droog, meer een mengsel.

'Je kunt het je niet permitteren,' zegt hij, terwijl hij zijn kop naar me uitsteekt en me met zijn blinde ogen aanstaart. 'Je kunt het je niet permitteren om slachtoffer te zijn.'

Ik voel het gewicht van zijn lijf op mijn borst, het is of het iets afsluit. 'Jij bent geen slachtoffer, Nimbus. Je bent met hen. Misschien niet zoáls zij, wat dat ook moge betekenen. Maar je bent mét hen.'

Hij praat van zo dichtbij dat mijn ogen elkaar kruisen en ik er scheel van word.

'Jij gaat niet tot daden over,' zegt hij ook nog. 'Geen enkele actie buiten wat gebruikelijk is, geen enkel werkelijk woord buiten het alfastil.'

Ik zeg niets en snuffel aan hem. Hij ruikt naar vochtige aarde. En naar urine. En naar uitwerpselen. Niet naar uitwerpselen. Naar stront. Niet naar urine. Ik weet niet waarnaar. Hij lijkt het leuk te vinden om zo boven op me te zitten, om mij zijn geur op het gezicht te drukken.

'Weet je wat maakt dat jij onmogelijk een slachtoffer kunt zijn?' vraagt hij.

Het is duidelijk dat hij geen antwoord verwacht.

'Het feit,' gaat hij bitter verder, 'dat jij ook nu iets claimt. Je maakt onderscheid. En je blaast de dingen op. Je gedraagt je alleen maar slachtofferig. Je bent geen slachtoffer, Nimbus, je bent er een karikatuur van.'

Ik duw mijn nek dieper in het kussen, mijn ogen vallen dicht. De mankepoot-van-nature laat een hartgrondige zucht horen, hij draait zich om, stapt van mijn borst af en loopt weg over mijn benen.

'Probeer in elk geval een beetje te slapen,' zegt hij.

Ik voel hem niet van het bed af gaan, slaap weer.

Om twintig over zeven word ik wakker, buiten is het donker. Ik spoel vlug mijn gezicht af, drink een paar slokken uit de kraan. Ik ga de deur uit, zet er vaart achter. Als ik de Villa Sperlinga bereik, zie ik Straal op een bankje zitten. Hij komt naar me toe, verwijt me dat ik zo laat ben. Ik verontschuldig me en we gaan op weg. We zeggen niets tijdens het traject. Pas als we bijna bij de deur in de viale delle Magnolie zijn, zegt hij starend naar het asfalt dat ik technischer moet zijn, professioneler. Zijn stem klinkt machinaal, de lettergrepen komen stotend uit zijn mond.

We gaan de trappen af, de gangen door, komen bij de tweede deur. Straal klopt zachtjes, volgens een afgesproken code. Van de andere kant komt ander geklop. Nog een klopje van Straal, ik veronderstel dat het een ja is, en Vlucht doet de deur voor ons open. Meteen bij het binnenkomen ruik ik de stank: er zijn iets meer dan vier uur verstreken en de lucht is ondraaglijk.

Het elektrische licht is aan, de eierdozen absorberen en verzwakken het. Vlucht richt zich niet tot mij, hij vraagt Straal een verklaring voor ons te laat zijn. Ze discussiëren heel zachtjes, gespannen. Behalve hun stemmen is er niets te horen. Geen van beiden lijkt de stank op te merken. Ze hebben het niet over mij, maar over de vraag of de familie van Morana wel of niet iemand heeft gewaarschuwd. Volgens Vlucht duurt dat nog wel even. In een gezin als dat, beweert hij, is gewaarwording een moeizaam gebeuren, ze worden er zich de dingen maar langzaam bewust. En dit is een omstandigheid, zeggen ze, die ons in de kaart speelt, want zelfs als de familie van Morana geconstateerd heeft dat hij verdwenen is, dan nog zullen ze aarzelen om contact op te nemen met de school, laat staan met de politie.

Geen geluid of beweging in het binnenste van het cachot terwijl ze in het gezoem van het elektrische licht staan te praten.

'We moeten hem laten eten,' zegt Straal.

Ze buigen zich over de kleine cel. De grendel wordt verschoven, het deurtje geopend. De stank wordt heviger. Vlucht steekt een arm naar binnen, schudt aan een been van Morana, zegt tegen hem dat hij naar buiten moet komen. Ik hoor hem op zijn zitvlak schuiven terwijl Vlucht zachtjes aan zijn voeten trekt. Morana buigt voorover, steekt zijn hoofd naar buiten, een laatste ruk om hem helemaal uit de cel te krijgen, zijn hoofd komt weer omhoog. Vlucht pakt een uiteinde van het plakband beet, trekt het los en haalt de prop uit Morana's mond.

'Niks zeggen,' beveelt hij.

Opnieuw is bevelen zinloos. Morana zegt niets en zal niets zeggen. Morana wacht. Nee, zelfs dat niet. Morana is, Morana zit. Hij is een organisme, samengesteld uit cellen. Het is of alles in hem ons dit in herinnering wil brengen: ik besta niet, ik besta uitsluitend als lichaampje. Geen enkele notie van het heden, geen enkele voorstelling van de toekomst. Zoals de jonge katjes die ik 's zomers bij hun nekvel pak: hangend in iets wat niet eens vertrouwen is, het is het bewustzijn van alleen maar zo te kunnen hangen en verder niets.

Vlucht doet de doos open, pakt een paar koekjes en de lege fles. Hij vult hem met water uit de kraan. Hij zegt tegen Morana dat hij zijn mond open moet doen. Morana doet zijn mond open. Vlucht steekt hem beetje bij beetje, in het ritme van Morana's trage kauwen, vier koekjes tussen de lippen. Daarna zegt hij dat hij zijn hoofd achterover moet buigen. Morana buigt zijn hoofd achterover. Vlucht doet de fles open en druppelt langzaam water in Morana's keel. Hij giet er een beetje naast, maar Morana reageert niet. Met een slip van de deken veegt Vlucht Morana's gezicht schoon, en beveelt hem vervolgens terug in zijn cel te kruipen. Ik wil eigenlijk zeggen dat het stinkt, dat hij waarschijnlijk in zijn broek heeft gedaan, maar ik zwijg. Vlucht stopt de prop weer in Morana's mond, regelt het plakband. De kleine cel wordt weer gesloten, we organiseren ons vertrek.

Om negen uur treffen we elkaar voor een snackbar in de via Notarbartolo. Om daar te komen loop ik door de via

Nunzio Morello. Ter hoogte van de plek van de explosie zitten zwarte sporen op de muur van het gebouw. Het rolluik van de kantoorboekhandel is vervangen door een nieuw exemplaar, het metaal lijkt wel aluminiumfolie.

We kopen iets te eten, lopen nog een stukje en gaan op het piazza Campolo op een bankje zitten. Om ons heen het spaarzame zaterdagavondverkeer; enkele lichtjes, enkele stemmen.

Straal en Vlucht praten over de ontvoering. Morana, zeggen ze, vormt de nulgraad van de ontvoering van personen. Perfect voor wat we nodig hebben: een analyse van de fenomenologie van deze actie. Ook hierom, omdat we alleen maar met het essentiële te maken hebben, gaan we geen losgeld vragen. Dat wordt later anders, zeggen ze.

Ik voel me zacht terwijl ik zit te luisteren. Mijn handen zijn zacht, mijn ogen, mijn mond die smelt. Ik draai me om, leg mijn armen als een nest op de rugleuning van het bankje; mijn hoofd zijdelings erop, in het midden. Mijn schedel. Het ei in het nest.

De dag erop is het zondag. Ik zou kunnen uitslapen, maar word vroeg wakker en ga naar buiten. Op dit uur gaan de mensen naar de mis of bij familie op bezoek. Ik ga naar de ontvoerde Morana: ik neem geen hostie en breng geen bloemen voor hem mee. Als we alle drie in de kelder zijn, doet Vlucht de cel open. Hij laat Morana naar buiten komen en gaan staan. Het plakband haalt hij niet weg. Hij laat hem met ministapjes achteruit lopen, tot aan de wand, laat hem er met zijn rug tegenaan gaan staan en zegt hem rechtop te blijven. Dan drukt hij zonder geweld met zijn hand op Morana's borst. Hard, nog harder. Alsof hij door die borst heen wil breken, maar zonder te slaan, alleen maar door zijn kracht op één punt te concentreren. Morana beweegt zich niet, maar zijn ogen worden nat; door het elektrische licht zijn ze gaan branden. Dan stopt Vlucht even, hij haalt diep adem en begint opnieuw; dit keer drukt hij op Morana's voorhoofd. Zwijgend en zonder dat het ergens begint te bloeden. Het gaat hem er niet om zich uit te leven, er gebeurt niets dynamisch. Geen gevecht. Hij geeft er de voorkeur aan zich op intensiteit toe te leggen, op concentratie.

Het voorhoofd raakt vervormd onder de druk. Morana verzet zich niet. Nu wil de wereld dit. Hij wil druk, en Morana gaat niet tegen de wereld in. Na drie minuten laat Vlucht hem los en haalt opnieuw diep adem. Dan laat hij hem voorover-buigen, in een hoek van negentig graden, hij gaat naast hem staan en drukt op zijn nek en zijn rug. Hij probeert hem door te laten buigen, hem dubbel te krijgen. Minutenlang blijft hij drukken, totdat hij merkt dat Morana's benen trillen, dat hij het niet meer houdt, dat hij door de ineenpersing van borst en buik geen adem kan halen. Dan verhoogt Vlucht de druk, duwt het hoofd steeds lager. Ik zie de hand van Vlucht breed-uit op Morana's nek, de vingers gespreid, de handpalm die de kromming van de botten volgt; de weerslag van het trillen van het samengedrukte lichaam. Ik zet een stap en pak Vluchts arm beet.

'Zo is het wel goed,' zeg ik.

Vlucht draait zich om, kijkt me aan. Hij vermindert zijn druk, houdt op; hij zet een stap terug, zijn voorhoofd is nat van het zweet.

'Waar zijn we mee bezig?' vraag ik.

'Wat bedoel je?' antwoordt Vlucht.

'Wat zijn we met hem aan het doen?'

'We ondervragen hem.'

'We vragen hem helemaal niets.'

'Via zijn lichaam.'

'Wat?'

'We ondervragen hem via zijn lichaam.'

'Maar wat moet hij ons vertellen?'

'Niets.'

Hij veegt met zijn onderarm het zweet weg, zijn huid glanst in het lamplicht.

'Hij moet ons niets vertellen,' zegt hij nog eens.

Intussen is Morana weer overeind gekomen. De huid van zijn gezicht is rood. Niet rozig: rood. Straal laat hem gaan zitten, haalt het plakband van de mond en de prop eruit, hij laat hem eten, geeft hem water. Morana slikt, hapt naar lucht, buigt opzij en geeft over. Straal neemt krantenpapier uit de doos en maakt schoon. Morana komt weer omhoog, haalt adem, zonder vertoon, zonder theater. Straal brengt de prop en het plakband weer op hun plaats, laat hem teruggaan, propt zijn voeten in de cel en sluit die.

We vertrekken, zoals steeds om de beurt. We treffen elkaar weer bij de Villa Sperlinga en lopen door naar de Giardino Inglese. We gaan een kleine trap op, lopen het eerste bassin voorbij, waar water in staat, en komen bij het tweede, dat leeg is en zo diep dat je vanaf de paadjes de bodem niet ziet. We klimmen over de rand en gaan in de kom zitten, onzichtbaar te midden van dorre bladeren en troep, bij de holen van de slangen die het bedorven water drinken en de verkruimelde bladeren eten. Nu zouden we moeten praten, moeten proberen te begrijpen, of stil blijven zitten en op de slangen wachten. Ik pak een dor blad op en druk op de middennerf, probeer hem niet te breken, laat dan het blad weer op de andere vallen.

De liturgie van de vernietiging die ik heb bijgewoond bestaat niet uit schoppen en vuistslagen maar uit druk en concentratie. Het is een zwarte zuil die neerwaarts drukt, buigt en samenperst. Zacht geweld. Vriendelijk geweld. Concentratie als vorm van destructie. Het lichaam van Morana, de teerheid van zijn onbewuste pijn. Ons vermogen kwaad te doen.

Niemand zegt iets, de vergadering verloopt geluidloos, daar in het droge bassin, te midden van slangen die, onzichtbaar, nervatuur aan de ruimte geven.

De volgende dag kijken we naar de lege plaats van Morana. De naakte bank – voor het ogenblik is hij alleen maar afwezig. De daaropvolgende middagen halen we hem uit zijn cel, leggen hem op een zij, zeggen hem dat hij zich moet oprollen en beginnen dan van twee kanten op hem te drukken: twee van ons aan de kant van zijn rug, een aan die van zijn benen. Steeds in stilte. Al doende begrijpen we instinctief wat er gedaan moet worden. Behalve dat we gelijktijdig op rug en benen drukken, laten we hem ook andere houdingen aannemen, waarbij we steeds tot het uiterste gaan. Daarna geven we hem wat te eten, we vegen het braaksel en de uitwerpselen weg, maar alleen de bovenste laag, zonder hem ooit grondig te wassen. Hij biedt geen verzet; kijkt ons elke keer aan, maar met nietszeggende blik.

Na een paar dagen wordt Morana's afwezigheid gemis. Niet in de zin van genegenheid – dat zou onwaarschijnlijk zijn – maar een concreet ontbreken. Ook al gaat er niets van hem uit, is hij geen presentie, toch is hij altijd in de klas. De leraren vragen, niemand weet. Er gaat nog een dag voorbij en de hele klas wordt in het kantoor van de directeur ontboden. Ze vertellen ons dat ze naar Morana's huis hebben gebeld. Morana is al een paar dagen niet thuisgekomen, zijn ouders kunnen niet precies zeggen hoe lang al niet, zegt de directeur. De politie is gewaarschuwd en ze gaan nu zoeken. Ze vragen ons, zijn klasgenoten, om nuttige informatie. Maar niemand kan iets vertellen: Morana bestaat niet, heeft nooit bestaan. Een jaar lang is hij het vleesgeworden onbehagen geweest waarvan iedereen de ogen afwendt. Hij zat in de klas, dat wel, maar niemand heeft zijn telefoonnummer, niemand heeft hem ooit buiten schooltijd ontmoet om samen ergens heen te gaan of te voetballen. Een brandplek op de klassefoto: een gaatje op de plaats van zijn hoofd.

We realiseren ons dat we niet veel tijd hebben en dat we moeten oppassen. Gedurende twee dagen gaat alleen Vlucht naar de viale delle Magnolie. We weten dat hij er een paar uur blijft; als we elkaar 's ochtends in de klas zien, maakt hij er alleen maar vage opmerkingen over. 's Zaterdags, een week na de ontvoering, gaan we opnieuw naar de kelder, ieder op eigen houtje en voorzichtig met onze routes. Er zijn vliegen en als Vlucht de cel openmaakt komt er een wolk kleine vliegjes uit. Morana is elke keer magerder. Vlucht haalt het plakband en de prop weg, geeft hem iets te eten. Hij tilt Morana's armen op en maakt met een natte lap zijn buik en zijn rug schoon. Hij trekt zijn trui hoger op en wast borst en oksels. Hij droogt hem af, maakt ook zijn gezicht schoon. Er zitten veel meer korsten op, bij elke wrijving breken ze en komen ze los; rond zijn lippen en op zijn voorhoofd zitten nog een paar vlekjes, sommige donker, andere lichter; op de lichtste strijken vliegen en vliegjes neer. Vlucht laat hem op de grond gaan liggen en gaat aan het werk.

Hij drukt Morana's voorhoofd langdurig tegen diens benen. Hij laat hem op de hurken gaan zitten, met het hoofd tussen de knieën; hij gaat op zijn rug zitten, duwt het hoofd nog lager. Hij beveelt hem met één zij tegen de muur te gaan zitten, zodat de buitenkant van een been tegen de wand plakt; dan moet hij zijn hoofd tussen de knieën klemmen, de enkels zijn onderaan met de leiband bijeengebonden; Vlucht drukt op de vrije knie, deukt daardoor de botten van het hoofd in, Morana krijgt geen adem meer. Als Morana omhoogschiet en ademhaalt, is er in die beweging – die heel even de zwerm verstoort die voortdurend in de lucht rondzweeft – geen spoor van verzet: alleen maar het bemachtigen van nog een hap zuurstof, als een dier dat aan het verdrinken is.

Als ik weer naar huis ga en uit de lift kom, blijf ik op de overloop staan. De ingang wordt versperd door een grote, houten plaat, een soort brede, platte doodskist van heel donker hout, die op de grond ligt. Uit een van de lange zijden steken metalen buisjes van verschillende lengte, het lijken wel de pijpen van een miniatuurorgel. Bij de doodskist zitten twee mannen op hun knieën, elk in een donkerblauwe salopette over een van zweet doordrenkte trui. Ze gaan met hun handpalm over het oppervlak, beluisteren het aandachtig met één oor, bestuderen de buisjes, stellen ze bij, laten ze op en neer springen, leggen de laatste hand aan het mechanisme. Als ze het geheel met enorme inspanning optillen en er tussen de deurposten mee manoeuvreren tot het goed in de scharnieren hangt, zie ik Steen aan de andere kant van de drempel dankbaar de nieuwe aanwinst aanschouwen.

De gepantserde deur is zijn manier om rationeel het gevaar te meten, om er, met de mythe van verantwoordelijkheid en veiligheid voor ogen, op een verstandige manier rekening mee te houden. Tegen een tijd die risico's voortbrengt, stelt Steen zich op door een laag gegalvaniseerd metaal tussen massief houten platen te schuiven, en alles van grendels te voorzien; door een gebed in de vorm van hang-en sluitwerk aan te heffen tegen elk binnendringen.

Nadat de werklui de deur hebben uitgeprobeerd door hem een aantal keren open te maken en te sluiten, waarbij Steen op elke door het ding veroorzaakte windvlaag reageerde met het diep inademen van die goede lucht, die eerlijke lucht, die verantwoordelijke en veilige lucht, overhandigen ze een paar blaadjes gebruiksaanwijzing, groeten in binnensmonds dialect, laden de afgedankte doodskist op de schouders en beginnen langzaam, onder nog meer gutturale klanken, de trap af te dalen.

De dag erna, zondag, zit ik na het middageten met Steen naar de televisie te kijken. Touw zit ergens anders Katoen met zijn huiswerk te helpen. Het is een mooie, zonnige dag. Zonder naar de televisie te lopen, snuffel ik aan de huid van Corrado tot er zich een integere geur in mijn mond vormt. Italiaans en zondags, een namiddaggeur, de geur die zich vormt onder kleren die je sinds de vroege ochtend aan hebt, als de moleculen het beginnen te begeven maar nog een zekere samenhang bewaren. Ik snuif de geur van de rechtvaardigheid op, en dan vraagt Steen hoe het met me gaat.

Ik draai me om. Hij zit op de divan, het pakje MS vlak bij zich. Hij speelt met zijn trouwring, laat hem tot aan de nagel naar boven glijden en brengt hem dan weer terug naar de holte tussen de vingers. Hij weet niet wat hij moet doen. Ik moet aan de ficus van het piazza Marina denken. Aan de klimwortels ervan, de takken. Ik kijk nog eens naar het takje vlees waar Steen zijn trouwring overheen laat glijden.

'Goed,' zeg ik.

'Wil je praten?'

Inderdaad, denk ik, dat is de juiste vraag. Want ja, óf ik praten wil! Ik wil altijd wel praten, eeuwig, want als ik praat, construeer ik iets, maar vooral omdat ik als ik praat, iets verhínder. Het probleem is de gesprekspartner. Met jou, met jullie wil ik niet praten.

'Ja,' antwoord ik. 'Vooruit.'

'Vertel.'

'Wat?'

Het was op goed geluk, maar hij moest wel verder.

'Op school alles goed?' vraagt hij.

Ik maak een schouderbeweging, alsof ik iets wegjaag. Ik weet dat hij me zou willen laten vertellen wat er gaande is, zou willen horen wat ik ervan denk, begrijpen wat ik wil, dat hij me zou willen steunen, geruststellen, me zelfs een pantser zou willen bezorgen – scharnieren, staalplaten, grendels – dat mij de juiste bescherming garandeert. Dat hij overal met me mee zou willen gaan. Me zou willen bijstaan. Maar er is niets wat hij kan of moet doen.

'Een beetje onrustig, maar dat zal wel overgaan.'

'En jij, ben je rustig?'

'Heel,' antwoord ik.

'Daar gaat het maar om,' zegt hij.

'Ik ben rustig.'

'Wij zijn er, dat weet je.'

'Jazeker,' zeg ik terwijl ik bedenk dat er, op dit punt aangekomen, niemand meer is, alleen nog maar een soort inertie die alles wat er gebeurt regelt.

'Vergeet dat niet, hè,' zegt Steen nog.

'Maak je geen zorgen,' zeg ik.

We blijven nog een paar minuten voor Corrado zitten die zijn gasten voorstelt, terwijl de vroege middagzon over de vloer glijdt en schitteringen op het scherm begint te veroorzaken.

'Ik ga mijn huiswerk maken,' zeg ik terwijl ik opsta; op de televisie begint een ballet, Steen blijft alleen achter, midden in de woonkamer, zijn vingers om de trouwring, stuurloos op het vlot van zijn gepantserde deur.

Om zes uur zijn we in de viale delle Magnolie. Dit keer haalt Vlucht tegelijk met Morana ook de deken uit de cel. Hij laat Morana eten. Heel veel. Ook als hij eigenlijk niet meer wil. Vlucht heeft brood meegebracht. Het moet een paar dagen oud zijn, want het is hard. Hij breekt het en steekt stukjes tussen Morana's lippen. Die breekt er zijn tanden bijna op, bijt de korst in tweeën, kauwt, slikt door. Vervolgens laat Vlucht hem water drinken, ook dat overdreven veel. Nog meer brood. Nog meer water. Morana zit nog te kauwen als Vlucht zijn mond weer met de prop en het plakband afsluit; hij vouwt hem dubbel en houdt hem vast, drukt hem heel hard naar beneden, zonder ook maar een moment te verslappen, totdat Morana's lichaam begint te schokken, steeds heviger: zodra Vlucht van plaats verandert en Morana's bovenlijf zich opheft, komt er braaksel van achter het plakband en de prop tevoorschijn. Het zit in zijn keel, hij kan niet ademen. Ik loop naar hem toe om het plakband weg te halen, maar Straal houdt me tegen, beduidt me dat het goed is zo. Ze gaan door.

Vlucht wil dat hij op zijn rug gaat liggen, hij gaat op zijn buik zitten en drukt erop en ook op zijn borst, met zijn knieen op het borstbeen. Met een gebaar beduidt hij Straal te komen; die moet op de schouders van Vlucht klimmen, terwijl Vlucht Straals benen omhoog houdt, zodat zijn gewicht op hem rust en onder hem op de borst van Morana. Weer schokken, weer braaksel. Daarna laat hij Morana op zijn buik gaan liggen en hij drukt zijn nek plat, zijn keel tegen de vloer. Hij doet nu hetzelfde als wat hij deed toen Morana op zijn rug lag: hij gaat op zijn rug zitten, eerst alleen en daarna met Straal.

Hij concentreert zich op Morana's hoofd. Eerst laat hij het hem een kant op draaien en gaat hij op de pariëtale kwab zitten. Hij heeft een lap tussen Morana's oor en het beton gelegd, om sneden te voorkomen. Hij laat hem het hoofd de andere kant op draaien en herhaalt de operatie. Hij maakt zijn mond vrij en laat hem weer drinken. Een eerste, een tweede en de helft van een derde fles. Met een natte doek veegt hij de traanstrepen onder Morana's ogen weg. Hij bedekt de mond opnieuw en begint weer van voren af aan. Een nauwkeurig parcours, beproefde etappes, minerale houdingen: een gestolde kruisweg. Na twee uur, om acht uur 's avonds, opnieuw een pauze voor het brood. Nog steeds veel, nog steeds droog. En weer een volledig compressieparcours. Terwijl Vlucht en Straal Morana's hoofd met al hun kracht tegen het beton drukken, buig ik me en kijk ik hem in de ogen: er is slechts een analfabete angst in te lezen.

Vlucht trekt hem omhoog, zet hem met zijn rug tegen de muur: het vervormt de eierdozen. Morana is de bewusteloosheid nabij, hij houdt zijn ogen half dicht. Vlucht zegt hem dat hij ze open moet doen, daarna pakt hij de krant die hij die ochtend heeft gekocht, spreidt hem voor hem uit, wil dat hij hem vasthoudt, maar daartoe zijn Morana's vingers niet in staat, de krant glijdt in zijn schoot; dan vraagt Vlucht Straal een arm uit te steken en de krant geopend voor Morana te houden. Hij pakt een Polaroidcamera, stelt hem in en knipt; als het beeld zich vormt, is het donker, maar leesbaar, het hoofd van Morana lichtjes naar zijn borst gebogen. Straal legt de foto weg, vult vervolgens de fles nog eens met water en laat Morana eruit drinken. Hij ademt moeilijk, reageert niet meer op wat Vlucht tegen hem zegt, is het bewustzijn aan het verliezen. Het water borrelt in zijn keel, druipt op zijn kin en in zijn hals. Vlucht sleept hem naar het midden van de ruimte, pakt de deken, legt die over hem heen, helemaal. Met zijn handen tast hij de vorm af en knielt dan met één been op zijn keel, zijn knieschijf in de holte tussen borstbeen en kin; zo blijft hij drukkend met zijn knie tien minuten lang zitten. Dan staat hij weer op. Hij brengt zijn oor naar de deken, luistert een hele minuut; hij schudt nog eens aan het lichaam, verschuift het, beweegt de armen – kleine zuchtjes lucht geven de deken een rimpeling. Dan drukt Vlucht opnieuw op Morana's keel, dit keer met beide knieën. Na een poosje gaat er een beweging door het lichaam: een onsamenhangende, onbewuste beweging. Vlucht geeft Straal een teken, maakt hem duidelijk dat hij achter hem moet gaan zitten; Straal loopt naar hem toe, zoekt met zijn handen Morana's borst, klimt erop. Ik sta daar en kijk naar hen in hun strijd die geen strijd is. We richten ons op het hart, maar er is geen hart. Het lichaam biedt geen verzet; op het hart richten, dat zijn loze woorden. Vlucht en Straal drukken het lichaam van Morana in elkaar, vouwen het nog een keer dubbel. Ze vervormen het zwijgend.

Het lichaam van Morana begeeft het.

Ik beantwoord het teken van Vlucht en ga op de buik zitten, druk hem diep in. Ondanks zijn bewegingloosheid voel ik toch nog een restje ademhaling in de onderbuik: ik verhoog mijn druk en maak er een einde aan. Zo blijven we een hele tijd zitten, ik kan niet berekenen hoe lang. Ik ruik onze geuren die zich vermengen. Ze zijn sterk, prettig. Van tijd tot tijd verkrampt een van ons en dan verhoogt hij de druk: maar daarvan gaan de spieren pijn doen en dan vermindert hij die weer. Zo vermengd met elkaar vormen we een knoop. Gevangen in die knoop koesteren we een dode. Een eenvoudige dode. De eenvoudige dode. We koesteren hem niet, we baren hem: het dode lichaam van Morana komt uit onze levende lichamen naar buiten. Als de door het activisme opgelegde terughoudendheid het ons niet verbood, zouden we moeten en willen huilen van ontroering. Van vreugde en van verdriet.

Omdat we de plaats hebben gevonden waar alles samenkomt en zich openbaart. We doden: we kunnen doden.

Als we opstaan is alles kleiner geworden. Mijn handen zijn piepklein. Met piepkleine handen tilt Vlucht een slip van de deken op en blijft een paar seconden zo staan; dan legt hij hem weer neer. Met piepkleine handen begint Straal de cel af te breken; hij legt de prop apart, het plakband, de fles, het brood dat over is, de koekjes. Hij verzamelt, maakt schoon. Als hij weggaat, zal hij alles meenemen en op het braakliggende stuk grond in de via Liguria gooien. Na Straal zal ik vertrekken en daarna, wanneer weet ik niet, Vlucht. Die het op zich neemt het lichaam te laten verdwijnen. Voor ik de kelder verlaat loop ik naar de deken en til hem ook een stukje op. Eén oog is dicht, het andere halfopen. Hij ziet er rustig uit. Kleine vlekken zonder korstjes rond de lippen. Hier zal Ezechiël geen profetieën komen uitspreken. Ik laat de deken terugvallen, kom overeind en weet dat wat er ook gebeurt, de dood van Morana de rest van mijn leven zal voeden.

’s Nachts, scheef gezakt in de fauteuil, droom ik dat Touw en Steen mij houdingen van het alfastil laten aannemen. Ze gaan van de ene houding op de andere over, onsamenhangend, zonder soepelheid – het alfastil van een stotteraar. Steen loopt weg, Touw gaat door met mij modelleren. Ze laat me met mijn hand in de nek met mijn hoofd heen en weer gaan, ze pakt een arm en steekt die naar voren, ze vouwt mijn vingers halfopen en laat me in de leegte graaien, daarna laat ze me mijn hand openen, ermee over een wand van lucht strijken, en nog eens, waarbij ze me door mijn benen laat zakken en zachtjes mijn schouders achteroverbuigt. Ik probeer het te ontcijferen, maar dat lukt me niet.

De volgende dag op school zegt Vlucht tegen ons dat we moeten praten. We wachten de pauze af en gaan dan naar het piazza De Saliba. Hij vertelt dat hij gisteren heeft gewacht tot het nacht was. Hij had het lichaam van Morana in een grote rugzak gedaan, er ook de deken bij gestopt en hij had alles op zijn rug geladen. Er was niemand op straat. Hij was bij de Villa Sperlinga gekomen, had de rugzak afgedaan en het lichaam en de deken eruit getrokken. Hij had er alcohol over gegooid, geprobeerd het lichaam aan te steken. Het brandde niet. Hij had het nog eens en nog eens geprobeerd. Het brandde niet. Het was half vijf. Hij stond in het donker, ver van de straat, maar geleidelijk aan kwamen er steeds meer auto's langs. Hij had nog een poging gedaan, het lichaam brandde niet. Misschien door de vochtigheid, of misschien was de alcohol niet goed geweest. Toen had hij het lichaam over een grasveld heen getrokken en ver onder struiken geduwd. Hij had de deken gepakt en was weggegaan. 'Dat betekent,' legt hij ons uit, 'dat het nieuws snel bekend zal worden.'

Het lijkt een voorspelling. We gaan de klas weer in en de directeur arriveert met verschillende leraren. Verwarring, een lerares huilt, en ook een leraar. We gaan de gang in, de deuren van de andere klassen gaan open: een chaos, wanhoop.

We moeten 's middags terugkomen. Ze willen met ons praten. Als we arriveren, staan de leraren met elkaar te discussiëren. Ze zeggen dat Morana door een hartinfarct is gestorven. Hij had abnormaal letsel over het hele lichaam. Abnormaal. Alsof hij aangereden was, maar hij is niet aangereden. Hij wordt begraven, maar niet meteen, eerst moeten ze weten wat er is gebeurd. Waar en hoe. Hij is vast en zeker vermoord. Men denkt dat er een verband bestaat met wat er de laatste maanden op school is voorgevallen. Niemand van Morana's familie vormt politiek gezien een doelwit, en economisch gezien nog minder. Waarschijnlijk heeft Morana dus iets ontdekt. Misschien zelfs ongewild. Zonder dat hij het in de gaten had.

We moeten onze mond opendoen, zeggen ze terwijl ze zich met hun glazen stemmen tot ons richten, we moeten vertellen. Proberen ons dingen te herinneren, elk detail kan belangrijk zijn.

Op de terugweg naar huis loop ik, in plaats van in de via Sciuti halt te houden, door naar de via delle Magnolie. Ik kom bij de deur, blijf op het tegenoverliggende trottoir staan. Als ik de terugweg aanvaard, is het donker, behalve een paar lichtjes op de lagere verdiepingen. Ik moet vaak van het trottoir af omdat de wortels van de magnolia's op meerdere plaatsen barsten in het cement hebben gemaakt en tevoorschijn zijn gekomen. In een plas helder licht aan de voet van een magnolia, net voor ik de via Sciuti weer insla, ontwaar ik in de verstrengelde wortels de vorm van een vrouwenlichaam met zwangere buik.

Thuis zit Katoen in de woonkamer met plasticine te spelen. Hij maakt kleurige poppetjes en zet ze naast elkaar op een armleuning. Op de televisie begint *Almanacco del giorno dopo*, Almanak van de dag van morgen. De langzame ballade met de fluiten en de voorbijtrekkende beelden van monsterlijke figuren – de man die de kreeft bij zijn staart omhoogtilt en de man die een trosje druiven in de mond steekt, de kerel met de bos hooi op zijn schouders, de vent die uit zijn wijnzak drinkt, de dansende dwerg, de dierenonthoofder, en dan de halfnaakte oude man met zijn witte baard die op Ezechiël lijkt, witte vleugels opengevouwen en zandloper in de hand. Als *Almanacco* begint wordt de televisie zeventiende-eeuws; het mechanisme binnenin is vegetaal, een aaneenschakeling van tandstangen, houten prisma's en getande wielen, en een in elkaar grijpen van gevorkte elementen. Uit *Almanacco* stijgen de klanken op van het kwaadaardige carillon: daarbinnen is de duivel aan het werk.

De presentatrice is blond en streng. Streng zegt ze welke dag het morgen is, welke heilige er dan wordt vereerd, hoe laat de zon en de maan opkomen en ondergaan, en wat voor weer het zal zijn. Ze zegt dat 1978 het laatste jaar van de eeuw is met dertien maanmaanden. Er zijn er zes per eeuw, zegt ze. Of nog minder. Dertien manen betekent emotionele labiliteit, inzinking van het denken. De menselijke gevoeligheid wordt aangetast: waarnemingen worden visioenen, voorgevoelens nachtmerries. Terwijl achter de omroepster stenige beelden van zon en maan elkaar opvolgen, zet Katoen zijn poppetjes naast elkaar op de armleuning: een gehavende, zwartige kat, een vogel met een poot zonder klauw, een dikke vrouw met een schort en het gezicht van een mier, een paardenkop met een rood oog, en verder een donkerbruin insect met zes dunne pootjes en een zuigsnuit.

Nu maakt hij een blauwe oude man met een witte baard; terwijl ik slaap doorzoekt Katoen mijn hoofd.

'Ik wil ze als kerstcadeautjes geven,' zegt hij.

'Aan wie?'

'Aan onze neefjes en nichtjes.'

Achter hem ligt zijn half opgegeten broodje. Of misschien is dat ook plasticine.

'Wat gaat er nu gebeuren?' vraagt hij.

Ik ga naast hem op de divan zitten.

'Dat weet ik niet,' zeg ik, 'we gaan verder.'

'Wat is er verderop?'

'Nog meer lichamen.'

'Zijn lichamen belangrijk?'

'Lichamen belichamen. Ze vertegenwoordigen.'

'Lichamen zijn lichamen,' zegt hij.

'Het zijn symbolen.'

'En het lichaam van Morana, waarvan is dat het symbool?'

'Van een ontdekking.'

Ik pauzeer. Niet uit berekening, alleen om de meest exacte manier van zeggen te vinden, de woorden die de betekenis weergeven. Ik vind ze, even schaam ik me erover. Dan zeg ik het.

'Het was geweldig.'

Katoen is klaar met de oude man met de baard en zet hem naast de andere poppetjes. Van de blokjes plasticine die voor hem op een stuk krantenpapier liggen, pakt hij groen en rood.

'Wat?' vraagt hij me rustig.

'Schuldig zijn.'

'Jullie hebben het zo nodig om schuldig te zijn, dat jullie denken dat iedereen het is,' zegt hij terwijl hij me aankijkt.

'Wat bedoel je?'

'Voor jullie was Morana schuldig.'

'Dat moest hij zijn.'

'Schuldig zijn is besmettelijk,' zegt hij. 'Misschien is het wel een ziekte.'

'Ja. Het is een infectie.'

'En jullie nemen het op je haar te verspreiden.'

Met het groen en het rood, waar hij blauw bij heeft gedaan, heeft hij een boom gemaakt. Hij verbetert de kromming van een tak, kijkt daarna naar zijn handen die onder kleurig stof zitten.

'Weet je wanneer het verdriet komt?' vraagt hij.

Kijk, zeg ik bij mezelf, dat is de goede vraag. De enige echte vraag.

'Dat weet ik niet,' antwoord ik.

'Verwacht je het?'

Ik zeg niets. Hij vervolmaakt de wortels en terwijl hij de boom met twee vingers vasthoudt, steekt hij hem me toe.

'Hier,' zegt hij.

Ik neem hem aan, zet hem op mijn handpalm.

'Cadeau,' zegt hij.

'Ook al zijn we geen neefjes?'

'Ja.'

'En ook al is het nog geen Kerstmis?'

'Voor je verjaardag.'

'Dat is pas over een maand,' zeg ik.

'Maakt niet uit.'

Hij zet de andere poppetjes zo op de krant dat ze niet afgeven op elkaar. Hij staat op, tilt de krant omhoog, trekt hem vanaf de randen strak aan, een papieren draagbaar, en voorzichtig balancerend loopt hij weg.

Ik blijf daar zitten, de televisie nog aan, de geluiden van Touw die aan het koken is, de boom die in mijn handpalm wortel schiet.

Er gaan een paar dagen voorbij. Ik slaap weinig, vermager. Op weg naar school bekijk ik de wereld met doffe blik. Ik wrijf in mijn ogen, hij blijft dof. Het wordt zaterdag en het laatste uur zegt Vlucht dat we moeten praten. 's Middags om vier uur zijn we op de open plek.

'Ze hebben me laten komen,' zegt hij. 'Gistermiddag, met mijn ouders. Ze stelden me heel veel vragen. De directeur en twee lui van de politie. Ze vroegen me naar dat ophangen. Naar die poppen en hun kleren. Het is me niet duidelijk geworden wat ze precies weten, ze zeiden dat ik nog terug moest komen.'

Kameraad Straal kijkt naar de stoppels. Naar de paar mieren die tussen de sprieten verschijnen. Hij schopt ertegen met de punt van zijn schoen en jaagt ze weg.

'Het komt misschien door de jasschort,' zegt hij, 'die van de vriend van je broer.'

'Daar heb ik ook aan gedacht,' zegt Vlucht.

'Daar komt het door,' zegt Straal nog eens.

Ook ik kijk naar het stramien van de stoppels, ik voel iets broos worden. Maar ik voel me niet ongelukkig. Er ligt ook geen angst in de stem van Vlucht: er ligt concentratie in, het bewustzijn dat een deel van de verbindingen het onvermijdelijk niet zal houden, maar dat dit niet in strijd is met de betekenis van wat er aan het gebeuren is. Integendeel. Het ontwikkelt die betekenis en versterkt haar.

'Ik moet weg,' zegt Vlucht.

Dat is het wat hij ons moest vertellen, denk ik.

'Wat ben je van plan?' vraagt Straal.

'Ik ga de clandestiniteit in. Dit is het goede moment. Ik was er al een tijdje mee bezig, ik heb me erop voorbereid.'

Straal en ik kijken elkaar aan. Kameraad Vlucht. De ideoloog. De kindmoordenaar. Geometrie en obsessie. Het geleidelijk verdwijnen van het menselijke. De transformatie van elke centimeter vlees in discipline. En nu dus de dematerialisatie van het vlees. De clandestiniteit als ultieme levensvorm.

'Wanneer?' vraagt Straal nog.

'Vandaag. Nu. Ik weet waarheen te gaan.'

We bewonderen hem, voelen verleiding, benijden hem, zouden hetzelfde willen doen. De clandestiniteit in gaan, dat doordringbare woord in, waarachter het lichaam verdwijnt.

'Hoe houden we contact?' vraag ik.

'Maak je geen zorgen, ik meld me wel. Ik blijf present.'

'We moeten nieuwe acties ondernemen,' zegt Straal.

'Natuurlijk moeten we dat. En we gaan nu ook de lat hoger leggen.'

Het licht op de open plek neemt toe. Het daalt van boven neer, valt de verticale tunnel van de begroeiing binnen, dringt tussen de stoppels, glijdt onder de grond.

We staan op – dadelijk zullen we afspraken maken over details. Plaatsen, tijden. Een nieuwe code vaststellen. We zullen elkaar vaarwel zeggen. We zullen de zoetheid en de weemoed van de scheiding voelen, de verdoving van weer een einde en weer een begin. Daarna zal iedereen de weg naar huis nemen, of die naar het punt waarop je verdwijnt, en de novemberzon bespeuren die in schijnsels uit het betonnen wegdek opduikt, van onder het stof en het zand.

MATERIE

(december 1978)

In december is de straat clandestien, zijn de gevels van de huizen clandestien, en de metalen balustrades en de lantaarnpalen en het vuilnis dat op het trottoir ligt opgehoopt. Een hele topografie, een nieuwe manier van de ruimte zien. Ook de meest compacte oppervlakken, die vol en dik lijken, verbergen in werkelijkheid een dubbele bodem. De geheime doorgangen die het buiten met het binnen verbinden.

In de klas bekijk ik het bord. Het diepe zwart van het leisteen, de hoeveelheid materie die eruit opstijgt. De prullenmand en het stuk wand, zwartgeblakerd door het vuur van die aandoenlijke, eerste aanslag van ons; de groeven in het bovenblad van de tafels, de geopolitieke kaart van Italië. Het clandestiene Italië. En de lege plaats van Morana, verderop: intact, maagdelijk. Zijn dood. Het leven dat de dood uitvindt. Het onderzoek dat, in verbazing en verdriet, nu ook de verdwijning van kameraad Vlucht omvat. Van Dario Scarmiglia. De familie die zich ernstig zorgen maakt, de school, dat zinkende schip: iedereen opnieuw ontboden. Verhoord, vooral kameraad Straal en ik, vastberaden en begripvol verhoord. Met aantekeningen. Vaag gezien als mogelijke sleutels tot de verklaring van een abnormaal verschijnsel. Ook omdat het onderzoek langzaam maar zeker van richting aan het veranderen is, men accepteert dat het kwaad van onderaf zou kunnen komen. Van ons. Een geleidelijk aan scherper gefocust worden dat me bevalt in plaats van dat het me verontrust. Ik voel de vreugde van de legitimatie: door de onzichtbaarheid heen waargenomen worden. Onze oorspronkelijke ambitie.

Sinds het begin van de maand staan de kerstkraampjes in de via Mariano Stabile. Spontaan, zonder vergunning, de ruimte overspoeld door de tentoongestelde spullen. Een zootje van opeengepakte herders op de planken, en kurk en knipperende lampjes in de vorm van eikels, en verzilverd vlechtwerk overal omheen. De bakken vol kerstballen, sommige kapot, de glasscherfjes in die grote hoop steeds verder aan het vergruizelen. En dan nog de dennenbomen in hun potten, het asfalt bezaaid met groene naalden, de pieken erbovenop, of als wapens op een rijtje, en prullaria van allerlei soort. Daar sta ik 's middags mijn vingers tussen de lijfjes van de herders te wurmen en daarbij beentjes en kampvuren in de war te gooien en meren van karton en schapen en varkens en een onverklaarbare rinoceros met spitse hoorn.

Op een middag kom ik thuis en dan zegt Touw dat kameraad Straal heeft gebeld. Touw zegt niet Straal, en zelfs niet Bocca; ze zegt Massimo. Ik bel hem terug, hij vraagt me of we elkaar kunnen zien. We spreken af op de open plek, een half uur later.

Hij is onder de indruk. Kameraad Vlucht heeft zich met hem in verbinding gesteld. Hij heeft zich, zo had hij hem verteld, een paar dagen op straat weten te redden, eten kopend van het geld dat hij thuis had gepikt, maar zo kon dat niet langer, dus had hij hem benaderd en de sleutels gevraagd van de kelder, die hij als basis wilde gebruiken. Voordat hij de deur uit gaat zal hij zich verkleden. Hij heeft oude kleren bemachtigd en geleerd zich te transformeren. Met carnaval waren Scarmiglia en ik de enigen die niet verkleed waren. Nu zal kameraad Vlucht een pak aantrekken, roet onder zijn neus aanbrengen en als een grootsteedse Zorro in Palermo gaan rondwandelen.

'Hij wil dat we morgen na school bij hem komen,' zegt Straal, 'in de kelder. Hij heeft over een nieuwe actie nagedacht en wil die voor het einde van het jaar uitvoeren.' De volgende dag, om twee uur, zijn we in de via delle Magnolie.

Vlucht is een sculptuur van kool. Een stuk ligniet dat uit een mijn is gehaald, verwrongen, dun en vlekkerig, zijn lichaam uitgedroogd door het verblijf in de open lucht. In heel weinig tijd is hij oud geworden en zijn kalme, scherpe trekken verraden een kennispotentieel dat mij en Straal nog vreemd is. Zijn metamorfose is voltooid: in zijn ogen ligt een kracht die zo los kan branden.

Hij heeft veranderingen aangebracht in de kelder. De eierdozen zijn er nog, maar op de plaats van de kleine cel ligt een slaapzak op een stretcher van blauw metaal. De deken is dezelfde als die van Morana; ik ruik onmiddellijk de muffe geuren van diens lichaam en van de alcohol her en der in de stof. Er zijn voedselvoorraden die Straal tot taak heeft bij te vullen, en kartonnen dozen met stapels kleren. Op een ervan ligt een fototoestel; half verborgen tussen de dozen en de wand liggen stokken. En verder liggen er een paar boeken, heel veel schriften, pennen en potloden. Uit een van de schriften steekt een stukje polaroidfoto: ik herken Morana.

We begroeten elkaar met een handdruk en onze hoofden, die nu weer haren hebben, worden even weer schedels. Dan gaat Vlucht op de rand van het veldbed zitten en Straal op een dichte doos iets daarvandaan; ik ga op mijn hurken zitten met mijn rug tegen de muur. Het lage gezoem van de vliegen doorboort de lucht aan één stuk door.

Vlucht vertelt ons dat het goed met hem gaat. Hij weet dat hij gezocht wordt. Ze zullen wel een verband vermoeden tussen zijn verdwijning en de dood van Morana. Ze wegen waarschijnlijk twee hypotheses tegen elkaar af: de ene beschouwt zowel hem als Morana als slachtoffer, volgens de andere is de tweede persoon die verdwenen is verantwoordelijk voor de dood van de eerste, of daar op de een of andere manier bij betrokken. Hij weet niet of de onderzoekers in staat zijn om aan clandestiniteit te denken, maar het is niet uitgesloten dat ze daar snel op komen. Hij vertelt ons ook dat hij lang heeft nagedacht over de volgende stap. Over hoe we de, vooral psychologische, ervaring van de ontvoering van Morana kunnen benutten.

'Onze volgende actie,' zo legt hij uit, 'zal een vervolmaking zijn van alles wat we tot nu toe hebben gedaan. En een aanscherping daarvan.'

Hij houdt op, bekijkt ons aandachtig. Hij wil weten of we zijn woorden aankunnen.

'Dat betekent,' zegt hij langzaam, 'dat na deze actie het hele land zich van ons bewust zal zijn.'

Weer een pauze, waarin hij spiedend naar ons kijkt om te zien tot hoe ver wij in staat zijn te gaan.

'Onzichtbaar,' zegt hij, duidelijk articulerend. 'Radicaal en volmaakt.'

Straals ogen glanzen. Om mezelf van mijn opwinding af te leiden, observeer ik die van hem. Die is enorm, en kinderlijk, een ontstaan en voortrollen van kleine golven door heel zijn lijf en denken heen.

'Ik ben de afgelopen dagen gaan schaduwen,' gaat Vlucht door, 'maar moest ermee ophouden, het werd te gevaarlijk. Jullie moeten ermee doorgaan.'

Hij wendt zich tot mij.

'Jij moet ermee doorgaan, kameraad Nimbus,' zegt hij glimlachend.

Had ik me tot nu toe, in de laatste anderhalve maand, bij meerdere gelegenheden aan de kant gezet gevoeld en alleen goed genoeg voor secundaire taken, op dit moment, bij die blik van Vlucht die me verwelkomt, bij zijn glimlach die mij erkent, heb ik geen aarzelingen meer en keer ik terug naar het centrum van ons gedeelde denken.

'De persoon die we gaan ontvoeren,' zegt Vlucht, 'is Wimbow.'

Wimbow, denk ik. Ik denk niets. Ik zie zwart en rood. Het lichaam van Wimbow.

'Waarom?' vraagt Straal. 'Waarom haar?'

Hij staat op, zijn stem klinkt als een schaven.

'Ze heeft ons niets gedaan,' zegt hij. 'Zij kan geen doelwit zijn. Zij is geen doelwit.'

Hij onderbreekt zichzelf, zou willen lopen, zich verplaatsen, er is geen ruimte voor. Kameraad Vlucht heeft zich niet bewogen. Hij heeft alleen zijn redeneren even gestaakt.

'Niemand,' herneemt hij, 'heeft ons iets gedaan. Niemand heeft ooit rechtstreeks actie tegen ons ondernomen. Maar als we dit als criterium hadden laten gelden, dan hadden we van het begin af aan niets moeten doen.'

'Nee, kameraad,' zegt Straal, 'zo zit het niet. Wij hebben elke keer doelwitten gevonden die op de een of andere manier tegenstanders van ons waren.'

'Morana was geen tegenstander van ons,' zegt Vlucht.

'Maar Morana was nodig,' antwoordt Straal. 'Pedagogisch. Hij was onze oerzonde.'

'In de strijd, kameraad,' zegt Vlucht, 'bestaan er alleen maar oerzonden.'

Zijn woorden gaan vruchteloos de lucht in.

'Zelfs de Rode Brigades hebben zich nooit tegen een vrouw gericht,' gaat Straal door. 'Zelfs zij niet.'

Hij beweegt zijn handen, solide en nerveus, stapelt het ene baksteentje van lucht na het andere op elkaar om voor zichzelf een logica te fabriceren die als barrière kan dienen. Ik daarentegen blijf gehurkt zitten, met mijn nek tegen de wand, zoals wanneer ik mijn nimbus uithol. Alsof ik met mijn rug een instorting wil tegenhouden.

'Dat van de sekse is een inconsistent bezwaar,' legt Vlucht kalm uit.

'Waarom inconsistent?' vraagt Straal. 'Ze is een vrouw, een meisje.'

'En ze is ook stom,' zegt Vlucht. 'En ze is een halfbloed. En ze is mooi. Ze is alles wat ze moet zijn.'

Straal aarzelt. Hij is geïrriteerd, maar beseft dat de weg die hij is ingeslagen nergens heen leidt. Bij kameraad Vlucht is logica een risico.

‘Waar dient het toe om haar kwaad te doen?’ vraagt hij.

‘Ik heb niet gezegd dat we haar kwaad gaan doen.’

‘Waar dient het toe om haar te ontvoeren?’ herhaalt Straal zijn vraag, nu preciezer.

Kameraad Vlucht wrijft met zijn hand over het hoofd, hard, op een bepaald punt; en dan is hij weer de beheerste jongen van altijd.

‘Om haar te bestuderen,’ zegt hij. ‘Om te begrijpen wie ze is.’

Het tegengestelde van wat ik wil, denk ik. Ik had mijn creoolse meisje en dat was genoeg. Ik wilde alleen maar genieten van het verschijnsel op zich, zonder me met haar verhaal te bezoedelen. Sinds ze Wimbow is geworden, heb ik met het onbedwingbare te maken. Maar kameraad Vlucht is uit op begrijpen. Op kennis. Hij wil haar vangen in de amber van onze cel. Haar immobiliseren. Een fossiel van haar maken.

‘Maar dat hebben we al met Morana gedaan,’ protesteert Straal. ‘Daarom hebben we hem nu juist ontvoerd. Het heeft geen zin om nog eens hetzelfde te doen.’

‘Het is niet hetzelfde,’ zegt Vlucht. ‘Wimbow is Morana niet. Morana was op zichzelf. Helemaal op zichzelf. Wimbow niet. Wimbow is een band.’

Ik denk aan de elektrische krachten die in een molecuul de atomen bijeenhouden. Aan alle onzichtbare krachten die de dingen samenhang geven. Dat is Wimbow. Onzichtbare kracht. Band.

‘Ik begrijp je niet, kameraad Vlucht,’ zegt Straal, terwijl hij schokkerige bewegingen maakt.

‘Wimbow laat banden ontstaan,’ legt Vlucht uit. ‘Zij, in haar eentje, enkel door te bestaan. Morana was het tegengestelde, hij stootte af. Bij hem was alles eenvoudig, hoefde er niets verbroken te worden. Maar Wimbow trekt aan. Bindt.’

Terwijl Vlucht nu zachtjes zijn hals masseert, keert Straal zich naar mij. Hij zou willen dat ik me erin mengde, me ook verzette. Maar ik beweeg me niet, zeg niets. Want wat mij nog meer in de war brengt dan het plan om een actie tegen Wimbow op touw te zetten, nog meer dan wat kameraad Vlucht aan het zeggen is, dat is dat ik ontdek dat de anderen zien dat ze bestaat. Dat ze een naam heeft. Dat ik merk dat ze ook buiten mijn verbeelding kan bestaan, en bestaat.

'Wij, kameraden,' begint Vlucht ineens weer, 'wij moeten het zonder banden kunnen stellen. Wij moeten afstand leren doen.'

Straal zwijgt. Hij is uitgeput. Tot een moment tevoren had hij nog de kracht om met bruuske, ongeduldige gebaren de lucht te doorsnijden: nu staat hij daar met gebogen hoofd.

'Waarom?' vraagt hij, maar het is een restvraag.

'Omdat meisjes je aan het huilen brengen,' zegt Vlucht, terwijl hij zich naar mij keert.

Ik kijk op, staar hem aan en herken, opnieuw, zijn onderliggende verhaal. De woede en de uitdaging die gekristalliseerd in hem leven.

Minuten verstrijken.

Straal is weer gaan zitten, zijn vuisten tegen de slapen; Vlucht gaat met de wijsvinger van de ene hand over de rug van de andere, volgt het traject van de aders. Ineens heft hij het hoofd op. We zijn er bijna, laat hij me met zijn ogen weten. Nog een klein schepje erop, een beetje moed nog. Vlucht weet dat mijn zwijgen niets te maken heeft met Straals bezwaren. Het heeft niet met logica, niet met een idee van rechtvaardigheid te maken – fragiele bolwerken. In Wimbow vermengen zich voor mij euforie en melancholie. Zij is het hemelgewelf van mijn verbeelding. De oorsprong. Aan de vernietiging van dit alles denken, is een soort dood. En kameraad Vlucht is een specialist van de dood. Dus kijkt hij me aan en zwijgt. Dan knikt hij van ja en ik beantwoord dat teken met een spiegelbeweging. Straal onderschept onze tekens, hij staat op, zijn lijf voorgoed mager. Ergens heeft ook hij voldoende wanhoop gevonden.

We blijven zwijgend zitten, te midden van de vliegen, en pas later, veel later, als al het gezoem is opgehouden, gaan we over tot de structurering van het plan.

De dagen daarop verdwijnt de slaap helemaal. Zoals elke herfst ga ik weer zwemmen. De leraar neemt me letterlijk onder handen: hij laat me rekoefeningen doen in het water, zegt dat mijn buik lager moet – en hij duwt met zijn hand mijn lendenen naar beneden –, mijn schouders hoger – en met de andere hand duwt hij ze omhoog –, hij vertelt me hoe ik mijn hoofd moet buigen, hoe ik met mijn benen moet slaan. De eerste twintig minuten moet ik met een kurken plankje zwemmen, om alleen de benen te laten werken. Vastgeklampt aan het vegetale relict ga ik als een schipbreukeling heen en weer, het ene baantje na het andere, met mijn hoofd in het water, op zoek naar een vloeibare slaap.

Door de vermoeidheid verandert mijn waarneming op school. Als ik mijn hoofd van de tafel ophef en om me heen kijk, voel ik altijd een heel sterke ontroering, een behoefte aan tederheid en huilen. Tijdens de pauzes, alleen in de gangen, zou ik in de wanden willen bijten, naar de wc's willen gaan om het porselein van de wasbakken te eten, om het water uit de kranen te drinken, al het water, tot dat uit de buizen toe, elke klas in willen gaan en tafels, rugzakken, boeken en leerlingen verslinden. Dan probeer ik weer rustig te worden, want ik voel dat ik wankel, ik houd mijn honger in bedwang en weet dat die honger heimwee naar alles is, het verlangen om terug te gaan en de pijn daarom.

In die toestand begin ik Wimbow te schaduwen. Aanvankelijk raak ik haar steeds onmiddellijk kwijt. Ik schaduw haar naam en vergeet haar. Later vind ik de juiste concentratie en lukt het me haar te volgen. Maar de trajecten waarop ze alleen is, zijn miniem – enkele passen buiten de school, op het piazza De Saliba, met een klasgenootje, ze groeten elkaar, nog een pas, weer een groet, de ouders, ze stapt in de auto en weg is ze.

Op de rand van het veldbed gezeten, vertelt Vlucht me tijdens een vergadering waar ze woont. Viale Lazio, een straat met witte huizen, korte schaduwen. Hij vraagt me de wijk te verkennen, gewoontes te ontdekken. Ik stel me op tegenover haar voordeur en wacht. Hele middagen, tevergeefs, terwijl ik de lichten bestudeer die op de verschillende verdiepingen branden, niet wetend welke de juiste is, en ik me haar voorstel terwijl ze huiswerk zit te maken.

Dan komt ze op een middag de voordeur uit – een rode jas, zwarte handschoenen, haar haren in een paardenstaart. Ze gaat de kant van de via Libertà op, kijkt om zich heen. Ik volg haar maar blijf op het tegenoverliggende trottoir. Ter hoogte van de balkons vertraagt ze haar pas, blijft staan en kijkt naar boven; ik laat haar weglopen, steek over, kijk waar zij naar heeft gekeken, zie klodders zwarte klei onder de hoeken van de stenen balkonvloeren. De zwaluwen die de herfst overleven vliegen chaotisch boven onze hoofden – hun vleugels spits uitlopend en gerond, hun staart gevorkt –, doorsnijden daarbij de lichtkrans van de lantaarns.

Ik ga weer naar het andere trottoir en intussen is Wimbow stil blijven staan. Ze doet niets en wacht. Ik blijf ook staan, in het donker, trek de kraag van mijn jack omhoog. Ik voel me belachelijk. Na een paar minuten komt er een meisje aan, groene jas, blonde haren, iets langer dan Wimbow. Ze glimlachen tegen elkaar, begroeten elkaar en lopen samen verder. Terwijl ze zo lopen zie ik dat Wimbow haar pas vertraagt, stilstaat, doorloopt, weer stilstaat, alsof er iets niet klopt, met de straat, met haar voeten, of ze een idee van harmonie in haar hoofd heeft dat op dat moment tegenvalt en onvrede bij haar veroorzaakt, ergernis, alsof er iets fout zit, en dan staart ze koppig naar haar voeten, en naar die van haar vriendin, ze kijkt naar hoe ze lopen, is boos op die voeten, en dan ineens in een flits een beweging, ze zet een stapje waarmee ze haar eigen tred weer aanpast aan die van haar kameraadje en loopt door, vlugger, gelukkig nu en gerustgesteld door de symmetrie.

Ze komen aan bij een ijssalon. Ik profiteer ervan om over te steken en dichter naar hen toe te gaan. Ik stel me verdekt op achter een heg, ruik de volle, chaotische geur van de bladeren die vermengd met de vochtige aarde liggen te vergaan. Het meisje met de groene jas bestelt een hoorntje; ze wil ook voor Wimbow bestellen, maar die houdt haar tegen. Wimbow gaat op haar tenen staan en geeft de man van het ijs, die al een tweede hoorntje heeft gepakt, van achter het raam een teken van nee, dat ze dat niet wil; daarna raakt ze met een vinger haar borst aan, maakt met haar arm een beweging van beneden naar boven, haar halfopen vingers pakken een luchtbel, en meteen daarna brengt ze beide handen voor zich, de vingertopjes tegen elkaar, en duwt ze snel en vloeiend van zich af, alsof ze bladerdeeg uitrolt.

De man keert zich naar het meisje met de groene jas dat zich er opnieuw mee wil bemoeien, maar weer houdt Wimbow haar tegen, ze kijkt de man strak aan en herhaalt de hele reeks bewegingen, rustiger nu en ze duidelijk articulerend. Aan het eind gaat ze met de armen over elkaar naar hem staan kijken; eerst verroert hij geen vin, maar dan veert hij op en wijst hij onzeker op de bak met brioches; Wimbow knikt vergevend, wijst aan met welke smaak ze hem wil, pakt haar brioche en overhandigt de muntjes. Als ze weer vertrekken beweegt Wimbow lippen, armen en handen, het meisje knikt van ja, ook zij praat in tekens, het groen en het rood versmelten met elkaar, terwijl ik probeer de bewegingen te lezen, probeer te begrijpen wat ze betekenen, maar de straat is slecht verlicht, schaduwen vermenigvuldigen en vervagen elk gebaar. Na twintig minuten lopen – op tempo maar zonder doel, zoals honden, zoals iedereen – nemen Wimbow en haar vriendin afscheid van elkaar en gaan uiteen. Ik blijf ook staan, achter een transformatorhuisje, snuif het koper op van de duizenden draden die daarbinnen verknoopt zitten. Wimbow wacht tot haar vriendin is weggelopen en gaat dan terug. Ik steek over, versnel mijn pas en volg haar van dichterbij. Als ik de lucht opsnuif, wil ik de geur van haar lichaam ruiken, die zich rondom haar verspreidt en achter haar in de lucht blijft hangen, en de in de neerslag zwevende moleculen ervan onderscheppen, en ontroerd raken als ik door haar adem loop.

Als ze bij een bakker naar binnen gaat, blijf ik buiten. De bakker kent haar, zegt iets tegen haar, zij schudt haar hoofd, zet een stapje achteruit om vanaf de andere kant van de toonbank zichtbaarder te zijn, en tekent aller-ernstigst halve cirkels en golvende lijnen met haar vingers, als dirigeerde ze een geluidloos orkest; daarna wijst ze op een brood achter het glas en vormt met haar handen een onzichtbare fles, een zwevend gebaar, lang en smal; als de bakker zich buigt en weer omhoogkomt met een fles melk van het merk Stelat in de hand, ontspant Wimbow en vergeeft ze hem.

Ik weet dat het niets is, dat het haar dagelijkse leven is, maar het stemt me toch diep bedroefd: alles waarvan ik had gehoopt dat het bewegingloos en oorspronkelijk was en bij haar wezen hoorde, beweegt en bestaat buiten mijn verbeelding.

Ik sla haar gade als ze naar buiten komt, in haar hand een plastic tasje met het brood en de melk. Ze loopt langs de groentewinkel, de waar staat in kistjes uitgestald. Ze blijft staan, ik ga nog dichter naar haar toe, de groenteman begroet haar. Zij beantwoordt zijn groet, glimlacht tegen hem, wijst op kleine tomaten, op sla, op gele appels. Terwijl de groenteman haar bedient, praat hij in dialect tegen haar, maar vriendelijk; Wimbow buigt zich over een grote zwarte pan op een gammele, houten stellage. Nog drie stappen en ik sta vlak bij haar; werktuiglijk slaan we het borrelen van het kokende water gaande, de daarin ondergedompelde aardappels waaruit een zuil van belletjes opstijgt die, eenmaal aan de oppervlakte, een zacht knetterend geluid laten horen. Dan, als ik haar lichaam voel, wil ik weglopen maar ik bots ongewild tegen haar schouder. Het tasje valt uit haar hand, ik zie het glas tegen de grond stoten, het wit haastig uit het tasje stromen, en daarna, langzamer, het brood doorweekt raken; Wimbow maakt een sprongetje naar achteren om haar schoenen te redden, ze kijkt om zich heen en vervolgens kijkt ze mij aan, en ik weet niet wat ik moet doen; ik buig me over de houten kist vol tomaten, pak er een en knijp hem fijn.

De groenteman laat zijn pakjes op de weegschaal liggen en komt naar ons toe. Ik verberg mijn tomaat-bebloede hand in mijn zak, de groenteman zegt iets in het dialect, ik begrijp het niet. Wimbow knikt, praat met haar handen tegen hem terwijl ze op het wit op de grond wijst en vormt dan iets in de lucht, weer zoals net bij de bakker, en de man loopt weg; hij komt terug en reikt haar een fles melk aan.

Ik, de door de taal verbannen mythopoieet, loop naar Wimbow toe, ik zou haar excuus willen vragen maar dat is een woord dat niet in het alfastil voorkomt, dus haal ik mijn hand uit mijn zak en maak ik een vaag, verminkt gebaar, mijn vingers rood besmeurd en vol gele zaadjes, maar dat helpt niet en dan maak ik een draai om mijn as, in de hoop dat dit toegeven van schaamte genoeg is. Maar Wimbow neemt me onaangedaan op, pakt het tasje dat de groenteman haar aanreikt, doet de fles melk erin, groet en vertrekt. Ik blijf treurig kijken naar het rood van de jas dat zich langzaam verwijdert en naar het wit van de melk dat zich in rechtlijnige stroompjes in de voegen van de tegels verspreidt – de woorden van de groenteman die om me heen wervelen.

Als ik Vlucht en Straal van mijn schaduwen vertel, zeg ik dat Wimbow niet te benaderen is. De gewone trajecten van huis naar school en van school naar huis, altijd door iemand vergezeld, nooit een uitzondering.

'Jij hebt haar ook geschaduwd,' zeg ik tegen Vlucht, 'je weet dat het waar is.'

Vlucht zwijgt. Sinds hij het grootste gedeelte van de tijd in de kelder doorbrengt, daar leest en nadenkt en langzaam zijn plan uitbroedt, en kameraad Straal en ik de ene verkenningstocht na de andere, almaar tussen buiten en binnen heen en weer gaan, is hij onze bijenkoningin geworden, de incarnatie van de ideologie: Straal en ik de werkbijen die ijverig het hart van de bijenkorf met de wereld verbinden en omgekeerd.

Vlucht veroorlooft het zich enkel 's nachts om naar buiten te gaan en draagt daarbij dan steeds een andere vermomming. Soms zeg ik thuis dat ik bij een vriendje slaap – Steen biedt aan met me mee te lopen, me te komen halen, ik stel hem gerust door te zeggen dat dit niet nodig is, dat alles in orde is, dat ik intussen voldoende verantwoordelijkheidsgevoel heb en weerbaar genoeg ben – en dan ga ik met Vlucht mee en vertelt hij me, zonder ooit een toespeling op Wimbow en haar ontvoering te maken, de diepe redenen voor de strijd, deze prachtige, onvoorspelbare co-existentie van politiek en privéleven.

'Dat we zo ver zijn gekomen,' zegt hij tegen me, 'komt doordat we gevoeld hebben dat angst en verlangen niet twee tegengestelde ervaringen zijn, maar vermengd en niet te scheiden. De anderen begrijpen dat niet, ze realiseren zich niet dat het zo is. Ze meenden tegenover een extern sociaal verschijnsel te staan, ze hebben het gebalsemd en weggezet. Maar wij weten dat de strijd in ieders lichaam, diep in de aderen zit.'

Na een incubatie van een paar dagen deelt hij ons ten slotte mee dat als er in het dagelijks leven van Wimbow geen natuurlijke kieren zijn, we een kunstmatige moeten maken. We zullen haar tot een afwijking van het parcours dwingen en haar daarnaartoe brengen waar we gemakkelijker onze gang kunnen gaan.

'Ik heb al bedacht hoe,' zegt hij. 'Ik hoef het plan alleen nog maar bij te schaven. Blijf haar voorlopig nog maar schaduwen,' voegt hij er tegen mij aan toe.

Ik stel me weer voor haar huis op. Ik wacht uren tot ze naar buiten komt, maar ze komt niet naar buiten. Ik sta tegen een muurtje aan de andere kant van de straat geleund. Ik verplaats mijn blik van de verlichte vensters naar een plaat in het biologieboek dat ik heb meegenomen. Hij stelt een doorsnede van een menselijk bot voor. Kalkmineralen, sponsachtig weefsel, lymfe, beenmerg. In een tijdsbestek van twee maanden wordt een bot afgebroken en weer opgebouwd.

De botten van Wimbow, diep in haar vlees.

De ruggengraat heet ook *rachis*, heeft tweeëndertig tot vijfendertig wervels; tussen de wervels zitten de tussenwervelschijven die uit vezelig kraakbeen bestaan.

Het lukt me niet de botten in het lichaam van het creoolse meisje op te sluiten. Te denken dat zij materie is. Botten, vlees, weefsels, interne organen. Ruggengraat. Die elke twee maanden verdwijnt en weer verschijnt. Het lukt me niet.

Ik blader door het boek, lees, bekijk de afbeeldingen, probeer het nog eens.

Haar ogen zijn oogbollen. Ze liggen in de oogholten. Binnenin zit glasachtig vocht, een doorzichtige gelatine; aan de buitenkant zit de harde oogrok, die is ondoorzichtig en vezelig. De haren en de nagels zijn van keratine, keratine is een proteïne die zwavel bevat. In het oor zit het slakkenhuis, dat is een benige spiraal; daarin zitten de perilymfe en de endolymfe. Het hart bestaat uit streperig spierweefsel en is omhuld door het pericardium.

De reductie van je liefde tot een organisme. Of misschien het tegengestelde. De verheffing. Een lichaam beminnen dat in de eerste plaats een organisme is. Het beminnen ondanks dat. *Om* dat: omdat het ook een organisme is. Een anatomofysiologische machine. Het lichaam dat bestaat voor mijn verbeelding er zich meester van maakt. Het lichaam dat de bewegingen veroorzaakt, de schoonheid van de bewegingen. De schoonheid van de donkere huid. Het stralende donker. De mond die ademt en geen woorden zegt. De holten. De anus waar elke dag de ontlasting uit komt. De vagina waar ik niets van weet, die zich op één millimeter van het onvoorstelbare bevindt en die ik me toch probeer voor te stellen, en die gruwelijk is om je voor te stellen. De manier waarop het hemelse en het helse zich verbinden om een leven te laten ontstaan. Liefde door biologie gefilterd.

De uren verstrijken, het boek in mijn handen, de botten in mijn handen, het creoolse meisje in haar huis, dat denken aan lichamen dat mijn hoofd meer en meer vult.

Dan convergeert alles naar een verdwijnpunt.

Het plan van kameraad Vlucht om Wimbow te ontvoeren is zo evident onwerkelijk dat Straal en ik er zonder tegenspreken naar luisteren, zonder er zelfs maar kleine corrigerende bezwaren tegen in te brengen: in de ban van het onwaarschijnlijke accepteren we alles.

'We moeten een open gebied voor onze actie creëren,' zegt hij. 'Een leegte.'

Kameraad Straal en ik zitten op de keldervloer, het elektrische licht verandert de lijfjes van de vliegen in vonken, en we knikken.

'Die leegte,' zegt Vlucht terwijl hij mij aankijkt, 'dat is jouw verjaardag.'

Mijn verjaardag, denk ik, dat is over een paar dagen. Op 21 december. Een donderdag. De dag erna begint de kerstvakantie.

'Je moet haar op jouw feestje uitnodigen,' legt Vlucht uit, 'alleen haar.'

Alleen haar, denk ik, dat is wat ik al een jaar in mijn hoofd heb.

'Maar er komt helemaal geen feestje,' gaat hij door. 'Wimbow moet op de avond van 21 december naar jouw huis komen. Ze moet bij de intercom aanbellen, als de portiersloge al dicht is; daar staan wij haar dan op te wachten. We houden haar tegen, verhinderen haar te reageren en nemen haar mee. Tegen de tijd dat haar ouders haar weer komen ophalen, zijn we ongeveer drie uur verder en hebben we dus alle tijd gehad om te verdwijnen.'

'Hoe kan kameraad Nimbus bij ons zijn,' onderbreekt Straal hem, 'als Wimbow aanbelt om de deur te laten openen en er helemaal geen feest is? Zijn ouders kunnen niet aan de intercom komen, dat moet hij doen, daar zit niets anders op.'

'Nimbus wacht dan ook in huis tot Wimbow aanbelt. Hij antwoordt, doet open, zegt tegen zijn ouders dat er vrienden zijn langsgekomen; hij gaat de deur uit, holt de drie trappen af die hem van de portiersloge scheiden en vanaf dat moment doen we het verder met zijn drieën.'

'Maar op die manier,' komt Straal weer, 'wordt Nimbus verdacht. De politie zal nooit geloven dat het toeval was, ze zullen zich realiseren dat er een plan achter zat en dat hij daar deel van uitmaakte.'

De blikken concentreren zich op mij, die niets zegt en luistert. Op mijn voorzichtigheid, op mijn daadloosheid.

'Ja,' zegt Vlucht, 'inderdaad. Na deze actie zal Nimbus in de clandestiniteit moeten gaan.'

Kijk, denk ik, ik verdwijn. Eindelijk verdwijn ik. Ik word ook een gaatje, een afwezigheid. Misschien wel een gemis.

'Oké,' zeg ik. 'Ik heb tijd om me voor te bereiden, en bovendien is het juist zo. Alleen… ik wil over Wimbow weten. Waar en hoe we haar gaan bewaren.'

Ik merk dat ik een volkomen verkeerd woord gebruik. Het is duidelijk dat we niemand gaan bewaren. Wij ontvoeren, houden vervolgens vast en daarna deformeren we.

'Kameraad,' legt Vlucht me uit met een stem die tegelijkertijd hartelijk en gespannen klinkt, 'maak je geen zorgen: Wimbow wordt hier "bewaard".'

Ik denk aan het weer opbouwen van de kleine cel, met de deur en de grendel. De deken is er al. De twee leibanden, het water, de koekjes, de vellen krantenpapier. Haar huid schoonmaken, boenen. Haar fysiologie geëtaleerd. Het ritueel van het samendrukken.

'Hoe kunnen we er zeker van zijn,' vraagt Straal, 'dat Wimbow met niemand over het feestje praat? Als ze weet dat er anderen van school zijn uitgenodigd, maar ook als ze dat niet weet, kan het zijn dat ze er een of andere toespeling op maakt, en dan zou aan het licht komen dat er verder niemand komt.'

'Ja, kameraad,' zegt Vlucht. 'Alleen kan Wimbow niet praten. Bijna iedereen beperkt zich ertoe naar haar te kijken of haar vragen te stellen die zij op de lippen leest en beantwoordt door ja of nee te knikken. Het is waar, sommige vriendinnetjes kennen haar tekens, en sommige leraren ook. Tegen de leraren zal ze niets zeggen, met hen praat je niet over een uitnodiging voor een feestje. Wat haar vriendinnetjes betreft, het is belangrijk Wimbow duidelijk te maken dat het niet bekend moet worden.

Dat moet je haar vertellen,' gaat hij verder, alleen tegen mij. 'Maak een kaartje en schrijf dat je maar heel weinig mensen uitnodigt.'

Hij pauzeert even, glimlacht.

'Alleen de mensen die je het aardigst vindt,' zegt hij. 'Dat zou voldoende moeten zijn.'

Dat is zeker voldoende, zeg ik tegen mezelf. Want van gedetailleerde ongegrondheid hebben wij een levensvorm gemaakt.

Dagen verstrijken, afval bij het werk van de tijd. Alles wat gebeurt, is een tussenstap naar en een bijdrage aan een uiteindelijk resultaat, bereidt dat voor, net zoals het geheel van verschijnselen dat zich voordoet als cellen, in een buik een lichaam vervaardigen: voor de tijd die verstrijkt bij het voorbereiden van het sterven geldt hetzelfde.

Ik koop een kaart en probeer de uitnodiging te schrijven. Ik doe een poging, niet goed, ik streep het door, ga de deur uit en koop nog een paar kaarten. Ik probeer het weer, vergis me, pak het biologieboek en ga opnieuw de deur uit. Van de via Sciuti kom ik in de viale delle Alpi, ik loop verder en sla de viale Lazio in. Ik blijf voor Wimbows huis staan, op het andere trottoir, en kijk naar boven. Het is zeven uur 's avonds, het is donker en van hieruit kan ik door de ramen waarvan de rolluiken omhoog en de gordijnen open zijn, de lichtjes van de kerstbomen zien, een koor van knipperingen in de gevel.

Ik leun tegen het muurtje in de veronderstelling dat ik een paar uur half met de chemie van de botten, half met het observeren van de ramen ga doorbrengen, maar ineens verschijnt er rood in de omlijsting van de deur, Wimbow komt naar buiten en slaat linksaf. Ik doe het boek dicht en volg haar. Ze loopt rustig de viale Lazio door. Voor de winkels staan ook kerstbomen, de chromatische schitterpsychose weerkaatst op haar jas en gaat diep in haar de minuscule rampen verlichten die op dit moment in haar lichaam plaatsvinden – blauwe meiose, mitose van een glanzend rood, wit fosforescerende stromen cellen die in het gele cytoplasma ademen en bewegen en van vorm veranderen en bij elke metamorfose een robijnrode schittering produceren, en verder de gifgroen gestulpte *mitochondriale cristae*, de donkere korrels van de ribosomen, de blauwe kernen die bij vermenigvuldiging zich splitsen: het pyrotechnische metabolisme, het onzichtbare dat schouwspel wordt.

Nadat Wimbow naar rechts is afgeslagen en nog een meter of vijftig is doorgelopen, blijft ze voor een bloemist staan, zo'n stalletje op straat, de potten uitgestald op een trapvormige, groen metalen constructie. De bloemist is een jongetje, hij zal een jaar of twaalf zijn. Wimbow kijkt naar de bloemen, buigt zich en wil er een bij zijn stengel oppakken, het jongetje moppert op haar in dialect maar zij pakt hem toch. De bloem is paars met oranje, de bloembladeren zijn vezelig. Het joch blijft op haar mopperen, beduidt haar de bloem terug te zetten. Dan pakt Wimbow een strik van lucht tussen duim en wijsvinger, brengt hem naar haar kin en borduurt een kleine spiraal; vervolgens wijst ze op de bloem en streelt zachtjes, ernstig haar wang.

Het jongetje zegt iets wat een uitroep lijkt. Ik meen het woord 'stom' in de dialectische brij te herkennen. Hij vraagt het haar. Wimbow maakt opnieuw de strik en de spiraal, ze haalt munten uit een portemonneetje. Wantrouwend en alleen de economische code ontcijferend, loopt de jongen naar haar toe en neemt er drie van de uitgestoken hand; hij haalt aluminiumfolie uit een laatje en wikkelt het rond de steel. Met de bloem als een vegetale scepter in de hand loopt het creoolse meisje zonder me op te merken voor me langs. Ik wacht tot ze een eindje weg is en nu, terwijl ik haar schaduw, zie ik hoe het licht in haar vorm krijgt, knoppen wordt die heftig openbarsten, sommige worden een bol, andere een stralenkrans, weer andere een kelk, een kogel, een waaier, en verder vlokkige trosjes die samentrekken en weer uitzetten op het ritme van haar ademhaling, bloemkronen van campanula's die even wit opgloeien en margrieten en leeuwenbekken worden, mimosa's en hyacinten, malve en de krachtige hibiscus, de ontembare bloei van het leven in haar lichaam.

Ik zie haar de voordeur weer ingaan en verdwijnen. Ik ga terug naar mijn post op het andere trottoir, kijk naar boven en na dertig seconden gaat er op de eerste verdieping een licht aan, daarna nog een, een stukje woonkamer, de wanden donkergeel, ik weet niet of het verf is of de weerschijn van de lamp. Een rode lampenkap, een boekenkast van donker hout, nog een lampenkap, een groene.

Ik ga op mijn tenen staan, maar dat is niet genoeg, ik klim op het muurtje en houd me vast aan de balustrade; de mensen lopen onder me voorbij, kijken me scheef aan. Ik zie, of meen te zien, het begin van een gang, een witte keuken, de tegels gedecoreerd met hemelsblauwe zeilscheepjes en verder, als ik me uitrek en in een bocht wring, haar kamer met een bed, een klerenkast en een speelhoek; de bloem in een doorzichtig vaasje op het lichte blad van haar bureau.

Vastgeklampt aan de balustrade zoek ik naar haar leven achter het raam, naar haar vorm, en voel trots en verdriet om haar lichaam, om dat lichaam dat nu stilte, rumoer en pracht is, maar op den duur zal veranderen, de cellen zullen ongastvrij worden, de weefsels meedogenloos; maar dan zal ik nog weten hoe ik het me voor moet stellen, ik zal het niet aan zijn lot overlaten, en ik zal het nog kunnen beminnen: want het is prachtig om het langzame ontlichaamd raken van een lichaam te beminnen.

's Avonds zeg ik tegen Touw en Steen dat ik bij een vriend ga slapen. Mijn toon is beslist, maar opnieuw geruststellend, geen van beiden biedt weerstand. En dan ga ik naar Vlucht.

Het is een soort gewoonte geworden, de spookleerling die bij zijn spookleraar op les gaat. We wachten tot het donker is en maken ons klaar om naar buiten te gaan. Terwijl Vlucht met zijn rug naar me toe in de kleren rommelt, steek ik een arm uit naar een schrift, trek de polaroidfoto van Morana tussen de bladzijden uit en steek hem in mijn zak.

Ik besluit ook een vermomming aan te trekken. Een zwarte pruik van verwarde haren en in plaats van mijn jack een jas met grijszwart visgraatmotief; Vlucht doet een klein kussentje onder zijn trui om dikker te lijken, trekt een regenjas aan en zet een borsalino op: een nachtelijke Bogart met een buikje.

Terwijl we door de via Principe di Paternò lopen, in de richting van de via Libertà, met benen zo slap als een dweil van vermoeidheid, bedenk ik dat we niet realistisch zijn. We zijn hyperrealistisch. We proberen in de werkelijkheid te staan door kenmerken daarvan te verhevigen. En nu, terwijl we in jas en regenjas, met een pruik en een borsalino op ons hoofd rondlopen door de nacht, nu zijn niet alleen wij overdreven. Ook de lucht is het, heel ons leven is het. Om van onze manier van praten nog maar niet te spreken. We zijn de goden van het stomme. Melodramatisch, uitgeput. We staren elkaar aan met ogen die fonkelend uit het loodwit opduiken, onze gezichten vertrokken. Als we praten verschijnt er een onderschrift – het geschrevene wit op een zwarte ondergrond, zwierige letters. Na elke zin zouden we flauw moeten vallen: een flauwte als commentaar, als afscheid.

In de via Libertà gaan we linksaf, naar boven, richting Statua. Er rijden geen auto's vannacht, ook al is het half december en vlak voor de feestdagen. We slaan nog eens linksaf, nemen de trappen die naar het piazza Edison leiden. We gaan naast de Arabische put zitten. Vlucht zet zijn borsalino af en legt hem op het muurtje. We luisteren naar de wind die zich op de bodem van de put emulgeert en dan weer naar buiten komt om adem te halen.

'Kameraad Nimbus,' zegt hij terwijl hij naar de grond kijkt, 'weet je dat als een bij prikt, de angel in het slachtoffer blijft zitten en dat de bij daarna doodgaat?'

Ik denk weer aan het boek over de bijen, aan het feit dat ik het nooit heb uitgelezen.

'Dat wist ik niet,' zeg ik.

'De bij spuit het gif in, het lijf trekt zich los en sterft.'

Kameraad Vlucht is nu aan het bouwen: in het donker zie ik de lijnen van de subtiele vorm van zijn zoveelste gedachtenkathedraal zich aftekenen.

'Bij de darren gaat het ook zo. Ze dienen alleen maar om de koningin te bevruchten. Ze laten hun genitaliën in haar lijf achter en gaan daarna meteen dood.'

'Ja,' zeg ik, 'ik heb het begrepen.'

Hij kijkt me aan, wacht.

'En dus?' voeg ik eraan toe.

'En dus gaan ze altijd dood: werkbijen, darren, de koningin. Alle bijen gaan dood.'

'En wij moeten ook onze manier vinden om dood te gaan,' zeg ik.

'Precies, kameraad Nimbus.'

'Hoe gaan we dat doen?'

'Ieder op zijn manier. Daarvoor zijn we hier. Jij, kameraad Straal en ik.'

Al zitten we in de open lucht, toch ruik ik bij hem de zware geur van iemand die zich slecht wast, die zijn lichaam bij stukjes en beetjes boent met water uit een kelderkraan, terwijl het zeepschuim koud wordt op de huid.

'Weet jij al hoe je dood zult gaan?' vraag ik.

'Via een zin.'

'Welke?'

'De zin die werelden van elkaar scheidt en ze met elkaar verbindt. De scharnier. De magische formule.'

'Welke?'

'Ik verklaar me politiek gevangene.'

Op straat, verderop, zijn vaag de lichten van de eerste auto's te zien, voorlopers van de dageraad.

'In het wetboek van de brigadisten,' zegt hij, 'is een top die alles ondersteunt.'

Uit zijn regenjas steekt een stukje van zijn valse buik. Een zwelling die contrasteert met zijn magere handen. Alles wat we van deze tijd konden vragen, ligt in de wreedheid van zijn denken besloten.

'Stel je een omgekeerde piramide voor,' legt hij uit. 'De top van de piramide is de zin "Ik verklaar me politiek gevangene". Die zin ondersteunt alles, in zijn eentje.'

De wind schudt aan de hoed op het muurtje, verplaatst hem een paar centimeter.

Dat is waar, denk ik. Vanaf het begin is het onze droom geweest een soort Socrates van de gewapende strijd te worden: onontkoombaar maar fier verslagen te worden. En aldus onoverwinnelijk in de nederlaag.

'Begrijp je?' gaat Vlucht verder. 'Het is de ultieme schatting aan de woorden van het activisme, de zin waarmee je je bevrijdt van je eigen, enge, persoonlijke geschiedenis om de tijd zonder einde van de revolutionaire mythologie in te gaan, waar de moeizaamheid van de taal – die van de communiqués, van de initiatieven, van de vergaderingen – geen enkele waarde meer heeft.'

Hij pauzeert even, buigt het hoofd.

'Niet bestaat,' zegt hij.

Hij blijft nog een tijdje stil, doodop, alsof doorgaan met begrijpen wat hij begrepen heeft, ondraaglijk is.

'Je gaat de stilte van de mythe in,' voegt hij er dan aan toe. 'Het sterven in.'

En nu, het hoofd nog steeds op de borst, zoekt hij me in de dichte schemering met de ogen, maakt hij me duidelijk dat het nu mijn beurt is.

'En om dat te laten gebeuren,' zeg ik dan, 'moet je gevangengenomen worden.'

'Ja,' bevestigt hij zonder zich te bewegen. 'De gevangenneming is wat ons van de tijd en de ruimte scheidt.'

Hij is steeds vermoeider, iemand die in ballingschap is geweest in de geschiedenis en zich binnenkort eindelijk zal kunnen bevrijden.

'Vergeet niet,' zegt hij zachtjes en duidelijk articulerend, 'dat het doel van dit alles de nederlaag is.'

Hij had het gezegd. Het was iets wat hij begrepen had en gezaaid had. Niet kunnen en niet willen winnen. Alleen binnen het kader van de retoriek van de taal aan de overwinning denken, als een luchtspiegeling, terwijl je intussen een volmaakte nederlaag cultiveert. Volmaakt. Om de nederlaag volmaakt te laten zijn moet de vijand volmaakt zijn. Wij hebben hem volmaakt gemaakt: nu kunnen we verliezen.

'Voor wanneer die gevangenneming?'

Hij heft het hoofd weer omhoog, pakt de borsalino en zet hem op.

'Dat heeft geen haast, kameraad. Nog even. Zeker eerst deze actie nog.'

Hij staat op van het muurtje, komt heel dicht bij me staan, we kijken naar het zwart op de bodem van de put waarin het licht van de dageraad langzaam doordringt. In de wand zijn nog de gaten te zien die we twee maanden geleden hebben gemaakt. Terwijl de ochtend zijn vage licht op de heimelijke bewegingen in het onkruid werpt en het geluid van de auto's geleidelijk aan helderder wordt, brengt Vlucht zijn mond naar mijn oor.

'Het is 1978 en de werkelijkheid is al uitgeput,' zegt hij in een vage zucht. Daarna beduidt hij me dat het tijd is om terug te gaan.

We zeggen niets onderweg. Maar in mijn hoofd groeit bij elke stap 'Ik verklaar me politiek gevangene', de zin waarin alles zich voltrekt en waarachter de vrijheid van de gevangen activist begint: waarachter we definitief vrij zullen zijn.

We komen in de via delle Magnolie, dalen zwijgend naar de kelder af. Nog steeds zonder iets te zeggen kleed ik me uit; ik gooi mijn kleren op de grond en ga er languit op liggen. Een beetje slapen en om acht uur naar school. In mijn halfslaap en terwijl het lichaam van Vlucht zich in slow motion door de ruimte beweegt, blijf ik 'Ik verklaar me politiek gevangene' herhalen, vlak achter mijn voorhoofd, en elke zin is de trede van een ladder, ik klim op de zin omhoog, ik stijg maar kom nooit aan. En dan, na de zoveelste herhaling, probeer ik de trede vast te grijpen, maar het lukt me niet, hij is er niet, de andere treden wel, maar waar ik nu mijn hand wil leggen, is er niets. Terwijl ik in diepe slaap verzink, weet ik dat die leegte het creoolse meisje is, de stilte tussen de zinnen, het wit tussen de woorden, de rust, mijn taalpauze, datgene wat geen taal is, de volmaakte plek waar ik niet besta.

Ik word met een schok wakker. Het licht is aan. Ik weet niet of ik een paar minuten heb geslapen of uren. Vlucht zit op de stretcher; de regenjas ligt opgevouwen op de grond, het kussentje en de borsalino erbovenop. Hij slaapt niet. Hij pakt een koekje uit een doos en brengt het naar zijn mond – lange, groene aders lopen over zijn onderarm. Hij keert zich naar me toe, op zijn gezicht de uitdrukking van iemand die wacht. Ineens ligt zomaar spontaan de vraag op mijn lippen.

'Wat doen we met het creoolse meisje?'

Vlucht laat het koekje dat hij in zijn vingers had in de doos vallen, hij gaat op de rand van de stretcher verzitten, leunt voorover.

'Met wie?' vraagt hij.

'Met Wimbow,' zeg ik. 'Wat doen we met Wimbow?'

Hij komt omhoog, rustig, hij is er weer helemaal bij, vertoont geen spoor van vermoeidheid meer.

'Willen we losgeld?' vraag ik nog.

Hij strijkt met zijn vingers over de stof van zijn broek, veegt de kruimels van zijn vingertoppen.

'We zullen haar "bewaren",' zegt hij.

Ik negeer de toon, reageer alleen op letterlijk niveau.

'Hoe lang?'

'Zo lang als nodig is.'

'Kameraad, hoe lang?'

Hij pakt de doos met koekjes, doet hem dicht, zet hem weg. In de volgorde van zijn bewegingen beschrijft hij de manier waarop de dingen zouden moeten gaan. Dan leunt hij opnieuw naar voren; hij neemt me op, inspecteert me; hij wil me absorberen, me helemaal opslorpen.

'Nimbus,' vraagt hij me met de stem van iemand die niet naar een antwoord zal luisteren, 'wat is de resistentie van een band, volgens jou?'

's Middags heb ik les in het zwembad; ik ga erheen ook al ben ik kapot. Na het opwarmen buiten het water is er crawl; ik ga het bad niet in, blijf aan de korte kant op de rand de drukte in de banen staan observeren. Het mechanisme dat de stroom lichamen regelt, en het ritme, hoe snel de verschillende zwemmers zijn en hoe langzaam. Ik deduceer constanten, ontdek uitzonderingen. De baan met de zwemmers die een uur achtereen bezig zijn zonder ooit te stoppen, hun longen organisch volmaakt, kleine ademfabrieken, en hun altijd precieze armslag die zonder spetters door het oppervlak snijdt, de gewrichtsbeweging van de schouder in het kapsel, honderdtachtig graden watermassa haarscherp doorkliefd, het weer boven komen, het hoofd dat opzij wordt gedraaid, de mond die weer adem hapt.

De baan van de spartelaars, van de opstoppingen.

Omgeven door het doffe weergalmen van het rumoer probeer ik een regel te berekenen. Als ik denk dat ik die gevonden heb, zoek ik de juiste baan, de leegste, wacht nog een paar seconden en doe dan iets wat ik altijd alleen maar in mijn fantasie heb gedaan.

Mijn duik is nauwkeurig, ik schiet scherp het water in, ga meteen naar de diepte, zo ver ik kan, profiteer van de aanzet, mijn borst strijkt langs de bodem van het bad en als de eerste vaart eruit is, zwem ik in schoolslag, langzaam, met mijn gezicht omhoog om naar het gestreepte blauw te kijken, naar de vormen van de lichamen. Ik zwem en probeer daarbij zuinig te zijn in mijn bewegingen, lucht te halen uit mijn hele lichaam en het nat in stilte te veranderen, meters stilte waar ik doorheen moet zonder dat ik adem tekortkom. Als ik op driekwart van het traject voel dat het niet meer gaat, dat de druk van het water tegen mijn slapen te sterk is en dat ik weer naar boven moet, dwing ik me tot kalmte en blijf ik langzaam doorzwemmen, in de diepte, mijn ogen gesloten, terwijl de huid van mijn borstkas samenkrimpt en weer uitzet. Op het moment dat mijn hoofd boven de oppervlakte explodeert, op twee meter van de rand, en ik met mond, neus en ogen naar adem hap, weet ik dat ik daar beneden even Morana ben geweest, het creoolse meisje ben geweest, en ik weet dat vandaag, nu, de regel begrijpen, de regel veranderen betekent.

Ik ben nog een hele dag bezig met het schrijven van de uitnodiging. Ik bevoel het kaartje aan alle kanten en probeer te raden hoeveel gram het weegt, ik haal de randen over mijn lippen terwijl ik nadenk over wat ik moet schrijven.

Na verschillende pogingen hak ik 's avonds de knoop door en ga ik tot definitieve uitvoering over.

De essentiële woorden – 'mijn verjaardag', 'ik zou het leuk vinden' –, de dag, het tijdstip en het adres: het uitbannen van gezwollenheid ten gunste van de essentie van het bericht. Ik veroorloof het me alleen – schaam me wel – twee slingertjes in de bovenhoeken te tekenen, een rood en een groen. Daarna doe ik het kaartje in een envelop, laat die op tafel liggen, ga naar de badkamer, doe de deur op slot, zoek achter de radiator en haal de foto van Morana tevoorschijn. Ik bekijk hem. Zo vaak ik kan. Ik ondervraag de dode. De dood. Ik observeer het scheve, intens bleke gezicht. En de strak op het toestel gerichte ogen, onbedoeld brutaal, een blik die een oordeel velt over degene die hem aan het fotograferen is. Met het gezicht van Morana in mijn hoofd ga ik slapen.

De volgende dag, op school, wacht ik tot de lessen zijn afgelopen en de drukte een beetje minder wordt. Dan loop ik naar Wimbow toe.

Ze staat naast een hoge heg, heeft haar rode jas aan en een kleurige sjaal om haar hals, waarboven de halfbloedhuid van haar gezicht opdoemt, haar trekken waarvoor ik stil blijf staan. En die ik verken, één voor één. Een reisje van de pupil in de kromlijnige groeven die de vorm van haar wangen markeren, in de subtiele, lichtere lijnen onder haar ogen, in de dubbele baan van haar zwijgende lippen en in die heel kleine verticale rimpel op haar voorhoofd, zo klein dat hij een punt lijkt en waaruit haar aarzeling spreekt over wie ik ben, wat ik wil, waarom ik al een minuut zonder iets te zeggen voor haar sta, naar haar gezicht staar en naar haar keel vol stilte.

Ik haal de envelop uit mijn zak en steek hem haar toe. Ze neemt hem aan, opent hem, haalt het kaartje eruit en leest. Het puntje op haar voorhoofd stulpt nog meer naar binnen tot het in een oerverdriet verdwijnt, het hare, genetisch, en dan ineens kalmeert, ontspant; haar voorhoofd komt weer omhoog en vult zich met decemberlicht, Wimbow beduidt me gedecideerd van ja, heft haar hand op en duwt met de rug ervan twee keer hard in mijn richting.

Ik beweeg me niet, zou willen dat alles nu een einde nam.

En dan, op het roepen van een volwassene achter mij, maakt haar gezicht zich los van de wirwar van bladeren die nu, groen en rood, allemaal tegelijk uitbotten.

LANDER

(21 december 1978)

In het jaar van de dertien manen, als de overdadig beeldende psyche van visioenen implodeert, laat op 21 december een Sovjetsonde zich zachtjes neer op de bodem van Venus. Het is de winterzonnewende, de kortste dag van het jaar, even een onderbreking van licht in de lange nacht van het noordelijk halfrond. Als de sonde zich neerzet, werpt hij een krans van kleine wolkjes ijzerhoudend stof op. Hij heet Venera 11 en kan niet lang actief zijn, want de wolken die snel over Venus trekken bestaan uit zwavelzuur en als ze in regen veranderen tasten ze alles aan en laten ze alles vervluchtigen. De sonde heeft dus anderhalf uur tot zijn beschikking. Volgens aardse tijd, want de tijd op de planeet van Cytherea is anders. De rotatie hier is traag en retrograde, en een dag duurt tweehonderddrieënveertig aardse dagen. Na dit anderhalve uur zal de sonde oplossen en in een basalten hoogvlakte veranderen, in een immense *planitia*, wel zo groot als een continent: in een ader in de vorm van een slang, zo een als je bij dageraad, of meteen na zonsondergang, ook vanaf de aarde met het blote oog kunt waarnemen.

Op ongeveer driehonderd kilometer van het oppervlak zijn de twee modules waaruit de sonde bestaat, de *orbiter* en de *lander*, uit elkaar gegaan, en is de lander in vrije val neergedaald, vertraagd door de luchtremmen, lichtelijk gehinderd door bliksemschichten en weerlichten.

De lander van Venera 11 is hier om gegevens te verzamelen: ze willen ontdekken uit welke substanties de bodem is samengesteld en wat de werkelijke aard van de wolken is, ze willen de chemische structuur van de atmosfeer onderzoeken en de effecten van de zonnewind op de planeet bestuderen.

Maar dat is slechts de ogenschijnlijke reden.

De werkelijke reden waarom Venera 11 op 21 december 1978, aan het eind van een jaar zonder vluchtwegen, de bodem van Venus heeft bereikt, is een andere: de aarde observeren vanuit de verte.

Of liever, nauwkeuriger gezegd: niet de hele aarde, maar alleen Italië. De geologie ervan, de minieme verschijnselen, de glorie en de ellende van het land.

En dat is nog niet genoeg, het peilgebied moet nog beperkter zijn.

Slechts één stad omvatten: Palermo.

De prehistorie.

En om die peiling zo exact mogelijk te laten zijn, moet er een runner door dat gebied gaan, een bewegend lichaam dat het mogelijk maakt om via diens waarnemingen gegevens te verzamelen. Een ongeschikt en lastig lichaam. Dat van een jongetje dat vandaag twaalf wordt en Nimbus heet.

Ongeveer drie minuten na het moment waarop de lander de bodem heeft geraakt, als de laatste ijzerdeeltjes die door het contact in beweging waren gebracht zich weer hebben neergevlijd en opnieuw in hun minerale slaap zijn verzonken, gaat het luik van de sonde open, stulpt een mechanisch trapje naar buiten en komen er een paar figuurtjes de metalen treetjes af die naast elkaar op een reliëf gaan zitten dat een beetje donkerder is dan de daar overheersende gelige kleur, een bronskleurig rotsprofiel, een fragment van een gestolde lavastroom.

Van hieruit zijn de aarde, Italië, Palermo en Nimbus perfect te zien.

En zonder een woord te zeggen kijken de mankepoot-van-nature, Ezechiël, de mug, de prehistorische duif, Crematogaster, de plas in de vorm van een paardenkop, Morana, Touw, Steen en Katoen ernaar. Zoals zij de menselijke sonde Nimbus nodig hebben om de ruimte, de tijd en het instorten daarvan te ontdekken, op diezelfde manier heeft Nimbus hun waarneming nodig.

Ik heb hem nodig.

Om te eindigen.

21 december begint kort voor zonsopgang. Terwijl het licht wordt, voel ik me van heel ver bekeken.

Ik sta na de nachtelijke passages in de fauteuil op uit mijn bed en ga aan het raam in de gang staan. Daarbeneden, in het steegje waar de bakkerij is, filtert een beetje lamplicht door het half neergelaten rolluik. Je ruikt de geur van het brood. De lucht is fris en schoon en als ik mijn blik omhoogricht, ontwaar ik voor het eerst Venus: okergeel en pulserend, een microscopisch vlekje aan de Palermitaanse hemel. Het is moeilijk om mijn ogen scherp op haar gericht te houden, na een poosje doen ze pijn; dan kijk ik weer naar beneden, naar het licht van de bakkerij, en rust ik uit. En daarna kijk ik weer naar boven en zo ga ik door totdat Venus verdwijnt en het licht in de bakkerij uitgaat: de dageraad is voorbij, de geur van het brood blijft.

Ik ga naar de badkamer, iedereen slaapt nog. Ik kleed me uit, zet de douche aan, zeep me in en spoel me af, met mijn handen om mijn magere lijf. Ik zet de temperatuurregelaar zo laag mogelijk en laat de ijskoude straal op mijn gezicht en borst vallen. Terwijl ik me aankleed zie ik vanuit mijn schemerige kamer Touw in ochtendjas, nog als een slaapwandelaarster, uit haar deur glippen en naar de keuken lopen; naast me, een beetje verderop, de lichte ademhaling van Katoen. Als ik ook in de keuken kom is Touw, met haar rug naar me toe, de kooi van de kanarie aan het schoonmaken. Op de tafel staat haar kom, en ook die van mij. Melk met koekjes van het merk Atene erin. Zeven, altijd en eeuwig, uiteengevallen in het wit. Ik ga zitten.

'Geef me de panik eens, alsjeblieft,' zegt ze tegen me.

Ik begrijp de zin niet, die zegt niets, ik verroer me niet.

'De panik,' zegt ze nog eens, 'geef me de panik, ik heb mijn handen niet vrij.'

Ik ken het woord paniek, maar Touw blijft het raar uitspreken, met het accent op de verkeerde plaats. Terwijl ze praatte heeft ze naar de plank met het voedsel voor de kanarie gewezen. Ik sta op, pak de sla en breng haar die.

'De pániek,' zegt ze ongeduldig. 'Die zaadjes daarboven, naast de gierst: die aar.'

Ik loop terug, leg de sla neer, sta voor de rij met voer; er liggen twee dikke, bruine aren, ik pak er een van, breng hem naar haar toe, reik hem haar aan.

'Dank je,' zegt ze.

Ik ga weer zitten, pak mijn lepel en eet.

'Wist je niet dat dat zo heet?' vraagt ze na een poosje terwijl ze met de kooi in de weer blijft.

Ik wist het niet.

'Ze heten pániekzaadjes. Het is een graangewas. Hij vindt het lekker,' zegt ze terwijl ze met haar hoofd naar de kanarie wijst.

Ik eet door, heb de kou van de douche nog in mijn lijf. Touw zet de kooi weer terug op de hangkast en komt ook zitten.

'Natuurlijk zijn er nog dingen die je niet weet,' zegt ze terwijl ze haar lepel pakt.

Jij ook niet, denk ik bij mezelf, diep in mijn hart. En ik denk dat niet met voldoening, ik denk het met pijn.

Ze begint te eten, beweegt daarbij langzaam haar hand, de knokkels schraal. Terwijl ze de lepel naar haar mond brengt weet ik dat ergens in haar, ook in haar, ontreddering heerst en verlangen leeft, een dagelijkse weemoed om het op de wereld zijn; en ik weet dat ik ook met haar zal moeten afrekenen, maar ik kan het niet, vandaag kan ik het niet.

'Vandaag,' zegt ze terwijl ze haar lepel in haar kom laat glijden.

'Sorry,' voegt ze er meteen aan toe, en ze kijkt me aan, trekt een ander gezicht, melancholieker. 'Ik was het vergeten, neem me niet kwalijk. Gefeliciteerd.'

Ik hef mijn hoofd naar haar op, ben verrast: mijn verjaardag is vandaag mijn verjaardag niet. Het is de context van een plan.

'Maakt niet uit,' zeg ik, en ik voel dat ik een beetje macht heb vergaard. Ik drink mijn kom melk leeg en sta op.

'Mag ik hem hebben?' vraag ik terwijl ik op de aar wijs die op de plank is blijven liggen.

'Natuurlijk. Maar ga je nu al naar school?'

'Nee, werken. Ik moet mijn huiswerk nog afmaken.'

'Oké.'

Ze pauzeert even, kijkt me aan, probeert zachtheid in haar blik te leggen.

'Vieren we het strakjes?' vraagt ze.

'Morgen begint de vakantie,' zeg ik. 'Vanavond ga ik met mijn vriendjes uit.'

'Met je kameraden,' zegt ze.

Ik stop de aar in mijn zak maar reageer niet.

'Leuk,' zegt ze nog.

'Ja,' zeg ik terwijl ik de keuken uit loop.

'Luister eens,' roept ze me terug.

Ik draai me om: ik weet dat ze daar voor altijd zal blijven zitten, haar lichaam half boven de tafel uit, de andere helft eronder verdwenen; haar dunne neus zal moleculen blijven zoeken in de lucht, dezelfde neiging tot dat nutteloze besnuffelen van de wereld die via het bloed tot mij is gekomen.

'Nogmaals sorry,' zegt ze.

'Geeft niks, echt niet.'

Op dat moment komt Steen de keuken in. We kruisen elkaar op de drempel. Touw en Steen. En Katoen daarginds, hij slaapt nog. Ik laat hen achter, want zij en ik, dat gaat van nu af aan niet meer samen.

De ochtend in de klas verloopt normaal. Met een emotionele temperatuur die een beetje hoger is dan gewoonlijk zo vlak voor de vakantie. Maar we overdrijven niet: een dode klasgenoot en een andere die spoorloos is, dat bedrukt iedereen. We barsten om de een of andere reden in lachen uit en meteen herinneren we het ons, we bedaren, veranderen het lachen in hoesten, in schrapen van de keel. Als we na het vijfde uur de school uit lopen – de pániekaar in mijn jackzak, mijn hand om de aar – kruis ik Wimbows blik. Ze glimlacht tegen me en geeft me weer een teken met haar hoofd, een ja zoals toen ze de uitnodiging had gelezen. Ik glimlach ook, vanuit de verte, maar kijk daarna om me heen om te controleren of iemand ons heeft gezien.

In de vroege middag ben ik met de anderen in de kelder. We nemen het plan nog eens door. Straal zal om half negen 's avonds naar de via Sciuti komen. Ik heb hem een duplicaat van de sleutels gegeven, dan kan hij zelf naar binnen. Hij zal zich verbergen in de driehoekige ruimte onder de trap, na de deur van de portiersloge. Die hoek ligt altijd in het donker, ook als het licht aan is; als je daar wegduikt, ben je onzichtbaar. Om kwart voor negen komt Vlucht. Hij heeft ook een duplicaat van de sleutels. Samen zullen ze onder de trap wachten tot het negen uur is, het tijdstip waarop Wimbow verwacht wordt. Ik zal boven zijn, in de buurt van de intercom, klaar om te antwoorden en om, als dat gebeurd is, naar beneden te vliegen, naar hen toe.

De afgelopen avonden hebben we gecontroleerd hoeveel mensen er tussen acht uur en half tien langs de portiersloge komen. Heel weinig maar. De mensen die van hun werk komen, komen eerder, kort na zevenen. In theorie zou er wel iemand ergens kunnen gaan kaarten, dat komt voor in deze periode van het jaar, maar hier wonen vooral mensen op leeftijd. Hoe dan ook, zowel Straal als Vlucht zullen daar onder de trap stokken bij zich hebben. Bezemstelen, van die stokken die ze voor heibezems gebruiken. Ik stel me hen voor, terwijl ze zwaaiend met hun wapens in de hal achter bewoners aanzitten: bedenken dat door ons toedoen, dat uit onze handen een dode is voortgekomen, zelfs een dode, vooral een dode, dat heeft iets verbluffends.

Als we afspreken voor later op de dag, kijk ik goed naar hen. Niet zozeer naar hun ogen als wel naar daaromheen, naar de huid die eromheen ligt en die, bescheidener, alle veranderingen registreert. De kringen, de kreukels. De langzame verandering van de blik in wond.

En dan, in de loop van de middag, ga ik voor het eerst tot handelen over.

Het is al donker, als ik twee uur lang zit te schrijven. Op schriftblaadjes, een stuk of tien, in een zo duidelijk mogelijk schuinschrift. Eenmaal klaar, doe ik alles in een envelop en ga ik de deur uit. Buiten zie je niets, de lantaarns werken niet. Er is er een die probeert aan te gaan, hij brengt een gezoem voort, een paar oranje flitsen, en ziet er dan vanaf: je kunt je oriënteren dankzij het licht van de kerstbomen dat uit de ramen op straat valt. Als ik op het piazza Edison kom, kijk ik om me heen, wacht tot een man zijn deur in gaat, loop naar de Arabische put en laat de envelop erin vallen; ik volg hem tot de lichte rechthoek op de bodem blijft liggen en ga dan terug naar huis.

Er is niemand, ik kan me vrijelijk bewegen. Ik ga het berghok in, haal dozen naar beneden en begin te rommelen. Ik verzamel ongebruikte kerstversierselen, een paar snoeren met lichtjes, kleurige slingers, het overgebleven kurk van de stal, balletjes, herders, papieren hoedjes, carnavalsmaskers, een fluorescerend kindje Jezus, het reservekindje – voor het geval de titularis zou verdwijnen: de angst van Touw, altijd vooruitziend en een en al fantasie – en stop alle spullen in een ruime rugzak. Ik pak het etui waarin Steen zijn sleutels bewaart, vind de sleutels die ik nodig heb en steek ze in mijn zak. Ik ga naar de keuken, schrijf een briefje, laat het achter onder een asbak, pak een fles melk uit de ijskast en ook die gaat bij de rest. Ik doe de rugzak om en vertrek.

Het is zes uur 's middags en de lantaarns branden nog steeds niet. Ik kom bij de banketbakker op de hoek, kijk in de etalage, kies en laat de kleinste en mooiste taart voor me inpakken. Ik loop de via Principe di Paternò af, kom bij de via Libertà en wacht op de bus. Ook hier is het donker, een gedeeltelijke black-out van de straatverlichting. Ik wacht een tijdje en dan komt de bus. Ik stap in, het is druk, wankelend zoek ik mijn evenwicht, grijp dan een stang en pak hem stevig beet, ik voel de moleculen van vreemde lichamen in het vlees van mijn handpalm kruipen. Als de bus het Parco della Favorita in rijdt, dat de stad met Mondello verbindt, wordt de duisternis definitief, want hier zijn geen huizen meer, alleen maar bos, het gewelf van hoge struiken en bomen sluit het zicht op de hemel af. Het begint fijntjes te regenen. Ik ga achterin zitten, de rugzak onder mijn stoel, de taart op mijn knieën. Zonder erbij stil te staan leg ik mijn slaap tegen het raam; dan besef ik het, maar ik verplaats me niet. Ik ben nergens meer vies van.

Als ik uitstap is het twintig voor zeven. Het is opgehouden met regenen. Onderweg geef ik schopjes tegen de hopen natte bladeren en dan komt er een zuchtje uit; ik zet mijn schoenen in de plassen en zeg steeds opnieuw, in mijn hoofd en met mijn lippen, 'Ik verklaar me politiek gevangene', 'Ik verklaar me politiek gevangene', waarbij ik de woorden scandeer, één voor één, zoals je de kralen van een rozenkrans door je vingers laat gaan, en ik loop op het ritme van die twaalflettergrepige zin. Ik kom bij het begin van de viale Galatea. Ik blijf staan, wacht. Er verloopt een minuut, ik draai me om: er is niemand, niets om op te wachten. De straat vóór me is zilverig – de platanen diepbedroefd, de regendruppels glijden van de rug van de bladeren af; de hemel boven me is zwart.

Ik zou willen dat ik geen stap meer hoefde te verzetten. Dat ik hier kon blijven, mijn schoenen vredig in de zoveelste plas gedompeld. Dat ik bewegingloos en puur zintuigen was en kon genezen van de infectie van de woorden. Want ik heb begrepen dat terwijl kameraad Vlucht aan het werk was om politiek gevangene te worden, ik aan het werk was om mezelf nu mythopoietisch gevangene te kunnen verklaren. Alleen dat maar. Het plezier om in de zinnen te verkeren. De inspanning. De angst om de zinnen te verlaten. Een jaar lang heb ik een taal gemaakt – verklaren, benadrukken, dreigen – en ik ben er stap na stap, woord na woord doorheen gelopen, tot ik hier kwam, nu, bijna zeven uur op de avond van 21 december 1978, om de omverwerping omver te gooien.

Ik kijk nog eens achter me; de straat is leeg. Ook voor me is hij leeg. Ik vertrek weer, met een taart die zwaar begint te worden en een rugzak waarvan de schouderriemen me pijn doen. Ik kom aan, haal de sleutels uit mijn zak en doe het hek open. Het paadje binnen ligt vol bladeren. En er ligt papierafval en er komen geluiden van achter in de tuin, waar ik maanden geleden begonnen ben met de anderen het alfastil te maken. Het ontwaken van het onzichtbare leven dat de ruimte bewoont waar wij niet leven.

Ik snuif, een lekkere geur. Ik doe het hek weer dicht en loop in het donker naar de achteringang. Terwijl ik over het paadje loop begin ik, enigszins gewijzigd, mijn deuntje weer. 'Ik verklaar mezelf mythopoietisch gevangene,' mompel ik, 'ik verklaar mezelf mythopoietisch gevangene.'

Ik open het huis, haal de lakens van de meubels en laat de ruimte ademen. Nadat ik de lampen binnen heb aangedaan, doe ik ook die in de tuin aan: even, in het halfduister, een trilling in het gebladerte van de heg door het wegschieten van de jonge poesjes. Dan zet ik de kranen in de keuken open en laat ik het water stromen tot het alle roest kwijt is en helder wordt. Hetzelfde doe ik in de badkamer: ik wil dat het huis vanavond leeft, dat zijn lijf wakker is, zijn longen vol lucht en zijn bloed transparant.

Ik haal de rugzak leeg en begin te versieren. Ik klim op een stoel en draai de rood-met-zilveren slingers om de gebogen armen van de lamp, leg her en der pijnappels neer, zet een herdertje op de rand van de tafel en doe een clownsmasker met zijn elastiekje om een vaas, het gezicht over de bolling. Ik loop de tuin in en breng overal strikken aan, hang een paar snoeren met lampjes rond de mispelboom en eentje om een struik; ik steek de stekkers in de stopcontacten en de lampen gaan zomaar lukraak aan, twee rode aan één kant, aan de andere kant geen, dan drie groene en een gele, en dan een blauwe en daarna twintig seconden niets: een oplossing is er niet en ik ga weer naar binnen.

Ik pak de stukken kurk, leg er één op tafel, een ander valt uit mijn handen, ik buig me om het op te rapen, maar in plaats daarvan draai ik het om, op zijn bolle kant, ik leg er nog meer neer, achter elkaar, en andere stukken op een meter daarvandaan, parallel eraan, om een pad over de vloer te maken. Verder nog lampjes om de stoelen en om de schommelstoel en de televisie en de grote radio met lampen die op een kastje staat.

Ineens ben ik onzeker, ik pak de telefoon, draai het nummer van de tijd: het is bijna half acht, ik heb nog even. Ik maak voort. Nog een rode bes hier en daar, droogbloemen in vazen en glazen, het fosforescerende kindje Jezus in een hoekje op de grond, de papieren hoedjes opgehangen aan spijkers, het Zorro-masker tussen de snoeren met de lampjes en het televisiescherm geklemd, zodat er een groen en een rood lampje door de oogspleten schijnen, linten om deurklinken geknoopt, en ook buiten, in de tuin, om takjes van bomen.

Ik vul mijn armen met kleurige balletjes en zaai ze door de kamer, op de meubels, maar ook op de vloer. Ze zijn bijna allemaal van plastic, maar één is van glas, ik heb het niet in de gaten, gooi het met een stel andere naast de schommelstoel en het valt in gruzels. Met de rand van mijn schoen veeg ik de stukjes bijeen, ik begin ze naar een hoek te schuiven, maar houd ermee op, het is niet belangrijk. Ik versier de tafel nog met een compositie van polystyreen met een geurkaars in de vorm van een appel en leerachtige mistel erop geplakt, ik pak de huissleutel, zet de luiken aan de straatkant op een kiertje, ga de deur uit en loop snel naar de telefooncel halverwege de viale Galatea. Ik steek de muntjes in het apparaat, haal het stukje papier tevoorschijn waarop ik het nummer heb geschreven en pleeg een telefoontje. Snel, zonder vergissingen. Ik probeer alleen iets met mijn stem te doen, hem volwassener te laten klinken, maar dat heeft geen zin en ik ga verder met mijn gewone stem. Ik beëindig het gesprek en ga terug. Weer controleer ik de tijd: kwart voor acht. Ik loop naar de keuken, breng de nog verpakte taart naar de woonkamer, ga terug om een glas te halen, vul het met melk en zet het bij de taart. Ik zoek lucifers en kaarsen, steek die aan en zet ze op meubels en op de vloer, langs het kurken paadje; ik steek ook de geurkaars aan en doe het elektrische licht uit. Dan zet ik de radio matig hard aan, zoek een zender met liedjes, zet een stoel voor de luiken, ga zitten en wacht. De minuten verstrijken, ik heb geen idee hoeveel. Van tijd tot kijk ik door de kieren tussen de latjes even naar buiten. Er komt niemand langs, ik zie alleen de natte straat, hij glinstert in het licht. Van hieruit kan ik ook de hemel zien.

Nog even, denk ik, en de politie arriveert in de viale delle Magnolie om Dario Scarmiglia te arresteren. Ze zullen hem in de kelder overrompelen, of op straat, al onderweg naar de via Sciuti. Maar hoe dan ook, Scarmiglia zal glimlachen als iemand die de drempel overschrijdt, dat weet ik zeker. Hij zal drie seconden stilte vragen, iedereen in de ogen kijken en dan, langzaam, lettergreep na lettergreep, zijn magische zin in hoofdletters uitspreken: Ik-Verklaar-Me-Politiek-Gevangene.

Als ze verder alle informatie volgen die ze op de bodem van de put hebben gevonden, zal de politie kort daarna ook bij Massimo Bocca verschijnen. Ze zullen hem verrassen terwijl hij onder de trap verborgen zit, in het donker, met een bezemsteel stevig in zijn handen. Misschien zal Bocca, die nergens van weet, zich een beetje verzetten, maar met bezemstelen jaag je alleen vleermuizen weg.

Omdat bij het verhaal van deze maanden ook de foto van Morana zat, zal dat ze hebben overtuigd dat de beller die heeft aangegeven wat en waar ze moesten zoeken, iemand is die ze kunnen geloven, en dat haast geboden is, dat ze onmiddellijk moeten ingrijpen.

In de biecht gaat het ook over mij, en hoe dan ook, eenmaal zo ver is alles gemakkelijk. De politie zal naar mijn huis gaan en met Touw en Steen praten. Zij zullen het niet kunnen begrijpen, want er zijn dingen die zij niet weten. Ze weten niet dat ze elke dag, maandenlang, onderdak hebben verleend aan een activist, ze weten niet welke hoeveelheid verschrikkelijke wereld op natuurlijke manier in een schedel kan leven. Ze hebben geen weet van ideologie, geen weet van seks. Ze zullen met de handen in elkaar, op hun pantoffels, vragen blijven stellen, eenlettergrepige woordjes blijven verkruimelen.

Als de auto voor het hek stopt, bij het op het kaartje aangegeven adres, en ik Wimbow zie uitstappen, zwaaien en zich naar het huis keren, zet ik de radio harder, doe de luiken open, loop naar buiten en zet ze meteen weer op een kiertje. Terwijl zij aan de andere kant van het hek staat te wachten, met haar jas strak om zich heen, mooi en rustig, en de koude lucht een rimpeling over haar huid teweegbrengt, bedenk ik dat in de biecht staat dat ze me snel zullen vinden. En dat is juist, maar ik heb nog een beetje tijd nodig: Venus dient om die te verdraaien, om de chronologie in de war te gooien.

Dan doe ik het hek open en laat ik haar binnen. De auto vertrekt weer en wij staan daar onder de donkere hemel, flarden Italiaanse muziek komen van binnen, en zij kijkt om zich heen, naar de strikken, de snoeren met de lampjes om de mispelboom; ze heeft een wit-lichtblauw pakje met een rode strik eromheen in haar handen en ze steekt het me toe. Ik neem het aan, maak het open zonder het papier te verscheuren, zonder de strik kapot te maken: heb ineens een gladde, witte draad met stekels in mijn vingers.

Nu glimlacht Wimbow, en hoe glimlacht ze. Ze wijst met haar ogen naar het pakje en met de duim en wijsvinger van haar handen maakt ze een immateriële rechthoek en geeft me die, daarna brengt ze haar vingers tot twee bosjes bijeen, de vervlochten vingertopjes wrijven over elkaar heen. Ik begrijp dat zij het gemaakt heeft, dat het haar werk is. Mijn zin. Een van mijn twee zinnen. Schoon, en zonder roest nu. Wit geschilderd.

En nu? denk ik. Nu moet het eindigen.

Maar het eindigt niet, nog niet.

Ik zet twee stappen vooruit, vraag me af of ik moet praten of niet, of alleen maar gebaren moet maken. Ik weet niet hoe dat gaat. Ik zeg iets, 'Kom,' ik weet het niet. Zij beduidt me dat ze het heeft begrepen, dat ik kan praten, gewoon kan praten, en ze loopt al naar de luiken en die zet ik een stukje open en dan helemaal, en er is niets, Wimbow gaat naar binnen en er is niemand, alleen maar een door kaarslicht rossige grot, schemerig, en in het schemerduister versierselen her en der en chaos en het lawaai van de radio; dat voor haar echter stilte is. Ik zet hem uit, terwijl Wimbow het Zorro-masker tegen het televisiescherm bekijkt, en het groene en rode geknipper in de ogen. En de kleurige pijnappels, en de geurkaars. De slingers en de hoedjes.

Ze keert zich naar mij, ik ontwijk haar blik en ga de verpakking van de taart openmaken, het papier knispert tussen mijn vingers, ik haal de taart tevoorschijn en laat hem aan haar zien – de laag gekarameliseerde appels, de aardbeitjes, de lekkere geur. Wimbow staart me aan, draait zich dan naar de luiken die op een kiertje staan en waarachter de straat is en buiten en haar vaders auto die net is vertrokken, alles wat hier niet is, en dan loop ik naar haar toe en zeg ik haar dat ze zich geen zorgen hoeft te maken, dat de anderen nog moeten komen, dat er niets aan de hand is, maar ze gelooft me niet, brengt haar wijsvinger naar haar borst en snijdt dan bruusk met gestrekte vingers door de lucht; even staat ze stokstijf stil en dan doorsnijdt ze de ruimte weer met haar hand. Ik voel me ongelukkig en haal de verkruimelde aar uit mijn jackzak, laat hem haar zien, zeg tegen haar dat het panik heet, hetzelfde als paniek, maar met een ander accent, ik vertel haar dat het grappig is, komisch, ik zeg haar dat paniek overgaat, uiteindelijk verpulvert en in existentie verandert, maar midden op haar voorhoofd is de kleine rimpel weer verschenen waarin haar geërgerde teleurstelling zich concentreert: niet zozeer angst als wel boosheid omdat ze voor de gek is gehouden.

Ik beduid haar te wachten, vertrouwen te hebben, haal mijn stukje roestig prikkeldraad uit de rugzak en steek het midden in de taart: zo aangetast en krom lijkt het een gebocheld monster. Ik pak ook het witte en plant het ernaast. De bruid. De bruid en het gebochelde monster. Ik probeer ze met een lucifer aan te steken. Ze gaan niet aan. Ik hou koppig vol, probeer het nog eens. Ik houd de punt van het prikkeldraad helemaal in het vlammetje, brand me, de ene lucifer na de andere dooft in mijn vingers. Ik ga treurig zitten en buig het hoofd. Ik kijk in die bijna donkere kamer naar het rossige oplichten van mijn armen, onregelmatig, bij vlagen, terwijl er verder niets gebeurt. Dan maakt Wimbow een serie gebaren, ze raakt nogmaals haar borst aan, vormt met haar handen het dak van een huis, tekent iets wat weggaat, en na een pauze strijkt ze met de middelvinger en de ringvinger van de rechterhand over haar kin.

Ik begrijp het niet, maar begrijp het. Hier wil ze niet zijn.

Intussen heeft Wimbow een stoel aangeschoven en is ze voor me gaan zitten. Ze brengt de vingers van haar rechterhand naar haar wang en aait daar zachtjes overheen, twee, drie keer; naast ons, op tafel, de taart met de vuurvaste stukjes prikkeldraad, en de zwarte, kromme stompjes lucifer.

Hoe oud zijn we nu, vraag ik aan mezelf, terwijl ik naar het lichte vlekje op de rug van haar hand kijk dat telkens even opduikt, en waar zijn we? Wat is er geworden van de diepe tijd die ik me had voorgesteld, de zachte, vloeibare tijd, de materiële tijd die mijn dorst zou hebben gelest? Waarom in plaats daarvan de woorden, duizenden zinnen, die ordelijke slachting van insecten? Waarom flitst de taal nog op, als ik alleen maar de stilte zou willen ingaan, jouw stilte, en huilen, ophouden er alleen al behoefte aan te voelen, en huilen?

Ik sta op, zet een stap in haar richting en begin aan haar te rukken, steeds harder, bruut, en zij is verbouwereerd en vervolgens doodsbang, terwijl ik doorga en doorga en haar lichaam door elkaar schud en aan het lichaam van Morana denk, aan het drukken, aan het platduwen, aan de ademhaling die opraakt, aan de stilte – en even is er een vuurzee tussen Wimbows lippen en komt er een geluid uit haar mond, iets dierlijks, zwak en schor, haar eerste stem, en dan verlos ik haar uit mijn greep, en zij rent naar de andere kant van de kamer en hurkt neer in een hoekje tussen de divan en de schommelstoel. Ik laat me weer op mijn stoel vallen, heb het gevoel of er uren verstrijken. In een minuut. Ons hele leven in een stolsel.

We zijn twintig, we zijn verliefd en vanavond hebben we een pizza gekocht, bruin, met rood borrelende, heel zoete tomaat; we zitten op de trappen van een gebouw, beschut door een uitstekende rand, terwijl iets verder de regen op alles neerstort, en kruimels en druppels op onze vingers uiteenvallen.

We zijn dertig, wonen samen en op een keer valt het licht uit als ik in bad zit en de warmwaterkraan doet het niet, en dan warm jij water op in de keuken, je brengt het in een pan, je ziet me naakt, en ook al kennen we elkaars naaktheid, toch schaam ik me en kijk ik naar de botten van mijn benen.

Vijfendertig en vroeg op een ochtend, we zijn in onze laatste slaap, jij ligt op je buik met een arm langs je lichaam, ik op mijn zij naar jou toe gekeerd, dan open je je hand een beetje en neem je me in je vingers, zachtjes, onbewust, en in mijn halfslaap voel ik dat jouw hand slaapt en ik zijn droom ben; later, als we wakker zijn, gaan we op het balkon de jasmijn opsnuiven.

We zijn vijftig en we zijn heel veel dingen vergeten. We zijn niet meer samen en komen elkaar nooit tegen. Van tijd tot tijd herinnert iets ons aan een gebaar of een woord en bedrijven we archeologie, elk voor zich.

We zijn duizend en we zijn biologie. Onze lichamen zijn er niet meer, zijn iets anders. Een voet van jou is een steen, mijn neus is zand, jouw oren zijn appels geworden, een oog van mij is een egel op de bodem van de zee. Jouw mond is nu vlees aan de binnenkant van een mannenhand, mijn longen zijn een potlood geworden. De materie zet zich om in iets anders, en wij met haar. Onbewust pakt de hand van de man in wie jij bent het potlood waar ik in ben en schrijft zinnen, en in die beweging en in het schrijven bestaan wij nog steeds.

Ik denk dat er een half uur is verstreken, ik denk dat het diep in de nacht is. Je hoort het regenen. Ik sta op en loop naar haar toe: ze zit nog achter de schommelstoel gehurkt, weggedoken in haar jas, tussen de scherven van het glazen balletje; in het halfdonker zie ik het wit van haar ogen, het dierlijke, absorberende licht. Ze heeft de zoete en wilde trots van het opgejaagde dier.

Ik weet niet, creools meisje, waarom ik heb besloten dat jij de band bent. Ik weet niet waarom ik je zonder je te kennen, zonder je te bezitten, zo mis. In jou begeeft de zin het en schilfert hij af, de ene huidlaag na de andere, tot aan de leegte.

Ik zoek opnieuw het wit van haar ogen in de donkere cocon van haar lichaam. Terwijl ik naar haar blijf kijken, wrijf ik mijn vingers over elkaar en steek ik mijn hand naar haar uit, ik raak haar niet aan en trek hem terug met mijn duim tussen midden- en wijsvinger, daarna ga ik met mijn hoofd heen en weer. Wimbow deinst nog verder terug, leunt met haar rug tegen de muur. Dan wrijf ik, spreid mijn armen als bij een kruisiging en ga opnieuw met mijn hoofd heen en weer.

Ze blijft roerloos zitten.

Wrijven van de vingers, heen en weer slaan met mijn hoofd en dan ga ik zijdelings naar haar toe staan, in kangoeroehouding, en ik maak sprongen op de plaats, drie, vier, tien sprongen. Buiten adem blijf ik staan en ik keer me opzij om even het glanzen van haar gezicht te zien. Ik begin weer te wrijven, spreid mijn armen, buig en hang over, ik wrijf mijn vingers en tol rond, als een draaikolk, sla met het hoofd heen en weer, recht mijn bovenlijf en terwijl ik probeer om niet te beven, leg ik beheerst één hand op de andere; vervolgens buig ik voorover en raak ik kruislings mijn knieën, heupen, schouders en voorhoofd aan, en weer opnieuw, knieën, heupen, schouders en voorhoofd, waarbij ik mijn best doe om compact te blijven, er geen rommeltje van te maken, en een moment later geef ik een schop naar achteren, driftig, steeds driftiger want Wimbow kijkt naar me en begrijpt het niet, en terwijl ik zo trap, raak ik met mijn voet een stuk kurk dat tegen een muur vliegt, een doffe klap en dan is het stil en in de stilte maak ik krampachtig en met trillende armen nog eens en door elkaar heen alle vormen van het alfastil, de zoveelste wanhopige taal waarin, voor mij, geen houding zit om liefde te zeggen, om te zeggen dat het alleen maar liefde was, totdat ik uitgeput ben en zomaar, zonder enige coördinatie ronddraai – en dan staat Wimbow op, komt een stap naar mij toe, raakt mijn hals aan, mijn wangen, mijn jukbeenderen, ze legt haar vingers in een kroon rond mijn hoofd, haar duimen op mijn voorhoofd, haar andere vingers in een krans. Ik voel de warmte van haar vingertopjes, ik voel dat ze me tot rust brengt. Dan heft Wimbow haar handen op (en mijn nimbus verdwijnt en terwijl hij verdwijnt, vraag ik mijn nimbus: 'Ben ik het niet?' en hij antwoordt: 'Jij bent het niet'), ze kijkt me aan en in haar blik ligt de kalme tijd, en dan loopt ze van me weg, gaat terug naar het halfdonker achter de schommelstoel.

Zonder dat ik het in de gaten heb, glijd ik zachtjes op de vloer, aan de andere kant van het halfdonker; achter ons is het kaarslicht bijna helemaal verbruikt: op de wanden beven nog minuscule vuurtjes.

Tijd verstrijkt.

Op Venus beginnen de ogen pijn te doen. Net zoals ze uit de lander naar beneden waren gekomen, zo gaan de figuren weer naar binnen, in ganzenpas, ze drukken zich tegen elkaar aan totdat het ene lichaam in het andere overgaat, en wachten, in de hemel verzonken, op de definitieve corrosie.

Ook ik ben in de hemel verzonken. En de lichamen zijn het – mijn dubbelgevouwen lichaam, het lichaam van het creoolse meisje.

Mijn wanhoop, haar stilte.

Ik voel iets nats op de punt van mijn vingers als ik mijn voorhoofd aanraak.

Ik ruik eraan, het is bloed.

Terwijl de lijnen van tijd en ruimte samenkomen en het vluchtpunt van 1978, het moment waarop dat voor altijd zal eindigen, bereikt is, weet ik dat wat nu overblijft een gevoel is van pijn.

Als een nachtdier, oppassend dat ik het bloed niet van mijn vingers veeg, kruip ik dichter naar het lichaam van het creoolse meisje toe.

De vloer is koel onder mijn handen.

Het lichaam van het creoolse meisje is in stilte gehuld. Het wit van haar ogen is weg. Ze is in slaap gevallen. Het wit, het licht van haar lichaam, de diepte van haar organen. Haar ademhaling. Haar creoolse huid. Het woord creools, dat creeren en grootbrengen betekent. Het woord dat de stilte schept en grootbrengt.

Ik ga nog dichter naar haar toe en buig me over haar heen.

Haar schouder, de holte bij haar hals. Haar onderarm, de rug van haar hand vergeten op haar schoot – het lichte vlekje. En haar handpalm halfopen. Op de kleine bolling in haar handpalm, onder de duim, nog een vlekje: donker, onbewust bloed; op de vloer de scherven van het glazen balletje.

Ik kom tot op een millimeter van haar hand: in die ruimte tussen mijn waarneming en haar bestaan concentreer ik me op het me voorstellen van wat ik verloren heb.

En dan, als ik na zo veel tijd iets bereik dat bron en monding is, dan ruik ik voor het eerst haar geur. Donker, aards, stevig en eeuwig. Het visioen dat niet verdwijnt.

In een ademhaling snuif ik haar leven op.

Ik kom weer overeind en blijf zo, op mijn hielen gezeten, naar de wereld kijken die zich gewillig neerlaat in haar lichaam.

De wereld en de lucht.

Alle behoefte, elk verlangen en alle angst, in de lichte modulaties van haar ademhaling.

Ik kijk om me heen. De lijn van de meubels half weggevaagd door de duisternis, de dingen, de resten. Ik merk dat het buiten is opgehouden met regenen.

Op een meter van me vandaan, in een heldere, verdunde halo, ligt iets lichtends op de vloer. Schuivend over de tegels rek ik me uit en pak ik dat microscopische lichtje in mijn hand. Door de fosforescentie herken ik het enigszins ineengedoken lichaam, de armen half gespreid voor de zegening, een kleine plastic nimbus achter het hoofd geplakt.

En ik stel me een kerststal voor.

De kerststal van de biologie, gemaakt met het siderale duister dat de vrouwelijke holte vult en de in het mannelijke sperma verkruimelde sterrenmaterie, die, als ze in de holte komt, in het donker uiteenvalt en de witte zwerm schept, de streep van lichtende constellaties, en in het lichaam en in de kosmos, in de zoetheid van elk ontbranden, de nacht geboren doet worden, – en elk kind is nacht en ontbranding en ontreddering, vleesgeworden tijd, en de generaties buigen zich al millennia over het lichaam van de tijd en kijken ernaar en verbeelden het en vereren zijn door de sterren verdedigde duisternis, terwijl ze zich verbeelden dat er in de dingen, naast de eeuwige aandrift om te blijven, een doel ligt, en dan vermengen ze de taal en de vernietiging van de lichamen met de tijd en in het donker scheppen ze woorden en maken ze woorden kapot, het uiteenvallen van het licht.

In de stilte van deze laatste minuut, in elkaar gedoken voor het in elkaar gedoken lichaam van mijn liefde, van mijn herinneringloze liefde, van mijn werkelijke en bedachte liefde, van mijn creoolse, mijn gecreëerde liefde, luister ik naar het toekomstige geraas van de materie die in mij en in haar de sterren met de beenderen vermengt, het bloed met het licht, luister ik naar het geluid van de eindeloze transformatie van de materie in pijn en van de pijn in tijd.

En pas nu, als bij het maken van onze nacht de sterren in het donker exploderen, pas nu neemt, na de woorden, het huilen een aanvang.

NOOT VAN DE AUTEUR

In de chronologie van de gebeurtenissen uit het jaar 1978 zijn in dit boek enige veranderingen aangebracht voor zover dat uit narratief oogpunt noodzakelijk was. Met televisie-uitzendingen en de programmering ervan, en met de bekendheid van enkele wetenschappelijke verworvenheden van die tijd is dus ad hoc gemanipuleerd; het zijn bewuste onnauwkeurigheden die functioneel zijn voor het vertelde verhaal.

ALFASTIL

Yuppi Du
dreigend gevaar

Retore
tweesprong

Travolta
onvoorziene omstandigheid

Allegria
tegenhouden, impasse

Zombie
doen, actie

De idioot in het blauw
haat

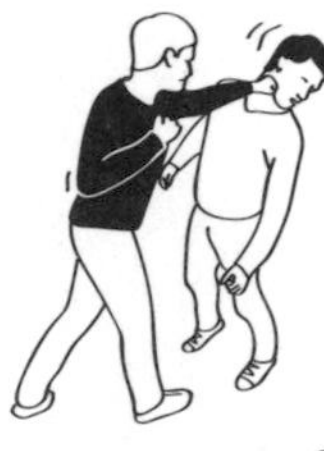

Spencer-Hill
schaamte

Cuore
het overschrijden van
een grens, passage

Fracchia
de dingen begrijpen

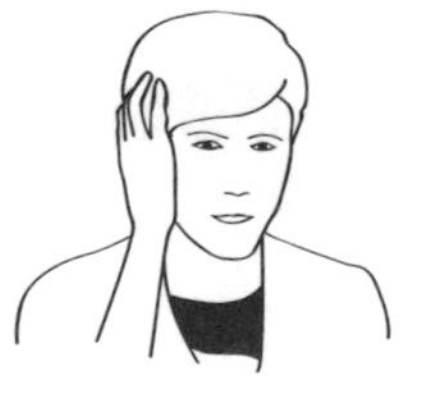

Baglioni
stilstaan, nadenken

Portobello
zich verbergen

Going
laten

Kannibaal
nemen

Sir Oliver
het goede

Moro
sterven

Carrà
verlangen

Woobinda
weggaan

Nunte
zoeken

Agren
angst

Morana 1
jij

Morana 2
ik

INHOUD